BASTEI
LÜBBE
TASCHENBUCH

Über den Autor:

David Pedreira war lange Jahre als Journalist tätig, unter anderem für die *Tampa Tribune* und die *St. Petersburg Times.* In dieser Zeit wurde er vielfach für seine Arbeit ausgezeichnet. Heute ist er Mitinhaber einer erfolgreichen Firma für Personalwesen. Er lebt mit seiner Familie in Tampa, Florida. Killing Moon ist sein Debütroman.

DAVID PEDREIRA

KILLING MOON

Roman

Aus dem amerikanischen Englisch
von Dr. Dietmar Schmidt

BASTEI LÜBBE
TASCHENBUCH

BASTEI LÜBBE TASCHENBUCH
Band 17696

Dieser Titel ist auch als Hörbuch und E-Book erschienen

MIX
Papier aus verantwortungsvollen Quellen
FSC
www.fsc.org
FSC® C083411

Vollständige Taschenbuchausgabe

Deutsche Erstausgabe

Titel der amerikanischen Originalausgabe: »Gunpowder Moon«
Originalverlag: Harper Voyager, an imprint of HarperCollins *Publishers*,
New York

Textredaktion: Uwe Voehl, Bad Salzuflen
Titelillustration: © shutterstock/Triff; © Marc Ward/shutterstock;
© Maribor/shutterstock; © nednapa/shutterstock;
© Vadim Sadovski/shutterstock
Umschlaggestaltung: Massimo Peter-Bille
Satz: Olders DTP.company, Düsseldorf
Gesetzt aus der Stempel Garamond
Druck und Verarbeitung: CPI book GmbH, Leck-Germany
Printed in Germany
ISBN 978-3-404-17696-0

2 4 5 3 1

Sie finden uns im Internet unter
www.luebbe.de
Bitte beachten Sie auch: www.lesejury.de

Für Lori und Madison

1

Der Mond, Mare Tranquillitatis, 2072

Dechert stand am Kraterrand und blickte nach unten. Dionysius war ein Monstrum: drei Kilometer tief und weit genug, um Manhattan zu schlucken. Weil das Licht der untergehenden Sonne zu flach einfiel, um seine Abgründe zu erhellen, war es in ihm schwarz wie in einem Brunnenschacht. Was hatte Fletcher gesagt, als er ihn in die Stationsführung einarbeitete? Ach ja: *Panik bringt Sie nicht nur um – Sie stehen dabei auch noch wie ein dummes Arschloch da.*

Harte Worte, aber Fletcher hatte sich auch nie einen Sixpack Raketenmotoren an den Raumanzug geschnallt, um ins offene Maul eines Kraters zu springen.

Das hatte noch nie jemand getan.

Dechert bewegte die Zehen, um Blut hineinzupumpen, aber weiterhin stiegen ihm eisige Nadelstiche die Füße hoch wie tanzende Spinnen. Er nestelte an der Sauerstoffzufuhr, stapfte mit den Stiefeln auf und versuchte, die Leere, die sich vor ihm auftat, zu verdauen.

»Alles klar«, sagte Quarles in seinem Helm.

»Scheiße.«

»Was ist Scheiße?«

»Nichts. Warnen Sie mich beim nächsten Mal einfach, bevor Sie das tun.«

»Was?«

»Reden.«

»Okay. Wie soll ich Sie davor warnen?«

Dechert fletschte die Zähne. »Schon gut. Was wollen Sie?«

»Ich wollte Ihnen sagen, dass es gut aussieht. Die Raketen sind synchron und klar zur Zündung. Fernlenkung und Telemetrie klar, Anstellwinkel vierundachtzig Grad. Haben Sie Ihre Lampen an?«

»Ja.« *Was immer mir das nützt*, dachte er.

»Gut. Schreiben wir Geschichte. Vier-null Sekunden ab ... *jetzt!*«

Vierzig Sekunden. Dechert wich unbeholfen ein Dutzend Schritte vom Kraterrand zurück und zählte dabei herunter. Zum ersten Mal seit langer Zeit empfand er Angst, und es war kein angenehmes Gefühl – Kupfergeschmack im Mund und verschärfte Wahrnehmung. Beides erinnerte ihn an den Krieg.

»Drei-null Sekunden.«

»Das war mal besser kein Übertragungsfehler, Quarles. Wenn ich feststellen sollte, dass der Bohrer da unten doch noch Fels frisst, schmeiße ich Sie persönlich aus der Luftschleuse.«

»Verstanden. Zwo-null Sekunden. Alle Werte nominal.«

In Decherts Ohren rauschte das Blut. Nominal. *Was zum Teufel soll das heißen? Gibt es ein blöderes Wort als* nominal*?* Die Angst hielt ihn gepackt, und er suchte nach inneren Ablenkungen, ein alter Pilotentrick, um bei der äußeren Sache zu bleiben. Er ging die Höhepunkte seiner Laufbahn durch, hakte die Punkte in seinem Lebenslauf ab, als zischten sie über das Head-up-Display in seinem Helm: sechs Erstflüge durch die Bergketten rings um die zentralen Maria des Mondes, zwei Rekorde bei Mondüberquerungsmissionen, Befehl über eine Schürfstation der Stufe 1, noch auf der Erde ein Silver Star für Tapferkeit unter Beschuss im Bekaa-

Tal. War das die Karriere eines Feiglings, eines terranischen Greenhorns? Ob er jetzt zu schwer nach Luft keuchte oder nicht, konnte jemand bezweifeln, dass er den Mumm hatte für diesen Sprung?

Und trotzdem stand er da und zweifelte an sich selbst.

Ein gedämpfter Warnton piepte im Helm, und aus seinem Headset drang Quarles' Stimme, nachdem sie per Funk fünfhundert Kilometer überbrückt hatte. »Okay. Countdown ab zehn. Zehn, neun, acht, sieben, sechs, fünf, vier, drei, zwo, eins, null. Schritt, Schritt und Zündung.«

Er hätte sich keine Sorgen zu machen brauchen – kaum sagte Quarles »Zündung«, machte Dechert in der niedrigen Schwerkraft des Mondes drei Sprungschritte. Das Raketenpack seines Anzugs hob ihn von der Kraterwand. Er blickte an seinen Stiefeln vorbei in die Schwärze und zog den Kopf in den hinteren Teil des Helms zurück.

»Dreihundert Meter und steigend«, sagte Quarles. »Zehn Sekunden bis Gipfelpunkt, zwölf Sekunden bis Bremsschub.«

Als er über den Kraterwall von Dionysius stieg, erhaschte er einen letzten Blick auf den Teil des Mare Tranquillitatis, der noch auf der Tagseite lag. An den steilen Impaktklippen der Krater Ritter und Sabine im Südosten funkelten weiße Bänder aus Eruptivgestein. Das dunklere vulkanische Tiefland des umgebenden Mares erstreckte sich zum Horizont wie tote afrikanische Steppe.

Dechert schloss die Augen und wartete darauf, dass die Hitze der Sonne von ihm genommen wurde. Das war kindisch, und kaum hatte er es getan, machte es ihn wütend.

»Gegenschub auf mein Zeichen«, sagte Quarles. »Jetzt!«

Dechert fiel. Die Leichtigkeit in seinen Eingeweiden verriet ihm, dass es abwärtsging, ein Gefühl, dass sein Körper stürzte, während seine lebenswichtigen Organe über ihm zurückblieben. Er sog Luft ein und hielt die Augen geschlossen, um von dem Flug und vom Mond selbst zu fliehen, aber damit verstärkte er nur seine Desorientierung, sein Gefühl der Entkörperlichung. Er konzentrierte sich auf das Geräusch seines Atems, das Zischen der Ventile, das in seinem Helm hallte wie bei einem Taucher, der eine Strömung durchquert. Quarles brauchte gar nicht auf die Biotel zu schauen, um zu wissen, dass Dechert Angst hatte. Er brauchte nur zuzuhören. Auf dem Mond gab es keinen Schall, und die Luft, die in Decherts Lunge strömte und aus ihr hervorkam, bildete einen schlagenden Beweis gegen ihn.

»Wie geht's uns denn?«, fragte Quarles.

»Nicht gut.«

»Kotzen Sie bloß nicht in Ihren Helm.«

»Prima Ratschlag.«

»Gern geschehen. Vier-null Sekunden bis Sprung-Eins. Noch immer alles nominal.«

»Gut.«

Sie hatten sich den Krater Dionysius für Bohrstation 7 ausgesucht, weil es in ihm brauchbare Wasserspuren gab und er außerdem gut zugänglich war. Für einen lunaren Impaktkrater fiel er verhältnismäßig klein und einheitlich aus. Entstanden war er vor einer knappen Milliarde Jahren durch den Einschlag eines winzigen kosmischen Geschosses. Sein Boden war so glatt wie eine nordamerikanische Salztonebene. Zumindest hatten die Lunar-Geologen das versprochen. Allerdings arbeiteten diese Geologen unten in New Mexico mit topografischen Karten, und Dechert trösteten ihre Versicherungen nicht besonders.

Er hätte sich auch mit einem Shuttle in BS-7 stürzen können und wäre dann von einem Sitz aus verstärktem Titan und einer Haut aus zwei Tonnen Superlegierung geschützt worden. Der Raketenanzug musste jedoch unter Einsatzbedingungen getestet werden, und Dechert wollte auf keinen Fall seine Leute mit Prototypen in den Einsatz schicken. Außerdem war jetzt die Methode sowieso nicht mehr wichtig. Nur die Mission. In der Schwärze des Kraters warteten ein Geheimnis und eine Krise darauf, gelöst zu werden.

Ohne Vorwarnung war das Wasserfahrzeug der Bohrstation vor vierzehn Stunden verstummt. Bis zum Ausfall hatte es keine Telemetrie gegeben, keine Datenübermittlung an den Reaktor oder den Zentralcomputer der Station. BS-7 stellte ein Viertel des Trinkwasser- und Sauerstoffbedarfs im Meer der Heiterkeit bereit. Sein Ausfall bedeutete keine Katastrophe, aber die Umstände dieses Versagens weckten in Dechert Unbehagen – und noch mehr der Zeitpunkt, zu dem es erfolgt war. Wieso war vor dem Totalausfall keinerlei Telemetrie erfolgt? Quarles konnte es sich nicht erklären, Thatch ebenso wenig, und beide kannten die Systeme besser als ihre Fingernägel. Die einzige denkbare Erklärung bestand im Einschlag eines Mikrometeoriten, aber die Wahrscheinlichkeit, dass so etwas eintrat, war statistisch vernachlässigbar. Es war, als wäre ein Stecker gezogen worden … aber an der offenen Oberfläche des Mondes zog niemand einen Stecker.

Kälte umschloss Dechert. Im Mondschatten öffnete er die Augen und musste blinzeln, um sich zu vergewissern, dass sie nicht geschlossen waren. Auf der Erde ist Schatten nicht mehr als eine Abtönung, ein Fleck kühler Zuflucht vor dem allgegenwärtigen Sonnenschein. Auf dem Mond ist er ein reines Schwarz, das sich nicht beschreiben lässt, und am Boden eines Kraters, dessen Seiten im Schatten liegen, könnte man sich genauso gut am Rand des Universums bewegen, wohin noch kein Sternenlicht vorgedrungen ist.

Die Plasmalampen seines Helms warfen nadelstichartige weiße Strahlen, die nur wenig gegen das Nichts ausrichteten. Zahlen blitzten auf der Innenseite von Decherts Helmscheibe auf und verrieten ihm, dass der Kraterboden näher kam. Der Höhenmesser zählte rückwärts wie eine Uhr, die in die Vergangenheit reist. Er konnte nichts sehen. *Ich bin ein Feigling*, dachte er und kämpfte gegen eine Welle von Übelkeit an, die unter niedriger Schwerkraft nichts Ungewöhnliches war. *Der ganze verrückte Scheiß, den ich bisher gemacht habe – damit wollte ich nur die gottverdammte Wahrheit verstecken.*

»Warum muss ich Ihre Mistprototypen eigentlich immer als Erster testen?«, fragte er Quarles, weil er die Stille brechen wollte, auch wenn er die Antwort schon kannte.

»Weil Sie der Einzige sind, der genug bezahlt bekommt, um explosive Dekompression zu riskieren. Außerdem haben Sie sich freiwillig gemeldet.«

»Erinnern Sie mich daran, dass ich das in Zukunft lasse.« Dechert blickte sich um. »Wir hätten das nicht ohne Flug-Infrarot versuchen sollen.«

»Sie haben von mir verlangt, das FLIR aus dem Helm auszubauen, damit wir Blackout-Bedingungen simulieren können«, entgegnete Quarles. »Sehen Sie nach unten, und stellen Sie sicher, dass Alpha klar ist. Der Radar fasst nichts auf, aber wenn unter Ihnen Terrain ist, brauchen wir mindestens zwanzig Sekunden, um Ihre Sturzbahn zu korrigieren.«

Dechert reckte den Hals vor, damit er über den unteren Rand seines Visors hinabspähen konnte, und hoffte, die Konzentration auf eine Aufgabe würde den Schwindel lindern. *Piloten hat nicht schlecht zu werden*, dachte er. Aber Piloten saßen gewöhnlich in einem Raumschiff, statt frei durch die Finsternis zu fallen. Der Dampf aus seinem Atem hinterließ auf der Scheibe einen nebligen Beschlag. Die Helmlampen schwenkten ihre Strahlen durch die umgebende Schwärze, aber die Lichtkegel waren zu schmal, um sein Gefühl für oben und unten wiederherzustellen. Er weitete die Lichtkreise und erkannte den Boden. Wo er landen sollte, gab es nur feinen Mondstaub, Regolith, den äonenlanges kosmisches Bombardement zu feinem Mehl zerrieben hatte.

»Sieht aus, als gäbe es da nur Regolith«, sagte Dechert zwischen zwei Atemzügen. »Etwa hundert Meter nach Norden kleine Felsen, Brekzien, würde ich sagen, und ein Dorsum im Osten, aber Alpha sieht klar aus. Erinnern Sie mich, was zum Teufel ich beim Aufschlag machen soll.«

»Aufschlag? Himmel, Boss, haben Sie doch mal ein bisschen mehr Vertrauen. Die Raketen sind klar, um Sie abzufangen. Sollte eine Landung wie auf einem Federbett geben. Dann machen Sie zwei Schritte, als würden Sie einen Basketball dunken, und drücken Sie Neuzündung.«

»Was glauben Sie, wie oft ich schon einen Basketball gedunkt habe?«

»Das stimmt natürlich, weißer Mann.«

»Quatsch, Sie sind auch weiß, Quarles.«

»Na ja, Sie haben das aber schon mal gesehen, oder? Wie auch immer, die Startsequenz beginnt automatisch, und der Computer richtet die Raketen aus. Bei Ihrem nächsten Hopser sind fünfzehnhundert Meter vorgesehen. Danach ist BS-7 nur zwei weitere Hopser entfernt.«

»Verstanden.«

Drei Sprünge, wenn alles gutgeht und ich nicht ins All davonschieße, dachte Dechert. Selbst wenn er nicht in Panik und mental in der Lage war, Fluchtgeschwindigkeiten zu berechnen, hasste er Physik. Aber zwei Dinge wusste er: Wenn die Minijets auf dem Weg nach oben nicht im richtigen Moment abschalteten, stieg er weiter hoch in den Weltraum, und wenn sie auf dem Weg nach unten nicht mehr zündeten, reichte selbst die geringe Mondschwerkraft aus, um ihn beim Aufprall zerplatzen zu lassen wie einen Schneeball auf Beton. Dann müsste jemand anders den Ausfall von BS-7 untersuchen.

Nachdem sie seine gefrorenen Überreste eingesammelt hatten.

»Zwo-null Sekunden, Bremsschub acht-null Prozent, Fallgeschwindigkeit ein Meter pro Sekunde«, sagte Quarles.

Dechert konzentrierte sich wieder auf das Unmittelbare. In den beleuchteten Kreisen auf der Mondoberfläche konnte er durch seine Helmscheibe mehr Einzelheiten ausmachen. Farbpunkte an den scharfen Rändern seines Sichtbereichs waren zu Felsen geworden, Haarrisse zu tiefen, steinigen Rillen. Sein Atem beschleunigte sich. Über das Head-up-Display huschten Ziffern, und ein blinkendes Quadrat aus Pfeilen markierte die Stelle, an der er landen würde. Ein gedämpfter Warnton begann zu piepen.

»Fünf Sekunden.«

Die Schritte auf dem staubigen Kraterboden erfolgten schnell und überraschend undramatisch, dann war er wieder losgelöst, stieg von Dionysius' Niederungen hoch, während die Schubdüsen in seinen Stiefeln, im Schultergeschirr und im Tornister zischend Treibstoff verbrannten. Das Head-up-Display im Helm meldete den Aufstieg mit einem Taumel roter und grüner Ziffern und Höhenmarkierungen.

»Einhundert Meter und steigend.« Dechert las die Daten, während die G-Kraft ihn in den Anzug zurückdrückte. »Orientierung siebzig Grad, innerhalb der Parameter.«

»Verstanden, Boss«, antwortete Quarles. »Fernlenkung ist etwas Wunderbares. Drei-null Sekunden bis Scheitelpunkt; zwo-sechs Sekunden bis Bremsschub.«

»Wie sieht's mit Strahlung aus?«

»Die Sonne schläft, und Sie sind sowieso durch den Winkel abgeschirmt. Mindestens sechs Stunden lang brauchen Sie sich keine Sorgen zu machen. Sieht ganz nach einem wunderschönen Tag auf dem Mond aus.«

Zehn Minuten später landete er an Bohrstation 7. Es war dort schwarz wie der Einband der Bibel. Und kalt. Das Wasserschürfnetz und der Reaktor zur Wasserspaltung hätten von einem Umgrenzungsring aus blauen triliptischen Lampen beleuchtet sein müssen. Das war nicht der Fall. Dechert schwenkte seine Scheinwerfer und ging vorsichtig ein paar Schritte, um das Schwindelgefühl loszuwerden. Langsam näherte er sich der Rille, die sich wie ein Finger, der auf die Öde des Mare Vaporum zeigte, über den Kraterboden nach

Nordwesten schlängelte. Etliche Sekunden lang musterte Dechert die Grautöne der Grube, dann stach ihm Weißes ins Auge.

»Okay. Ich bin da. Ich sehe den Siebroboter ungefähr zwanzig Meter unter mir an der Ostwand. Er ist aus. Keine sichtbaren Beschädigungen. Er ist einfach aus.«

»Verstanden. Was ist mit dem Leitstand am Reaktor?«

»Alles aus. Keine Beleuchtung. Ich gehe jetzt dorthin.«

Dechert kletterte auf den Kamm der Erhöhung und folgte ihm zum Leitstand des Reaktors, der sehr an eine altertümliche Telefonzelle erinnerte, die man auf dem Bauch des Mondes abgesetzt hatte. Noch bevor er ihn erreichte, wusste er, dass nichts eingeschaltet war. Als er in der Kabine war, wischte er eine Staubschicht von einem strahlungsgehärteten Plasmabildschirm. Schwärze starrte ihn an. Beim Nähertreten stieß er sich den Fuß und schaute auf seine Stiefel.

»Himmel.«

»Was?«

»Eine Energiezelle ist aus dem Chassis gezogen worden. Sie liegt hier auf dem Boden.«

»Sie meinen, sie wurde physisch entfernt?«

»Ja.«

»Welche Zelle?«

»Augenblick. A6.«

»Ist sie beschädigt?«

»Staub wird eingedrungen sein, aber davon abgesehen sieht sie okay aus. Ich bin mir nicht sicher, ob ich sie wieder einsetzen sollte. Empfehlungen?«

Quarles schwieg einige Sekunden lang. »Blasen Sie sie mit komprimierter Luft so sauber, wie Sie können, und setzen Sie sie wieder ein, aber bitte vorsichtig. Wir müssen vermutlich sowieso hin, den Antrieb ersetzen und schauen, ob dort das eigentliche Problem liegt.«

»Verstanden. Neustart in einer Minute.«

Dechert blies so viel Mondstaub von der dreieckigen Energiezelle, wie es nur ging, und schob sie wieder ins Gestell. Als er den Schalter drückte, blitzten grüne und rote Punkte auf dem Plasmabildschirm auf. Er spürte, wie hinter ihm eine Xenon-Minenlampe nach der anderen aufstrahlte.

»Fährt hoch.« Er ging hinter die Kabine. »Ich kapiere es nur nicht – wieso bekamen wir kein Signal, als die Zelle rausgezogen wurde?«

Quarles zögerte, und Dechert konnte fast hören, wie er nachdachte. »Ich bin mir nicht sicher. Es ist ein Antrieb mit variabler Frequenz, und er hat eine fortschrittliche Zellenüberbrückung. Das heißt, wenn eine Energiezelle versagt, wird sie automatisch isoliert, und die anderen übernehmen ihre Last mit. Das bedeutet aber auch, dass die anderen Zellen dann umso schneller ausbrennen.«

Dechert beschrieb einen weiter werdenden Kreis um die Kabine. »Wer immer das getan hat, wusste also, dass der Sieber langsam ausfallen würde, aber wahrscheinlich, ohne dass wir alarmiert werden?«

»Richtig«, sagte Quarles. »Und er kannte sich so gut aus, dass er nicht die Zelle im Sternpunkt der Verkabelung gezogen hat, denn dann hätte sofort alles stillgestanden.«

»Na ja, wer immer es war, er hat hier überall Fußabdrücke hinterlassen, und die sind nicht von uns.«

»Okay, sind sie menschlich oder außerirdisch?«

»Ich meine, dass sie nicht amerikanisch sind, Sie Klugscheißer. Das Profil ist anders. So was habe ich auf Luna noch nicht gesehen. Ich mache Fotos davon. Bitten Sie Vernon oder Lane, nach übereinstimmenden Sohlen zu suchen.«

Quarles schwieg wieder mehrere Sekunden. »Okay. Also, was zum Teufel ist da los, Boss? Will sich jemand einen Scherz mit uns erlauben?«

»Uns zu einer EVA in einem Krater im Schatten zu zwingen ist kein Scherz, Quarles. Und unsere Wasserversorgung zu gefährden auch nicht. Jemand will uns was mitteilen.«

»Na prima«, sagte Quarles. »Was denken Sie, in welcher Sprache ist das?«

2

Sea of Serenity 1 gab es seit vierzehn Jahren, und man sah es der Schürfstation an. Unter drei Metern Mondboden am Südrand des Mare Serenitatis vergraben, um die Crew vor der Strahlung zu schützen, erinnerten Gänge, Module und Decks mehr an das Innere eines U-Boots aus dem Zweiten Weltkrieg als an eine Mondstation der Stufe 1. In den engen äußeren Gängen stank es nach Schweiß, Tabakrauch und Hydraulikflüssigkeit. Mondstaub, feiner als Sandkörner auf der Erde, aber mit scharfen kristallinen Kanten, bedeckte außerhalb der Reinräume alles und brünierte das Netz der Verbindungsgänge mit einem schiefergrauen Schleier. Die Luftfilter und Nanowäscher führten jeden Tag einen Kampf gegen den Staub und verloren. Der Staub drang in die Computer vor, die Prozessoren, Raumanzüge, elektrischen Anlagen und Reinigungssysteme und zermürbte sie wie ein Krebsgeschwür. An der Station und ihrer ganzen Ausstattung fielen mehr Reparaturarbeiten an als bei einem alten Kampfpanzer.

In der ersten Dekade des Weltraumflugs hatte Robert A. Heinlein den Mond als herbe Geliebte bezeichnet, aber Dechert betrachtete Luna immer als eine Wüste, bei der die Natur es übertrieben hatte – die totgeborene Schwester der Erde, um Wind, Wolken und Luft betrogen, die sie vor der Leblosigkeit hätten bewahren können. Dechert empfand eine Verbundenheit mit den irdischen Stämmen, die

Lebensalter damit verbracht hatten, das Leben in solcher Verlassenheit zu perfektionieren. Die Beduinen überstanden Sandstürme, die einem das Fleisch von den Knochen fetzen konnten. Die Inuit rangen ihr Leben den kalten Eisschollen ab. Wie gelang ihnen das? Nach mehr als vier Jahren auf dem Mond begriff er es allmählich: Sie zogen bei Problemen gleich beim ersten Mal ihre Lehren.

An solchen Orten bekam man keine zweite Chance.

Dechert war ein vorsichtiger Mann. Er prüfte alles doppelt. Als er nach seinem Flug in den Dionysius die innere Tür der Luftschleuse schloss und auf der Schalttafel nach grünen Lichtern schaute, drückte er zweimal die Statustaste, ehe er an den Helmdichtungen hantierte.

»Sie haben echt Mumm«, sagte Vernon Waters hinter ihm. »Quarles' Versuchskaninchen spiele ich weder für Geld noch für gute Worte, schon gar nicht fünfhundert Klicks weit draußen. Der Junge raucht mir viel zu viel Gras.«

»Das schenkt ihm kreative Energie«, sagte Dechert.

Er ließ sich auf eine Umkleidebank sacken und zog die Handschuhe aus. Der Hangover eines ausgedehnten Mondspaziergangs durchzog ihn und verkrampfte seine Muskeln von den Waden bis zu den Schulterblättern. Sieben Stunden in der Kälte, angefüllt hauptsächlich mit Zwei-Kilometer-Sprüngen über das Becken des Meers der Ruhe. Ein viel zu weiter Weg für einen Mann, der auf die vierzig zuging. Er wackelte mit den Zehen, um das brennende Gefühl von Blutleere und Frostbeulen loszuwerden, knetete seine Oberschenkel mit den Handballen und dachte voll Bedauern an die Zeit auf der Flugschule von Pensacola mit den weißen Stränden so lang wie die Startbahnen der Air Force.

»Was zum Teufel ist da draußen passiert?«, fragte Vernon.

»Nichts Gutes. Haben Sie dem Funkverkehr zugehört?«

»Klar, und ich habe Briggs diese Stiefelabdrücke analysieren lassen. Aber Mensch, was ist da draußen passiert?«

Dechert rieb sich die Augen. »Das müssen Sie mir sagen, Vernon. Auf jeden Fall geht da jemand im Hahnenkampf um die Schürfrechte im Tranquillitatis-Becken auf die nächste Stufe. Wer hat das Altschuler-Abkommen unterzeichnet? Russland, China, Brasilien, Indien und wir. Möchten Sie raten?«

Vernon umfasste eine Haltestange über seinem Kopf und wiegte sich hin und her. »Na, die Russen waren es nicht. Tranquillitatis ist ihnen scheißegal. Sie sind zu sehr damit beschäftigt, auf der Rückseite am Leben zu bleiben, die irren Mistkerle. Und die Brasilianer und Inder haben ihre Helium-3-Vorkommen bisher gar nicht angerührt. Sie kampieren noch in Zelten.«

»Also die Chinesen.«

»Entweder sie, oder es sind Gespenster. Niemand sonst weiß, wie ergiebig diese Felder sind – es sei denn, jemand hat dort Tests durchgeführt, von denen wir nichts wissen.«

Dechert blähte die Wangen und stieß Luft aus. Er war zu erschöpft, um an den Feuersturm zu denken, der bevorstand, sobald er Peary Crater Meldung erstattet hatte. »Na, ich bezweifle, dass wir von Geistern reden, aber sagen Sie mir doch mal eines, Vernon. Wenn es die Chinesen sind, woher zum Teufel wussten sie, welche Energiezelle sie ziehen mussten, damit sie den Sieber nicht sofort lahmlegen? Quarles sagt, wenn sie A7 oder B7 oder C7 gezogen hätten, wäre das ganze Ding auf der Stelle ausgefallen. Wer immer das war, hatte entweder echtes Glück, oder er kannte sich mit dem Überbrückungssystem aus.«

Vernon runzelte die Stirn und grinste im nächsten Moment. »Scheiße, die Elektronik stammt wahrscheinlich sowieso aus China. Ich lasse es von Quarles überprüfen, aber ich glaube kaum, dass die Energieversorgung ein Staatsgeheimnis ist.«

»Das vermute ich auch. Aber lassen Sie ihn trotzdem graben. Hoffentlich bekommt Lane etwas zu den Stiefelabdrücken heraus.« Dechert rief sich die Szene im Dionysius wieder vor Augen – die Stiefelabdrücke des Saboteurs hatten von einer Landezone westlich der Bohrstation schnurstracks zum Leitstand geführt, dann zu der Rille, an der der Wassersieber gearbeitet hatte, und zurück zur Landezone. So als hätte der Saboteur die Örtlichkeit gekannt. Und welches Fahrzeug auch immer am Boden von Dionysius gelandet war, es hatte keinen Abdruck hinterlassen – der Krater war irgendwie sauber gewischt worden. Wie aber wischt jemand die Landestelle eines Ein- oder Zwei-Tonnen-Shuttles sauber, wenn man schon wieder drinsitzt? Das Landegestell hätte klare Eindrücke im weichen Regolith hinterlassen müssen. Nichts passte zusammen. Dechert schloss die Augen und atmete tief durch. Der Schießpulvergeruch des Mondstaubs stand ihm in der Nase, und sein Kopf schmerzte zu sehr, um weiter darüber nachzugrübeln. Er wollte nicht über die Chinesen oder sonst wen nachdenken, ehe er etwas gegen sein Kopfweh eingenommen hatte.

»Wie sieht es am Posidonius aus?«, fragte er Vernon. »Irgendeine Nachricht von den Jungs?«

Zwei seiner Schürfer, Benson und Thatch, steckten einen neuen Helium-3-Tagebau am Krater Posidonius ab und führten dort Testbohrungen durch. Dechert hatte am Morgen einen Bericht erhalten, und ihre Fahrt war ihm nicht aus dem Kopf gegangen. Der Posidonius lag in einem relativ sicheren Teil des Serenitatis-Beckens, aber sie waren auf dem Mond. Ihm gefiel es nicht, Neuigkeiten über eine Mission an weit entfernter Stelle erst Stunden später zu erhalten.

»Bei ihnen ist alles in Ordnung. Lane hat erwähnt, dass der Comlink wieder gesponnen hat und dass sie noch atmen und Spiralen legen.«

Waters lächelte bei diesen Worten, und sein schleppender Louisiana-Dialekt erinnerte Dechert an die letzten Tropfen aus einer Flasche Bourbon, die auf den Boden eines Glases fielen. In gewissem Ausmaß war es Manieriertheit, denn der Dialekt wurde schwächer, je länger das Gespräch ging. Dechert fragte sich, ob etwas Unterbewusstes im Spiel war – Vernons Art, sich nach den sauerstoffreichen Niederungen seiner Jugend zu sehnen.

Dechert rieb sich mit der offenen Hand den Schweiß von seinem wochenalten Bürstenschnitt. Er schaute in den kleinen Spiegel in seinem Spind und entdeckte das Grau, das seinen Angriff auf die Kuppe seines Kopfes fortsetzte. Vor ein paar Jahren war es losgegangen, ein einzelnes unpassendes Haar an einer Stelle. Dann noch eins. Und dann hatte die Offensive begonnen. Silbrige Haare hatten sich vervielfacht und sich wie ein Heer, das eine Belagerung beginnt, von den Koteletten zu den Schläfen ausgebreitet. Das entfesselte Alter. Es waren einfach nicht mehr seine Haare. Mit unermüdlicher Willensanstrengung hatten sich die Jahre auch in Decherts Muskeln und Sehnen gegraben, und nun konnte er nicht mehr als ein paar Tage lang unrasiert sein, ohne strahlend weiße Barthaare zu sehen, die ihm vom frühen Grab kündeten. Er war ausgelaugt, und er wusste, dass die Erholung von diesem Hopser viel länger dauern würde, als angemessen war. Tage statt Stunden würde er auf wunden Knien umherhinken, und das bei der laschen Schwerkraft von einem Sechstel g.

Er schob das Selbstmitleid beiseite. In einer Kolonie überarbeiteter, unterstimulierter Mondschürfer nutzte es ihm nichts. Auch nicht bei den Papierhengsten unten auf der Erde, die Produktionsparameter festsetzten, bei denen keine Ruhezeiten vorkamen. Sie setzten alles daran, dass Serenity 1 mehr produzierte als die Chinesen, ohne Rücksicht auf Verluste.

»Sie sehen fertig aus«, sagte Waters.

»Weiß ich.«

Dechert fragte sich zum hundertsten Mal, ob die Leute zu Hause auch nur die leiseste Vorstellung davon hatten, wie es war, auf dem Mond zu leben. Am Las Cruces Spaceport hatte er vor Jahren einen verwitterten alten Laserdruck gesehen. Er zeigte drei Schürfer, die mit in der Sonne glänzenden Helmen auf dem Gipfel eines Mondbergs standen und aussahen wie spartanische Krieger in Raumanzügen, bereit, die himmlischen Thermopylen zu verteidigen. Er dachte an ein Kind, das dieses alberne Poster betrachtete und davon träumte, wie toll es wäre, ein paar Tage auf Luna zu verbringen, nach außerirdischem Brennstoff zu schürfen und damit das Vaterland zu retten. Wenn die Erdgebundenen jetzt nur ihn und Vernon sehen könnten, eingezwängt in einen Verbindungsgang, der zur Hauptquarantäne führte, wie Pendler in einem Bus, nur dass sie Kohlestaub im Haar hatten.

Er bemühte sich, den rechten Arm aus dem Druckanzug zu bekommen, aber sein Flugeinsatzleiter bemerkte die Anstrengungen kaum. Waters bewegte sich nie ohne zwingenden Grund; er sparte seine Energie wie eine alte Eidechse, die auf die Sonne wartete. Die Verärgerung darüber war nur kurz. Wenn es haarig wurde, war Vernon Waters der beste Mann auf dem Mond, der versierteste Flugeinsatzleiter, den Dechert je gehabt hatte. Die Muskeln an Waters' Armen spielten, als er an den Stangen schwankte, und ein helixartiges Tattoo auf seinem schwarzen Bizeps bewegte sich wellenartig. Die Muskeln spannten und lösten sich wie bei einer Schlange. Waters machte jeden Tag zweihundert Klimmzüge in einem 1-g-Schwereanzug und war stolz auf die Ergebnisse. An den Schultern war er breiter als ein Whiskeyfass, und er brauchte sein ganzes akrobatisches Geschick, um einige der engeren Luken der Station zu durchqueren. Seine großen Augen mit den schweren Lidern und seine Jimi-Hendrix-Frisur jagten jedem eine höllische Angst ein, der ihn nicht kannte, und Dechert fragte sich immer, ob die geringe Schwerkraft ihn genauso betraf wie alle anderen auf dem Mond. Er schien sich viel weniger federnd zu bewegen als alle anderen.

Er war einfach zu groß für den Mond und zu sehr in seinen Gewohnheiten festgefahren, aber auf ganz Luna gab es niemanden, dem Dechert mehr traute als Vernon.

Dechert schaltete den Jetanzug aus, stellte die Luftversorgung ab und fuhr den Computer herunter, dann schloss er die Brennstoffventile. Als er sich bückte und seine Stiefel abschnallte, kam Waters ihm endlich zu Hilfe.

»Danke«, sagte Dechert.

»Immer wieder gerne, Boss.«

Schweigend arbeiteten sie weiter, und Dechert erhielt Zeit, um die Dinge zu durchdenken. Wenn Quarles die Jetanzüge routinetauglich bekam, linderte das vielleicht einiges von dem Druck, unter dem die Station stand. Die US Space Mining Administration rief nach größerer Produktivität, denn sie bereitete den Bau einer Basis auf Europa vor. Die Marktanalysten wurden paranoid über den Erfolg ihrer chinesischen Konkurrenten, deren neue Station den Berichten zufolge fast zwanzig Tonnen Helium-3 pro Monat ausstieß.

Wieder war es ein Unterschied, ob man auf dem Erdboden saß oder auf der Mondoberfläche. Tatsache war, dass die Crew von Serenity 1 die Gesellschaft begrüßt hatte, als die Chinesen vor einigen Jahren den Ableger New Beijing 2 ihrer Hauptbasis am Südpol gegründet hatten. Die neue Station lag nur sechshundert Kilometer entfernt und schmiegte sich in den Rand des Kraters Archimedes. Damit waren sie dichter an Serenity als irgendjemand sonst im Sonnensystem, und das machte sie zu Adoptivbrüdern und -schwestern. Die beiden Stationen tauschten Saatgut und gefriergetrocknete Menüs und verschoben untereinander selbst gebrannten Wodka auf niedrig fliegenden Nanopacks. Lin Tzu, der Kommandant der chinesischen Station, war zu einem Freund und Onlineschachpartner Decherts geworden. Tzu hielt es wie ein Söldner; er hatte Dechert überzeugt, dass es viel besser sei, ihn zum Freund zu haben als zum Gegner.

Aber die Behörde hatte die neuen Nachbarn nicht so begeistert aufgenommen. Ihrer Ansicht nach war lunare Konkurrenz ein Angriff auf die festgeschriebene Bestimmung der Gesellschaft – eine Beleidigung der raumfahrenden Nation, die vor mehr als einem Jahrhundert mit Röhrencomputern das Apollo-Programm zuwege gebracht hatte. *Die Erstgeborenen sind immer neidisch auf ihre Geschwister*, dachte Dechert, und wenn die Chinesen ihre Produktionsrate aufrechterhielten und eine Möglichkeit fanden, ihre Abbaukosten unter Kontrolle zu halten, wären sie in der Lage, im nächsten Bieterzyklus um die lukrativsten Terra-Energie-, Weltraumtourismus- und Systemerkundungsverträge zu konkurrieren.

Und offenbar war das ein Problem, das er zu lösen hatte.

»Vorsicht bei der Schnalle«, sagte er. »Mist.«

»Das verdammte Ding klemmt. Wackeln Sie mal mit den Zehen.«

»Okay, da festhalten. Vorsicht mit der Düse.«

»Verdammter Mondstaub.«

Terra-Energie könnten sie haben, dachte Dechert. Er öffnete den Reißverschluss des Innenfutters an seinem Hals und kratzte sich an dem feuchten Hautstreifen, der an das Metallgerüst des Anzugs gedrückt worden war, während Waters mit seinem Stiefel kämpfte.

Hinter Terra-Energie stand eine korrupte internationale Kommission, die versuchte, die Heimatwelt vom Thermischen Maximum wegzubekommen, und die Gewinnspanne war lausig. Systemerkundung war nicht viel besser: Sie brauchte viel Brennstoff. Die Staaten fingen allmählich an, anständig dafür zu bezahlen, aber die Nachfrage blieb spärlich. Nach dem Thermischen Maximum war wissenschaftliche Entdeckung zu einer Art Luxus geworden – und Investoren begannen erst jetzt, das Kapital zusammenzukratzen, um im inneren System und dem Asteroidengürtel nach neuen Reichtümern zu suchen.

Nein, es war der Tourismus, mit dem das große Geld zu machen wäre. Sobald die eisigen Oasen von Europa und Miranda Basen hatten und Schürfer die Helium-3-Schöpfer in die brodelnden Atmosphären von Jupiter und Uranus stießen, wurden frischgebackene Abenteuerlustige, die eine Woche bei Nullschwerkraft verbringen wollten, zu Lunas Kernmarkt. Die Fernraumschiffe der nahen Zukunft würden an Europa andocken, als wäre der Jupitermond eine Tankstelle, und der Mars wäre halt der Mars, eine vergessene Zwischenstation vom Nutzen einer erschöpften Nickelmine. Trotzdem würden die brandneuen Ferienhabitate, die die Erde umkreisten, Helium-3 für ihre Fusionsreaktoren benötigen, dazu Wasser und Sauerstoff für ihre zahlenden Gäste. Die Reichen wären nicht mit einem Stufe-1-Duschsack zufrieden – einem Liter recyceltem Urin und einem Schwamm. Sie hatten größere Ansprüche. *Die Erde erwacht wieder zum Leben*, dachte Dechert. *Auch wenn der halbe Planet hungert – die obere Schicht der Bewohner isst schon wieder gut, und nur volle Bäuche dehnen sich.*

»Die Dinger sind eine vorprogrammierte Tragödie, gottverdammt noch mal«, sagte Waters.

Dechert riss es in die Gegenwart zurück. Er sah zu, wie Waters ihm den staubbedeckten Jetanzugstiefel vom Fuß zog und in den breiten Händen drehte. Mit theatralisch aufgerissenen Augen betrachtete er die HEDM-Schubdüsen an der Stiefelseite. »Wenn ich je so was tragen soll, dann halten Sie mich bloß an der kurzen Leine. Als Beachball habe ich mich nicht beworben.«

»Genau.«

Dechert stand auf, nahm eine 1-g-Schwerejacke aus dem Kleiderspind und zog sich angestrengt die beschwerten

Ärmel über, während ihm die kalte Luft im Gang über die nackten Schultern strich. Er hätte Waters seinen Verdruss über die vorgespielte Insubordination zeigen müssen, aber Dechert hatte längst die SMA-Richtlinien für das Aufrechterhalten einer Befehlskette über Bord geworfen. Serenity 1 war mehr eine Bohrinsel als eine Kaserne, ein Ort, an dem Einsamkeit und Gefahr die Crew in einen Zustand ungeschriebener Formlosigkeit zusammenschmolz. In einem Irrenhaus berief man sich nicht auf seinen Dienstgrad, solange es nicht kurz vor der Explosion stand.

Was die Crew anging, tanzte Dechert auf dem schmalen Grat zwischen Disziplin und Kapitulation. Er ließ sogar zu, dass Quarles im Treibhaus marokkanischen Cannabis zog und in seinem Maschinenkeller unter dem Labor nach Herzenslust klassischen Rock spielte. Alles, was zählte, war die Quoten zu erfüllen und den Deckel auf den Töpfen zu halten, besonders, wenn die Wände mal wieder zusammenzurücken schienen. Unzufriedenheit inmitten der Crew sei etwas ganz Schlechtes, wenn man nicht auf der Erde und mehr als tausend Klicks von einer Hauptbasis entfernt sei, hatte Fletcher immer gesagt. Wenn die Dinge schiefliefen, wolle man vor allem eins nicht: verantwortlich sein.

Denn bei einer Meuterei war der Kerl mit dem meisten Lametta auf den Schultern fast mit Sicherheit der Erste, der aus der Luftschleuse flog.

»Sie sind Gewerkschafter«, sagte Dechert. Er nahm eine marineblaue Baseballkappe aus dem Spind und zog sie sich tief in die Stirn. Er rieb den Mondstaub von den Schulterklappen seiner Schwerejacke und machte einen halbherzigen Versuch, sich zu dehnen, indem er die Handflächen auf den gummierten Boden setzte. Aber er hielt auf halbem Wege inne, als er spürte, wie die Sehnen in seinen Kniekehlen die Flagge strichen. »Wenn Ihr Vertreter Sie nicht raushalten kann, dann kann ich das erst recht nicht, das wissen Sie verdammt gut.«

»Scheiße«, sagte Waters.

Dechert richtete sich auf, klopfte ihm in geheucheltem Mitgefühl auf die Schulter und ging zur Reinraumschleuse. Er konnte es kaum abwarten, sich auszustrecken und unter dem trockenen Heißluftstrom der Dekontaminationsgebläse zu liegen. Die verteilten 300 Kilogramm Vectran-Gewichte schmiegten sich an seinen schlanken Leib und schenkten ihm fast das Gefühl, wieder auf der Erde zu sein, indem sie die bleierne Schwerkraft Terras nachahmten. Nur sein Kopf fühlte sich leicht an, und auch an dieses Gefühl musste man sich erst einmal gewöhnen.

Dechert blickte zu seinem Flugeinsatzleiter zurück. »Und ich sage es Ihnen nur ungern, aber Sie *werden* in so einen Anzug steigen, sobald wir das Profil von diesem Hops haben. Wenn Peary Crater erst hört, was hier unten passiert ist, machen wir alle Mondspaziergänge. Wir werden sämtliche unserer Spiralen, Wasserminen und Substationen überprüfen müssen, um sicherzustellen, dass die Chinesen, oder wer immer das war, nicht an ihnen rumgepfuscht haben. Und wir müssen zurück zu BS-7 und den Antrieb ersetzen.«

Er gab die Quarantäne-Sequenz ein und wartete, bis die Reinraumtür sich aufschob. Dann kniete er nieder und durchquerte die Luke. »Ich gebe Ihnen einen guten Rat, Vernon. Nur leichtes Essen vor dem ersten Hops.«

3

Als Dechert sich durch die niedrige Tür zum CORE duckte, hing Lane Briggs über der Funkkonsole, das Gesicht in den Händen, die Ellbogen auf die blaue Komposit-Arbeitsfläche gestützt. Sie hatte ihre Fußgelenke gekreuzt und trommelte mit einer Ferse auf den Boden, als ereilte sie immer wieder unvermittelt ein Energieausbruch. Quarles saß an der Satellitennavigationskonsole auf der anderen Seite des kreisrunden Raumes und stierte auf ihren Rücken. Die Situation wirkte geradezu inzestuös – sie stritten miteinander wie Geschwister, die man in einen kleinen Raum gesperrt hatte, und Dechert konnte sich keine seltsamere Situation vorstellen, als sie dabei zu erwischen, wie sie in der Ecke rummachten. Jetzt, wo ihm dieses Bild einmal im Kopf herumspukte, bedauerte er es, jemals in diese Richtung gedacht zu haben. Er fragte sich, ob Quarles sein Guthaben an VR-Pornominuten überzogen habe, und schlug mit der offenen Hand auf das Geländer. Der Knall hallte wie ein Gewehrschuss durch das kleine Amphitheater, und beide zuckten zusammen. Dechert ging die Stufen hinunter.

»Himmel«, sagte Quarles.

Dechert sah ihn warnend an und wandte sich an Lane. »Was haben wir? Sind Benson und Thatch am Posidonius fertig?«

Sie stand von ihrem Sitz auf und reckte sich, indem sie die Arme in unmöglichen Winkeln nach hinten zog. Quarles wandte sich wieder seiner Station zu und gab vor, den eintreffenden Datenstrom der Posidonius-Mission auszuwerten. Die Reihen aus Polymer- und Holodisplay tauchten den Raum in einen grüngelben Lichtschein. Er spielte über Lanes blasses Gesicht und die dunklen, kupferroten Haare, die ihre Schultern nicht erreichten und sich in der niedrigen Schwerkraft wie träge Farbwellen bewegten, als sie den Kopf drehte. *Wenn man je die Schönheit einer Frau begreifen will*, dachte Dechert, *muss man sie sich bei weniger als einem Sechstel g ansehen.* Er schüttelte den Kopf.

Mein Gott, wir sind zu lange hier oben …

Lane riss ihn aus seinen Gedanken. »Sie haben die Konverter von BS-4 wieder zum Laufen gebracht und legen auf den neuen Feldern ein Testraster an«, sagte sie. »Thatch macht die *Molly* schon klar für den Nachhauseweg. Sie müssten gegen zweiundzwanzig Uhr dreißig aufbrechen können.«

Sie blickte auf den Computer an ihrem schlanken Handgelenk, aber er wusste genau, dass sie ihn gleichzeitig beobachtete, wie er versuchte, sich trotz schmerzender Beine mit ungerührtem Gesicht die gummierte Gangway entlangzubewegen. Sie zog die Lippen zu einer roten Perle zusammen und lehnte sich mit dem Rücken an die Konsole, stützte sich auf den Handflächen ab und trommelte mit den Fingern; jede Bewegung war ein kontrollierter Energieausbruch. Dechert merkte ihr an, dass sie verärgert war, und er wusste, dass es an der Funkanlage der *Molly Hatchet* liegen musste. Er wartete nur, dass sie damit herausplatzte.

»Ich sage es zum letzten Mal, Commander. Beim nächsten Mal beschwere ich mich direkt bei den SMA-Arschlöchern in Las Cruces. Wir tappen im Dunkeln, wenn das

Com jedes Mal Scheiße baut, sobald wir außerhalb des Perimeters eine OP laufen lassen. Irgendwann kratzt da draußen einer ab, und auf der Erde rufen sie einen Ausschuss der Ahnungslosen ein und versuchen zu kapieren, worüber ich seit einem halben Jahr rumgenörgelt habe.«

Sie nahm ein Stück Zündschnur vom Arbeitstisch und zog daran, dehnte sie zwischen den Händen wie eine Garotte, bis Dechert die Adern über ihren Fingerknöcheln sehen konnte. Er verzog das Gesicht. Quarles stöhnte gespielt entsetzt auf. Chronische Besorgnis und Misstrauen gegenüber dem Management gehörten untrennbar zu Lane und wurden zu gleichen Teilen von ihrer zynischen Natur und ihren Aufgaben als Sicherheitsoffizier der Station genährt. Wenn sie sämtliche Schreibtischtäter der Space Mining Administration auf Terra irgendwo zusammenrufen und dem lauen, schlaffen Haufen eine Napalmbombe auf die Köpfe werfen könnte, dann hätte sie es getan, so viel war Dechert klar. Er war sich nur nicht sicher, ob ihr bewusst war, dass sie damit nichts bewirken würde: Für Bürokraten fand sich jederzeit Ersatz, und die Firma würde sich höchstwahrscheinlich nicht ändern, auch wenn sie das Geld kostete.

»Ich glaube, nörgeln ist hier das Schlüsselwort, Boss«, sagte Quarles.

Dechert wandte sich ihm zu und hob einen Finger. »Jonathan, reizen Sie mich nicht zu etwas, das ich bereuen müsste. Ich war zu lange draußen in der Kälte, um mir Ihren Quatsch gefallen zu lassen.«

Quarles verabscheute seinen Vornamen; deswegen hatte Dechert ihn benutzt. Der junge Mann wandte sich wieder den Bildschirmen zu und tat so, als arbeitete er an den Missionsdaten. Dechert sagte sich, dass es so am besten sei: Wenn er Lane in die Finger geriet, brachte sie anstelle der Schreibtischhengste vielleicht ihn um. Er warf noch einen Blick auf die Zündschnur in ihren Fäusten und musste zugeben, dass es ihn nicht nur auf dienstlicher Ebene treffen würde, wenn sie in einer Zelle von Peary Crater landete, weil sie an seinem jungen Triebwerksingenieur eine spontane Gewalttat verübt hatte. Lane Briggs dachte wie er: Sie waren Zyniker, die nichts dem Vertrauen überließen. Lane war seine Sicherheitsdecke, der Mensch, an den er sich als Erstes wandte, wenn er sicherstellen wollte, dass er nicht unter Mondkoller litt.

Dechert rieb sich die Schläfen und setzte sich auf einen abgeschabten Mikrovelourssitz. Sein EVA-Hangover war schlimmer geworden, und er sehnte sich nach Erdluft, nach echter Luft, nicht dem Zeug, das durch tausend Meter Aktivkohle geströmt war.

»Hören Sie, seit über zwei Monaten beknie ich die Kommunikationsabteilung von Peary Crater, uns jemanden zu entsenden. Wenn sie mit der nächsten Lieferung keinen Techniker mitschicken, fliege ich persönlich hin und mache dort für Sie ein paar Büros zu Kleinholz.«

Sie schnaubte ungläubig. In den letzten beiden Monaten hatten sie vier Fernfahrten mit der *Molly Hatchet* vorgenommen, einem Kettenfahrzeug, das seine besten Jahre hinter sich hatte und keinerlei Redundanzen besaß, und bei jeder einzelnen Fahrt hatte die Funkanlage gesponnen. In dem verdammten Ding arbeitete nicht einmal ein Satellitentelefon zuverlässig.

Lane hat vollkommen recht, dachte er. Irgendwann *stirbt jemand. Wenn die Administration nicht einen Gang runter-*

schaltet oder ganz schnell ein paar Kommunikationssatelliten mehr in den niedrigen Mondorbit bringt, wird früher oder später jemand im Namen des chinesisch-amerikanischen Wettstreits das Leben verlieren.

»Was ist mit dem Deppen da?« Lane zeigte mit dem Finger auf Quarles. »Wird er nicht dafür bezahlt, so was in Ordnung zu bringen?«

Quarles grinste, froh, wieder am Gespräch beteiligt zu sein. Sein Redebedürfnis stieg proportional zu Lanes Verärgerung.

»Transport, meine kastanienbraune Artemis«, sagte er. »Ich kümmere mich um den Transport. Kommunikation ist ein problematischeres Metier, und ich bin lange genug bei der Administration, um zu wissen, dass man nichts kaputt macht, wofür man nicht unterschrieben hat. Langer Rede kurzer Sinn, wenn die *Hatchet* einen Kolbenfresser hat, dann repariere ich sie dir gerne.«

Wegen der schweren Strahlenschäden konnte Quarles die Kommunikationssysteme der *Molly Hatchet* vermutlich ohnehin nicht komplett reparieren. Vor zwei Wochen hatte eine Sonneneruption den Großteil ihrer Satellitentransceiver gegrillt, als sie während eines Hitze-Kälte-Checks außerhalb des Korrals war. Ihre Systeme konnten nicht so gut abgeschirmt werden wie die der Station, und sollte die *Hatchet* auf der Oberfläche herumkriechen, wenn eine neue Sonneneruption hochkochte, wäre sie so verletzlich wie ein Regenwurm auf einem Fliesenboden. Die Controller in Peary Crater hatten ihre Backups nur teilweise wiederherstellen können, und dadurch blieben Cole Benson und Rick Thatcher nur wenige Alternativen, wenn das Com versagte.

Dechert kratzte sich am Unterarm und versuchte, wach genug zu werden, um nachzudenken, während die elektrischen Systeme im CORE rings um ihn summten und dem kugelförmigen Raum den Anschein eines beruhigenden Kokons verliehen. Auf dem Mond sei Redundanz so wichtig wie ein Zelt in der Todeszone des Himalayas, hatte Fletcher immer gesagt. Ohne sie sei nichts sicher. Wenn die Kommunikation ausfiel und eine weitere Sonneneruption eintrat, konnten Benson und Thatch nicht gewarnt werden. Die Sensoren der *Hatchet* hatten nur kurze Reichweite und entdeckten die Strahlungswelle vielleicht nicht rechtzeitig. Geschah das, waren Thatch und Cole tot, bevor sie ihre elektrostatischen Kuppeln aufspannen und sich in den Bleitank im Zentrum des Fahrzeugs zurückziehen konnten.

Aber so etwas wie Redundanz stand in Peary Crater im Moment nicht sehr weit oben auf der Liste. Dechert konnte sich erneut bei den Managern beschweren, und sie würden nicht das Geringste tun – es sei denn, sie konnten Mannstunden einsparen, ohne dass die Förderquote zurückfiel. Am Nordpol des Mondes lief man bei einhundertzwanzig Prozent, und das Gleiche galt für die Crew von Serenity 1 und die neu gebaute US-Schürfstation am Südostrand des Mare Tranquillitatis. Nicht nur die *Molly*, die gesamte Maschinerie stand vor dem Zusammenbruch. Dechert hatte genügend Manöverkritiken zu diversen Desastern betrieben, um zu wissen, dass die Hauptursache aus übersteigerten Ansprüchen bestand.

Leider konnte er daran absolut nichts ändern.

Aber das lag nicht daran, dass er es nicht versucht hätte. »Quarles hat recht, es ist nicht sein Job.« Er sah Lane kurz an, verweigerte ihr aber den Blickkontakt. »Hören Sie, wir haben um einundzwanzig Uhr dreißig Crewbesprechung. Stellen Sie mir eine Ihrer rasiermesserscharf formulierten Meldungen zusammen, und ich schicke sie hinterher an Peary Crater. Wenn die Kerle sich aufraffen sollten, ausnahmsweise mal das Richtige zu tun, erfüllen wir diesen Monat vielleicht unsere Quote, und die Hunde bleiben im Zwinger.«

»Was ist mit BS-7?«, fragte Lane. »Ich bin die Bilder durchgegangen, die Sie geschickt haben. Die Profile passen zu keinem Standard-EVA-Stiefel, die gegenwärtig auf dem Mond benutzt werden. Die Chinesen eingeschlossen.«

»Toll. Woher kommen sie dann?«

»Sie sehen aus wie ein älteres Modell, hergestellt von Groombridge Space Systems. Eine Reihe von Ländern hat sie Mitte der Sechzigerjahre benutzt, darunter wir, Russland und China. Völlig unmöglich, ein bestimmtes Paar zu identifizieren, ohne die Stiefel tatsächlich vor sich zu haben.«

Groombridge. Einer der größten Lieferanten für Aerospace-Bedarf auf der Erde. Seit den 2050ern rüsteten sie Mondmissionen aus. Ein Paar ihrer alten Stiefel zurückzuverfolgen wäre genauso leicht, wie ein bestimmtes Paar Nikes in New York City zuzuordnen.

Dechert wandte sich an Quarles. »Was ist mit den Energiezellen? Müssen wir uns Sorgen machen, dass wer auch immer unseren Wasserbohrer im Dionysius sabotiert hat, genau wusste, wie man es macht, ohne dass wir augenblicklich informiert werden?«

»Nicht unbedingt«, antwortete der Triebwerksingenieur. »Der Frequenzumrichter im Leitstand benutzt eine ziemlich verbreitete fortgeschrittene Zellüberbrückung. Das ist keine proprietäre Anlage. Jeder könnte sich die Netzstruktur rausgesucht und kapiert haben, wie sie funktioniert.«

»Wunderbar.«

»Werden Sie es Yates sagen?«, fragte Quarles. »In Peary Crater drehen sie durch, wenn sie das hören.«

»Ich rufe ihn an. Später.«

Er stand auf, um zu gehen. Er wollte nicht noch mehr erörtern. Schon allein deshalb nicht, weil ihm die Antworten fehlten. Besonders auf die Frage, die ihn beschäftigte, seit alles losgegangen war: *Was zum Teufel war auf der Erde los, dass auf Luna alles vor die Hunde ging?*

Als Dechert 2068 auf den Mond gekommen war, hießen ein Großteil Europas und Nordamerikas noch immer die Neue Dritte Welt. Das Thermische Maximum hatte das Elend sehr ungleichmäßig verteilt. Im nordamerikanischen Frühling von 2058 waren fast ohne Vorwarnung zwei Billionen Tonnen Methanhydrat aus dem Pazifischen Raum hochgeblubbert und hatten den Planeten in einen Venusschleier gehüllt. In den nächsten Jahren wurde die Erde zum Ödland. Unfassbare Sturmfluten an dem einen und Dürren am anderen Ende. Superstürme. Pandemien. Feuersbrünste. Katastrophen biblischen Ausmaßes, manche sogar noch schlimmer – selbst auf den finstersten Seiten des Alten Testaments fraßen sich die Menschen einander nicht gegenseitig. Die mittleren Breiten hatte es am schlimmsten getroffen, und ein Großteil der industrialisierten Welt wurde zur Dritten Welt, ehe seine verwöhnten, wohlgenährten Einwohner den Schock überwunden hatten.

Klimatologen nannten die Katastrophe die Selbstreinigung eines übervölkerten und überheizten Planeten. Religiöse Extremisten schlugen einen blutigeren Weg zur Wahrheit ein. Sie massakrierten sich gegenseitig und versuchten nebenbei, jeden zu töten, der zwischen den Fronten stand, während sie miteinander darum rangen, welcher Vers welcher heiligen Schrift als wörtliche Wahrheit zu betrachten und buchstabengetreu zu erfüllen war. Anfang der 2060er-Jahre gab es auf der Welt drei Milliarden Menschen weniger, und das Einfrieren der Emissionen kohlenstoffbasierter Energie zwang die verbliebenen zivilisierten Länder, die heiligen Kriege zu beenden und darüber nachzudenken, wie zum Teufel man es anstellen sollte zu überleben.

Die Frucht dieser Überlegungen war Fusionsenergie, sauber und mächtig wie die Sterne. Nur benötigten Fusionsreaktoren einen exotischen Brennstoff, eine Substanz, die innerhalb der Gebärmutter des Erdmagnetfelds nicht aufzufinden war. Am geeignetsten war Helium-3, eine leichtere Abart des üblichen Helium-4, das nicht radioaktiv war und sich leicht handhaben ließ. Das Isotop kam in großen Mengen im toten Regolith an der Mondoberfläche vor.

Dadurch wurde der Weltraum plötzlich wieder wichtig. Auf dem Mond zu schürfen wirkte kurzzeitig als einigende Kraft für eine Welt, die am Boden lag, eine Erinnerung, dass Menschen ihr Schicksal beherrschen konnten – selbst, wenn sie dazu den Planeten verlassen mussten. So blieb es bis in die späten Sechziger, als die von Wissenschaftlern verfügbar gemachte Sternenenergie die großen Wirtschaftsmächte aus der Krise geholt hatte. Innerhalb eines Jahres nach Decherts Abstellung auf den Mond war der Gemeinnutz vom Börsenboom überrollt worden.

Wieder standen Staaten im Vordergrund und nicht die Menschheit.

»Wie sehen die Kernproben vom Posidonius aus?«, erkundigte sich Dechert bei Quarles in der Hoffnung, gute Neuigkeiten zu erfahren. »Haben wir außerhalb des Perimeters von BS-4 wenigstens einen anständigen Helium-3-Anteil?«

»Für eine sonnenbeschienene Zone nicht schlecht«, sagte Quarles. »Nach den ersten Messungen ungefähr dreizehn ppb.«

»Gut.«

Fast ist es komisch, dachte Dechert. Als He-3 ein Rettungsboot war, das die ertrinkenden Massen am Leben hielt, wurden Mondschürfer wie Helden behandelt. Kaum wurde das Isotop zu einer vermarktbaren Handelsware, wurden sie gemaßregelt, wenn die Zahlen nicht stimmten.

In letzter Zeit wurden die Chinesen wegen umstrittener He-3-Felder in den Becken von Tranquillitatis und Crisium aggressiv, und die Amerikaner schlugen hart zurück. Die SMA verlangte Doppelschichten von den eigenen Schürfern, damit sie konkurrenzfähig blieben, zwang sie an Stellen zu graben, die um Größenordnungen gefährlicher waren als die Diamantminen Zentralafrikas – und das mit gealterter, vom Vakuum brüchiger Ausrüstung. Dechert hatte im vergangenen Monat verzweifelte Schwingungen von den Managern in Las Cruces und Peary Crater empfangen, als bekämen sie Druck von weiter oben und leiteten das an ihn weiter. Auf den mittleren Breiten des Mondes hatte Sicherheit immer an oberster Stelle gestanden.

Jetzt war es die Produktivität.

»Das fliegt uns alles um die Ohren«, sagte Dechert laut.

»Ein dreifach Hoch aufs Wunschdenken«, sagte Lane, und Dechert wusste, dass sie ihm seine Zweifel am leeren Ausdruck seiner Augen ablesen konnte.

Er zuckte mit den Schultern, zu müde, um sich besser zu verteidigen. »Wunschdenken ist Grundvoraussetzung für eine Kommandofunktion.«

Er zog sich den Schirm der Baseballmütze tief ins Gesicht und stieg wieder die Stufen hoch, die aus dem CORE hinausführten. Wie lange würde er noch die Kontrolle über seine eigene Station behalten, und wie viel länger würde es dauern, bis zwischen den Mächten auf dem Mond ein echter Kampf ausbrach?

»Ich lege mich mal zwei Stunden hin«, sagte er. »Wecken Sie mich, wenn was Schlimmes passiert.«

4

Dreißig Minuten später dröhnte der Hauptalarm von Serenity 1. Dechert schreckte in Panik hoch. Das Licht in seinem Quartier strahlte zu zweihundert Prozent Helligkeit auf und dimmte sich dann zur Notfallbeleuchtung. Eine Strobolampe über der Drucktür überzog den kleinen Raum mit blitzendem Rotlicht. Dechert knallte mit der Schulter gegen die Wand, als er von der Koje sprang. Sein Herz pochte heftig, und er fluchte laut. In den vier Jahren, seit er die Befehlsgewalt über die Station hatte, war der Alarm erst ein einziges Mal losgegangen. Er klang wie die Abfahrtwarnung eines Hochgeschwindigkeitszugs, eine Reihe tiefer, unbehaglicher Baritonglocken. Als der Audioalarm des CORE ertönte, war es nicht beruhigender: »Zustand 1-EVA, Zustand 1-EVA. Dekompressionsalarm auf Mobilhabitat 2. Position 31,1 Grad Nord, 29,2 Grad West, vierhundert Meter Westsüdwest von Krater Posidonius. Crew meldet sich nicht. Telemetrische Daten werden empfangen.«

Dekompressionsalarm. Dechert konnte es kaum glauben. Was zum Teufel konnte in der *Molly Hatchet* einen Dekompressionsalarm verursachen? Sie waren auf der Serenitatis-Ebene. Ein glatteres Terrain fand man nirgendwo auf dem Mond. Sie hatten nicht gebohrt und sollten sich erst in drei Stunden in Bewegung setzen. Und ungeachtet ihrer anfälligen Elektronik war der Rumpf der *Hatchet* wie ein Kampfschiff der Navy gebaut – ein dicker Mantel aus kohlenstofffaserverstärktem Kohlenstoff über einer Druckzelle aus Superlegierung.

Er hielt sich nicht damit auf, den Schwereanzug überzustreifen, sondern stürmte aus dem Raum und hetzte in ungleichmäßigem Sprint durch den Gang, an dem die Crewunterkünfte lagen. Halb flog er hindurch und wehrte in der niedrigen Schwerkraft mit den Armen die Rohre und Leitungen ab, die wie geflochtene Adern die weißen Wände der Station überzogen. Fast wäre er mit Vernon Waters zusammengestoßen, als er sich dem Außenschott von CORE näherte.

»Ist der Scheiß ernst gemeint?«, fragte Vernon. Er hatte die Augen aufgerissen, und seine Stirn glänzte.

Dechert hörte ihn kaum. Er riss an der Luke zum CORE und zerrte sie fast aus den Angeln. Quarles saß schon vor der Telemetrie-Station. Er nahm sich nicht die Zeit, um aufzusehen.

»Definitiv eine Dekompression«, sagte er. »Ich bekomme sporadisch Daten von der Niedriggewinnantenne. Sie haben Druck in der Hecksektion verloren.« Er holte eine Schemazeichnung der *Molly Hatchet* auf ein stereoskopisches Display und gönnte Dechert endlich einen Blick. »Es ist im EVA-Raum, Boss, aber die Luke ist zu. Ich erkenne hier eine geschlossene Luke.«

Dechert sprach ein Stoßgebet, dass Thatch und Benson im Cockpit der *Hatchet* waren. »Können wir sie erreichen?« *Wo zum Teufel ist Lane?* Sie musste an ihrer Station im Haupthangar oder in Bio-Med sein, sonst wäre sie schon hier oben gewesen.

»Ich probiere es.«

»Versuchen Sie es weiter, und schalten Sie den Hauptalarmton ab. Wir bleiben auf Stufe Eins.« Dechert drückte die Comtaste. »Lane, sind Sie da unten?«

»Jonathan hat recht, Commander«, sagte Lane. »Der Notrufsender wurde vom EVA-Modul ausgelöst. Das Navigationsmodul steht noch unter Druck, aber ich erfasse keine primäre Lebenserhaltung in der Hecksektion.«

Die Notrufsender schlugen nur Alarm, wenn ein Modul außerhalb der Standard-Dekompressionssequenz Druck verlor. Bei einem *explosiven* Druckabfall.

»Ich versuche es mit dem Cockpit und den Anzugfunkgeräten«, fuhr Lane fort. »System zeigt grün, aber ich erhalte keine Antwort.«

Die Spannung in ihrer Stimme erfüllte den CORE. Sie ließ die Verbindung offen, während sie alle fünf Sekunden Thatch und Benson erneut rief. Das Grundrauschen, das über den Mond hinweg zurückkam, unterbrochen von ihren gemessenen Funkansprachen, ließ sie alle frösteln, dehnte die Zeit, in der sie darauf warteten, dass eine menschliche Stimme die Störgeräusche durchbrach.

»Vernon, machen Sie das Shuttle klar.« Dechert schaltete durch die Kanäle, um zu sehen, ob Thatch und Cole vielleicht auf einer falschen Frequenz sendeten. »Geschwindigkeitsmaximiertes Profil. Sie fliegen. Ich bin in fünf Minuten da.«

Er gab es auf mit dem Com und nahm das Basistelefon an der Wand ab. »Peary Crater, hier spricht Serenity 1, Peary Crater, SOS-1. Wir haben einen Dekompressionshauptalarm an MH-2. Ich wiederhole …«

In der Drahtleitung knisterte es. Wenigstens eine Person arbeitete also im Norden. »Serenity 1, Peary Crater, ich wiederhole: Hauptalarm an Mobilhabitat Nummer 2. Können Sie bestätigen?«

Die Stimme des Dispatchers klang zu gelassen, und das machte Dechert wütend. Der Bastard war wahrscheinlich seit Monaten nicht mehr aus der Luftschleuse rausgekommen. Aber er atmete tief durch, denn diesen Comjockey anzufahren hätte überhaupt nichts geändert. »Bestätigung, Peary Crater, Dekompressionsalarm an MH-2. Keine Meldung von der Crew. Sie ist vier-sieben-null Klicks nordnordöstlich der Station, südwestlich vom Posidonius. Wir übermitteln die Koordinaten und starten das Shuttle. In fünf Minuten bin ich an einem offenen Com.«

Dechert legte auf, ehe eine Antwort kam. Er wusste, dass Commodore Yates bereits unterwegs war und die Angelegenheit am liebsten sofort besprochen hätte. Dechert wollte mit ihm nicht vor dem Start reden. Ökonomie der Bewegung, dachte er. Ökonomie des Handelns. Wie hatte Fletcher gesagt? *Auf dem Mond ist Zeit tödlich.* Er musste schnell in Gang kommen.

»Quarles, Sie haben den CORE. Übermitteln Sie uns Neuigkeiten ohne Verzögerung, und helfen Sie Vernon beim Flugprofil. Wir sind auf einem offenen Kanal.«

Quarles nickte, ohne das Gesicht von den Displays abzuwenden. Sein rasierter Schädel funkelte, während er die Hände auf der Konsole bewegte. Dechert stürzte aus dem Raum und schloss hinter sich die Luke. Im Kopf ging er die Start-Checkliste durch, während er die rot beleuchteten Gänge entlangflitzte, vorbei an den Luken zum Observatorium, Treibhaus, Versorgungslager, Bio-Med und zur Astro-Mechanik. Starts machten ihn nervös, auch dann, wenn Vernon flog. Sie mussten wachsam bleiben und durften einen Notfall nicht verschlimmern, indem sie einen zweiten schufen. Dechert spürte das Sodbrennen des Selbstzweifels in seinem Magen und versuchte es zurückzudrängen. Sein Herz pochte heftig, sein Mund schmeckte nach Papier. Hätte er nur Quarles befohlen, zusammen mit dem Ton auch die Notfallbeleuchtung abzustellen.

Lane kämpfte mit dem Druckanzug, den sie Waters anlegte, als Dechert den Hangar erreichte. Nachdem John Ross Fletcher bei einem Absturz im Mare Nubium umgekommen war, flogen sie nicht mehr ohne persönliche Lebenserhaltungssysteme. Keiner von ihnen sagte ein Wort, und sie blickten kaum auf, als er hereinkam. Dechert ging an einen Spind und nahm sich einen Anzug, warf ihn auf eine Bank und schnappte sich das Pad mit dem Flugplan.

»Ich habe das Shuttle schon durchgecheckt«, sagte Waters. »Die Tanks sind durchgeführt, Elektrostatikschild baut sich auf.«

Dechert sah Vernon an und entdeckte ein dünnes Rinnsal Feuchtigkeit, das ihm auf einer Wange in die dichten dunklen Bartstoppeln lief. Lane war blass und schwieg. Sie bewegte sich so rasch sie konnte. Dechert legte das Pad weg und nahm seinen Anzug in Angriff. Er bräuchte wenigstens drei Minuten, um ihn anzulegen und hochzufahren.

Auf dem Mond ist Zeit tödlich.

»Sie können wahrscheinlich bloß nicht senden«, sagte Dechert, obwohl er wusste, wie unwahrscheinlich das klang. »Konzentrieren wir uns auf die Mission. Wir holen sie zurück.«

Thatchers Stimme brach durch das statische Rauschen, als sie vierhundert Kilometer weit draußen waren. Es klang, als spreche er durch fließendes Wasser. »Serenity, hier *Molly*

Hatchet. Wir haben einen Notf… Dekompression im Backbord-EVA-Modul. Können Sie mich verstehen? Cole meldet sich nicht. Cole ist … Außenscho…« Er sprach schnell, bestürzt und abgehackt.

»Wir hören Sie, *Molly Hatchet*«, antwortete Dechert. »Wir sind unterwegs mit dem Shuttle, fünf Minuten entfernt. Ich wiederhole, ETA null-fünf Minuten. Äh, Thatch, geben Sie mir Nav-Mod-Status und wiederholen Sie das zuletzt Gesagte über Cole.«

Im Com ploppte und zischte es, als brenne ein Transformator durch. Wieder Sonnenaktivität oder Schlimmeres. Dechert betete, dass Thatcher sich irrte, was Cole Benson anging, oder dass er ihn nicht richtig verstanden hätte. Vielleicht steckte Cole im Vorbereitungsmodul fest, die Innentür ließ sich nicht öffnen, und die interne Kommunikation der *Molly* funktionierte nicht.

Thatchs Stimme drang wieder durch, verzerrt und drängend. »Explosion … A-Modul. Grünlicht für Navigation. Cole … EVA. Ich kann ihn nicht erreichen. Verstehen Sie mich … Commander? … Cole.«

Das statische Rauschen überdeckte Thatchs letzten Satz, aber sie hatten genug gehört. Cole war im EVA-Modul. Jetzt im Vakuum. *War er gerade in das Raupenfahrzeug zurückgekehrt, oder wollte er aussteigen? Herr im Himmel, mach, dass er einen Druckanzug getragen hat!*

Dechert sah zu Vernon, aber sein Flugeinsatzleiter erwiderte den Blick nicht. Der große Mann hielt den Kopf nach vorn gerichtet und konzentrierte sich auf das Fliegen, während sie mit fast einem Kilometer pro Sekunde über das Meer der Heiterkeit schossen. Aus den multidirektionalen HEDM-Düsen des Shuttles zischten immer wieder Schubstöße und hielten das scarabäenförmige Raumfahrzeug auf stabilem Kurs. Dechert glaubte, in der Ferne Posidonius zu erkennen. In der Vorzeit wäre sein schmaler Rand fast von Lava überschwemmt worden. Viel zu langsam wuchs der ansteigende westliche Grat des Kraters im Cockpitfenster an.

»Vierzig Klicks Entfernung, sinke auf einhundert Meter«, meldete Vernon. »Fahre Elektrostatik-Sphären ein, Strahlungsniveau im grünen Bereich.«

Das Shuttle setzte über den nördlichen Ausläufer der Dorsa Smirnov, ein runzliger Höhenzug, der sich wie eine Narbe durch das Serenitatis-Becken schlängelte. »Blasen Sie kontinuierlich zehn Prozent aus den Ventildichtungen«, sagte Dechert. »Wir dürfen jetzt wirklich keinen Staub einsaugen.«

Der Höhenzug blieb hinter ihnen zurück, und Vernon drückte das Shuttle nach unten. Dechert entdeckte weit entfernt die *Molly Hatchet.* Ihr kastenartiges metallisches Heck funkelte in der sinkenden Sonne. Das Kettenfahrzeug stand westlich von der schneeartigen Ausstoßdecke des Posidonius, und als sie sich näherten, erkannte Dechert eine dünne Gasfahne, die aus dem Heck in die Schwärze strömte. Gas, das von der Mondoberfläche aufstieg, war nie ein gutes Zeichen.

Die *Molly Hatchet* verlor Druck.

Vernon flog das Shuttle zu schnell ein und schwenkte zweihundert Meter von dem angeschlagenen Fahrzeug die Schubdüse in Flugrichtung. Die G-Kräfte des Manövers drückten beide Männer in die Gurte. Mondstaub wallte auf, als sie landeten.

Sie sahen es gleichzeitig, den weißen Fleck, der sich von der dunkleren Masse des Schürffahrzeugs und dem Aschgrau des Regoliths abhob. In einem Ring aus Trümmern lag außerhalb der EVA-Schleuse etwas. Ein Druckanzug. Durch den aufsteigenden Staubschleier erkannte Dechert das Controlpanel am Bauch des Anzugs. Alles blinkte rot. Er sah Vernon an und wollte nicht wieder aus dem Fenster blicken. Der Anzug war nicht leer. Er war eingeschaltet. Nur der Helm fehlte. Aber aus dem Halsring des Anzugs ragte etwas Kleineres, und auf der Oberfläche des Mondes sah es außerordentlich aus, unfassbar. Dechert brauchte ein paar Sekunden, um zu begreifen, wieso das so war. Dann verstand er: weil das exponierte Etwas lockige blonde Haare hatte.

»Oh nein, Baby, nein«, flüsterte Waters. »Das kann nicht sein. Auf keinen Fall.«

5

Ein Jahr zuvor

»Wieso sind Sie auf dem Mond, Cole?«

»Weiß ich nicht genau, Boss. Langeweile, schätze ich.«

»Langeweile?« Dechert sah mit erhobenen Augenbrauen von einem Touchpad auf. Cole Benson saß ihm auf einem 3-D-gedruckten Stuhl im Astro-Mechanik-Labor gegenüber. Er hatte die Knie zusammengepresst und die Schultern gesenkt. »Wenn einem langweilig ist, geht man ins Kino, Cole. Man fliegt nicht mit einem Raumschiff eine Viertelmillion Meilen hoch zu einem toten Felsklotz am Himmel.«

Cole zog den Kopf ein und wischte sich die blonden Haare mit dem Handrücken aus der Stirn. »Ich weiß nicht, was Sie von mir hören wollen, Boss. Für mich war es da unten einfach öde. Der ganze Bullshit da.«

»Erklären Sie es mir näher«, sagte Dechert. »Seien Sie so gut.«

»Sie wissen schon – alles. Das TherMax klingt aus, die halbe Welt hungert, und ich verbringe meine Zeit, indem ich mit den Eliten der Sicheren Zonen surfe, diesen beschissenen Weicheiern. Wussten Sie, dass ich Junior-Champion in Encinitas war und wir alle Gutscheine für internationale Reisen bekamen? Ein Jahr lang habe ich alle großen Brecher von Snapper Rocks bis Burleigh gemacht, '66 war das, als Australien diese Sechs-Monate-Monsunregen heimsuchten. Ich habe an der Bells Beach gesurft, sofort nachdem der Taifun Andora durchkam und der Wind von der Küste wegdrehte. Das müssen Zwanzig-Fuß-Sets gewesen sein, so klar wie Kristallglas. Jeder sagt, es ist eine gute Ablenkung für die Leute, die noch Strom hatten. So haben sie es gerechtfertigt. Wir haben gespeist wie die Könige, und Sex war auch kein Problem.«

Dechert lehnte sich zurück und verschränkte die Hände hinter dem Kopf. Er biss die Zähne zusammen, um sich zu beruhigen; er wollte seinem jüngsten Schürfer keine Standpauke halten, von der er sich nicht mehr erholen würde. In seinen ersten beiden Jahren auf dem Mond war Cole ein guter Digger geworden, besser, als Dechert hatte hoffen dürfen. Aber der Junge besaß einen Hang zum Leichtsinn, der an Selbstzerstörung grenzte. Vielleicht war er dem Tod bisher noch nicht nahe genug gekommen, oder er musste sich erst noch bewusst werden, dass auf dem Mond immer Gefahren lauerten. Sonst spürte er nie den regulierenden Druck dieses Gefühls am Herzen. Aber vielleicht war es ihm auch nur egal.

»Dann haben Sie sich wohl aus Langeweile ein Snowboard gebastelt und sind damit bei einer Vermessungsfahrt die Montes Haemus hinuntergebrettert, während Sie eigentlich auf Vernon aufpassen sollten?«

Cole blickte auf die Laborgeräte, die unbenutzt auf einem anderen Tisch standen, als zählte er die Reagenzgläser und Mikroskope, die sich dort reihten. »Wir hatten Pause, die Theodoliten standen auf Auto und Grün. Ich sagte Vernon, ich geh mal kurz was ausprobieren. In Ordnung, sagte er.«

Er zupfte sich am Hosenbein, während Dechert ihn anstarrte, und erwiderte den Blick seines Kommandanten nicht.

Dechert hatte Vernons Beschreibung des Zwischenfalls, der sich am Morgen im Serenitatis-Becken zugetragen hatte, fast erheitert – als Vernon über Funk einen Schrei hörte, der ihm fast das Blut in den Adern gefrieren ließ. Als er hoch zu den Gebirgsausläufern über sich blickte, sah er Cole Benson in eine steile Schlucht hinunterschießen wie eine dem Bodenverlauf folgende Rakete, und zwar auf etwas, das wie ein Wellblech aus Carbonfaser aussah. Dank der niedrigen Schwerkraft machte das improvisierte Snowboard jedes Mal, wenn es gegen eine kleine Bodenunebenheit stieß, einen Satz von zwanzig Metern.

Vielleicht hätte er sich das Ganze nur amüsiert angesehen, wäre Cole nicht am Ende seiner Abfahrt gestürzt und hätte sich nicht den Druckanzug ein Stückchen weit aufgerissen, was einen Dekompressionsalarm auslöste, mit dem er die Station in Panik versetzte. Vernon hatte schnell gehandelt, war zu Cole gehetzt und hatte ihm Schnellabdichter auf den Riss gesprüht, ehe der Druckanzug alle Luft verloren hatte, aber der Alarm hatte die Crew erschüttert. Es war gut, dass Cole und Vernon nach dem Unfall ein paar Stunden zur Luftschleuse unterwegs waren. Wären sie schneller zurückgekehrt, hätte Dechert seinen jungen Bergbauspezialisten vielleicht mit einer Rohrklampe erdrosselt.

»Cole, ich will Ihnen etwas über Langeweile erzählen und über alte Schuldgefühle. Sie haben etwas gemeinsam: Sie bringen Sie hier oben um, so einfach ist das. Und nicht nur Sie, sondern auch die Leute in Ihrer Begleitung.«

»Das ist mir klar. Es tut mir leid.«

»Dass es Ihnen leidtut, reicht nicht.« Dechert lehnte sich nach vorn. »Wenn Sie da draußen auf dem Regolith Scheiße bauen, bringt Leidtun keinen Toten zurück.«

Cole sah jetzt noch schlimmer aus. Seine Augen wurden feucht, seine Beine begannen zu zittern, und er trommelte mit beiden Füßen auf den gummierten Boden, die Hände noch auf den Knien. Er war ein Kind, begriff Dechert, ein neugieriges, leichtsinniges Kind, das so tat, als wäre es ein Mann. Und dieses Kind war hier in Serenity, tausend Klicks von der nächsten Hauptbasis, und arbeitete in einem der gefährlichsten Jobs diesseits des Asteroidengürtels.

»Boss, Sie kennen mich«, sagte Cole. »Ich bin vielleicht einmal dumm, aber nie zweimal. Ich schwöre bei Gott, so was kommt nie wieder vor.«

Dechert blähte die Backen und stieß die Luft aus. Er hatte für Sea of Serenity 1 ein gutes Team zusammengestellt, aber die Leute waren verdammt noch mal zu jung. Mit Coles Leichtsinn, Quarles' Neigung, anderen zu den unpassendsten Gelegenheiten einen Streich zu spielen, und Lanes tief verwurzeltem Missmut kam er sich oft vor wie ein Vertrauenslehrer an einer Highschool und nicht wie der Leiter einer Stufe-1-Station. *Aber Briggs wird zugänglicher, und wenigstens sind Waters und Thatch ein wenig älter,* dachte er. *Meine Felsen von Gibraltar im stürmischen Meer der Hormone.*

»Na schön«, sagte Dechert. »Wir belassen es fürs Erste dabei. Machen Sie, dass Sie nach Bio-Med kommen, und lassen Sie sich von Lane auf Dekompressionsübelkeit untersuchen.«

Cole sah auf, hoffnungsvoll, aber trotzdem vorsichtig. »Das ist alles? Ich meine, ich fliege nicht raus oder so was?«

»Im Augenblick nicht. Aber keine Sorge, ich finde Mittel und Wege, Ihnen für die nächsten paar Monate das Leben zur Hölle zu machen.«

»Danke, Boss.« Cole stand auf, noch nicht ganz überzeugt, dass er der Henkersschlinge entgangen war. »Ich verspreche, ich mache es wieder gut. Und von jetzt an alles streng nach Vorschrift.«

Dechert schüttelte den Kopf und kratzte sich in den Bartstoppeln. Er wusste genau, dass die Reumütigkeit irgendwann dem Testosteron unterliegen würde, das ihm durch die Adern strömte. Wusste, dass Cole wieder etwas Absurdes tun würde, und hoffte, dass es dann nicht noch schlimmer käme. Er hoffte, der nächste Zwischenfall ließe wenigstens bis 2072 auf sich warten.

»Cole?«

»Jawohl, Sir?«

»Wenn Sie wieder so etwas kosmisch Dämliches tun, dann nehmen Sie es wenigstens auf Video auf. Sie brauchen ein Souvenir vom Mond, wenn ich Sie feuere, und so was glaubt Ihnen keiner, wenn Sie wieder am Strand sind.«

Cole Benson grinste. »Sie haben recht. Ich kann nicht mal anständig Scheiße bauen.«

»Dann bauen Sie eben gar keine Scheiße.«

6

Die Toten besiedeln unseren Kopf wie erkaltende Glut. Nach einer Weile erlöschen sie, vom Unmittelbaren zugedeckt, und dann entfacht etwas die Erinnerung an sie, und einen Augenblick lang sind sie uns wieder ganz nahe. Für Dechert war der Geruch nach Zigarren der Auslöser. Er hatte Cole Bensons Spind geöffnet, und der Geruch war wie ein spürbarer Hieb gewesen, ein scharfer, unvermittelter Schmerz in der Brust, der die Taubheit der vergangenen Tage verdrängte und seinen Tagtraum von Coles Versuch auslöste, der erste Snowboarder auf dem Mond zu sein. Als die Erinnerung verblasste, schüttelte Dechert den Kopf und stierte auf den kleinen Zigarrenvorrat in dem Regalfach.

Benson hatte jemanden in Peary Crater, der rekonstituierte Dominikaner der Sorte »Thermal Max« mit dem Nachschub einschmuggelte, vermutlich dieselbe Unternehmerseele, von der Lane ihren Small-Batch-Bourbon bezog. Der erdige Duft strömte aus dem Spind, und Dechert sah Cole in der Crewmesse vor sich, die Füße auf dem weißen Basalttisch, wie er sich eine Churchill mit einem Ringmaß von achtzig anzündete und die perfekten Sets beschrieb, die Gruppen von Wellen, die vom Pazifischen Ozean heranrollten und sich an den Sandbänken vor der Playa Hermosa brachen.

»Zehn Stunden Surfen, dann zehn Stunden Liebe«, sagte Cole immer wieder. »Deshalb geht man nach Costa Rica.«

Dechert nahm die Zigarren und steckte sie zu Coles anderen persönlichen Habseligkeiten in einen Asservatenbeutel. Er überlegte, sie Thatch zu geben, aber der andere Schürfer war zu benommen, um sie jetzt zu wollen. Das waren sie alle. Die Station wirkte wie das Foyer eines Beerdigungsinstituts, in dem die Leute herumlungerten, um nicht den Sarg ansehen zu müssen, aber dennoch die Macht seiner Gegenwärtigkeit spürten. Quarles, Vernon und Thatch hatten in den letzten beiden Tagen kaum ein Wort gesprochen. *Aber wenigstens haben sie ehrliche Gründe, deprimiert zu sein*, dachte Dechert, *echte Gründe zu trauern.* Sie hatten mit Cole gelebt und gearbeitet wie Brüder und jeden Tag mit ihm auf den offenen Ebenen Lunas den Hals riskiert. Selbst Lane, egal, wie distanziert sie zu bleiben versuchte, konnte ohne jedes Schuldgefühl trauern. Sie pflegte Cole die struppigen blonden Haare zu zerzausen und ihn ihren kleinen Mann zu nennen. Tiefere Zuneigung hatte sie während ihrer drei Jahre auf Serenity wohl niemandem gezeigt.

Aber was war mit ihm selbst? Was bedauerte er mehr: Coles Tod oder die Tatsache, dass seine makellose Führungsbilanz im Vakuum verpufft war? Seit Kommandoantritt in Serenity 1 hatte er kein Besatzungsmitglied verloren. Jetzt war es passiert, und es musste ausgerechnet Cole treffen. Irgendwo in seinem Hinterkopf wäre seine Trauer über Coles Tod immer mit einem Schuldgefühl verbunden wegen des Gedankens, dass er sich selbst vielleicht mehr bemitleidete als Cole Benson. *Sogar Trauer kann selbstsüchtig sein*, dachte er.

Oder vielleicht ließ er auch nur alte Erinnerungen aufleben, die ihn plagten. Viele Jahre hatte er sich nicht mit dem Tod befasst, aber eine Zeit lang war er ein wöchentlicher Besucher gewesen. Welcher befehlshabende Offizier hatte im Bekaa-Tal keine Soldaten verloren? Ein alter Hase von Gunnery Sergeant oder ein Frischling von Private wurde von einer Schallladung oder einer Zielsuchkugel ausgeschaltet und ein paar Tage später ersetzt wie eine gebrochene Hinterachse; mit zwei Durchschlägen angefordert und genau rechtzeitig zum nächsten Feuergefecht aus den Vereinigten Staaten geliefert. Von einigen blutjungen Kerlen, die unter seinem Befehl gestorben waren, hatte Dechert nicht einmal die Namen gekannt. Die Jungen waren einfach zu unwissend, um am Leben zu bleiben, und unterm Strich spielte es nicht einmal eine große Rolle, wie gut sie als Kämpfer waren. Wer instinktiv handeln konnte, besaß die größere Überlebenschance, aber auf lange Sicht konnte man dem vernichtenden Gesetz des Durchschnitts nicht entgehen. Menschen starben einfach da draußen im Bekaa-Tal, im Bake, wie sie es genannt hatten, und zwar aus keinem anderen Grund als dem, dass dort verdammt noch mal Krieg war.

Aber hier war kein Krieg, und das machte es nur schlimmer. Cole war nicht einfach nur gestorben – ein Vorfall, der auf dem Mond in vielerlei Hinsicht natürlicher war, als am Leben zu bleiben. Ein Vorfall, dem auf den Grund zu gehen angesichts der leichtsinnigen Natur des jungen Schürfers nicht allzu schwierig gewesen wäre. Nein. Jemand hatte ihn getötet.

Jemand hatte Cole getötet.

Wann immer der Umstand Dechert zu Bewusstsein kam, schüttelte er den Kopf, als wäre er gerade durch ein Spinnennetz gelaufen. Die Vorstellung erschien unmöglich. Die Menschen brachten sich auf dem Mond nicht gegenseitig um. Sie hielten einander am Leben. Auf dem Mond waren Unfälle um eine Größenordnung wahrscheinlicher als an den tückischsten Stellen der Erde – den freiliegenden Felsen des Mount Everest, die in den Strahlstrom ragen, den Regenwäldern mit ihrer Vielfalt an Giften, den glühend heißen Meilen der großen Wüsten. Dort konnte man immerhin lange genug überleben, um sich einen Plan auszudenken. Dort gab es wenigstens Luft, einen Puffer zwischen dem Menschen und der Leere des Kosmos.

Geschahen auf dem Mond Missgeschicke, entwickelten sie sich zu Katastrophen, ohne dass man Zeit hatte, die Abfolge umzukehren. Sieben Russen waren bei dem ersten Versuch umgekommen, eine permanente Basis auf der erdabgewandten Seite einzurichten, und das wegen einiger Körnchen Mondstaub. Die stachligen Anorthosit-Partikel hatten einen strahlungsgeschützten Stromkreis kurzgeschlossen, der wiederum einen anderen strahlungsgeschützten Stromkreis kurzschloss. Als anscheinend unmögliche Reaktion hatte der Hauptcomputer sämtliche Druckschotte der kleinen Station geöffnet, ohne vorher auch nur mit einem Blinken jemanden zu warnen. Ein Such- und Rettungsteam hatte die Männer eine Woche später gefunden, gefällt, wo immer sie sich gerade aufhielten, als die Luft verschwand, und so tiefgefroren, dass sie mit Handgebläsen aufgetaut werden mussten, ehe man sie weit genug strecken konnte, um sie in Leichensäcke zu hüllen und zur Erde zurückzufliegen. Einer hatte auf der Toilette gesessen, die Hose um die Fußgelenke und in den erstarrten Händen ein altes Taschenbuch von Scholochows *Der stille Don*.

Erst vergangenes Jahr waren vier chinesische Digger bei einem Erdrutsch im Mondapennin umgekommen. Einer der Männer hatte sein räumliches Orientierungsvermögen verloren – in der monochromen Weite des Mondes kam so etwas häufig vor – und war in eine unkartierte Rille gestürzt. Die anderen hatten versucht, ihn zu retten, indem sie von ihrem Rover ein Kabel hinunterließen. Aber ringsherum waren die steilen Wände zusammengestürzt und hatten sie in ihren Druckanzügen zerquetscht.

Sogar Fletcher hatte sich der kalten Umarmung des Mondes ergeben müssen. Der unbeugsame John Ross Fletcher. Eine zugefrorene Schubdüse, und sein Shuttle geriet in ein Trudeln, aus dem weder Mensch noch Maschine es abfangen konnten.

Aber *ermordet* worden war auf dem Mond noch niemand, und Dechert hätte es nicht für möglich gehalten, hätte er die gesprengte Ausstiegsdruckluke an der *Molly Hatchet* nicht mit eigenen Augen gesehen. Man brauchte kein Spurensicherungsexperte zu sein, um zu sehen, dass sie von innen hinausgesprengt worden war und weder ein Mikrometeorit noch ein Sonnenphänomen dafür verantwortlich sein konnte.

Jemand hatte unter der manuellen Lukenentriegelung eine Sprengladung angebracht. Dechert hatte im Nahen Osten genügend explodierte Bomben erlebt, um das Muster zu erkennen: schwarzer Kohlenstoffschmauch, Splitter, ein rundes zehn Zentimeter großes Loch direkt unter den Dichtungen in der Außenhaut mit Spitzen, die nach oben zeigten. Für ihn sah es nach einer Richtladung aus, und er fragte sich, ob es Thatch oder Vernon ebenfalls aufgefallen war. Thatch vermutlich nicht. Er war zu tief im Schockzustand gewesen, als sie ihn durch eine Schlauchschleuse aus dem Raupenfahrzeug holten. Aber Dechert hatte den Blick gesehen, den Waters auf die gesprengte Luke warf, als sie aus dem Shuttle zu Cole eilten. Immer wieder hatte der Flugeinsatzleiter hingesehen. Und wenn Waters begriffen hatte, dass Cole von einem Saboteur ermordet worden war, dann wusste es mittlerweile die ganze Crew.

Spielt keine Rolle, sagte sich Dechert, schloss Coles Spind und setzte sich auf die kühle Stahlbank davor. Peary Crater hatte ein komplettes Spurensicherungsteam zur *Hatchet* entsandt, die von einem Mondschlepper zu nicht unbeträchtlichen Kosten zur Hauptbasis gezogen worden war – unter heftigen Protesten Decherts, der die Untersuchung persönlich durchführen wollte. Mittlerweile wüssten sie, was geschehen war; Dechert wartete nur auf den Rückstoß und fragte sich, in welchem Umfang er Zugriff auf den Bericht bekäme.

Im Moment hatte Dechert keinerlei Erkenntnisse außer seiner eigenen Erinnerung an die schreckliche Szene, die ihn mit zusammenhanglosen Flashbacks von Farbe, Schall und Geruch quälte. Der Geruch nach verbranntem Kordit des Mondes mischte sich mit dem unverkennbaren Gestank nach einer Explosion, die entweder irgendwie in seinen Raumanzug eingedrungen war oder eine olfaktorische Halluzination darstellte, die er seiner Zeit an der Front verdankte. Der Anblick von Cole, zusammengebrochen in einem Ring aus Trümmern, nur fünf Meter von dem Helm entfernt, der ihm das Leben gerettet hätte. Cole hatte versucht, ihn zu erreichen. Seine rechte Hand hatte er in den Regolith vor sich gegraben, und die Spuren, die er hinterlassen hatte, gehörten zu einem kriechenden Mann. Thatchs Stimme, die schrill und verzweifelt aus dem Cockpit drang, während Dechert und Waters Cole zu helfen versuchten. Das Streugut der Explosion, nicht befestigte Ausrüstungsteile, die schockartig aus dem EVA-Modul der *Molly Hatchet* gerissen worden waren.

Und die Leere im Heck des Raupenfahrzeugs. Weder Sauerstoff noch Wärme waren vorhanden, nur ein paar Werkzeuge erzählten davon, dass es dort einmal Leben gegeben hatte. Dechert hatte lange genug hineingeblickt für seine grimmige Bestandsaufnahme: ein Dreibein, an der Backbordwand verzurrt, eine Rolle Lotschnur, die irgendwie in dem kleinen Arbeitsraum geblieben war, magnetische Positionsgeber an der kleinen Werkbank und Thatchs Raumanzug, ein gespenstisch menschenähnlich aussehendes Ding innerhalb des leer geblasenen Moduls; weiß schimmernd, an der Wand festgeschnallt und an Beinen und Stiefeln mit grauem Mondstaub verschmutzt.

Alle verspottend, als wollte er sagen: »Ich hätte ihn retten können. An mir ist ein Helm dran.«

Wer zum Teufel würde so etwas tun? Die Frage schoss Dechert immer wieder durch den Kopf wie etwas Gewichtsloses, das vom Sturm hin und her geweht wird. Würden die Chinesen wegen Territorialstreitigkeiten so weit gehen, dass sie einen Mord begingen? Die Russen? Ein Amerikaner? Ein Einzelgänger mit irgendwelchem Groll oder vielleicht Mondhysterie? In Peary Crater hatte im vergangenen Jahr ein junger Kerl den Mondkoller bekommen, und vier Männer waren nötig gewesen, um ihn daran zu hindern, mit einem Brekzienbohrer ein fünfzehn Zentimeter großes Loch in ein Bullauge des Stationszentrums zu stanzen. Er hätte nur ein bisschen frische Luft schnappen wollen, erklärte er hinterher, nachdem er Beruhigungsmittel bekommen hatte und an eine Wand gekettet war.

Sie waren auf dem Mond, und nichts von alledem ergab irgendwelchen Sinn.

Über Decherts Kopf summte das Com, und er blickte mit Bedauern auf das blinkende Kontrollfeld. Es summte wieder. Dechert versuchte sich der jahrelangen militärischen Konditionierung zu widersetzen, die von ihm verlangte, dass er antwortete. Am Ende jedoch bewegte er sich wie in Zeitlupe und fluchte dabei, legte den Metallschalter um und setzte sich wieder auf die Bank.

»Ja?«

»Commander, wir haben eine Blitznachricht von Peary Crater als wichtig markiert.« Quarles klang kein bisschen glücklicher als Dechert. »Sie kam quantenverschlüsselt an. Können Sie das fassen? Sie schicken uns ein Shuttle, es ist um vierzehn Uhr dreißig da. Wir bekommen Besuch von der Space Mining Administration.«

Na super, dachte Dechert.

»Gut. Sagen Sie Vernon, er soll den Hangar vorbereiten und die Landelichter auf dem Becken einschalten. Die Autonomik des CORE muss auf zusätzliche Atmer eingestellt werden. Wissen Sie, wo Thatch ist?«

»Er ist mit Lane im Observatorium.«

»Gut. Dann bin ich da auch, wenn Sie mich suchen sollten.«

Er warf einen letzten Blick auf Coles geschlossenen Spind und stand auf. Trotz der niedrigen Schwerkraft fühlte er sich alt und beladen. Sogar sein Zorn kam ihm schwach vor.

Oder war es wirklich ein Rätsel? Seit Monaten lagen sich die SMA und die chinesische Mondbehörde wegen Schürfrechten in den Haaren. Die amerikanische und die chinesische Regierung hatten sich auf Veranlassung von Sesselfurzern in Denkfabriken mit mahagonivertäfelten Wänden in den Streit eingeschaltet. Eine Krise, die nur darauf wartete zu eskalieren. War das Gleiche nicht schon Hunderte Male passiert – ein paar wenige trieben die Leichtgläubigen zum Sturm auf die Mauern Trojas?

Wer Cole getötet hatte, spielte fast keine Rolle. Hier fügte sich eine Entwicklung auf eine Art an die andere, die beinahe unausweichlich erschien. Er hatte die Mechanismen schon im Libanon beobachten können, im Bekaa-Tal in den Sechzigerjahren. Ein Stammesmord, ein Soldat, den ein Heckenschütze erschoss, eine Bombe, die ins falsche Haus einschlug, und die Suppe kochte über. Er hatte es schon miterlebt.

Er wollte es nicht noch einmal erleben.

7

Wie erklärte man dem Uneingeweihten den überwältigenden Sternenhimmel des Mondes? Man konnte genauso gut versuchen, das Rot und Gelb in van Goghs *Kornfeld mit Krähen* einem blinden Menschen zu schildern. Selbst ein Exilant wie Dechert, der Lunas grauer Sterilität müde war, verlor nie die Ehrfurcht vor ihrem Himmel. Die Erdsichel stand tief über dem Mons Argaeus, und die im Westen versinkende Sonne war noch am Himmel zu sehen, aber die gegensinnigen Blenden des Observatoriums schirmten ihre strahlende Wirkung auf das Sternenzelt über Serenity 1 ab, als Dechert durchs Schott trat. Die Nanoglaskuppel des Raumes wirkte von außen betrachtet wie ein Froschauge auf dem Regolithmantel, der den Rest der Basis bedeckte. Sie war vom Sternenlicht beschienen; die Milchstraße hing über ihnen wie ein senkrechter Schwarm aus Glühwürmchen.

Thatch und Lane waren im hinteren Teil des Raums und saßen auf den Kanten zweier formschlüssiger Sessel. Thatch hielt Lanes silberne Flasche in der Hand.

Dechert ging zu ihnen. »Bourbon, hoffe ich?«

Thatch reichte ihm die Flasche, ohne aufzublicken. Dechert nahm einen Schluck. Mit der Wucht von Holzrauch traf der Whiskey seine Nase und seine Kehle. Erinnerungen an die Erde kehrten wieder. Alte Erinnerungen ans Campen in den White Mountains nördlich des Kancamagus Highway und ans Seeforellenangeln im Sawyer Pond; daran, unter den

Sternen mit dem Rücken zum Feuer dazusitzen und die Sorgen wegzutrinken, die im Süden warteten.

»Das ist gutes Zeug«, sagte er.

»Booker's«, sagte Lane. »Gerade erst raufgekommen.«

Dechert trank noch einen Schluck und gab Lane die Flasche zurück. Er lehnte sich an einen der Stützpfeiler der Kuppel, überkreuzte die Füße und sah die beiden an, wie sie vor ihm saßen. Neben dem stämmigen Thatch wirkte Lane winzig. Keiner von beiden erwiderte seinen Blick. Thatchs buschige braune Haare klebten an seinem Kopf und waren fleckig vom Staub.

»Die SMA schickt ein Team vom Nordpol zu uns. In ein paar Stunden müssten die Leute hier sein.«

Sie gaben keine Antwort. Dechert stellte die Füße wieder nebeneinander und überkreuzte sie in der anderen Richtung. Hätte er nur zugehört, als das Militär ihn während der Wüstenkriege in Trauerbegleitung schulen wollte. Er hatte immer geglaubt, so etwas wäre im Grunde unwichtig.

Er war sich auch nicht sicher, ob seine Einstellung sich geändert hatte.

»Thatch, ich weiß, dass Sie schon Bericht erstattet haben, aber ich nehme an, sie werden alles noch mal durchgehen wollen.«

Thatch schnaubte. Lane reichte ihm die Flasche und drückte seine Schulter.

»Hören Sie, Thatch, nehmen Sie noch einen Schluck, gehen Sie unter die Dusche und schlafen Sie ein bisschen«, sagte Dechert. »Ich weiß, Sie fühlen sich miserabel, aber ich werde Sie brauchen. Wir werden uns alle in den nächsten paar Tagen brauchen.«

Thatch sah auf. Seine kleinen Augen waren rot und geschwollen. Er setzte die Flasche an den Hals, trank und nickte. »Okay, ich bring mich in Ordnung.«

Er stemmte sich aus dem Sessel, gab Lane die Flasche und schlurfte zur Tür. Bevor er sie erreichte, drehte er sich um.

»Wissen Sie, mich hätte es erwischen müssen.«

Dechert schüttelte den Kopf. »Keinen von Ihnen hätte es erwischen müssen, Thatch. Das war eine Frage von Glück und Pech. Glauben Sie mir, ich habe es schon selbst erlebt.«

»Nein. Mich *hätte* es erwischen müssen. Ich ließ Cole den Umgebungsscheck und die ersten Teststreifen legen, als wir Posidonius erreicht hatten. *Ich* war mit der EVA an der Reihe, aber er trug schon den Anzug und wollte noch mal raus, und ich ließ ihn machen. Ich weiß nicht, wieso ich ihn machen ließ.«

Lane wollte etwas einwenden, aber Dechert schnitt ihr das Wort ab. »Cole ist als Erster ausgestiegen?« Auf dem Mond machte die erste *Extravehicular Action* normalerweise der erfahrenere Schürfer.

»Er war richtig versessen darauf. Er wollte unbedingt raus, und wir waren schließlich im Posidonius, alles hübsch und sicher, also erlaubte ich es ihm. Aber bei der zweiten EVA wäre ich dran gewesen, und ich weiß nicht, wieso ich es nicht gemacht habe. Vielleicht war ich einfach zu bequem.«

Dechert fuhr sich mit beiden Händen durch die Haare. »Thatch, Sie haben nichts mit Coles Tod zu tun. Hören Sie? Der Junge wollte eine zusätzliche EVA machen, und Sie ließen es zu. Das ist alles. Ich bin mir sicher, Vernon hat schon ein Dutzend Mal das Gleiche getan.«

Thatch nickte, aber Dechert sah ihm an den Augen an, dass es für ihn keine Entschuldigung gab. »Okay. Ich wünschte nur, mich hätte es erwischt. Cole war ...«

Er sprach nicht zu Ende. Er öffnete die Luke und verließ das Observatorium. Dechert setzte sich auf einen Sessel und atmete tief aus.

Die Sterne warfen ein diamantblaues Leuchten in den Raum. Dechert sah zu dem Spiralarm der Milchstraße hoch, die sich über den uralten Lavarinnsalen des Serenitatis-Beckens drehte. Vor einigen Milliarden Jahren war das gesamte Mare ein monströser Krater gewesen, von einer Protoplanetenkollision unergründlichen Ausmaßes in den Bauch des Mondes gestanzt. Jetzt war es ein totes Becken aus Basalt, alt und ruhig. Die schiere Unveränderlichkeit der Ebene machte ihn nervös.

»Wir werden ihn brauchen, Lane. Können Sie ihn wieder in Form bringen?«

Lane seufzte, trank noch einen Schluck und wechselte auf den Sessel neben ihm. »Ich glaube schon – wenigstens so weit, dass er funktioniert. Ich behalte ihn im Auge, und für Vernon gilt das Gleiche. Er wird sicherstellen, dass er beschäftigt bleibt, besonders jetzt, wo wir Besuch erwarten.«

Dechert lehnte sich zurück. Er starrte in den Himmel, sein Blick sprang von Stern zu Stern, wechselte in drei Dimensionen den Fokus, bis es schien, als könnte er den relativen Kurs jedes einzelnen Sterns über ihm verfolgen, mit dem er vom Urknall wegflog in die Leere. Im Nordwesten stach der Löwe heraus; Regulus strahlte blau-weiß im Vordergrund wie die Pranke des Raubtiers, das genau auf ihn zustürmte. Denebola schien tausend Lichtjahre dahinter zu stehen und markierte in trübem Gold den geringelten Schweif der Bestie.

Er sah Lane an. Sie trug ihren Schwereanzug nicht, und

ihr schlanker Körper bewegte sich in der niedrigen Schwerkraft leicht, als sie auf den Sessel sank.

»Sie sollten Ihre Gewichte tragen. Die Mediziner machen mir die Hölle heiß, wenn sie das nächste Mal unsere Biowerte abrufen. Sie fallen alle durch.«

»Weiß ich, aber das verdammte Ding zwickt.«

Dechert stöhnte leise. Der Whiskey war ihm zu Kopf gestiegen, und er wünschte sich eine stille Minute, aber er wusste, was Lane sagen würde, ehe sie den Mund öffnete.

Und tatsächlich: »Wollen Sie mir nicht erklären, was zum Teufel los ist? Waters sagt, Posidonius war kein Unfall. Was genau soll das heißen?«

»Das darf ich Ihnen nicht sagen. Noch nicht. Beschränkter Zugang, und ich werde gerade paranoid wegen der Befehlskette. Aber ich nehme an, Sie hören es noch früh genug von den Leuten, die Peary Crater schickt. Wer immer das sein mag.«

Er fuhr sich durch die Haare, kratzte im Dreitagebart an seinem Kinn und fragte sich, ob die grauen Stoppeln im Sternenlicht zwischen den schwarzen herausstachen. Der Alkohol strömte ihm aus der Brust in Arme und Beine und wärmte sein Blut. Er war nach wie vor drahtig, mehr Muskeln als Fett, und sein Gesicht zeigte noch die markanten Linien, aber als er so neben Lane lag, fühlte er sich verblasst. Wie eine alte Arbeitsjacke, die zu lange an der Scheune im Freien gehangen hat – noch immer nützlich, aber in der Öffentlichkeit nicht mehr präsentabel.

Lane stützte sich auf die Ellbogen, und Dechert beobachtete die Bewegung ihrer nackten Arme, die schlank und sportlich waren, ohne scharfe Konturen zu haben. Die Arme eines Wildfangs mit glatten, symmetrischen Händen.

Dechert nahm ihre kurz geschnittenen Fingernägel wahr. Lane gab nicht viel auf ihr Aussehen, und das mochte er an ihr. Sie biss sich seitlich auf die Unterlippe.

»Gut, aber wenn ich das Problem nicht kenne, kann ich nichts zur Lösung beitragen«, sagte sie. »Und ich muss Ihnen was sagen, Commander. Ich werde nervös wegen der Funksprüche von New Mexico. Irgendjemand da unten hat es auf die Chinesen abgesehen, aber so richtig, und seit Coles Tod ist es noch viel schlimmer geworden. Haben Sie das Zeug gelesen? Sie behaupten, New Beijing 2 verletzt unsere Helium-3-Rechte, indem es nach Osten an den Rand des Mare Imbrium expandiert, und Sie wissen selbst, dass das Bullshit ist.«

Sie verstummte, krümmte die Finger und blickte ihre kurzen Nägel an. Dechert fragte sich, ob sie am liebsten darauf gekaut hätte.

Stattdessen fragte sie: »Wie sind wir eigentlich an die primären Schürfrechte in den zentralen Maria herangekommen? Weil irgend so ein Nervenkitzel-Junkie aus der Apollozeit unsere Flagge als Erster in den Regolith gesteckt hat?«

Sie schaute mit einem Seitenblick auf seine Reaktion, und als sie ausblieb, machte sie weiter.

»Ich dachte, die Politiker hätten mit dem ISA-Abkommen diesen ganzen Murks beseitigt. Das komplette Mare Imbrium sollte den Chinesen offenstehen. Wir bekamen primäre Rechte für Tranquillitatis und Serenitatis, die Chinesen bekamen das Mare Insularum und das Mare Imbrium, und die Russen und die Inder teilen sich den Oceanus Procellarum. Die erdabgewandte Seite ist freies Revier für jeden, der verrückt genug ist, sich da hinzutrauen. Sollte es so nicht laufen? Und verzeihen Sie mir, wenn ich auf der Geschichte rumreite, aber wenn auf der Erde ein Vertrag zerrissen wird, folgt auf die rieselnden Schnipsel dann nicht gewöhnlich ein Krieg?«

Dechert lauschte auf den Rhythmus ihrer Worte, schloss die Augen und fragte sich, wie gut Lanes Intuition wirklich war. Seit Coles Tod waren die Signale von Peary Crater und Las Cruces von Anspannung zu offener Feindseligkeit umgeschlagen. Er wusste, dass Lin Tzu von seinen Vorgesetzten in Shanghai ähnlich aggressive Töne zu hören bekam. Die Lage wurde immer kritischer, als zöge eine unbekannte Macht die Schnur um ein Pergament immer fester, um zu sehen, ob es sich zusammenrollte oder zerbröckelte. Die Nachrichtenkontrolle durch die politischen Umgestaltungsteams der SMA hatte mittlerweile einen Anklang von Propaganda. Dechert hatte vorhin ein Memorandum gelesen, in dem prognostiziert wurde, man könne sich nicht mehr auf die Chinesen verlassen, wenn ein Notfall eine Crew zwischen Serenity 1 und Mare Imbrium bedrohte, egal ob amerikanisch oder chinesisch. Die chinesische Kriegsmarine habe eine lange Geschichte, havarierte Besatzungen auf See im Stich zu lassen, erklärte das Memo mit verdächtigem Mangel an Belegen. Daher sollten alle Such- und Rettungseinsätze unter der Annahme erfolgen, dass von New Beijing 1 oder ihrer Schwesterstation NB-2 keinerlei Hilfe käme.

Gütiger Himmel, hatte Dechert gedacht, *das zeigt wieder mal, wie gut die Verwaltungsexperten auf der Erde den Mond begreifen. Auf den wasserlosen Weiten ist das Überleben ein Unterfangen, das mit beinahe religiösem Eifer betrieben wird. Auf dem Mond ließe niemand jemals einen anderen Menschen im Stich. Rasse, Überzeugung, Glaube, Flagge – nichts von diesem Mist zählt.* Dechert hätte für jeden chinesischen Digger sein Leben riskiert, solange er in Reichweite war. Und er wusste, dass die Chinesen für ihn das Gleiche getan hätten.

Zumindest bis zu Coles Tod.

Er rückte sich auf dem Sessel zurecht und starrte wieder zu den Sternen. Vor Tausenden von Jahren hatten sie von dieser Stelle aus mehr oder weniger genauso ausgesehen. Wann immer die Macher einen Kampf suchten, gingen sie nach dem üblichen Muster vor, altbekannt, bevor Bronze und Eisen dem Stahl das Feld räumten. Rhetorisch eskalieren, Krise erzeugen und die Figuren für militärische Schritte in Position bringen. War die wachsende Debatte um Helium-3-Rechte und der plötzliche Bedarf an Fördererhöhung der zweite Akt gewesen und Coles Tod der Auftakt zum dritten?

Ihm fiel ein, wie er vor langer Zeit in den blauen Wassertiefen unter einer Ölbohrinsel vor Pensacola mit dem Speer gefischt hatte. Ein Bullenhai war aus dem Gerüst der Bohrinsel nach oben gestiegen und hatte ihn mit ungewöhnlicher Aggression im freien Wasser umkreist, aus irgendeinem Grund gereizt, obwohl die großen Tiere bisher immer ruhig gewesen waren. Der Hai hatte förmlich einen Buckel gemacht – Rückenflosse hoch, Schnauze und Schwanz gesenkt – und Dechert erratisch umschwommen, wie ein Gangster fast, der seine Straßenecke verteidigt. Dieses Zeichen verstand jedes Geschöpf, das dem Meer nicht völlig fremd war. *Ich werde dich angreifen, und dann werde ich dich umbringen.* War es das, was jetzt passierte – und saßen Lane und er sowie der Rest der Crew mitten im Kreuzfeuer?

»Was soll ich Ihrer Meinung nach sagen, Lane?«, fragte er schließlich. »Sie wissen, ich gehe der Politik aus dem Weg, wo ich nur kann.«

»Sie vermeiden es nach Möglichkeit, irgendetwas mit der Erde zu tun zu haben.«

»Na ja, wann haben wir das letzte Mal was erreicht, indem wir uns an den Heimatplaneten wandten?« Er blickte sie an. »Eins nach dem anderen. Ich möchte an Problemen arbeiten, von denen ich weiß, angefangen mit Bohrstation Sieben. Können Sie in den alten Frachtlisten nachsehen, wer damals, als sie aktuell waren, Groombridge-Stiefel beantragt hat?«

Sie blickte ihn ungläubig an. »Sie meinen chinesische Frachtlisten? Das bezweifle ich.«

Dechert erwiderte ihren Blick nicht. »Ich meine *unsere* Frachtlisten. Peary Crater, SOS-1. Die anderen Substationen. SOT-1, während sie gebaut wurde, und Nubium.«

Lane setzte sich auf. »Dechert, wollen Sie andeuten …«

»Ich deute gar nichts an. Ich hake nur Dinge ab. Wenn es sein muss, befrage ich Lin Tzu über BS-7 in einem Gespräch unter vier Augen. Aber zuerst möchte ich wissen, woher die Stiefelabdrücke nicht stammen.«

»Sie glauben, es hängt mit dem zusammen, was Cole passiert ist?«

»Ich glaube, dass Zufälle was für Idioten sind. Wir müssen anfangen, Rätsel zu klären. Still und leise.« Er sah sie wieder an. »Ich weiß nicht, wer mir ehrliche Antworten gibt, Lane. Ich glaube, Sie und ich müssen sie ganz allein finden.«

Sie stand auf, hopste beinahe in der niedrigen Schwerkraft. »Ich stochere herum. Als Sicherheitsoffizier habe ich Zugang zu Ausrüstung und Material. Aber ich sage Ihnen, Dechert, wenn Cole zugestoßen ist, was ich vermute, werde ich nicht sehr lange den Mund halten.«

Dechert nickte. »Ich auch nicht. Und glauben Sie mir, wenn ich Ihnen sage, dass ich nicht nur reden werde.«

Er war auf den Mond gekommen, um diesen Teil seines Lebens hinter sich zu lassen, aber jetzt kamen die alten Erinnerungen an den Krieg wieder hoch. Die letzten Erinnerungen. An einem glühend heißen libanesischen Nachmittag vor sieben Jahren stand er vor der Leiche eines jungen Drusen-Guerilla, dem er soeben in die Brust geschossen hatte. Er sah zu, wie das Blut des Burschen sich im orangenen Sand von Rot nach Ocker verfärbte. Er stand da und wartete, dass der Junge starb, schwitzte unter der Wüstensonne, während seine Leute einen Kordon um ihn bildeten. Gesprochen wurde kein Wort, und sie sahen einander nur kurz an, die Lebenden und der Sterbende. In diesem Augenblick hatte Dechert geschworen, dass er nie wieder jemanden töten würde, sobald seine Dienstzeit im Corps zu Ende war. Nicht für die Ziele eines anderen. Er schwor, dass er sich aus diesem Teufelskreis lösen würde.

Der Junge hatte eine Panzerfaust in den Händen gehalten, als Dechert ihn niederschoss, aber das spielte keine Rolle. Er konnte keine fünfzig Kilo wiegen, und seine Ledersandalen lagen auf dem Boden, wo er aus ihnen hinausgehoben worden war. Er hatte die Füße eines Bauern mit dicken Schwielen an den Fersen. Ein Fellachensohn also. Zwölf Monate Türen eintreten und wütende junge Märtyrer mit Plastikhandschellen fesseln hatten zu diesem Augenblick geführt, in dem Dechert das Kriegführen mit unvermittelter Wucht ausgetrieben wurde. Jahre später, als er zum Mond aufbrach, lebten die meisten seiner Leute nicht mehr, und Luna war zu seinem sterilen Asyl geworden, ein Ort, wo Menschen aufeinander aufpassten, weil das alles umschließende Vakuum sie leicht allesamt auslöschen konnte. Ein Ort, ganz anders als Terra – im besten und im schlimmsten Sinne.

Dechert schaute Lane an und hielt ihrem Blick stand. Sein Zorn löste sich. Ihr Gesicht hatte einen Blaustich vom Sternenlicht, ihre Augen grüne Flecken. *Wenn ich je eine Tochter gehabt hätte, welche Farbe hätten ihre Augen gehabt?*, fragte er sich.

»Ich habe da wirklich ein schlechtes Gefühl«, sagte sie.

»Sie sind ein TherMax-Baby, Lane. Sie kennen nichts außer Chaos, deshalb rechnen Sie immer damit.«

»Na, meinetwegen dürfen Sie mich Cassandra nennen, aber meine schlimmsten Erwartungen erfüllen sich mit verstörender Regelmäßigkeit. Ich hatte gehofft, Sie könnten es mir ausreden.«

Dechert erhob sich, versuchte zu lächeln und fühlte sich wieder ausgelaugt, als der Alkohol mit seinem Gleichgewicht spielte und ihm das Blut aus dem Kopf zog.

»Halten wir zusammen. Etwas Besseres habe ich im Moment nicht anzubieten.«

8

J. Booth Standard schritt aus der Quarantäne und in den Haupthangar von Serenity 1 wie ein malariakranker Cäsar, der in Britannien landete. Wie hatte Conrad den Stationsdirektor in *Herz der Finsternis* genannt? Einen Mephisto aus Pappmaché? *Er muss den Kerl von der Administration vor Augen gehabt haben*, dachte Dechert. Standards Gesicht hatte die Farbe von Kerzenwachs, seine Schultern waren schmal und hingen herunter, aber ihn umgab das Aussehen außergewöhnlicher Intelligenz. Er bewegte sich mit einer Entschlossenheit, die Dechert beunruhigend fand – eine nicht nuancierte Selbstgewissheit. *Niemand sollte an irgendetwas so sehr glauben*, dachte Dechert, *und schon gar nicht auf dem Mond. Glaube bringt einem hier oben den Tod.*

Hinter Standard kamen zwei Männer nacheinander auf das Flugdeck des Hangars. Einer trug einen Schwereanzug von Peary Crater, der ihm an den Schultern zu weit und in den Armen zu lang war. Er hatte große blaue Augen und zeigte die schwerkraftberaubte Schockhaltung eines Menschen, der erst vor wenigen Tagen die Erde verlassen hatte und sich noch an die physischen und seelischen Belastungen gewöhnen musste. Der andere war offensichtlich Soldat mit dem Aussehen eines Mannes, der den regulären Dienst vor langer Zeit verlassen hatte, um Aufgaben zu übernehmen, die keinen Einzug in die staatlichen Archive hielten. Er hatte kurze schwarze Haare und bewegte sich mit geschmeidiger Mühelosigkeit; auf seinen Lippen stand kaum wahrnehmbare Missbilligung. Er trug keine Rangabzeichen, nur ein kleines Emblem an der Schulter, das das Sonnensystem darstellte, aufgespießt von einem silbernen Schwert. *Air and Space Marines.* Dechert wusste, was der Mann war: ein Killer.

»Commander«, sagte Standard. Er trat so nonchalant, wie es ihm unter der niedrigen Schwerkraft nur möglich war, auf Dechert zu und reichte ihm eine langfingrige Hand. Sein Griff war schlaff. »Es ist mir ein Vergnügen, Sie kennenzulernen. Mein Beileid für den Verlust Ihres Besatzungsmitglieds. Wir sind sicher, dass Sie daran keine Schuld trifft.«

Er sprach mit der Wärme eines Sargverkäufers, in einem gemessenen Ton, der mitfühlend und zugleich milde herablassend war. Dechert fragte sich, wer hinter dem *Wir* stand.

»Danke, Commissioner«, sagte er.

Standard wandte sich Lane zu, die neben Dechert stand. Er lächelte unbewusst, räusperte sich und wandte seine Aufmerksamkeit seinen Begleitern zu. »Das sind Captain Hale vom Air and Space Corps und ... äh ... Joshua Parrish, ein Reporter von Reuters, dem wir gestattet haben, sich uns anzuschließen ... natürlich nur für eine Hintergrundstory.«

Ein Reporter. Lane und Dechert tauschten verstohlen einen Blick. Warum zum Teufel brachte die Administration einen Reporter in die Station? Dechert musterte den jungen Mann, der jedes Mal zusammenzuckte, wenn das Lüftungssystem ein Grollen von sich gab. Parrish war zu überwältigt, um mehr zu tun, als ein »Hallo« zu murmeln. Mit einer Hand umklammerte er einen kleinen Flash-Rekorder, als wäre er das letzte persönliche Auftriebsmittel auf einem sinkenden Schiff. Aus irgendeinem Grund machte seine

Nervosität – zusammen mit Standards Zögern in Parrishs Gegenwart – Dechert froh, dass der Reporter dabei war.

Dechert brach den Moment des Schweigens. »Gentlemen, das ist Lane Briggs, mein Sicherheitsoffizier. Auf dem Flugdeck sehen Sie Vernon Waters, unseren Flugeinsatzleiter und Piloten während der SAR-Mission zur *Molly Hatchet.*«

Die Leute nickten einander zu. Vernon saß in dem hydraulischen Sessel oben auf dem Deck, seine Arme hingen über das offene Geländer. Dechert empfand keinen Enthusiasmus mehr, aber er hatte sich geschworen, mit dieser ungleichen Abordnung diplomatisch umzugehen. Es war der falsche Zeitpunkt, um seine Bedenken zu artikulieren – in der Gegenwart eines Reporters wollte er ohnehin nicht zu viel sagen, ganz zu schweigen von einem Bürokraten der Administration und einem Marine, der wie einer der Fernspäher aussah, die unangekündigt und ohne Uniform in den vorgeschobenen Operationsposten des Bekaa-Tals auftauchten, still ein paar Tage dort verbrachten und wie ein abendlicher Schatten in die Wüste verschwanden. Er war sich nicht sicher, wegen welchem der drei Männer er sich die meisten Gedanken machen sollte. Seine Instinkte raunten, dass Standard am gefährlichsten sei, aber Standard konnte ihn nicht mit einem einzigen Schlag töten.

»Also gut«, sagte er. »Nun, Commissioner, Gentlemen, wenn Sie mir zur Besatzungsmesse folgen wollen. Sie ist der größte Versammlungsraum der Station, und wir könnten ein wenig Nahrung zusammenkratzen, sollten Sie hungrig sein.«

Er führte die Gruppe, Lane an seiner Seite, zum Innenschott des Hangars. *Sprich nur, wenn du angesprochen wirst,* ermahnte er sich, *und dann sprich nicht viel.* Er blickte Lane wieder an. Wenn sie ein wenig Charme mobilisierte, könnte sie das Trio vielleicht ablenken, ihre Wachsamkeit schmälern, aber Lane blieb still und kühl wie Marmor – keine Überraschung so weit. Nicht dass es ihn störte; wenn er und die Crew damit zurechtkommen mussten, konnten es auch die Besucher. Trotzdem, Dechert schalt sich und nahm sich vor, später mit ihr zu reden. *Wer immer das Geheimnis lüftet, wie man die Kraft einer Frau beschwört, wenn sie am dringendsten gebraucht wird, beherrscht das Universum*, dachte er. Und er wusste, dass er das nicht war.

Sie hatten die Messe noch nicht erreicht, als Parrish das Wort ergriff. »Wenn ich eine Frage stellen darf, Commander«, sagte der Reporter. »Wieso verbringe ich die Hälfte meiner Zeit auf dem Mond in Quarantäne und werde von Partikelreinigern abgesaugt und von Blitzbrennern angesengt? Reinlichkeit ist sicher wichtig, aber das grenzt für mich an neurotisches Verhalten.«

Dechert betrachtete ihn erneut. Parrish hatte schüttere braune Haare und ein dünnes Ziegenbärtchen, und er trug die erste Brille, die Dechert seit Jahren zu Gesicht bekam. Seine journalistischen Instinkte halfen ihm offenbar, sich von dem Flug zu erholen, der ihn von Peary Crater hergebracht hatte, und selbst Lane lächelte über die Frage; vielleicht erinnerte sie sich an eine Zeit, in der sie genauso unwissend gewesen war. Oder sie stellte sich die gleiche Frage, die Dechert ständig durch den Kopf ging: *Was zum Teufel sucht der Kerl hier?*

»Reinlichkeit ist hier eine Frage des Überlebens«, beantwortete Dechert die Frage. »Regolith oder Mondstaub ist hier eine genauso große Gefahr wie Strahlung oder Druckverlust. Das ist der Grund, weshalb wir unsere Stationen in reine und schmutzige Räume unterteilen und weshalb alle Shuttles Dekontaminationskapseln besitzen.«

Er blieb vor dem Schott der Zentralstation stehen, das den Zugang zum Herzen von Serenity 1 verschloss, und ließ den anderen den Vortritt. Einer nach dem anderen duckten sie sich durch den niedrigen Eingang. Ein Rohr pfiff, als Kühlflüssigkeit hindurchströmte, und Dechert spürte das tiefe Wummern des Fusionsreaktors, das durch die gummierten Bodenplatten in seine Stiefel drang. Parrish würde sich an die Seltsamkeiten des Lebens auf dem Mond gewöhnen, wenn er lange genug blieb. Den Wochen dumpfer Routine, auf die unvermittelt Momente der Angst folgten, der geschärften Schallwahrnehmung in einer Welt uralten Schweigens und der Erkenntnis, wie kostbar alles biologische Material war, von Pflanzenerde bis hin zu Urin. Im Augenblick jedoch war für Dechert nur wichtig, dass er die Gepflogenheiten *respektierte.*

»Haben Sie schon einmal ein Körnchen Mondstaub unter dem Mikroskop gesehen, Mr. Parrish? Das ist nicht der gleiche Staub, den Sie auf der Erde von Ihren Holokuben pusten. Er ist stachelig wie ein Seeigel, und er beeinträchtigt jede Maschine und jede Elektronik, mit der er in Kontakt kommt, auf übelste Weise. Er ist unglaublich schwer loszuwerden – das ist seit der Apollozeit ein Problem aller Menschen auf dem Mond.«

»War es nicht eindringender Staub, der die russische Crew im Mare Orientale getötet hat?«, fragte Captain Hale. Dechert hatte fast vergessen, dass er dabei war; ihm war es gelungen, sich nach hinten zu stellen, und er ging wie ein Gespenst immer außerhalb der peripheren Wahrnehmung aller anderen. Dechert blickte ihn an und bemerkte seine Sonnenbräune und die tiefen Falten an seinen Augenwinkeln, die eisengrau in einem ansonsten glatten Gesicht saßen. Das war ein Mann, der viel Zeit im Busch verbrachte, ein Mann, der jagte. Dechert fragte sich, wie lange er schon bei den Air and Space Marines war. Diese Leute hatten normalerweise kein sonnengebräuntes Gesicht.

»Richtig«, sagte er gleichmütig. »Vermutlich hat er auch den Absturz der *Prospector* im Jahr 68 verursacht.«

Sie setzten ihren Weg in einer Einzelreihe durch die gebogenen weißen Gänge der Station fort. Dechert ließ die Gruppe selbst entscheiden, welche Sektionen von Serenity 1 sie durchquerte. Er war kein Fremdenführer, und die farbig markierten Schotten waren auffällig genug und eindeutig beschriftet. Bei seinen Blicken zur Gruppe fiel ihm auf, dass Parrish alles aufnahm – die bunten Leitungen, Rohre und Luftschächte, die aus dem kreisförmigen Querschnitt der Gänge hervortraten und den Technikern erlaubten, Fehlfunktionen schnell zu finden und zu beheben, ehe sie zur Katastrophe führten; tröpfelndes Wasser, gesteuerte Dampfausbrüche und Maschinenatem, die der Station einen dunklen Anschein der Belebung verliehen; die engen Korridore, gebärmutterartig, kaum breit genug, dass zwei Personen nebeneinander gehen konnten.

Hale reagierte kaum auf seine Umgebung und blieb im Hintergrund, als kenne er bereits die Spezifikationen des Korridors, den er durchquerte. Was Standard anging, so schien er zu sehr auf seinen Auftrag fixiert zu sein, als dass er besonders auf seine Umgebung achtete. Er gönnte der Station keinen Blick, aber Dechert merkte an seinen dunklen Augen, die zu oft blinzelten, dass er unentwegt nachdachte.

Standard war es, der ihn aus seinen Beobachtungen riss. »Ich dachte, der Abschlussbericht über den *Prospector*-Absturz kam zu keinem eindeutigen Urteil«, sagte er. »Selbst die frühen Versionen des GB-4-Shuttles hatten Antikontaminationseinrichtungen.«

»Ich sagte *vermutlich*«, erwiderte Dechert. »Man hat die Frage, weshalb ihre Backborddüsen ausfielen, nie abschließend beantworten können, aber Fremdmaterie-Einbruch war immer der Hauptverdächtige. Heute benutzen wir permanent laufende Ableitungsventile an unseren Shuttles, um dieses Risiko zu verringern. Und an allen Raumfahrzeugen haben wir redundante Düsen.«

Dechert erinnerte sich noch an den genauen Moment, in dem er vom Absturz der *Prospector* gehört hatte. Augenblicklich hatte er Captain John Ross Fletcher vor sich gesehen, wie er aus dem Wrack stieg, voller Schrammen und blauer Flecken, aber heldenhaft am Leben. Noch zwei Stunden vergingen, bis Dechert erfuhr, dass sein Boss tot war, und bis heute empfand er ewige Dankbarkeit, dass er in Serenity 1 geblieben war, um die Rettungsmission zu beaufsichtigen, statt das Team zu führen, das im Aufschlaggebiet nach Leichenteilen suchte.

Er hatte lange gebraucht, um sich an den Gedanken zu gewöhnen, dass sein Mentor vermutlich wegen ein paar Steinchen in der Größe von Vogelschrot gestorben war, die sich zur falschen Zeit an der falschen Stelle festgesetzt hatten. Der Absturz hinterließ nichts Heroisches, nur einen Pfeil aus zerfetztem Metall und verbrannten Schaltkreisen, einem dunklen Strich auf der normalerweise unveränderlichen Oberfläche des Mondes.

Dechert hatte mit einem Mal keine Lust mehr, das Thema

weiterzuverfolgen. »Das heißt, Mr. Parrish, es ist einfach eine Stationsvorschrift. Niemand betritt einen Reinraum, ohne von den Nanowischern gesäubert worden zu sein. Das gehört hier oben zum Überleben, und Sie werden sich daran gewöhnen; falls nicht, sind Sie bald auf dem Rückweg zur Erde.«

Hätte er wetten müssen, hätte er auf letzteren Fall gesetzt.

Als sie die Besatzungsmesse erreichten, ließ Dechert sie eintreten. Der Raum war klein und spartanisch mit seinen Wänden und Schränken aus gebürstetem Stahl und einem langen weißen Tisch mit Stühlen, die aus dem 3-D-Drucker stammten. Er sah mehr nach einem Notoperationssaal als nach einer Cafeteria aus; ein stereoskopisches Teledisplay und ein Schachspiel, an den hinteren Rand einer Arbeitsplatte geschoben, bildeten die einzigen menschlichen Abwechslungen im Raum.

Dechert funkelte Lane an, als sie hineingingen, und sie gab nach, half ihm, den Leuten Kaffee und ein Tablett mit Beignets nach Louisiana-Art zu servieren, die Vernon jeden Erddienstag für die Crew backte. Sie setzten sich, und nachdem Lane und er alles auf den Tisch gestellt hatten, aßen sie schweigend und tranken vorsichtig den dampfenden Kaffee. Alles wartete, dass jemand zu sprechen begann. Dechert wusste, dass es Standard wäre, der als Erster das Wort ergriff.

»Nun, Gentlemen – und Ma'am.« Der Commissioner nickte Lane mit befangenem Lächeln zu. »Ich nehme an, uns allen ist die präzedenzlose Natur des Vorfalls bewusst.« Er blickte sich am rechteckigen Tisch um. »Ich wollte vor diesem Gespräch ein wenig Zeit verstreichen lassen, aber Commodore Yates besteht auf einem beschleunigten Ablauf. Vorangestellt möchte ich kategorisch feststellen, dass alles, was heute in diesem Raum besprochen wird, der Geheimhaltung unterliegt, und ich muss Sie bitten, mir Ihre Verschwiegenheit schriftlich zu erklären.«

Er reichte Lane ein Touchpad. Sie schlug die Beine übereinander und las die Verschwiegenheitserklärung der Administration, runzelte die Stirn, während sie sich in die bürokratischen Tiefen versenkte. Parrish sah verwundert drein, doch Standard sprach ihn an, ehe er protestieren konnte.

»Mr. Parrish, Sie können einiges von dem, was ich heute sage, als Hintergrundmaterial für einen Bericht verwenden. Der Bericht muss jedoch von mir und dem Earth-Media-Team in Peary Crater genehmigt werden, ehe er gesendet wird, und er wird zurückgehalten werden und zum passenden Zeitpunkt freigegeben. Jede Abweichung von diesem Prozedere wird als Verletzung des SMA-Geheimhaltungsgesetzes betrachtet, was ein Kapitalverbrechen der Klasse Eins darstellt. Bis zum Abschluss der Untersuchung wird es keinen Funkkontakt mit jemandem außerhalb der Station geben, egal wem. Und bitte nehmen Sie nichts auf. Sie dürfen sich schriftliche Notizen machen.«

Standards Blick machte langsam die Runde am Tisch, um sich zu vergewissern, dass seine Worte von jedem erfasst worden waren. Er saß mit überschlagenen Beinen am Ende des Tisches, wartete ab, bis jeder die Verschwiegenheitserklärung gelesen und unterzeichnet hatte, und trommelte mit den fleischigen Fingerspitzen auf das obere Knie. Schließlich kehrte das Pad zu ihm zurück, und er nickte, stand auf und begann, einen Kaffeebecher in der Hand, am Tisch auf und ab zu schreiten, die linke Hand auf den Rücken gelegt.

»Ich glaube, Sie werden unser Bedürfnis nach strikter Informationskontrolle begreifen, sobald ich fertig bin. Es wäre eine Sache, wenn ein schadhaftes Ventil das EVA-Modul Ihres Raupenfahrzeugs gefährdet hätte. Jedem ist klar, dass es zu Unfällen kommen kann, ganz besonders auf dem Mond. Ich fürchte jedoch, hier handelte es sich um keinen Unfall.«

Er hielt um der Wirkung willen inne, und Dechert begriff, dass er die Ansprache einstudiert hatte. Am liebsten hätte er »Sie verscheißern mich« zu dem Kerl gesagt, aber er biss sich auf die Zunge, bis Standard fortfuhr. »Ich möchte, dass es klar und eindeutig festgestellt wird – der Grund, weshalb wir hier sind, ist der, dass wir die ersten forensischen Untersuchungen abgeschlossen haben und zu dem Schluss gekommen sind, dass Ihre Mobile Habitateinheit, die, äh, *Molly Hatchet*, durch einen Sprengkörper gefährdet wurde. Durch eine Bombe.«

Das letzte Wort sprach er mit härterer Betonung aus und blickte die Gruppe an, wartete auf eine Reaktion. Dechert und Hale regten sich nicht. Lanes Augen funkelten, und Parrish wirkte wie gelähmt.

»Eine Bombe? Himmel, ich dachte, es wäre ein Betriebsunfall«, sagte der junge Reporter. »Ich dachte, ich wäre hergeschickt worden, damit ich über ein Unglück berichte. Ich meine, wollen Sie sagen, dass jemand vorsätzlich einen amerikanischen Schürfer auf dem Mond getötet hat?«

Ja, genau das sagt er, dachte Dechert, *und vier Milliarden Menschen auf der Erde werden es auch bald erfahren.*

»Das ist richtig, Mr. Parrish.« Standard setzte sich wieder, schaute sich erneut am Tisch um und streckte das Kinn vor. »Jemand hat Specialist Benson ermordet, und wir sind uns ziemlich sicher, dass wir wissen, wer es war.«

9

Die Theatervorstellung hatte Standard gar nicht nötig; der ganze Raum hing an seinen Lippen. Aus Lanes Lippen wich das Blut, und der geschwungene obere Teil ihres Mundes straffte sich zu einem geraden Strich. Sie biss die Zähne zusammen – Dechert sah, wie die Knochen an ihren glatten Wangen hervortraten. Selbst Hale war jetzt interessiert und aufmerksam. Er richtete sich auf, faltete die Hände und ließ Standard nicht aus den Augen. Dechert schenkte sich noch einen Kaffee ein und atmete ein paarmal durch; er richtete sich auf ein Trommelfeuer von Fragen ein, die Parrish abfeuern würde. Während des Libanonfeldzugs hatte er einige Erfahrungen mit Reportern gemacht. Sie stellten mehr Fragen als nötig, köderten und schmeichelten und warteten auf einen Lapsus, bis sie endlich eine Antwort erhielten, die würdig genug war, in Anführungszeichen gesetzt zitiert zu werden. Jede Story, die Dechert je über sich selbst gelesen hatte, erschien viel interessanter als der Vorfall in der Wirklichkeit, und er war mürrisch zu der Erkenntnis gelangt, dass Nachrichtenstreams so nun einmal verkauft wurden. Auf die Schlagzeile kam es an. Und Parrish hatte jetzt eine absolut höllische Schlagzeile.

Trotzdem war Lane es, die als Erste das Wort ergriff. Ihre Stimme klang leise und schneidend.

»Vielleicht sind Sie so freundlich, die Melodramatik einzustellen, Commissioner, und sagen uns endlich, wovon Sie eigentlich reden.«

Standard fingerte ungeschickt an seiner Kaffeetasse herum. Heiße Flüssigkeit spritzte ihm auf den Daumen, und er schob ihn rasch in den Mund. Er räusperte sich und ließ den Blick für einen Moment am Tisch entlangwandern. *Der sollte mal mitmachen, was Quarles sich gefallen lassen muss, wenn sie sauer ist*, dachte Dechert.

»Selbstverständlich, Officer Briggs«, sagte Standard, faltete die Hände über dem Tisch und starrte angestrengt auf seine Finger. »Ein Team aus Sprengstoffspezialisten, das diese Woche von LEO-1 eingetroffen ist, hat eine gründliche Untersuchung der Mobilen Habitateinheit durchgeführt.« Er sah Dechert kurz an. »Sie war geheim, daher ist Ihr Team nicht über die Landung informiert worden.«

Noch ein Verstoß gegen das Standardprotokoll, dachte Dechert. Die Administration war verpflichtet, alle Stufe-1-Schürfstationen über Shuttlelandungen auf dem Mond zu unterrichten, ob sie bei Peary Crater erfolgten oder anderswo. Auf diese Weise konnten die Basen in Bereitschaft bleiben, sollte in ihrem Abschnitt ein Rettungseinsatz erforderlich sein. Dechert fragte sich, wie viele Shuttles von LEO-1 im Dunkeln der letzten Wochen nach oben gekommen waren und was ihre Crews zum Teufel noch mal da draußen im Mare anstellten.

»Es sind Munitionsexperten, jedenfalls zum Teil, aber auch sehr spezialisierte Ermittler«, fuhr Standard fort. »Captain Hale hat das Team geleitet und dient für die Dauer der Ermittlung als Verbindungsoffizier zur Administration. Er hat, was diese Dinge angeht, sowohl … militärische als auch paramilitärische Erfahrung.«

Standard sah Hale an, eine stille Bitte, die Besprechung zu übernehmen. Dechert fragte sich, ob der Commissioner im

Shuttle von Peary Crater beim Einstudieren seiner Ansprache damit gerechnet hatte, von der jungen Sicherheitsoffizierin einer abgelegenen Schürfstation zur Rede gestellt zu werden. Der Vorfall hatte ihm eindeutig die Planung durcheinandergebracht.

Aber nicht Hale – für ihn schien alles in Ordnung zu sein. Er sah Lane und Dechert an. »Ich nehme an, als Schürfer kennen Sie sich mit Sprengstoffen aus?«

»Schon, aber der Helium-3-Abbau erfolgt hauptsächlich mit hydraulischen Kellen und Fräsen«, sagte Lane. »Wir sind mehr Regolith-Farmer als Bergleute, Captain. Wir sprengen allerdings auf der Suche nach Wassereis und Ilmenit in den Kratern und Bergen. Landläufige Cynex-Ladungen von einem bis fünfzig Kilogramm mit Zündkapseln Typ A. Keine Digitalzünder. Bei Sonneneruptionen lösen diese Dinger nämlich gern mal zum falschen Zeitpunkt aus.«

Hale nickte. »Das klingt richtig für den Mond, und das ist Teil des Problems. Jeder Sprengstoff in den lunaren Lagerstätten ist konventionelles Bergbaumaterial, Officer Briggs, vom organischen Plastiksprengstoff bis zu Flüssigmetallpolymeren. Der Rückstand, den wir auf Ihrem Mobilen Habitatmodul gefunden haben, war exotischer.«

Er blickte Standard an, ehe er fortfuhr. Der Commissioner nickte. Hale legte ein Touchpad mitten auf den Tisch und gab einen Befehl ein. Über der Tischplatte erschien eine orangefarbene Darstellung der *Molly Hatchet* wie das holografische Gittermodell eines Gespenstes.

»Wir fanden Spuren einer kleinen Richtladung unter der Backbord-Fuge am EVA-Ausstieg Ihres Raupenfahrzeugs – genau hier.« Er berührte das Abbild, und es schimmerte kurz. Unter dem Ausstieg blinkte ein blauer Punkt auf. »Vermutlich von der Größe einer Kopfschmerztablette. Nicht sichtbar, solange nicht jemand danach sucht. Der Sprengkörper war sehr raffiniert. Er hatte eine Stickstoff-Polymer-Ladung, und die Zündung erfolgte ferngesteuert aus der Umlaufbahn.«

»Jemand muss mir das erklären«, unterbrach Parrish ihn. »Angefangen mit dem Poly… angefangen mit dem Sprengstoff.«

Dechert setzte sich auf. Zum ersten Mal seit Beginn der Besprechung war er überrascht.

»Polymerer Stickstoff ist so ziemlich das Neueste«, sagte er mit Blick auf Hale. »Eine kubische Form von Stickstoff, in der alle Atome miteinander über Einfachbindungen verknüpft sind, ähnlich wie im Diamant. Polymerer Stickstoff hat etwa die fünffache Sprengkraft von konventionellen Explosivstoffen. Er wird hauptsächlich vom Militär großer und gut finanzierter Staaten eingesetzt, denn er ist schwierig herzustellen.«

»Vollkommen richtig«, sagte Hale. »Er eignet sich gut für den modernen Häuserkampf, um bei Einsätzen, bei denen Kollateralschaden und Lärm niedrig gehalten werden sollen, Sperrtore und Bunker mit minimalen Druckwellen zu zerstören. Aber verwendet wird er nur auf der Erde. Von niemandem, der eine permanente Mondstation unterhält, ist bekannt, ihn hier oben einzusetzen, und es zu tun wäre auch nicht wirtschaftlich. Nicht für die Russen, die Chinesen, die Inder, die Brasilianer oder für uns. Was den Zünder angeht, war er programmiert, LPS-Koordinaten auszunehmen und zu detonieren, sobald der Mond 0,43 Grad vor dem Apogäum steht. Mit anderen Worten, eine raffinierte Art und Weise, die Zündung um genau neunzehn Uhr und dreißig

Sekunden am 12. Dezember 2072 auszulösen. Wir müssen uns vergewissern, dass, wer immer die Zündung programmiert hat, wusste, dass die *Molly Hatchet* zu diesem Zeitpunkt im Mare auf Schürfmission unterwegs war.«

Standard trommelte weiter mit den Fingern auf dem Knie. Es war nun deutlich hörbar. Dechert fragte sich, ob er auch mit dem Fuß trappelte. »Danke, Captain«, sagte der Commissioner. »Das wichtige Ding ist natürlich die Sprengladung, die durch das Isotopenmuster ihrer Rückstände zurückverfolgt werden kann. Ähnlich wie ein DNA-Abgleich, wenn Sie so wollen. Wir haben unsere Proben durch die globale Datenbank des Verteidigungsministeriums laufen lassen und einen Treffer erzielt.«

Er stand auf und schritt wieder den Tisch entlang, die Hände auf dem Rücken; er hatte die Fassung wiedererlangt.

»Der Sprengstoff stammte aus einer Charge polymeren Stickstoffs, der 2062 für das russische Militär hergestellt und in Turkmenistan gelagert wurde. Ein Jahr später wurde er bei einem Überfall auf ein abgelegenes Waffenlager geraubt. Sie können sich vorstellen, wie schlecht solche Einrichtungen bewacht sind. Ein Einsatzkommando schaltete drei Jahre später einen indonesischen Waffenschieber aus, einen gewissen Abduran Amir Serkasa. Er war eine recht große Nummer, aber nicht besonders helle. Er bewahrte seine Rechnungen auf einem unverschlüsselten Flashspeicher auf, und sein Datenvernichtungsprogramm erwies sich als nicht gründlich genug.«

Standard blieb stehen und legte die Hände auf den Tisch. Unheilverkündend wie ein Prediger sah er auf Briggs und Parrish hinunter.

»Unsere Computer-Forensik-Gruppe konnte die Dateien wiederherstellen. 2066 hat Serkasa viertausend Mikrogramm genau dieses polymeren Stickstoffs an Kowloon Pacifica verkauft, einer Briefkastenfirma, hinter der das Guojia Anquan Bu stand.«

»Wer bitte?«, entfuhr es Parrish.

»Das Ministerium für Staatssicherheit, Mr. Parrish. Der chinesische Geheimdienst.«

Dechert hatte gespürt, dass das kommen würde, aber dennoch drehte es ihm den Magen um. In den vergangenen beiden Monaten hatte sich die rhetorische Aufrüstung gegen China ins Bild gefügt wie der letzte Zementguss in ein Gebäudefundament, und er begriff, dass die Administration Worte zur Waffe machte. Der Mond, trocken und kalt und der größeren menschlichen Sünden ledig, die ihm so viel genommen hatten, fühlte sich nun heiß an und voller irdischer Gefahren. Widersprüchliche Theorien gingen ihm durch den Kopf. Konnten wirklich die Chinesen hinter dem Anschlag stecken? Einem wahren Gläubigen wie Standard leuchtete es vielleicht ein, aber ein Mobiles Habitatmodul zu sprengen erschien Dechert als zu offensichtlich. *Sie sind geschickter*, dachte er. *Die Chinesen töten mit kleiner Klinge. Sie spalten einem nicht den Schädel mit der Axt. Und wenn sie einem in den Hals stechen wollen, wieso feuern sie dann nicht einfach eine Rakete auf Serenity 1 ab und sprengen die gesamte Station?*

Aber wenn es nicht die Chinesen waren, wer dann? Er musste Standard eines lassen – keine andere Theorie ergab Sinn. Die Russen hatten ihren Fleck des Mondes am Westrand des Mare Orientale und waren nie ernsthaft in die inneren Maria vorgestoßen. Sie konzentrierten sich auf den Abbau von Ilmenit und Eis. Die verrückten Hunde hatten es schwer genug, dort zu überleben, von den anderen Mondkolonien durch mehrere tausend Kilometer getrennt, immer von der Erde abgewandt und mit Blick in die Tiefen des Sonnensystems. Die indischen und brasilianischen Mondprogramme waren zu neu, um an territoriale Expansion auch nur zu denken. Die Digger beider Nationen lebten in temporären aufgeblasenen Kuppeln und mobilen Schürf-Skiffs. Nur die Chinesen und die Amerikaner hatten größere Siedlungen auf der erdzugewandten Seite; nur sie stritten vor dem Internationalen Gerichtshof um Schürfrechte in den zentralen Maria. Nur sie besaßen die terrestrische und orbitale Stärke, einander die Stirn zu bieten, sollte der Rechtsstreit zu keinem befriedigenden Abschluss kommen und ein echter Kampf entbrennen.

Dechert dachte an seinen Freund Lin Tzu und fragte sich, ob er jetzt sein Feind sei. Man müsste bei ihm noch einiges an Überzeugungsarbeit leisten, ehe er das glaubte. Er konnte es jedoch auch nicht einfach von der Hand weisen, und das erzeugte in ihm Unbehagen.

»Verzeihen Sie, Mr. Standard.« Lane brach das Schweigen, das über dem Tisch lastete. »Das ist der größte Haufen Erdscheiße, den ich je gehört habe, seit sie anfingen, Baugrundstücke am Tycho zu verkaufen.« Sie beugte sich vor und starrte den Commissioner nieder. »Wir sind ein bisschen länger hier oben als Sie, und wir kennen die Leute da drüben. Sie würden für uns genauso schnell in den Rettungseinsatz gehen wie für ihre eigenen Leute. Sie könnten mir genauso gut sagen, meine Mutter hätte die *Hatchet* gesprengt.«

Standard erwiderte zum ersten Mal seit seiner Ankunft Lanes Blick. Endlich bewegte sie sich auf Terrain, auf dem er dauerhaft im Vorteil war – die gewundene Straße der internationalen Politik. »Wen kennen Sie denn dort drüben, Officer Briggs? Die Astrowissenschaftler und Schürfer, mit denen sie Gärtnertipps und Selbstgebrannten austauschen? Glauben Sie im Ernst, das wären die Leute, von denen hier die Rede ist?«

Lane und Dechert tauschten verstohlen einen raschen Blick, um sich zu vergewissern, dass sie beide verstanden hatten, was Standard gerade offenbart hatte: Ihre private Kommunikation war von der Administration belauscht worden.

»Ich bin mir sicher, die Schürfer in New Beijing 2 sind ein freundlicher Haufen«, fuhr Standard fort, »aber sie beherrschen die Situation genauso wenig wie Sie oder ich, und sie unterstehen einer Regierung mit keineswegs freundlichen Absichten. Sie sind nicht in das eingeweiht, was ich weiß, Officer Briggs, daher verstehe ich Ihre Skepsis. Ich kann Ihnen jedoch versichern, dass man den Chinesen in dieser Sache durchaus ein Motiv unterstellen kann.«

Er unterbrach sich und senkte die Stimme. »Sie wissen wohl, dass es zwischen unseren beiden Ländern nicht sehr nachbarschaftlich zugeht, aber diese Krise würde mehr Sinn ergeben, wenn Ihnen die politische Situation auf der Erde in vollem Umfang bekannt wäre. Zu sagen, dass sie nicht gut sei, wäre eine gewaltige Untertreibung.«

Dechert starrte auf die Holografie der *Molly Hatchet*. Sein Blick ruhte auf dem blauen Blinkpunkt – der Stelle, an der mit explosiver Kraft die Luft aus dem EVA-Modul ausgetreten war und Cole Benson zu einem Tod im Vakuum verurteilt hatte. Dechert stellte sich vor, wie Cole die Luft ausstieß, die ihm verblieben war, damit sie ihm nicht die Lunge zerriss, während er auf seinen Helm zukroch und verzweifelt versuchte, bei Bewusstsein zu bleiben. Er sah, wie er die Besinnung verlor, sein Mund und seine Augen sich weit öffneten und ihre Feuchtigkeit im Vakuum verkochte. *Das* war der Teil des ganzen Schlamassels, der nicht gut war.

»Eines verstehe ich nicht«, warf Parrish ein. »Dieser Serkasa – wie kann ein Waffenschieber so dumm sein, Unterlagen über seine verdeckten Geschäfte mit Regierungsorganisationen zurückzulassen, und woher wissen wir die exakte chemische Zusammensetzung gerade dieser Charge gestohlener Explosivstoffe?«

Standard wandte sich dem Reporter mit leicht verdutzter Miene zu. Er war auf die intelligente Frage vorbereitet, aber vielleicht hatte er nicht damit gerechnet, dass Parrish sie stellte.

»Rüstungsabkommen, Mr. Parrish«, sagte er mit einem Wedeln der Hand. »Wir haben eine Vereinbarung auf Gegenseitigkeit mit den Russen, alle hyperdestruktiven Substanzen zu verfolgen. Sie haben uns das Spurenelemente-Profil des polymeren Stickstoffs übermittelt, kaum dass er verschwunden war. Was Mr. Serkasa angeht, so habe ich keinerlei Lust, in den Kopf eines Mannes zu blicken, der mit Massenvernichtungswaffen handelt. Aber ich würde sagen, dass solche Leute nicht besonders gewissenhaft mit ihren Aufzeichnungen umgehen.«

Dechert schüttelte den Kopf. Er hatte Männer wie Serkasa gekannt und war völlig anderer Ansicht als Standard. Sie waren in der Regel überaus penibel, denn jeder Fehler konnte ihren Tod bedeuten. Er sah Hale an. Als ihre Blicke sich einen Moment lang trafen, wusste er, dass der Captain das Gleiche dachte.

Folglich hatte Standard entweder einen schlechten Einblick in die Welt des Operativen, oder er log. Dechert konnte noch nicht sagen, was der Fall war.

»Ist das chinesische Konsulat darauf aufmerksam gemacht worden, dass unsere Regierung die Explosion der Volksrepublik zur Last legt, Commissioner, oder sind die Untersuchungsergebnisse noch geheim?«, fragte er.

»Captain Hales Team hat gerade den ersten Bericht vorgelegt, und wir haben noch keine Reaktion von der Erde und wissen nicht, wie der diplomatische Prozess fortgesetzt wird.« Standard setzte sich wieder und senkte die Stimme. »Allerdings hat das Joint Space Command vom Präsidenten den Befehl erhalten, augenblicklich Notfallpläne umzusetzen, und an diesem Punkt kommen wir ins Spiel. Ich fürchte, dass sich das Leben hier oben ändern wird – für Sie, für die zivilen Kräfte in Peary Crater, für uns alle. Bis die Krise beigelegt ist, werden alle US-Schürfstationen auf dem Mond zumindest bis auf Weiteres militarisiert.«

Niemand sprach ein Wort. Parrish blickte von seinen Notizen auf. Dechert sah Lane an und lächelte entschuldigend. Das Versprechen, das er ihr gegeben hatte, als sie auf dem Mond eintraf, war von jemandem gegenstandslos gemacht worden, der den Großteil seines Lebens in einem eine Viertelmillion Meilen entfernten Büro verbrachte.

»Captain Hale«, sagte Standard.

Hale drückte wieder auf das Touchpad, und ein topografisches Hologramm des Mondes schwebte über dem Tisch. Dechert hatte vergessen, wie schön Luna vom All aus gesehen aussah, eine silberne und stahlgraue Murmel – der nackte Schatten der Erde. Das Hologramm zeigte die Positionen aller großen Basen, Sub- und Schürfstationen auf der Mondoberfläche: die amerikanischen blau, die chinesischen rot, die russischen grün, die brasilianischen purpurn und die indischen gelb. Serenity 1 war ein indigoblauer Fleck am Nordrand von Menelaus, winzig gegenüber dem dreißig Kilometer weiten Impaktbecken des Kraters. Im Westen erhob sich der südliche Kamm der Montes Haemus; die buckligen Spitzen überragten die Serenitatis-Ebene um zwei Kilometer. Die US-Hauptbasis Peary Crater in der Nähe des Nordpols war über tausend Kilometer entfernt, die erste wahrhaft permanente Siedlung auf dem Mond und wegen der einzigartigen Rotationsachse Lunas eine der wenigen Stellen an ihrer Oberfläche, die beinahe ununterbrochen Sonnenlicht erhielten. Dass Dechert eine Mondkarte dieses Maßstabs betrachtet hatte, war eine Weile her. *Verdammt, wir sind hier unten ganz allein,* dachte er, *mitten zwischen zwei kämpfenden Riesen, und uns schützt nur eine drei Meter dicke Decke aus Gestein.*

Ihre nächsten Nachbarn waren die Chinesen. New Beijing 2 war in den Kraterwall von Archimedes im Mare Imbrium gegraben worden, etwa sechshundert Kilometer weit westlich. *Was machen sie jetzt da drüben?* Wiesen militärische Befehlshaber einen widerstrebenden Lin Tzu in die entfernte Möglichkeit eines Krieges gegen die USA ein? Hatten sie bereits Waffen in Stellung gebracht, und waren einige davon auf Sea of Serenity 1 gerichtet? Der Gedanke an eine Rakete mit AI-Suchkopf oder einen fokussierten elektromagnetischen Impuls, der die Station traf, bereitete Dechert eine Gänsehaut. Wenn Serenity angegriffen wurde, blieb einem Rettungsteam von Peary Crater niemals ausreichend Zeit, Sicherheitsmaßnahmen zu ergreifen. Es würde nur Leichen vorfinden, konserviert vom Vakuum des Weltraums. Die Station besaß keine nennenswerten Abwehrmittel – sie war gebaut worden, ehe die Regierungen dem Mond ausreichende strategische Bedeutung zumaßen, um seinetwegen einen Krieg zu führen. Wie so vieles auf diesem Trabanten war das vermutlich eine Kurzsichtigkeit der guten Leute auf der Erde.

»Eine Gruppe Air and Space Marines trifft morgen um neun Uhr hier ein«, sagte Hale. Er sah fast entschuldigend drein, faltete die Hände und drückte einen Daumen mit dem anderen, als wäre er sich zum ersten Mal unsicher. »Ich möchte betonen, dass wir keinerlei Genehmigung zu offensiven Schritten haben. Wir stellen lediglich Bauern in die erste Reihe für den Fall, dass die Politiker auf der Erde den Schlamassel nicht beseitigen können.«

Dechert lehnte sich zurück und schloss die Augen. Ungeduld durchfuhr ihn mit einer Gewalt, die er lange so nicht mehr gespürt hatte. Er musste seine Leute aus der Gefahrenzone schaffen, und er schätzte es gar nicht, dass man ihn wissen ließ, er brauche sich wegen einer Gruppe Marines, die in seine Station kam, keine Sorgen zu machen. Oder dass man ihn einen »Bauern« nannte. *Kein weiterer Toter unter meinem Kommando*, dachte er. *Ich werde die Situation nicht aus der Hand geben.*

»Bitte trösten Sie mich nicht mit der Möglichkeit, dass die Politiker die Lage im Griff haben, Captain.« Er wandte sich Standard zu. »Sie sagen uns also, das ROC-Abkommen ist null und nichtig, und wir militarisieren den Mond? Ist Ihnen klar, was das bedeutet, Commissioner?«

Standard errötete. »Das ist es allerdings, Commander. Ich möchte aber darauf hinweisen, dass nicht wir die Abmachungen des ROC- oder des ISA-Abkommens verletzt haben. Wir sind diejenigen, die angegriffen wurden, und nach internationalem Recht – sei es Seerecht, Landrecht oder Mondrecht – dürfen wir uns verteidigen. Und seien Sie bitte nicht so naiv anzunehmen, die Chinesen würden in diesem Moment nicht genau die gleichen Schritte ergreifen.«

»Das mag so sein, und vielleicht ist die Politik des inneren Sonnensystems nicht meine Stärke, aber ich weiß, wie schnell so etwas eskalieren kann.« Dechert stand auf, ließ die Hände aber auf der Tischkante liegen. »Möglich, dass die Chinesen die Schuldigen sind, aber ich habe noch keinen Beweis dafür gesehen. Was Sie hier vorgelegt haben, hat den Beigeschmack der Einseitigkeit.«

Er sah Lane an und zügelte sich, als er ihren warnenden Blick bemerkte. Er senkte die Stimme und schlug einen anderen Kurs ein. »Ich muss Sie auch daran erinnern, dass wir Bergleute sind, Commissioner. *Zivilisten.* Mir ist es egal, ob die Marines hierherkommen, um eine Offensive vorzubereiten oder um sich ein paar Tage zu erholen. In beiden Fällen sollte mein Team nach Peary Crater ausgeflogen werden, vielleicht sogar nach Low Lunar 1. Allerhöchstens kann ich zurückbleiben und die Systeme bedienen.«

Standard wollte ablehnen, aber Dechert schnitt ihm mit einer Handbewegung das Wort ab.

»Sie schütteln den Kopf, weil Sie vor Augen haben, was Ihrer Ansicht nach geschehen soll, und nicht das, was möglich ist. Schon allein aus praktischen Gesichtspunkten kann Serenity nicht die Anzahl Menschen am Leben erhalten, von denen Sie reden. Sie wollen hier einen Zug Marines unterbringen; um das zu bewerkstelligen, müssen Sie andere Leute verlegen.«

»Wir reden von einem vierköpfigen Aufklärungstrupp, Commander, nicht von einem Bataillon«, sagte Hale. »Ich habe angenommen, dass eine Stufe-1-Substation bis zu fünfzehn Personen aufnehmen kann.«

»Im Notfall geht das, aber sie ist auf fünf bis sechs Personen ausgelegt. Wir würden die Biofilter und den Reaktor bis an die Sicherheitsreserven belasten, und das Becken wird für vierzehn Erdtage dunkel sein, wenn morgen um sechzehn Uhr dreißig die Sonne untergeht, also gibt es keine Solarenergie. Außerdem müssten wir Kojen schichtweise teilen. Wir haben nur acht Betten. Aber das ist nicht das eigentliche Problem. Aber mein Team …«

»Nein.« Standard schlug mit der Faust auf seine lederne Aktentasche, was die Wirkung dämpfte. »Die Schürfarbeiten einzustellen steht außer Frage. Zumindest aus taktischen Erwägungen müssen wir den Anschein von Normalität aufrechterhalten, Commander Dechert. Und obwohl Ihr Team in der Tat zivil ist, sieht Artikel Vier Ihres Vertrags eindeutig vor, dass Sie in einer Krisensituation zwangsverpflichtet und der militärischen Führung unterstellt werden können. Das ist der Grund, weshalb Substationskommandanten wie Sie immer militärische Erfahrung mitbringen müssen. Die Gilde wird dabei auf unserer Seite stehen.«

»Den Teufel wird sie tun«, sagte Lane.

»Richtig, Officer Briggs«, sagte Standard, »zu Ihrem Pech wird sie den Teufel tun. Das hat sie sogar bereits.«

Er stand auf und schloss seine Ledermappe. Die Bewegung erinnerte Dechert an Captain Bildad, wie er die vervollständigte Ausrüstungsliste für die letzte Reise der *Pequod* siegelte.

»Wir können darüber streiten, so viel wir wollen, aber das Ergebnis steht schon fest. Wir benötigen einen Operationsplan, um elf Personen unterzubringen … zwölf, falls Mr.

Parrish gebeten wird, zu bleiben, um diese Geschichte bis zu ihrem Ende mitzuerleben.« Er atmete tief ein und beugte sich wieder über den Tisch. »Ihre Beschwerden können Sie später einreichen, aber im Moment geht es um persönlichen Mut und Opferbereitschaft. Sie wissen, was auf der Erde vorgefallen ist. Wir dürfen nicht zulassen, dass der Mond unter chinesische Vorherrschaft fällt, wenn das Chinas Endziel sein sollte, und wir lassen provozierte Aggression nicht unbeantwortet, wo immer sie auch auftritt.«

Wieder wurde es still im Messeraum, und Dechert dachte an Rom und Karthago und die endlosen Punischen Kriege. *Wer von beiden sind wir?*, fragte er sich. Ihm war klar, wie viel Wirtschaftskraft die USA in den vergangenen fünfzehn Jahren an China und Indien verloren hatte. Während in den Vereinigten Staaten eine reiche Minderheit prosperierte, mussten mehr als fünfzig Millionen Menschen Tag für Tag ums Überleben kämpfen. Von allen Kontinenten hatte das Thermische Maximum am härtesten Nordamerika und Europa getroffen, vielleicht die Strafe der Erde für ihre jahrhundertelange Dominanz. Innerhalb eines Jahres nach den Methaneruptionen waren die Hälfte der nordamerikanischen Küstenstädte im Meer versunken, während die Mais- und Weizengürtel der Dürre zum Opfer fielen. Die Industrie, die einmal das Rückgrat dieser Länder gewesen war, hatte schon Jahrzehnte vorher das Weite gesucht und keine Infrastruktur hinterlassen, die einen raschen Wiederaufbau ermöglichte. Pandemien und religiöse Erhebungen gaben den Ländern den Rest.

Jetzt, wo die USA allmählich wieder auf die Beine kam – vor allem dank des Helium-3-Abbaus auf dem Mond –, wollte ihre Führungsschicht wieder den ihr zustehenden Platz in der Welt einnehmen. Ein Krieg gäbe den Massen wenigstens etwas zu jubeln, eine Ablenkung von ihrem Hunger und einen Feind, dem man die Schuld zuweisen konnte. Das war zumindest gute Politik. Und wenn die Chinesen solch eine aufkeimende Bedrohung wahrnahmen, würden sie etwa zulassen, dass sie weiterwuchs? Oder noch schlimmer, waren die Chinesen, weil solch eine Reaktion die Situation unumkehrbar machen würde, doch die Aggressoren? Genau das aber war es, was Dechert immer wieder aufstieß: dass sie es sein *mussten.* Wer sonst konnte Bohrstation 7 sabotiert haben?

Wer sonst konnte Cole getötet haben?

Dechert sah Briggs an. Sie öffnete den Mund, vermutlich, um Standards Definition einer provozierten Aggression infrage zu stellen, aber Dechert hielt sie mit einem Kopfschütteln davon ab. Es war weder der richtige Zeitpunkt noch der richtige Ort.

»Gut«, sagte Standard. »Ich würde sagen, das reicht im Moment. Mir ist bewusst, dass wir alle einiges zu regeln haben. Mr. Parrish, können Sie möglichst bald einen Entwurf Ihres Berichts fertig machen? Wir haben Specialist Bensons nächste Angehörigen über die Umstände seines Todes informiert. Nachdem bestimmte diplomatische Vorkehrungen getroffen worden sind, wären wir bereit, ein kontrolliertes Durchsickern unserer Befunde zu gestatten. Wahrscheinlich innerhalb der nächsten beiden Tage.«

Parrish sah von seinen Notizen auf und atmete heftig aus. Er spielte mit seinem Goa-Tee. »Ich habe ungefähr hundert weitere Fragen, Commissioner, ich muss sobald als möglich mit meiner Redaktion sprechen. Wir reden hier immerhin über Ereignisse von historischer Bedeutung. Verrückt, aber monumental.«

»Natürlich. Wir richten Ihnen einen gesicherten Kanal ein, sobald das Embargo aufgehoben wurde, und bis dahin reden wir unter vier Augen, um alle Lücken zu füllen.« Standard wandte sich der Drucktür zu, dann begriff er, dass er nirgendwohin gehen konnte.

»Äh, Mr. Dechert, ich würde gern die logistischen Aspekte der Einrichtung eines Operationszentrums in der Station mit Ihnen unter vier Augen besprechen. Vielleicht, nachdem Sie sich um unsere Unterbringung gekümmert haben?«

»Das kann eine Weile dauern. In einer Stunde habe ich eine Besprechung mit meiner Crew, und ich muss zu Spiral 6, eine unserer Helium-3-Abbaustätten in der Nähe der Station, ehe der Tag zu Ende geht. Das lässt sich nicht verschieben. Reaktor- und Systemcheck.«

Dechert musterte Standards kantige Gestalt im Durchgang. Er hatte manikürte Fingernägel an Händen so weiß wie Elfenbein.

»Vielleicht möchten Sie eine Mondtour mit mir machen, Commissioner? Meine Crew muss hierbleiben, um alles für die Ankunft der Marines vorzubereiten, und wir brauchen zwei Mann für alle Rover-Missionen außer Sichtkontakt.«

Standard war überrascht von der Einladung und zögerte. Er blickte Lane an, vielleicht befangen, eine möglicherweise gefährliche Unternehmung vor einer Frau abzulehnen, und sah wieder zu Dechert. Schließlich nickte er. »Ja, sehr gern, Commander. Ich habe noch nie eine Schürfstelle mit eigenen Augen gesehen.«

Nein, dachte Dechert, *du ganz bestimmt nicht.*

10

Sie trafen sich im Treibhaus. Dechert scheute die Förmlichkeit des CORE, wo sie normalerweise Besprechungen abhielten, und er wollte auch nicht das Risiko eingehen, dass jemand sie belauschte, der nicht der Crew angehörte. Größere Abgeschiedenheit gab es in der Station nicht. Im kleinen Kreis saßen sie zwischen perfekt getrimmten, parallelen Pflanzenreihen im Vibrationskessel zur Bestäubung von Tomaten, Kürbissen und anderen heterosexuellen Spezies, die sich unter niedriger Schwerkraft nicht gut fortpflanzten.

Quarles hatte die Lichtkonzentratoren abgestellt, und das leise Summen der Lüftung überdeckte ihre Stimmen und verlieh dem Raum eine hypnotische Atmosphäre. Dechert hätte gern gewusst, wo Quarles seine Cannabispflanzen versteckt hatte. Mysteriöserweise war die Plantage aus der Ecke des Treibhauses verschwunden, als Standard und seine Begleiter eintrafen. Quarles konnte seine Unruhe nicht verbergen, fummelte mit den Fingern herum und trommelte mit den Füßen, während er auf einem umgedrehten Eimer saß.

Alle wirkten sie nervös und unglücklich. Dechert hatte Thatch, Waters und Quarles über die Besprechung mit Standard in der Messe unterrichtet, und ihnen wurde erst allmählich klar, was es bedeutete, dass ein Freund ermordet worden war und der Mond militarisiert werden sollte.

»So viel zum Meer der Heiterkeit«, sagte Quarles. »Können wir es jetzt das Meer des Drohenden Unheils nennen?«

»Mal im Ernst, Boss«, sagte Waters. »Sind Sie sicher, dass wir das hinnehmen müssen? Niemand hat uns gesagt, dass wir in einem Scheißkrieg kämpfen müssen, als wir uns als Digger gemeldet haben. Ich habe meinen Gildenvertrag nicht mal gelesen. Das Mistding ist länger als das Alte Testament!«

»Dazu sag ich Amen«, murrte Quarles.

Thatch schnaubte. Er lümmelte sich auf einem Klappstuhl zwischen zwei Reihen mit keimenden Riesenkürbissen. Seine fleischigen Unterarme ruhten auf seinen Knien. Wassertropfen aus einem Kondensationsfilter über seinem Kopf fielen ihm auf die Schulter. Dechert sah zu, wie die Perlen aus Flüssigkeit sich blähten, bis sie eine bestimmte Größe erreicht hatten, und hinunterfielen. Thatch bewegte sich nicht, wenn sie seinen Schwereanzug trafen, der einen dunkelblauen Nässefleck zeigte, der sich zu seiner Brust hin ausbreitete. Vor allem für seine Reaktion auf die Neuigkeiten und seine seelische Verfassung seit ihrem Gespräch im Observatorium interessierte sich Dechert. Thatch hatte sich seitdem leise durch die Station bewegt, fast unsichtbar, aber sein Körper strahlte kalte Wut aus.

»Darüber macht ihr euch solche Sorgen?«, fragte Thatch schließlich. Er hatte die Zähne so fest zusammengebissen, dass es ein Wunder war, ihn überhaupt zu verstehen. »Diese Hurensöhne haben Cole umgebracht. Ich hätte nie gedacht, dass ich das mal sagen würde, aber ich drücke gern ab, wenn wir das Okay bekommen. Dafür brauchen sie mir keinen einzigen Scheißdollar zu bezahlen.«

Dechert nickte Thatch zu, sagte aber nichts. Der hünenhafte Mann fuhr sich mit einer großen Hand durch die lockigen Haare und atmete heftig aus. Er war unrasiert, aber das war nichts Besonderes. Seine Augen hatten von der Müdigkeit noch rote Ränder, und sein Schwereanzug wirkte eine Nummer zu klein. Ein alter Fortyniner, der auf den Mond gekommen war, um sein Glück zu machen, und seinen Partner in einem lunaren Mare durch eine Bombe verloren hatte. *Ich kann es ihm nicht verübeln, dass er abrechnen will*, dachte Dechert.

Lane tätschelte Thatchs großes Knie. Seit die Besprechung begonnen hatte, waren ihre Augen nachdenklich zusammengekniffen, und als sie das Wort ergriff, sprach sie in leisem, beruhigendem Ton.

»Wir sind alle stinksauer wegen Cole, und ich bringe die Dreckschweine, die das getan haben, genauso gern um wie du. Aber wir sollten vorher genau hinsehen, ob wir nicht einen unschuldigen Jungen verprügeln, der neben dem Schläger gestanden hat.« Sie sah sie alle nacheinander an. »Glaubt hier wirklich jemand, die Chinesen wären es gewesen? Das ergibt nicht den geringsten Sinn. Die Chinesen arbeiten am Rand ihrer Kapazität und bauen nur einen Bruchteil ihrer Helium-3-Vorkommen ab. Wenn sie westlich des Mondapennins blieben, hätten sie trotzdem für die nächsten fünfzehn Jahre genug zu schürfen.« Sie wandte sich Dechert zu. »Und selbst wenn ihre Regierung durchgedreht ist, was suchen wir da mittendrin? Ich *habe* meinen Gildenvertrag gelesen. Darin steht, dass wir im Falle eines Minenunglücks oder einer Naturkatastrophe zwangsverpflichtet werden können. Da steht nichts davon, dass wir in irgendeinem Scheißkrieg kämpfen müssen.«

»Ich bin sicher, die Anwälte der SMA haben schon eine Möglichkeit gefunden, das da doch rauszulesen«, sagte Dechert. »Es wäre nicht das erste Mal, dass sich Zivilisten an der Front wiederfinden, Lane, und laut unseren Gehaltsabrechnungen sind wir der Form nach tatsächlich ein verlängerter Arm der Regierung.«

»Scheiß auf die Form.«

»Wäre schön, wenn wir das könnten. Ich glaube aber nicht, dass wir da rauskommen. Und von Standards Standpunkt her kann ich verstehen, dass der Helium-3-Abbau weiterlaufen soll wie gewohnt. Wenn wir alles stilllegen und uns verpissen, wissen die Chinesen es nach spätestens sechs Stunden.«

Er saß mit übergeschlagenen Beinen da und hatte die Finger in den Halsausschnitt seines Schwereanzugs gehakt. Mit einem freien Zeigefinger kratzte er sich am Kinn.

»Unsere Freunde in NB-2 tun mir fast genauso leid wie wir, und ich werde jedes Argument anführen, das uns vielleicht hier rausbringt, aber wir dürfen uns nicht verzetteln. Wir haben einige ernsthafte Probleme zu behandeln, und zwar hier und jetzt. Nichts wird verschont bleiben, wenn diese Sache außer Kontrolle gerät, und unsere erste Sorge muss der Sicherheit der Station gelten. Wir müssen uns darüber klar werden, wo wir verwundbar sind.«

»Verwundbar?«, fragte Quarles. »Wie wäre es mit: ›Wir sind auf dem Mond, verdammte Scheiße‹? Manometer, wenn einer auf uns schießt, dann sind wir wehrlos wie ein Blinder im Scheinwerferlicht. Wir haben schon mit Sonneneruptionen genug zu tun. Wenn jemand einen fokussierten EMP in unsere Richtung schießt, könnte ich euch hinterher nicht mal 'ne Pizza in der Mikrowelle warm machen. Es würde alles durchschmoren, was wir haben. Coms. Lebenserhaltung. Transport. Alles.«

»Der Junge hat recht«, sagte Vernon. »Unsere Abschirmung ist gegen natürlich auftretende Strahlungsausbrüche gedacht. Auf dem Mond sollte es überhaupt keine verdammten Waffen geben. Ein genügend starker EMP würde vermutlich auch den Reaktor abschießen, trotz des zweiten Schildes, der ihn umgibt. Und eine Rakete oder ein Lasertreffer wäre noch schlimmer. Umbringen können sie uns auf ein Dutzend verschiedene Arten und Weisen.«

Dechert versuchte ein grimmiges Lächeln. »Ganz sicher haben sich die Marines darüber auch schon Gedanken gemacht. Wahrscheinlich bringen sie Abwehrmittel von Peary Crater mit, aber ich bezweifle, ob ihre Vorstellungen von akzeptablen Verlusten mit den unseren übereinstimmen. Also lassen Sie ein paar andere Möglichkeiten hören.«

Alle rückten auf ihren Sitzgelegenheiten herum. »Wir brauchen einen Fluchtplan«, sagte Lane, »so viel ist klar. Uns bleiben keine fünf Minuten zwischen Warnung und Einschlag, und wir müssen in einem MOHAB verschwinden. Wir können uns nicht einfach zu Fuß davonmachen.«

»Aber was, wenn sie uns aus der niedrigen Umlaufbahn mit einem EMP treffen?«, fragte Thatch. »Da gibt es keine Vorwarnung. Ein EMP setzt unsere Transportkapazität für wenigstens einen Tag außer Gefecht, vielleicht auch länger, und es ist fraglich, ob wir so lange durchhalten. Alle Autonomiken im CORE fallen dann aus, einschließlich der Lebenserhaltung.«

Dechert nickte nachdenklich. Thatch hatte vermutlich recht. Selbst wenn der Fusionsreaktor den elektromagnetischen Schlag irgendwie überstand und in Betrieb blieb, wäre er ein Herz, das Blut in eine Leiche pumpte. Sämtliche Schaltkreise in der Station wären durchgebrannt, und eventuell gelang es ihnen nicht einmal, ein Druckschott zu öffnen. Diese Überlegung setzte schon voraus, dass die Chinesen sich mit einem elektromagnetischen Schlag begnügten. Bei einem Raketen- oder Laserschlag andererseits brauchten sie sich wohl keine großen Gedanken mehr zu machen.

Dechert blickte auf. »Na gut, wie wäre es damit? Wir verlegen die *Aerosmith* morgen auf die Menelaus-Straße, irgendwo innerhalb des Impaktbeckens, damit sie als Rettungsboot zur Verfügung steht. Sie muss überholt werden, aber es sieht ganz so aus, als müssten wir sie so bald nicht mehr als Schürffahrzeug einsetzen. Der Krater müsste sie vor einem elektromagnetischen Impuls und allem anderen schützen können, was vom Mare Imbrium oder dem Südpol in unsere Richtung fliegt. Ich bin mir sicher, dass ich Hale dazu bringen kann, Standard klarzumachen, dass das eine kluge Maßnahme ist. Ihm wird die Redundanz gefallen.«

Wie die *Molly Hatchet* war auch die *Aerosmith* von Quarles benannt worden, der schwor, dass seit 2020 keine Musik mehr entstanden sei, die anzuhören sich lohne. Die Administration hatte mürrisch den Bruch des Benennungsprotokolls für seine Schürffahrzeuge als minimales Ärgernis akzeptiert, aber das waren ruhige Zeiten gewesen – und die *Aerosmith* hatte sich in einem besseren Zustand befunden. Seit mehr als einem halben Jahr war sie nicht mehr draußen auf der Mondoberfläche gewesen, und Dechert sah seinen Leuten an, dass diese Tatsache ihnen Angst bereitete. Gott allein wusste, wie viel Mondstaub in sie hineingekrochen war oder wie die ausgedehnte Hibernation in der durchdringenden Kälte des Korrals alles von ihrer Verkabelung bis zu den Gleisketten spröde gemacht hatte. Auf dem Mond hielten sich ungenutzte Maschinen nicht gut.

Lane musste das Gleiche überlegt haben. »Selbst wenn wir die *Aerosmith* ans Laufen und raus in den Menelaus bekommen – und das ist schon ein großes Wenn«, sagte sie und starrte Quarles an, um ihren Zweifeln, dass er solch ein Bravourstück zustande brachte, Ausdruck zu verleihen, »wie erreichen wir sie, falls wir angegriffen werden? Die Rover werden vermutlich ausfallen, und ein EMP würde auch die Computer in den Anzügen grillen, und ohne Profil kein Mondspaziergang.«

»Können wir die Computer nicht überbrücken und die Anzüge notfalls manuell steuern?«, fragte Dechert. »Ich rede hier von Kram aus dem zwanzigsten Jahrhundert. Sie sollen uns nur am Leben erhalten, keine Auto-Regeneration und keine Navigation. Es wäre ein Marsch von vier Stunden, aber mit Karte und Kompass wäre er machbar.«

Quarles dachte einige Sekunden lang nach. »Ich könnte an den Anzügen rumbasteln und die Beatmung auf Handbetrieb umstellen, aber wir müssten die Gasmischung im Auge behalten. Und uns gegenseitig, solange wir da draußen sind.« Er warf einen Blick auf Lane. »Und ich kann nicht versprechen, dass ihr Anzug funktioniert, wenn sie meine Fähigkeiten weiter runtermacht. Das geht bei mir voll auf die Konzentration.«

»Also gut, packen wir's an.« Dechert schob sich an den beiden vorbei, ehe sie sich wieder in die Haare bekamen. »Lane, Sie arbeiten einen Evakuierungsplan aus. Quarles kümmert sich um die Anzüge und hilft Vernon beim Aufmöbeln der *Aerosmith.* Thatch, erstellen Sie einen Marschplan zum Menelaus. Sehen Sie in die Karten und suchen Sie eine Stelle, an der wir die *Aerosmith* deponieren können, und sehen Sie auf dem aktuellen Tieforbit-Bildmaterial nach, ob die Straße in Ordnung ist. Ich frage Standard und Hale, welche Abwehrmaßnahmen die Marines geplant haben für den Fall, dass es noch schlimmer wird, als es sowieso schon ist.«

»Die singen wahrscheinlich bloß ›God Bless America‹, wenn die Scheißraketen fallen«, sagte Thatch. Er mochte Erbsenzähler und Soldaten sogar noch weniger als Lane. Über ein Jahr hatte es gedauert, bis er mit Dechert warm wurde, nachdem er spitzbekommen hatte, dass sein Boss vom Militär kam. Seine Abneigung hing mit einer Prügelei in einer Bar in Portland vor langer Zeit zusammen, die ihn für ein Wochenende in den Bau gebracht hatte. Thatch erhob sich, und es schien, als würde der Stuhl, auf dem er saß, an seinen Körpermassen kleben bleiben. »Wie viel Vorwarnung bekommen wir, wenn sie auf uns schießen?«

»Mit Raketen, meinst du?«, fragte Waters. »Bei circa siebentausend Stundenkilometern aus einer Entfernung von sechshundert Klicks … vielleicht vier Minuten nach Ortung. Reicht, um sich die Hose vollzuscheißen, aber fürs Umziehen bleibt keine Zeit. Ich weiß nicht, ob wir hier noch rauskommen. Vielleicht schaffen wir es in die Anzüge, aber von der Station wegzukommen ist noch mal was anderes.« Er zeigte sein typisches breites Lächeln. »Ich glaube, ich gehe einfach runter zu Quarles' Büro im Loch und nehme noch einen letzten Zug von seinem Hydromania.«

»Ich werde das Gras fertig und angezündet haben, Bruder«, sagte Quarles. »Wir sterben high und leben bei den Göttern weiter.«

Dechert verzog das Gesicht. »Wie tiefsinnig, *Jonathan*. Haben Sie das bei Led Zeppelin geklaut?«

Sie alle lachten, aber in dem großen Raum klang es hohl, ganz anders als das muntere Lachen bei anderen Anlässen in der Vergangenheit.

»Okay – konzentrieren wir uns auf einen Fluchtplan und stellen wir sicher, dass er wasserdicht ist«, sagte Dechert. »Vernon, spielen Sie mit den Zahlen und berechnen Sie unseren Spielraum auf plus-minus zehn Sekunden genau. Der Plan muss hieb- und stichfest sein.«

Er stand auf und wandte sich an Thatch. »Sie müssen einen Rover mit einem Pflug ausstatten, damit wir runter in den Menelaus fahren können. Nehmen Sie ein bisschen Cynex und Zündkapseln mit. Sie und Vernon fahren der *Aerosmith* voraus.«

Er musterte sein Team und nickte. Die Leute sahen ihn an, aber sie sagten nichts. Waters schlug Thatch auf den Rücken, und die beiden brachen auf.

»Lane, Quarles – einen Augenblick noch«, sagte Dechert. »Die Coms der *Aerosmith* dürfen nicht mit dem Kommunikationsknoten in Peary Crater verbunden sein, und ich habe noch ein paar Ideen, die ich mit Ihnen besprechen will.«

Er wartete, bis sie allein waren, und winkte Briggs und Quarles, ihm zu folgen. Nur wegen ihrer konspirativen Natur fiel die Geste unbehaglich aus. Dechert hatte schon früher schwere Entscheidungen getroffen. Bei dem Versuch, während der schlimmsten Tage des Libanon-Aufstands einen Soldaten zu retten, der in einem zerbombten Schuppen in Aanjar verblutete, hatte er vier Männer verloren, aber trotzdem immer wieder jemanden vorgeschickt, weil man niemanden zurückließ. Er hatte Befehle missachtet, die unsinnig waren, oder wenigstens so getan, als hätte er sie nicht empfangen, bis sie irrelevant geworden waren. Die Verantwortung für diese Entscheidungen hatte immer bei ihm gelegen. Diesmal jedoch konnte er weder befehlen noch das Nötige allein tun. Zumindest Lane und Quarles mussten ihm helfen. Mit dem Preis dafür konnte er sich später befassen; auch dann, wenn dieser sich als zu hoch erwies.

Er führte sie ins Quarantänemodul, wo kranke Pflanzen vom Rest des Bestands isoliert wurden. Sie quetschten sich in die weiße Kugel und schlossen das Schott. Der Raum mit seinen glatten Wänden bot kaum genug Platz, um zu dritt darin zu stehen, ohne einander zu berühren. Ein Nektarinenbaum mit Citruskrebs am Stamm stach Lane ins Bein, und unter der niedrigen gewölbten Decke mussten sie die Köpfe zusammenstecken.

»Hübsch hier«, sagte Quarles. »Lane, vielleicht sollten wir es hier mal probieren, wenn der Commander nicht dabei ist.«

Lane verzog den Mund, aber sie sagte nichts. Erwartungsvoll blickte sie Dechert an, als hätte sie gehofft, dass es zu diesem Gespräch käme, ohne dass sie es hatte einleiten wollen. Dechert hatte ihren wilden Theorien zur Regierung und ihren machiavellistischen Plänen eine Abfuhr erteilt, wann immer Lane sie ansprach. Jetzt kauerte er mit ihr in einem Pflanzenhibernator, damit ihre Vorgesetzten bei der SMA und den Bundesbehörden sie nicht belauschen konnten. Er biss die Zähne zusammen und begann.

»Ich werde nicht versuchen, es Ihnen zu versüßen, sondern spreche es klar und deutlich aus. Wenn es so weiterläuft wie bisher, werden wir den Mond verlieren.« Er hielt inne und sah ihnen beiden in die Augen. »Wenn das geschieht, müssen Sie die Folgen bedenken. Sie sind wichtiger als unsere kleine Station hier draußen im Serenitatis.«

Er atmete ein und hielt den Kopf gesenkt. Reden zu halten war nie sein Ding gewesen; im Bake hatte er das von den Sergeants erledigen lassen.

»Verstehen Sie, was ich sage? Den Mond zu kolonisieren ist eine der wenigen echten Leistungen, zu denen unsere bequem gewordene Spezies in den letzten dreißig Jahren imstande war. Und man hat es richtig gemacht. Hier oben ist vielleicht nicht alles perfekt, aber zum großen Teil blieb es eine Gemeinschaftsanstrengung. Wenn wir zulassen, dass die jüngsten Entwicklungen fortschreiten, wenn wir die Basen bewaffnen und die Chinesen das Gleiche tun, sieht es bald auf dem Mond und allen anderen Himmelskörpern vom Asteroidengürtel bis raus nach Europa ganz genauso aus wie auf der Erde.

Die Kriegsspieler zu Hause werden nicht mehr bloß Pläne für eine Hongkong-Variante oder schwere Kämpfe in Europa erstellen. Die nächsten Schlachten werden im All geführt. Der eine Ort, wo seit den Tagen von Mercury und Wostok das Überleben an oberster Stelle stand, wird Vergangenheit sein. Hundert Jahre Frieden im Weltall – vorbei. Und es wird ihn nie wieder geben.«

Beide starrten ihn an, zu überrascht, um etwas zu sagen. Dechert hatte schon früher Leidenschaft an den Tag gelegt, aber das war Leidenschaft dafür, auf der Suche nach Eis Lavatunnel unter der Oberfläche zu sprengen, oder in einer Rille mit engen Wänden bodennah ein Shuttle zu fliegen. Was den Stand der menschlichen Verfassung anging, hatte er nie etwas anderes geäußert als dumpfen Zynismus, und kein einziges Mal hatte er über Politik gesprochen. Sie respektierten ihn dafür, hatten akzeptiert, dass er extrem gewissenhaft war, was sein Kommando anging, aber distanziert und apolitisch so gut wie in jeder anderen Hinsicht. Und jetzt klang er in der weitschweifigsten Ansprache, die er je in ihrer Gegenwart gehalten hatte, wie ein Friedensaktivist aus dem zwanzigsten Jahrhundert.

»Vielleicht ist es zu spät, um noch etwas zu unternehmen«, sagte er zum Schluss, peinlich berührt, dass er immer noch der Einzige war, der sprach. »Eventuell ist es schon zu spät gewesen, als sie 2051 den Mond zur kommerziellen Zone erklärt haben, noch vor dem Max. Standard könnte richtigliegen, dass die Chinesen etwas beginnen, das sich nicht aufhalten lässt, aber ich muss mit Sicherheit wissen, ob das der Fall ist. Wenn wir den gleichen Weg gehen wie die Erde, muss sicher sein, weshalb verdammt noch mal es geschieht und wer zur Hölle dahintersteckt.«

»Was also sollen wir tun, Boss?«, fragte Quarles. Er sah Lane an, die Augenbrauen hochgezogen. »Ich meine, ich bin ja bei Ihnen, wissen Sie, aber wir können nicht einfach in ein Shuttle steigen, runter zur Bergbaugilde fliegen und sie bitten, eine unabhängige Untersuchung zu beginnen.«

Dechert straffte den Rücken und achtete darauf, sich nicht an der Decke den Kopf zu stoßen. »Nein … ich will selbst eine Untersuchung eröffnen. Wir brauchen Informationen, die wir nicht über die offiziellen Kanäle bekommen. Um sie zu erhalten, brauche ich Sie beide – aber Sie müssen wissen, dass Sie zumindest Ihre Karrieren gefährden, wenn Sie mir helfen, und vielleicht sogar noch sehr viel mehr. Es wäre besser für Sie, meine Bitte abzulehnen. Ich würde Ihnen nichts vorwerfen.«

»Wo ich stehe, wissen Sie ja schon«, sagte Lane. »Mir ist

es egal, ob *ihre* saudummen Sesselfurzer oder *unsere* saudummen Sesselfurzer den Kampf wollen; ich will ihn nur stoppen. Ich bin nicht hier raufgekommen, weil ich unbedingt drei Jahre lang mit ein paar unrasierten Kerlen rumhängen wollte. Dass ich hier oben bin, sollte eigentlich etwas bedeuten.«

Dechert blickte sie an und nickte, ein leichtes Lächeln auf den Lippen. Er hätte am liebsten ihren Arm gedrückt, aber er widerstand dem Drang und sah den Antriebsingenieur an. »Quarles? Sie können sich absetzen, ohne dass es Ihnen jemand nachträgt.«

Quarles blickte von Lane zu Dechert. Er riss ein Blatt vom Nektarinenbaum ab und faltete es sorgsam zur Hälfte und dann zu Vierteln, die Augen konzentriert gesenkt. »Na, ich bin ja sehr für Selbsterhaltung, aber ich könnte den Gedanken nicht ertragen, dass diese Arschlöcher für einen schnellen Dollar mein ganzes Spielzeug grillen. Ich muss an meine Patente denken.« Er warf das gefaltete Blatt in das Pflanzgefäß, aber die Augen hielt er gesenkt. »Ich hasse die Erde sowieso, bis auf ein paar bacchantische Freuden, meine ich.«

Dechert nickte. Quarles sprach selten über sein Leben auf Terra. Seine Familie war in einer Influenzaepidemie nach dem Thermischen Maximum umgekommen, und Dechert hatte ihm immer eine kochende Wut angemerkt, die er hinter seinem juvenilen Gebaren verbarg. Er gab dem Planeten die Schuld an dem, was ihm widerfahren war, und den Menschen auf der Erde, weil sie zu dumm und kurzsichtig gewesen waren, um es zu verhindern. Für Quarles war Ignoranz die größte Todsünde.

»Meine Güte, Jonathan, war das jetzt ein Ja oder ein Nein?«, fragte Lane.

Er sah zu ihr hoch und lächelte. »Es ist ein Ja, meine reizbare Artemis. Ich riskiere den vorzeitigen Tod, wenn das bedeutet, dass ich mich noch ein paar Wochen im warmen Glanz deiner Gegenwart sonnen darf.«

Dechert verschränkte die Arme. Er war sich noch immer unsicher, aber dann schüttelte er den Kopf.

»Also gut. Ich benötige eine Möglichkeit, außerhalb der üblichen Kanäle zu kommunizieren. Sie muss garantieren, dass kein Spitzel in Peary Crater oder Las Cruces mithört. Und ich brauche einige Daten von der Erde, von innerhalb der Administration. Wir müssen erfahren, was man dort über die *Molly Hatchet* weiß, und ob sie zusätzliche Informationen über die Sabotage von BS-7 haben, die Standard uns verschweigt.«

Quarles überlegte einen Augenblick lang. »Wenn Sie den Stream benutzen wollen, habe ich eine Idee.« Niemand auf der Erde oder dem Mond kannte den Stream besser als er. »Ich könnte einen Trittbrettfahrer laufen lassen und eine Nachricht an einen DRP senden, aber ich brauche ein bisschen Zeit dazu und eine Menge Ruhe.«

Lane schloss die Augen und biss die Zähne zusammen. »Sagen Sie das mal so, dass man's versteht.«

»Ein Trittbrettfahrer-Programm ist eine Art Wurm und gestattet einem, Datenströme in einem privaten Bereich am Ende von offenen I-Mail- oder Nachrichtenthreads einzuschieben und abzurufen, ohne dass man eine ausführbare Datei implantieren muss. So wie ein Geheimfach in einem Aktenkoffer. Sobald der Aktenkoffer auf den irdischen Flash-Servern landet, verbindet sich der Trittbrettfahrer mit einem Dynamischen Routingprogramm – einem DRP. Auf diese Weise kann man verschlüsselte Nachrichten an beliebige Adressaten senden, und niemand würde wissen, dass sie vom Mond stammen. Man könnte sogar einfache Abfragen vornehmen und Daten direkt aus dem Stream ziehen. Das Problem dabei ist, dass man nur mit Servern kommunizieren kann, wenn legitime Nachrichten die Leitung rauf- und runtergehen. Mit anderen Worten, man bekommt keine Antwort, bevor eine echte Nachricht von einer anderen, legitimen Quelle gesendet wird.«

»Aber das wäre absolut nicht nachzuverfolgen?«, fragte Lane. »Selbst wenn jemand gezielt danach sucht?«

»Ja, so sollte es sein. Ich bin nicht mehr ganz auf dem neuesten Stand, was die Tracking-Spider der Regierung angeht, aber als ich das letzte Mal nachgesehen habe, lagen sie in der Entwicklung zwei Jahre zurück. Die Schnüffler der NSA stehen beim MIT auf der Warteliste.« Er grinste. »Sie wissen ja, wie es mit den Techies ist, die beim Staat arbeiten – sie sind nur zweite Garnitur.«

Dechert gefiel die Vorstellung wenig, im Huckepack auf Streamnachrichten über einen unbekannten Cloudserver auf der Erde zu kommunizieren, aber das Risiko musste er eingehen. »Also gut, aber können die Nachrichten nach Terra und dann zu einer anderen Mondstation geleitet werden?«

Quarles blickte erst Dechert an, dann Lane, und zupfte sich am Ohr. »Schon, denke ich. Scheiße, niemand außer euch Dinosauriern nutzt noch traditionelle I-Mail, also wird sie wahrscheinlich nicht so scharf überwacht wie die Holos und die Virts. Mit wem wollen Sie denn reden? Haben Sie einen Freund in Peary Crater, von dem wir nichts wissen?«

»Nein. Auf New Beijing 2.«

Beide rissen die Augen auf. »Himmel? Lin Tzu?«, fragte Quarles. »Ich meine, könnte man Sie dafür nicht hängen?«

»Ich bezweifle, dass es in Peary Crater einen Galgen gibt«, sagte Dechert, »aber schon richtig, wenn es dort jemand merkt, käme es nicht sehr gut an.« Er legte Quarles die Hand auf die Schulter. »Hören Sie, ich werde nicht mit Tzu reden, bevor die Story über Cole öffentlich ist, und ich plane auch nicht, irgendwelche Staatsgeheimnisse preiszugeben. Aber wir müssen erfahren, was er weiß, und ich vertraue ihm. Er wird uns nicht verraten. Er mag seine Regierung ungefähr genauso wie wir unsere. Vor allem aber respektiert er die Menschen auf dem Mond mehr als irgendjemanden auf der Erde.«

Lane wirkte besorgt. »Aber was ist mit seinen Vorgesetzten am Südpol? Glauben Sie etwa, man wird dort seinen Nachrichtenverkehr nicht überwachen?«

»Das wird man ganz bestimmt, aber wir haben deswegen längst einen Code für Notfallsituationen abgesprochen. Ich glaube, wir können verhindern, dass die Spitzel misstrauisch werden, wenigstens lange genug, bis wir einen anderen Weg der Verständigung gefunden haben.«

Lane und Quarles tauschten einen Blick und staunten über die verschwörerischen Aktivitäten, die sie ihrem Boss nie zugetraut hätten. »Also gut«, sagte Lane. »Was ist mit dem Aufklärungsaspekt?«

Dechert zögerte. Er ahnte, wie wütend Lane werden würde, wenn sie hörte, was er von ihr wollte. Das Einzige, worauf sie als Frau auf einem Mond voller Männer stets bestanden hatte, war ihre Privatsphäre, und das konnte er ihr nicht verübeln. Seit mehr als drei Jahren lebte sie in einem unterirdischen Kokon mit einem Haufen Alpha-Männchen zusammen. Das Problem war, dass sie in all der Zeit nie ganz begriffen hatte, wie viel Privatsphäre man verlor, wenn man für die Space Mining Administration arbeitete.

»Ich arbeite an der *Molly Hatchet*«, sagte Dechert zu ihr, »aber Sie müssen weiter nach den Stiefelabdrücken bei BS-7 graben. Finden Sie mir jedes einzelne Paar Groombridge-Stiefel, das in den letzten zehn Jahren auf den Mond gekommen ist, und sehen Sie zu, dass Sie an die Firmendaten auf der Erde kommen, in denen die Verkäufe an uns, an China und an alle anderen festgehalten sind. Und ...« Er schwieg kurz. Hier verlor er sie eventuell. »Und Sie müssen Kontakt zu Ihrem Freund im PR-Referat der Administration aufnehmen.«

Sie blickte ihn an, verstand nicht, dann lief sie rot an. Sie biss die Zähne zusammen, und er konnte sehen, wie die Knochen an ihren Wangen hervortraten und sich wieder zurückzogen. Eine ihrer Hände glitt von der gerundeten Modulwand ab und fand den Weg zu ihrer Hüfte. »Welchen Freund meinen Sie?«

»Sheldon Starks.«

Sie öffnete den Mund und schloss ihn wieder. Dechert rechnete damit, dass sie ihm ins Gesicht schlagen würde. Quarles sah zu, fasziniert, als hoffte er, selbst die Ohrfeige abzubekommen.

Als Lane schwieg, erklärte Dechert: »Die Administration prüft den Hintergrund von jedem, den sie für längere Zeit auf den Mond schickt, sehr gründlich, Lane; das wussten Sie. Ich hatte Anweisung, die Privatakte aller Bewerber zu lesen, ehe ich sie für Serenity annahm. Es tut mir leid.«

Ohne ihre Personalakte hätte Dechert nicht einmal sicher

sagen können, ob Lane überhaupt auf Männer stand – oder Frauen, was das anging. In der Station hatte sie alles Persönliche stark abgeschirmt. Lane Briggs' Akte hatte jedoch genau ihre Sexualität dargelegt, die sie hinter Förmlichkeit zu verbergen suchte, und detailliert ihre kurze, aber stürmische Affäre mit Starks, dem PR-Chef in Las Cruces, offengelegt. Sie war ihm während der Wartezeit nach ihrem Abschluss an der Akademie für extraterrestrischen Bergbau in Arizona begegnet, und sie blieben wenigstens vier Monde zusammen, dann flog sie nach Serenity 1. Dem Dossier nach hatte sie die Beziehung abgebrochen, weil sie offenbar einem Ultimatum des jungen PR-Managers nicht nachgeben wollte. Einige Monate lang tauschten sie noch I-Mails und Virt-Nachrichten aus, wie Liebende es tun, bevor die Erkenntnis einsetzt, dass die Sache wirklich vorbei ist, aber der Crew gegenüber hatte sie Starks nie erwähnt.

»Gottverdammt noch mal.« Lane hielt den Kopf gesenkt. Sie war zu wütend, um Dechert auch nur anzublicken. »Ich wusste ja, dass die Ärsche gründlich sind, aber ich wusste nicht, dass sie uns sogar in unserer Freizeit bespitzeln.«

Sie verstummte, die Hände in die Hüften gestemmt, und als sie Dechert endlich ansah, sah er die Leere in ihren Augen, ihren Vertrauensverlust. Er war für sie Teil des Systems geworden. Ein kleineres Übel als die SMA vielleicht, aber dennoch Teil des Systems. »Also gut. Ich kann ihm eine Nachricht auf sein Privatkonto schicken. Ich weiß aber nicht, ob er bereit ist zu antworten. Sie wollen, dass ich nicht nur meinen, sondern auch seinen Hals riskiere – und dabei hat wenigstens *er* mein Vertrauen nie enttäuscht.«

Dechert atmete durch geschürzte Lippen aus. Ihm war kalt, und er antwortete rasch. »Das weiß ich. Tun Sie einfach so, als hätten Sie Angst und müssten unbedingt wissen, was da unten los ist. Lassen Sie es so unschuldig wie möglich und ungebeten klingen, damit er sagen kann, dass er Sie durch nichts ermutigt hat, falls jemand lauscht. An seiner Antwort erkennen wir, wie weit er zu gehen bereit ist.«

»Ich bin mir nicht mal sicher, wie weit *ich* zu gehen bereit bin.« Binnen eines Herzschlags hatte sie von begeistert auf eisig umgeschaltet, und Dechert kam es vor, als wäre die Stimmung im Raum total umgeschlagen. Selbst Quarles schwieg und wich ihrem Blick aus. »Ich glaube allmählich, dass es überhaupt niemanden gibt, dem ich trauen kann.«

Mir kannst du trauen, wollte Dechert ihr sagen. *Ich hätte deine Privatsphäre nicht verletzt, wenn diese Psycho-Arschlöcher in New Mexico und Peary Crater ihre Stationskommandanten nicht zwingen würden, die Mentalprofile ihrer Mitarbeiter durchzugehen, als wären sie Versuchsexemplare in Petrischalen, und das weißt du auch. Du weißt, ich würde keinen von euch jemals absichtlich verletzen.*

»Sie haben recht, Lane.« Mehr brachte er nicht hervor, und er sagte es zu ihrem Rücken, als sie die Hand schon auf den Schottriegel legte. »Vermutlich gibt es niemanden, dem Sie trauen können.«

11

Die Schildtore öffneten sich in Richtung eines dunkler werdenden Mondes. In einer Stunde ging die Sonne unter, und erst in dreizehn Tagen erhob sie sich wieder über dem Promontorium Archerusia. Fast zwei Wochen Dunkelheit, in der nichts als der Weltraum das Meer der Heiterkeit umgab. Die Sonnenscheibe stand schon tief im Westen, die zerklüfteten Flanken der Montes Haemus verdeckten sie zur Hälfte. Noch immer von brillantem Weiß, streute sich ihr Licht in Strahlen, als Mondstaub wie ein fremdartiger Dunst vom Serenitatis-Becken aufstieg. Dechert hörte Standard keuchen, als er beobachtete, wie die Milliarden von Partikeln am Terminus des Lichts emporstoben und die Landschaft mit einer dünnen, aber undurchsichtigen Wolke verhüllten. Die Hände des Commissioners packten den Überrollbügel des Rovers.

»Schon gut, Standard, Sie halluzinieren nicht«, sagte Dechert. »Das sind Mondfontänen. Staub, der von der Oberfläche aufsteigt, dem Sonnenuntergang entgegen.«

»Das ist … unglaublich.« Standard atmete in schnellen, flachen Zügen, als sauge er die Luft durch ein Rohr ein, während er auf das Phänomen starrte, das Dechert an einen Sandsturm bei Sonnenuntergang in der libanesischen Wüste erinnerte. »Wovon wird das verursacht?«

Dechert schaltete den Rover in einen niedrigen Gang und lenkte ihn aus dem sublunaren Hangar. Er blickte über die Seiten, um sicherzustellen, dass die Räder Halt fanden.

»Die Tagseite des Mondes ist positiv geladen, die Nachtseite negativ. Dadurch entsteht ein elektrostatisches Feld am Terminator, der Tag-Nacht-Grenze. Erinnern Sie sich, wie Sie als Kind einen Luftballon an Ihren Haaren rieben und sie vom Kopf abstanden? Das hier ist das gleiche Prinzip – die Partikel im Licht steigen auf, um sich mit denen im Dunkeln zu vereinigen.«

»Das hier ist ein bisschen spektakulärer.« Standard hielt seine polarisierte Helmscheibe auf die sinkende Sonne und den aufstrebenden silbernen Wall davor gerichtet. »Ich wusste nicht, dass der Mond so aktiv ist.«

»Im All ist alles aktiv, Commissioner. Wir können nur das meiste davon nicht sehen.«

Die Hinterräder des Rovers drehten trotz des niedrigen Ganges durch, als das offene Mondfahrzeug die Grenze vom Hangar zum weichen lunaren Regolith überquerte, und hatten Mühe, bei der niedrigen Schwerkraft in der kreidigen Bodendecke Halt zu finden. Staub und winzige Basaltsplitter stoben auf und senkten sich in Zeitlupe wieder ab, während hinter ihnen die Luftschleuse zufuhr. Dechert steuerte den Rover ins offene Gelände und hielt, um erneut die Systeme zu checken. Bis zu Spiral 6 waren es fünf Kilometer, und sie gelangten aus dem Licht in die Dunkelheit, aus der schonenden Kochtemperatur von 125 Grad über zu 180 Grad unter Null.

»Vernon, ich bin am unteren Ende der Haemus-Straße. Anzeigen sind grün, Strahlung sieht nominal aus. Batterien 1 und 2 auf hundert Prozent, EVA-Anzüge und Coms sind okay. Erbitte Freigabe für Spiral 6.«

So dicht an der Basis knisterte es im Com kaum, und Vernons Stimme erklang fast unverzerrt. »Wir hören Sie klar und deutlich, Boss. Verbindung ist gut, Transponder in Aktion – Sie haben Freigabe für Spiral 6. Wie sieht's da draußen aus?«

»Wir sehen Mondfontänen, Vernon. Quarles wird neidisch sein.«

»Verstanden. Er schnitzt in der *Aerosmith* Nanoröhrchen. Ich sag ihm Bescheid, was er verpasst.«

Dechert setzte den Fuß aufs Gaspedal und lenkte den Rover auf die Haemus-Straße, die in nordwestlicher Richtung auf die tiefere Fläche der Serenitatis-Ebene führte. Die Straße wurde durch blitzende blaue triliptische Lampen markiert, die alle zehn Meter im Boden steckten wie bei einer Flugzeuglandebahn auf der Erde, nur dass diese Piste sich ihren Weg durch eine fremde, ausgetrocknete Landschaft schnitt. Die Lampen schalteten sich automatisch ein, sobald Schatten auf sie fiel, und Dechert und Standard sahen sie vor sich in den schwarzen Flecken blinken. Immer zahlreicher wurden sie, während die Sonne ihren Abstieg hinter die Berge fortsetzte.

Der Anblick war wahrhaft unirdisch. Falls überhaupt eine Chance bestand, von Standard aufrichtige Antworten zu bekommen, dann jetzt und hier, nahm Dechert an. Vor Jahren hatte Fletcher es ihm beigebracht. Man bringe einen Menschen in eine vollkommen fremde Umgebung, irgendwohin, wo sein Verstand ihm sagt, er habe dort nichts zu suchen, und vor Schock reagiert er auf vorherberechenbare Weise. Er wird zu einem Lemming und klammert sich an jeden mit mehr Erfahrung wie eine verlorene Seele an Gott. In seiner Anstrengung, am Leben zu bleiben, keine Fehler zu begehen, die zu einem vorzeitigen Tod führen können, vergisst er seine Vorsicht, nur das zu sagen, was seinen Interessen dienlich ist. Die Angst treibt ihn in die Freimütigkeit.

Aber Standard war eine besondere Herausforderung. Er war ein Bilderbuch-Bürokrat, geschult, sich genau auszudrücken, wenn er etwas sagte, und nur dann etwas zu sagen, um die Interessen der Space Mining Administration und ihres treuhänderischen Patriarchen voranzutreiben, der Regierung der USA. Somit wäre es sehr schwierig, ihn auszuhorchen. *Das Sonnensystem könnte bereits vollständig besiedelt sein, wenn wir die Politiker und ihre bürokratischen Lakaien schon vor ein paar Jahrhunderten ins Meer geworfen hätten*, dachte Dechert. *Wahre Gläubige. Auf der Erde ist die Geschichte mit ihrem Treibgut überfüllt, und jetzt ist einer von ihnen auf dem Mond. Im lunaren Sonnenuntergang klingt sein Atem unregelmäßig und rasselnd. Ich könnte sein Leben hier auf dem Regolith beenden, und niemand würde je davon erfahren. Nur eine simple Fehlfunktion in seinem EVA-Anzug, eine Tat für das Gemeinwohl …*

Er schüttelte seine Gedanken ab. »Versuchen Sie, normal zu atmen, Commissioner. Ihr Anzug regelt die Luftmischung, um eine Hyperventilation zu verhindern, aber es ist am besten, wenn Sie selbst sich auf regelmäßige, ruhige Atemzüge konzentrieren.«

»Danke, Commander. Ich will es versuchen.«

»Sie halten sich gut. Wir sind vier Kilometer von Spiral 6 entfernt. In zehn Minuten müssten wir dort sein.«

»So schnell?« Standard legte die Hände wieder auf die Überrollbügel. »Ich wusste nicht, dass wir so schnell fahren.«

Dechert lachte leise und trat fester aufs Gaspedal.

»Auf unmarkiertem Gelände bleiben wir unter dreißig

Kilometern pro Stunde, weil die räumliche Orientierung auf dem Mond schwierig ist. Aber auf den beleuchteten Straßen schaffen wir bis zu sechzig Sachen. Sorgen zu machen brauchen wir uns nur über frische Einschlagkrater oder Spurrillen vom Rover-Verkehr, und beides habe ich seit Wochen nicht mehr gesehen.«

Standard hielt weiter das Titangitterwerk des Rovers umfasst. Sie gelangten in den Dauerschatten, und selbst in den Anzügen spürten sie die plötzliche Temperatursenkung, als wären sie gerade von der mittäglichen Wüste in ein gefrorenes Massiv Antarktikas gesprungen. Die sonnenbeschienenen Ebenen waren nur Meter entfernt, aber die Schattenzonen waren fast schwarz, nur vom Erdlicht erhellt. Der Schweiß in Decherts Haaren und Nacken wurde klamm, und er schauderte und wartete auf die automatische Anzugheizung. Die blauen Baken der Haemus-Piste blitzten jetzt hell und gleichmäßig. Sie warfen lange Schatten in das dunkelgraue Mare, das sie umgab.

»Das hier ist wohl besser, als einen Ihrer Jetanzüge zu nehmen«, sagte Standard. Er lockerte seinen Griff, hielt aber die Stiefel am Bodenblech verkeilt. »Dafür würde ich mich so schnell nicht melden.«

»Das ist eine ... einzigartige Erfahrung. Nichts für jemanden, der negative gs nicht mag.«

Dechert dachte an seinen Freifallsprung in die Grube des Dionysius und die Machtlosigkeit, die er empfunden hatte, als er in die Leere des Kraters unter sich blickte. Wie fühlte sich eine Kakerlake, die ein Mensch aufhob und in eine Toilette warf? Ungefähr so, wie Dechert sich an dem Tag gefühlt hatte, als sein Jetanzug ihn in das schwarze Maul des Kraters drückte, da war er sich sicher.

»Wann kommen die Anzüge in Gebrauch, und welche Vorteile haben Sie ausgerechnet?« Standard klang ruhiger, kaum dass er sich auf den soliden Boden der lunaren Ökonomie begab – Quartalseinnahmen und Kosten-Nutzen-Rechnungen bildeten ein Labsal für seinen gequälten Magen.

»Wir haben drei Anzüge anfertigen lassen, aber ich habe nur mit einem einen ausgedehnten Hops durchgeführt. Die anderen sind im Serenity-Abschnitt auf kurzen Strecken geflogen worden. Sobald sie voll in Gebrauch sind – vielleicht in ein paar Wochen, wenn es keinen Krieg gibt –, werden sie die Produktion an Eis und Ilmenit um gute dreißig Prozent steigern. Auf die Helium-3-Förderung wird ihre Auswirkung geringer ausfallen.«

»Wie kommt das?«

»Weil die Helium-3-Lagerstätten ohnehin leichter zugänglich sind. Deshalb profitieren sie von einer besseren Terrain-Flexibilität nicht so sehr. Wie Spiral 6 befinden sie sich meist auf dem Flachland der Mares. Die Titaneisenerz- und Eislagerstätten hingegen sind in Kratern, Lavatunneln oder an der Schattenseite von Gebirgen, und dort können die Jetanzüge ihre Vorteile am besten ausspielen.«

Dechert verstummte kurz, um eine Furche in der Piste zu überqueren, die dem Rand einer tiefen Rille folgte, und hielt die Augen nach Anzeichen für Erosion offen. Als er überzeugt war, dass keine Gefahr drohte, redete er weiter. »Außerdem sind die meisten Helium-3-Felder mittlerweile automatisiert. Man braucht sie nur anfänglich zu vermessen und in Raster zu unterteilen, mehr menschliche Aufmerksamkeit ist nicht nötig, bloß Routinekontrolle wie die, die wir heute durchführen – oder den Besuch eines MOHABs, das die Helium-3-Behälter abholt und dafür sorgt, dass sie in den Orbit kommen.«

Er fuhr sie in ein Feld aus weißem Auswurfgestein, dessen Kontrast zu den dunkleren Lavaströmen des Mares selbst im schwachen Licht der Rollbahnmarkierungen krass erschien. Das Gestein sah aus wie Schnee in Vermont, aber es handelte sich um eine Decke aus pulverisiertem Material, das der Krater Menelaus vor Jahrmillionen ausgespien hatte und das seitdem unverändert geblieben war – die letzte Spur einer katastrophalen Kollision, die sich ereignet hatte, bevor Wirbeltiere lernten, ihr Blut anzuwärmen. Nun zog sich die Piste hindurch, und die beiden Männer fühlten sich wie Eindringlinge in ein uraltes Reich.

»Na, Kleinvieh macht auch Mist«, sagte Standard nach einigen Minuten andächtigen Schweigens. »Ich muss Ihnen nicht sagen, wie wichtig zu diesem Zeitpunkt eine Steigerung der Produktion ist. Wir müssen unsere Tourismus- und System-Erforschungs-Franchises über die nächsten offenen Bieterrunden retten. Jeder Anstieg des chinesischen Marktanteils wäre vernichtend. Ich bin längst nicht in alles eingeweiht, was oben besprochen wird, aber ich weiß, dass die Besorgnis groß ist, wir könnten zurückfallen.«

Dechert war es, als hörte er, wie Standard in seinem Helm mit der Zunge schnalzte – der erste Mondspaziergang eines Buchhalters. Der Commissioner sprach nun ganz gelassen und hatte vergessen, dass ihn nur ein Druckanzug vom Vakuum des Alls trennte. Selbst als sie tiefer in die Kälte und Finsternis vordrangen, erwärmte er sich weiter. »Der Mond hat uns aus der schwersten Krise unserer Geschichte geholt, Commander. Wenn wir auch nur zwanzig Prozent unserer Weltraumbergbaueinnahmen verlieren, kommt die

Erholung zum Stillstand, und wir sind gezwungen, Fördermittel neu zuzuteilen, mit denen wir bisher die Wirtschaft angetrieben haben.«

Dechert schüttelte den Kopf. Er begriff einfach nicht, wie die Bürokraten der Ironie ihres Tuns gegenüber so blind sein konnten. Sie sagten etwas, das in direktem Widerspruch zu ihren erklärten Absichten stand, und sahen nicht einmal, was sie gerade getan hatten.

War das nicht die Definition von Wahnsinn?

Er konnte nicht anders. »Warum zum Teufel legen wir es dann auf einen Kampf gegen die Chinesen an?«, fragte er. »Ich mag politisch naiv sein, Standard, aber ich erkenne nicht viel Sinn darin, etwas Gutes zu verderben. Sie bekommen Energie für die Massen und Geld für die Tröge der Regierung. Was zur Hölle wollen Sie denn noch? Denn eines kann ich Ihnen sagen: Durch einen Krieg bekommen Sie es nicht.«

Standard seufzte laut genug, dass es über das Com zu hören war. »Sie denken wie ein Kommandant, Dechert, kurzfristig und taktisch. Wären Sie ein General, oder besser, ein Präsident, hätten Sie das größere Bild im Auge.«

»Und das wäre?«

»Zum Beispiel die langfristige strategische Funktionsfähigkeit unserer astroökonomischen Programme. Wir haben unsere Dominanz im pazifischen Raum eingebüßt, und damit auch in der Weltwirtschaft. Das Thermische Maximum hat uns zwanzig Jahre zurückgeworfen, während Indien und China einen genauso weiten Sprung nach vorn gemacht haben. Unsere terrestrische Produktion ist noch immer in der Regel unten – Landwirtschaft, Schwerindustrie, Hochtechnologie, was Sie wollen. Und wenn Sie jetzt sagen wollen, wir hätten auf die Katastrophe vorbereitet sein sollen, dann werfen Sie einen Blick auf Kanada und Westeuropa.« Er hielt inne und versuchte, in dem sperrigen Raumanzug den Kopf zu schütteln, aber sein Helm bewegte sich kaum. Dechert fragte sich, wie oft Standard diese Ansprache schon gehalten hatte.

»Auf Asteroideneinschläge kann man sich vorbereiten, CO_2-Emissionen kann man gesetzlich verbieten, aber wer hätte damit gerechnet, dass uns eine Methaneruption aus der Tiefsee für mehr als ein Jahrzehnt ins Mittelalter zurückwirft?«

Dechert musste sich beherrschen, um Standard nicht anzusehen. Man gewöhnte sich nur schwer daran, keinen Blickkontakt zu seinem Gesprächspartner aufzunehmen, aber er hatte schon vor langer Zeit gelernt, niemals die Augen von der Mondoberfläche zu nehmen, wenn man am Lenkrad saß.

»Mir ist klar, was das Thermische Maximum verursacht hat, Commissioner, und ich glaube mich zu erinnern, dass die Wissenschaft zu dem Schluss kam, wir hätten eine Rolle bei dem Schmelzvorgang gespielt. Die *gegenwärtige* Krise erklärt das aber nicht. Wieso schicken wir keine Unterhändler nach China oder zur ISA, um die Sache zu klären, statt Schritte zu unternehmen, die alles gefährden, was wir hier oben erreicht haben, bis wir nicht mehr zurückkönnen? Sie möchten größere Produktivität? Dann schicken Sie uns mehr Schürfer, aber doch keine Soldaten. Denken Sie immer daran: Wenn erst die Raketen über das Mare fliegen, wird das Schürfen nicht leicht sein.«

»Also, zunächst einmal …«, begann Standard und schrie auf, als ein grüner Blitz durch ihr Gesichtsfeld fuhr.

Dechert blickte rechtzeitig auf, um einen gewaltigen Flammenball zu sehen, der über ihre Köpfe hinweg zu den Montes Haemus flog. Standard riss den linken Arm hoch, als wollte er das Flugobjekt abwehren. Er traf Decherts Schulter und brachte den Rover zum Schlittern. Dechert stieg auf die Bremsen, und das Fahrzeug schlingerte heftig. Die Steuerbordräder hoben sich für mehr als eine Sekunde vom Boden, ehe sie sich wieder der schwachen Schwerkraft des Mondes ergaben. Im rechten Winkel zur Piste kamen sie zum Stehen und stießen mit einem Heckrad gegen den Ständer einer Begrenzungsleuchte.

Dechert sah dem Projektil nach, wie es ohne ein Geräusch hinter dem Horizont verschwand, ein leuchtendes Gespenst, das einen smaragdgrünen Schimmer auf die dunkle Oberfläche des Mondes warf. Er nahm die verkrampften Hände von der Lenksäule, wartete ab, bis sein Puls sich beruhigt und die Staubwolke rings um den Rover sich wieder gesetzt hatte. In seinem Anzug hörte er sein Herz pochen und übers Com Standards rasselnden Atem. In seinen Ohren rauschte das Blut.

»Was zum Teufel war das?«, fragte Standard.

»Das erste war ein Meteor.« Dechert nahm mehrere tiefe Atemzüge, um sich zu beruhigen. »Das zweite wäre fast ein sehr ernster Unfall geworden. Sie haben meinen Arm getroffen.«

Standard antwortete sehr lange nicht und sah Dechert schließlich an. »Was? Tut mir leid. Das Ding … es hat keinen Laut gemacht.«

Dechert fuhr den Rover ein paar Schritt weit vor und parkte ihn. Er löste seine Gurte und stieg auf wackligen Beinen ab und prüfte den titanverstärkten Reifen und die Rollbahnmarkierung. Er hüpfte leicht auf den Füßen, gewöhnte sich rasch an die niedrige Schwerkraft und den sperrigen Anzug. Sowohl das Rad als auch die Leuchte schienen noch in Ordnung zu sein. *Herr im Himmel*, dachte er, als er in die Kluft blickte, die sich am Rand der Piste hinzog und die er um nur drei Meter verfehlt hatte. *Ein paar Grad mehr gedreht, und wir wären mit dem Arsch zuerst in den Abgrund geschlittert. Wenn nicht schlimmer.*

»So dünn sie auch sein mag, der Mond hat so etwas wie eine Atmosphäre. Sie ist sehr dünn; man bezeichnet sie besser als Exosphäre.« Grunzend stemmte Dechert den Stiefel unter die Seite des Rovers und schob die triliptische Lampe wieder auf ihren Metallfuß. »Wenn ein genügend großer Meteor mit ausreichend hoher Geschwindigkeit eintritt, leuchtet er auf.« Er beendete die Arbeit und erhob sich. »Eine interessante Tatsache: Wir haben die Exosphärendichte des Mondes um siebenhundert Prozent erhöht, seit wir hier sind. Nur durch die Abgase unserer Stationen und die Antriebsgase der Raumfahrzeuge.« Er ging zu einem letzten Check um den Rover herum, stieg wieder auf und nestelte mit den Gurten, die er in seinem Helm nicht sehen konnte. Er fand sie, schaltete den Motor ein, worauf die Systemkonsolen und Positionslampen aufstrahlten, und checkte sämtliche Bordsysteme. Grünes Licht überall. Er setzte das Fahrzeug in Gang, und in Schweigen folgten sie weiter der Piste. Bald hatten sie den schimmernden Staubring hinter sich gelassen.

»Nicht mein bester Augenblick«, sagte Standard mit gedämpfter Stimme. »Ich passe wohl besser in einen Bürosessel als auf den Beifahrersitz eines Mondfahrzeugs.«

»Machen Sie sich keine Gedanken. Ich habe mich auch

erschreckt. So ist der Mond, Commissioner: ewige Stunden der Langeweile und dann ein paar Sekunden helle Aufregung. Sie müssen immer daran denken, sich hier vorsichtig zu bewegen, auch wenn Sie Angst haben. Die niedrige Schwerkraft verstärkt alles, was Sie tun.«

Standard lehnte den Helm wieder gegen die Kopfstütze und lachte. Sein Lachen klang seltsam, dünn und befangen. Das Lachen eines Steuereintreibers. »Richtig. Ich werde daran denken, wenn das nächste Mal eine Kugel aus brennendem Eisen über unsere Köpfe hinwegzieht.«

»Wie gesagt, machen Sie sich keine Gedanken.«

»Danke.« Standard setzte sich zurecht und packte wieder den Überrollbügel. »Wollen wir also unsere Debatte fortsetzen? Sie hilft mir sehr dabei, mich nicht zu übergeben.«

»Gute Idee, weil Sie ganz bestimmt nicht die nächste halbe Stunde mit Ihrem Erbrochenen im Anzug verbringen möchten. Ich glaube, Sie wollten mir gerade erklären, wie wir unsere Förderzahlen im chinesischen Trommelfeuer aufrechterhalten sollen.«

Standard versuchte, ein Stöhnen zu unterdrücken. »Ich wollte gerade sagen, dass Diplomatie eine wechselseitige Angelegenheit ist, Commander. Ich bezweifle, dass Ihnen klar ist, wie sehr sich das Verhältnis zwischen unseren beiden Nationen mittlerweile verschlechtert hat.« Er verstummte; überlegte er, wie viel er Dechert anvertrauen durfte? »Die Nachrichtenfeeds auf dem Stream liefern nicht das komplette Bild der Krise. Ihr Schürfer ist nur das neueste Opfer.«

»Meinen Sie auf dem Mond oder auf der Erde?«

»Auf der Erde.« Standard senkte die Stimme, als könnten sie auf dem leeren Mare belauscht werden. »Ich bin nicht autorisiert, Ihnen das zu sagen, und sollte es wohl lieber nicht tun, aber ich verstehe Ihr Informationsbedürfnis nach dem, was Ihrem Mann im Posidonius zugestoßen ist.«

»Das weiß ich zu schätzen.«

»Also gut. Ich will Ihnen sagen, was ich darf.« Der Mann flüsterte wirklich, als könnte jemand hier auf der Mondoberfläche mit einem Richtmikrofon auf ihn zielen. Dechert hielt einfach den Mund – genau auf das hier hatte er gewartet.

»Ein amerikanisches Atom-U-Boot ist vor drei Wochen im Südchinesischen Meer mit einem chinesischen Atom-U-Boot zusammengestoßen. Südlich von Macau, in chinesischen Hoheitsgewässern. Unglaublich, wenn man bedenkt, wie fortschrittlich unsere Systeme sind. Das andere Boot lief im Stealth-Modus auf Bioantrieb, und unser Kommandant scheint zu aggressiv vorgegangen oder zu dicht rangefahren zu sein. Das chinesische U-Boot machte einen Notstopp und drehte nach Steuerbord, wahrscheinlich, um die Bootshülle auf Beschädigungen zu untersuchen, und unser Boot ist ihm ins Heck gekracht. Bei dem Unfall sind sechzehn chinesische Seeleute ums Leben gekommen, Commander, und fast hätten sie das Boot verloren. Ihre Reaktion fiel ziemlich negativ aus.«

»Das kann ich mir vorstellen.«

»Ja. Und es passierte ausgerechnet, als unsere Anwälte in Den Haag die Auslegungen des Altschuler- und des ISA-Abkommens infrage stellten, was Schürfrechte und Förderberichte anging, und außerdem bestimmte wirtschaftliche Dispute über den Pazifischen Raum schwelten. Ein paar Tage nach dem Zusammenstoß eröffnete uns der chinesische Botschafter, dass sie auf jedes US-amerikanische Schiff oder Flugzeug schießen würden, das sich ihrem Hoheitsgebiet auf weniger als zweihundert Kilometer näherte, egal ob auf der Erde oder auf dem Mond. Dann verließ er mit dem gesamten konsularischen Personal Washington.«

Dechert trat fest auf die Bremsen. Das Blut pochte ihm im Hals, als er versuchte, seine Wut zu bezähmen. Er wandte Standard den Kopf zu und quetschte die Steuersäule so fest, wie er nur konnte.

»Wieso zum Teufel wurde ich darüber nicht informiert?«

»Weil es für Sie eigentlich keine Rolle spielen dürfte. So dicht am Mare Imbrium haben wir keinerlei Schürfanlagen. Ihre Mobile Habitateinheit war am Ostrand des Serenitatis-Beckens, als die Explosion sich ereignete, Commander. Ganze siebenhundert Kilometer von Lagerstätten entfernt, die von den Chinesen beansprucht werden. Wir hatten keinen Grund zu der Annahme, dass Sie gefährdet sein könnten.«

Dechert unterdrückte den Drang, eine Litanei aus Kraftausdrücken in den lunaren Himmel zu schicken, Standard bei den Schultern zu packen und mit dem Helm immer wieder gegen den Überrollbügel zu knallen, bis er zerbarst wie eine Nussschale und die Lunge des Bürokraten dem Vakuum aussetzte.

»Sie hatten *keinen Grund* zu der Annahme, wir könnten gefährdet sein? Bei uns wurde ein hübscher Batzen der Wasser- und Luftversorgung sabotiert, und in Peary Crater liegt ein toter Digger im Gefrierschrank, Standard. Wie nennen Sie das? Sicherheit zuerst?«

Er ließ sich von der Wut durchströmen, während Standard reglos neben ihm saß. Eine Minute später atmete er mehrmals tief durch und legte wieder einen Gang ein.

»Unglaublich«, sagte er in die Stille.

Sie krochen ein erodiertes Plateau hinauf, und Dechert konzentrierte sich auf die Vibrationen in den niedrigen Gängen. Immer wieder lehnte er sich über die Seite, um zu sehen, ob die Räder noch fassten. Beide spürten sie, wie der Rover auf dem Regolith immer wieder durchdrehte. Am Hang rutschte das Fahrzeug zur Seite ab. Dechert schaltete den Allradantrieb in den niedrigsten Gang und fuhr an allen sechs Reifen die Stabilisatoren aus, die sich aus den Innenseiten der Radaufhängungen schoben und sich wie kleine, stachelbesetzte Stützräder in das lunare Oberflächengestein gruben. Die zusätzliche Bodenhaftung zeigte Wirkung, und sie fuhren weiter den kleinen Hügel hoch. Der Head-up-Monitor zeigte an, dass die Steigung von zweiunddreißig auf zwanzig Grad sank, dann auf zwölf. Beide Männer atmeten auf.

»Wovor wurden wir denn außerdem nicht gewarnt, weil wir ja nicht gefährdet sind?«, fragte Dechert, als sie die Kuppe erreicht hatten.

»Nichts, wovon ich wüsste.«

»Toll. Da Sie die *Molly Hatchet* schon erwähnen, können Sie mir vielleicht ein paar drängende Fragen beantworten. Zum Beispiel, wie die Chinesen es geschafft haben, die Sprengladung an ihrem Rumpf anzubringen? Meine Quellen in Peary Crater sagen mir, dass im Posidonius keinerlei forensisches Material entdeckt wurde. Keine Spuren, keine Stiefelabdrücke. Keine Anzeichen von Eindringen. Wo also wurde die Bombe platziert, und wie?«

»Sie haben Quellen in Peary Crater? Und wer mag das sein?«

»Sie sollten nie Fragen stellen, auf die Sie keine Antwort bekommen werden, Standard. Damit stehen Sie nur wie ein Trottel da.«

Standard hob eine Hand. »Schön – also soll der Informationsaustausch strikt einseitig ablaufen. Ich weiß nicht, wie die Chinesen es geschafft haben. Ich habe den Bericht komplett gelesen. Er kommt zu keinem eindeutigen Endergebnis. Die Sprengladung kann platziert worden sein, als das MOHAB an Bohrstation Drei in der Nähe der Montes Caucasus war. Das ist weniger als dreihundert Kilometer von Archimedes, und Captain Hale sagt, die Ladung wurde in eine Vertiefung unter dem EVA-Schott gesetzt, wo sie weder gesehen werden noch in den Weg geraten konnte.«

Dechert dachte darüber nach. New Beijing 2 schmiegte sich auf dem Mare Imbrium in den Archimedes. Sie war die erste Substation, die in einem Mondkrater errichtet worden war, und zwar aufgrund der Prämisse, dass die Kraterwände zusätzlichen Strahlenschutz boten. Dadurch brauchte die Regolithschicht, von der die Station geschützt wurde, nicht so dick zu sein wie anderswo. Die *Molly Hatchet* war jedoch über einen Monat lang nicht in der Nähe der Montes Caucasus gewesen, und Dechert fand es schwer zu glauben, dass jemand eine Bombe legte und sie erst dreißig Tage später zündete, zumal auf dem Mond radikale Temperaturänderungen und Strahlungsausbrüche selbst die robustesten Systeme zermürbten. Man würde sie auch nicht an einer Stelle anbringen, wo ein ausgerutschter Stiefel oder Handschuh sie ablösen könnte. Und vor allem konnte es dann keine Reaktion auf den Zwischenfall im Südchinesischen Meer sein, zu dem es Standard zufolge erst nach der Caucasus-Mission gekommen war.

Wie zum Teufel bekomme ich die Geheimversion dieses Berichts in die Hände?, fragte er sich. Er fand keine Antwort. Er hatte bereits fast alle Gefallen eingefordert, die man ihm in Peary Crater schuldete, und die wenigen Leute, die er noch um etwas bitten konnte, waren nicht so dumm, sich für ihn durch die schwarzen Akten der SMA zu wühlen.

»Also steckte die Bombe mehr als einen Monat lang in der Seite der *Hatchet*, ehe sie hochging?«, fragte er laut. »Und sie sollte durch ein Signal aus dem Orbit zünden? Wissen Sie eigentlich, wie launisch diese Verbindungen zu den Lunar-Positionssatelliten sind, besonders, wenn man auf einem Mare fährt? Ich würde mich nicht darauf verlassen, dass sie mir rechtzeitig zum Mittagessen die Mikrowelle einschalten, und schon gar nicht, dass sie eine Bombe auslösen. Ich könnte Ihnen einen Haufen Leute nennen, die derselben Meinung sind. Bis jemand mit einer besseren Theorie kommt, stehen Sie mit Ihren Vorwürfen gegen die Chinesen ziemlich lausig da.«

»Wie meinen Sie das? Wir haben Proben des Sprengstoffs.«

Dechert lachte. »Gott allein weiß, wie oft das Zeug von Hand zu Hand gegangen ist, ehe es auf dem Mond landete. Glauben Sie nicht, dass der chinesische Geheimdienst Material auf dem Schwarzmarkt verkauft?«

»Wen sonst möchten Sie bezichtigen, Commander?« Standard wies mit dem ausgestreckten Arm über das schwarze Mondfeld. »Als ich das letzte Mal gezählt habe, gab es nicht allzu viele Verdächtige. Auf dem Mond laufen keine brasilianischen Rebellen herum, und niemand sonst ist wütend auf uns.«

Wut ist aber nicht der einzige Grund, aus dem Leute töten, dachte Dechert, *und nicht einmal der häufigste.*

Der Rover erreichte die Oberseite des Plateaus, und Dechert stellte ihn ab, fuhr die Stabilisatoren ein und dimmte die Displays. Die Piste wand sich durch einen zerfallenden Canyon nach unten und durchlief eine offene Ebene in nördlicher Richtung, eine blau leuchtende Schlange, die an einem Punkt im Nichts zu enden schien. Schwärze umgab sie. Seiner Einschätzung nach lagen die Südausläufer der Montes Maemus nahe genug, dass sie sich schon ganz auf der Nachtseite befinden konnte. Dechert schaltete an seinem Com und blickte in die Leere; schon ein paar Schritte abseits der Piste war nichts mehr zu erkennen, und das Gefühl der Leere raubte jede Orientierung.

»Vernon, wir sind am Fletcher-Kap. Machen Sie für uns mal bitte Licht.«

Im Com knallte und zischte es, und Vernons Stimme kam durch. Diesmal war sie durch die Entfernung verzerrt.

»Lampen gehen an, Boss. Zyklus Drei, Solarreserven.«

Schweigend sahen sie zu, wie in der dunklen Ebene rote und gelbe Lampen aufstrahlten wie im Dominoeffekt, bis die Schwärze einem Bogen aus Licht wich, der sich über zehn Morgen lunares Tiefland erstreckte. Dechert sah das Hauptkraftwerk im Zentrum, ein Fixpunkt am Ende der Haemus-Piste. Den Zylinder umgaben vier gewaltige Silos, in denen aus raffiniertem Mondkrustengestein flüssiges Helium-3 gewonnen wurde. Das Schürffeld breitete sich als gewaltiger Kreis aus, wie ein umgestürztes Riesenrad im dunklen Zentrum des Mondes. Lichter kennzeichneten die Bereiche, wo mehr als ein Meter Regolith abgebaut und von dem solaren Isotop befreit worden war.

Die ganze Ingenieurskunst, dachte Dechert, *bloß um Mondstaub zu sammeln.*

»Die Energie der Sterne«, sagte er, »überall unter unseren Füßen.«

Standard nickte, gebannt von dem schimmernden Tal. »Das ist ein Anblick, der einen an die Glorie Gottes glauben lässt.«

Oder wenigstens die Glorie des Goldes, dachte Dechert, aber auch er war verzaubert. Er wollte verdammt sein, wenn das kein schöner Anblick war, und nach all der Zeit auf dem Mond berührte es ihn trotzdem immer noch. Er setzte den Rover wieder in Gang, und sie fuhren das letzte Stück der Haemus-Piste entlang zum Zentrum der Schürfplattform, hinunter in ein Meer aus Lichtern.

12

Die Mine lief in völliger Lautlosigkeit. Wenn ein Komet mit der Energie einer Wasserstoffbombe hier einschlug, hörten sie davon keinen Laut, ehe sie starben. Dechert verwunderte es immer wieder. Die einzigen Geräusche an der Mondoberfläche existierten in den Raumanzügen. Das übertriebene Röhren der Kreislaufatemgeräte. Das Scharren eines Armes an den inneren Isolierschichten. Haar, das innen über die Helmkuppe strich, oder das leise Summen des Anzugcomputers. Aber draußen – ein Gobelin völliger Schwärze. Kein Wind, keine Luft, kein Geräusch. Der Teleskoparm der Spiralmine sollte knacken, wenn seine Aluminiumhaut sich in der gerade superabgekühlten Luft zusammenzog. Die Plattform sollte jaulen wie ein Industriestaubsauger, während sie den Regolith einsog und durch ihre Heizung jagte. Das extrahierte Helium-3 sollte wie Regen auf einem Fenster trommeln, während es zum Kraftwerk geleitet und zur Verflüssigung in die Lagersilos getrieben wurde. Stattdessen hörte man nichts.

Niemand weiß, was echte Isolation ist, solange man nicht im All gewesen ist, dachte Dechert. *Selbst wenn man neben jemandem sitzt, ist man vollkommen allein.*

Standard spürte es auch. Über die schweigsamen Weiten des Mondes zu fahren ist eine Sache. Im Grunde ist es nur eine Autofahrt querfeldein, wenn man es recht bedenkt. Etwas ganz anderes ist es zuzusehen, wie Schwerindustrie geräuschlos abläuft. *Wir sind hier die Aliens*, dachte Dechert, *und das wird immer so bleiben.*

»Ziemlich bemerkenswert«, sagte Standard, ohne einen Augenblick lang an ihren Streit zu denken.

»Stimmt.«

»Und Sie kommen nur einmal im Monat hierher?«

Dechert fuhr auf die Rasterstraße zum Kraftwerk und dimmte seine Helmscheibe, damit ihn die Schürffeldlampen nicht blendeten. »Gewöhnlich zwei- bis dreimal pro Monat. Ein- oder zweimal zu einem Routinecheck, wenn wir in der Gegend sind, und einmal mit einem MOHAB und Anhänger, um die Helium-3-Tanks abzuholen und sie bei Serenity in die Umlaufbahn zu schießen.«

Er warf einen raschen Blick auf Standard, ohne den Helm zu bewegen. Der Commissioner wusste, dass das ein Streitpunkt mit der Schürfergilde gewesen war und eine noch größere Quelle des Verdrusses für die Digger.

»Es ist eine Schande, dass wir keine mobile Startrampe bauen oder die stationären Katapulte an den Hauptspiralminen fertigstellen konnten«, sagte Standard, als er die passiv-aggressive Beschwerde hörte. »Die Kostenstruktur war einfach nicht tragfähig.« Er blickte Dechert an und wartete auf eine Antwort. Er war es eindeutig gewohnt, Bestätigung zu erhalten, nachdem er etwas gesagt hatte. Sie nicht zu bekommen, schien ihn zu irritieren.

»Manchmal, Commander, bekomme ich den Eindruck, Sie sind mit nichts einverstanden, was die Administration hier oben tut.«

Dechert lachte. »Was soll ich darauf antworten, Standard? Dass es mir recht ist, wenn Sie uns jeden Monat eine gefährliche Zusatzmission aufs Auge drücken, nur weil Ihre

Buchhalter die Startschiene nicht fertigstellen wollen? Sie haben recht. Mir gefällt es nicht, dass meine Crew in Gefahr gebracht wird, damit die SMA noch zwei Prozent Gewinn mehr macht, und mir gefällt es nicht, wenn der Mond zu einem Kriegsspielplatz für Männer wird, die nie unter Beschuss gewesen sind.«

Standard versteifte sich. »Ich verzeihe Ihnen die Schlussfolgerung, Dechert, aber ich lasse mich nicht auslachen. Wir alle dienen auf unsere Weise, und manchmal muss man für das Richtige eintreten, ob man nun eine Uniform getragen hat oder nicht.« Er blickte Dechert wieder an, diesmal mit größerer Sorgfalt. »Sie glauben doch, dass wir auf der richtigen Seite stehen, oder? Räumen Sie wenigstens ein, dass wir hier die Guten sind? Mein Gott, es war einer von Ihren Leuten, der im Posidonius gestorben ist.«

»Hier oben gibt es nur ein Richtig: zu überleben. Zu sterben ist falsch, ganz egal, wie es passiert.«

Jetzt musste Standard lachen. »Nein, Commander, das ist zu simpel. Damit lasse ich Sie nicht davonkommen. Wenn Sie glauben, dass solch eine angeordnete Einfachheit bei Menschen funktioniert, rate ich Ihnen, werfen Sie durch Ihr Observatoriumsfenster doch einmal einen genaueren Blick auf die Erde. Sehen Sie sich an, wie China auf dem Höhepunkt des Thermischen Maximums seinen Nachbarn den Rücken gekehrt und alles getan hat, um seine Macht auszuweiten. Vielleicht lesen Sie auch im Alten Testament die Stelle mit den Gerechten und den Gottlosen. Das mag für Sie albern klingen, hier oben in Ihrer sublunaren Station, in der Sie den Luxus genießen, hässliche Dinge wie Politik einfach abzutun, aber was ist mit der Erde? Glauben Sie, die Chinesen rühren auch nur einen Finger, um etwas anderes zu schützen als ihre eigenen Interessen? Und glauben Sie wirklich, dass sie hier oben auf dem Mond fair spielen?«

Sie erreichten den Silo. Eine Reihe aus klaren gelben Lampen warf einen langen Schatten hinter den Rover, wann immer sie im Gleichtakt aufblitzten.

Dechert hielt das Gefährt an, und beide reckten sie den Hals und blickten zu der Plattform hoch, die sie überragte. Sie bildete den Mittelpunkt der Spiralmine, die sich weiter über den Regolith ausbreitete, als sie sehen konnten. Eine Startschiene stand wie ein vernageltes Geschütz ein paar Meter vom Silo entfernt. Das elektromagnetische Katapult hätte Helium-3-Tanks mit einem heftigen Stromimpuls in den beiden leitfähigen Schienen in die niedrige Mondumlaufbahn schießen sollen.

»Mir war nicht klar, dass unsere Regierung den Altruismus als eine ihrer Kernkompetenzen betrachtet«, entgegnete Dechert schließlich. »Kündigen wir deshalb einen Vertrag, durch den die Neue Dritte Welt kostenloses Helium-3 erhält?« Er begann sich abzuschnallen. »Ich dachte, wir wollten damit den Orbitalvorständen beweisen, dass wir ihre Förderungsvorgaben einhalten können.«

»Touché, Commander. Aber Großzügigkeit hält nur so und so viel Missbrauch aus.« Standard starrte weiter auf die Plattform, während er versuchte, seine Gurte zu öffnen; er kämpfte mit dem Fünfpunktschloss seines Brustgeschirrs. »Die Hälfte der Energie, die wir aus Wohltätigkeit verschenken, stehlen die Warlords in Afrika und Nordeuropa, und für die eigentlich Bedürftigen bleibt nur ein Bruchteil übrig.«

Dechert schob Standards Hand weg, damit er an das Gurtschloss kam und ihm helfen konnte. »Wenn also der

Strom abgestellt wird, geben Sie einfach den Warlords die Schuld und lesen denen, die im Dunkeln sitzen, einen Psalm vor?«

»Vielleicht.« Standard kletterte von seinem Sitz und prüfte den Mondregolith mit der Stiefelspitze. Er blickte Dechert an. »Anscheinend ist Ihr Zynismus grenzenlos, Dechert, denn immerhin reicht er sogar in den Himmel. Können Sie in dieser wunderbaren Öde ein Werk von Menschenhand sehen und dennoch seinen Schöpfer verhöhnen? Glauben Sie wirklich, dieser Funke des Genies verdankte seine Entstehung der zufälligen Explosion eines Sterns vor ein paar Milliarden Jahren?«

Er sagte es leichthin, aber Dechert merkte, dass Standard ihn auf die Probe stellte. Die Administration mochte Atheisten nicht. Wer ständig im Schützenloch lag, hatte keinen Platz für Ungläubige.

Dechert schlurfte um den Rover herum an die Seite des Commissioners und hielt sich bereit, Standard zu helfen, sollte er bei seinen ersten Schritten im Raumanzug ins Stolpern geraten.

»Ich habe uns verspottet, nicht den Allmächtigen. Und ich glaube an eine höhere Macht. Ich bin nur nicht so selbstherrlich zu glauben, dass sie auf meiner Seite steht.«

»Ahh, ein Deist. Das ist ja noch schlimmer.« Standard machte einen verkürzten Schritt und nahm Decherts Hilfe an. Sie gingen neben das Kraftwerk und blickten wieder nach oben, legten die Köpfe so weit in den Nacken, wie es ging, um sich das hochaufragende Gebäude anzusehen.

Die dreißig Meter hohen Silos hoben sich vom Sternenhimmel ab wie startbereite Feststoffbooster, die sich anschickten, ein Schiff zum Rand des Sonnensystems zu tragen. Aber sie flogen nirgendwohin. Sie blieben im Mondboden verankert, während an den Ablassventilen längs der vertikalen Anlagen die Kühlgase austraten.

Dechert tippte Standard auf die Helmscheibe, damit er seine Aufmerksamkeit erlangte, und führte ihn zu einer kleinen Luke unter der Anlage Nummer Drei. Von seinem Gürtel nahm er einen dünnen Aluminiumstab und schob ihn in einen rechteckigen Schlitz. Der Stab drehte sich im Uhrzeigersinn, und Vertiefungen schnappten ein. Eine kleine Konsole öffnete sich. Dechert gab einen Befehlscode in ein kleines alphanumerisches Tastenfeld. Die Luke fuhr auf. Gas entwich aus dem Leitstand in die Exosphäre des Mondes. Ein kleines Stück Abfall – vielleicht eine zusammengeknüllte Schutzfolie für einen der Plasmabildschirme – schoss zwischen ihren Helmen hindurch, stieg über die Oberfläche, als hätte eine steife Leebrise es erfasst, dann verschwand es in der Dunkelheit.

»Stellen wir die theologische Debatte fürs Erste zurück, Commissioner. Im Leitstand ist es eng. Seien Sie vorsichtig, wo Sie anstoßen, und fassen Sie nichts an, ohne vorher zu fragen.«

Sie schalteten die Lampen ein und betraten eine dunkle Kammer von der Größe einer Umkleidekabine. An der hinteren Wand hing eine Reihe aus Telemetrie-Monitoren und frostgehärteten Polymerbildschirmen. Dechert ging auf den Zentralserver der Mine zu. Ein Hauch aus Staub und Eis bedeckte das Display so dick, dass er die Information auf dem Bildschirm nicht lesen konnte. Er runzelte die Stirn. So viel Staub war in den paar Wochen eingedrungen? Nur noch eine Sorge mehr, während alles, was seinem Befehl unterstand, rings um ihn zusammenbrach. Er wischte den Dreck weg, gab einen Code in die übergroße Tastatur und drückte ENTER.

»Wir erhalten in Serenity nur begrenzte Echtzeittelemetrie, hauptsächlich kritische Energiedaten von den Silos und LPS-Koordinaten für die Digger auf den Rovern.« Er sah zu, wie eine Zahlenreihe über den Schirm lief. »Alles andere ist hier gesichert und wird einmal am Tag als Datenpaket an den CORE geschickt.«

»Was ist mit Produktionszahlen?«

»Auch hier gespeichert, dazu lunargeologische Daten, Ausbeutewerte und Schürfanomalien.«

Standard starrte auf das Stereodisplay, und Dechert merkte, dass der Mann gebannt war von den Daten, die er auf der Erde an jedem ersten Dienstag im Monat zu sehen bekam, wenn er wahrscheinlich in seinem Büro hoch über der Stadt saß, die Füße auf dem Schreibtisch, in der Hand eine Tasse Tee. Standard war eindeutig beeindruckt.

»Die Systeme der nächsten Generation werden viel effizienter sein«, sagte er. »Die neuen Algorithmen sind unglaublich, Quantenfaktorisierung und DNA-Sequenzierung – wir reden über zusätzliche Zettabytes an Datenverarbeitung. Und sie werden sich vollkommen selbstständig unterhalten.«

»Ich habe davon gehört.« Dechert wollte sich auf keinen Fall in *diese* Diskussion verwickeln lassen. Er hatte die Fachartikel der Quantencomputerexperten gelesen, die vorhersagten, dass die vollständige Automatisierung des Raumschürfens nur eine Generation entfernt lag. Das Gleiche hatten sie vor sechzig Jahren über Kampfpiloten behauptet, als die ersten Predator-Drohnen über den Gefechtsfeldern Afghanistans und des Nahen Ostens patrouillierten. Aber ob Flugzeug oder Raumschiff, die meisten waren nach wie vor bemannt, und Dechert bezweifelte, dass sich das jemals ändern würde, genauso wenig, wie die Besiedlung des Mondes durch lebende, atmende Menschen jemals versiegte. *Menschen geben ungern allzu viel Kontrolle an das Unbelebte ab*, dachte er. *Eine ihrer bewundernswerteren Eigenschaften.*

Dechert kehrte schlagartig in die Gegenwart zurück und runzelte erneut die Stirn, während er auf die Daten blickte, die über das Display zuckten. Etliche Zahlenreihen ergaben keinen Sinn. Sie stimmten nicht mit der Telemetrie überein, die er gestern im CORE überprüft hatte, und das war statistisch ungefähr so wahrscheinlich, wie dass draußen vor dem Leitstand ein Gepard über das lunare Flachland sprang. Er nahm eine Abfrage vor, um sicherzustellen, dass er nichts übersehen hatte, und erhielt die gleichen Daten wie zuvor. Er sah in das Speicherprotokoll und las wieder die identischen Werte. In einer Hinsicht hatte Standard recht: Die Algorithmen eines Computers verrechneten sich nie.

Er schaltete das Com ein. »Vernon, hier Spiral 6.«

Es krachte und zischte aus dem Helmlautsprecher. »Ja, ich bin hier.«

»Wie groß war die letzte Helium-3-Lieferung?«

Vernon brauchte ein paar Sekunden, ehe er antwortete. »Sieht nach vierzehn Fässern an Tagseite Elf aus, Boss, am 21. November. Wiederhole, eins-vier Fässer am einundzwanzigsten Elften.«

»Verstanden. Sehen Sie mal ins Datenpaket von gestern nach dem Speicherwert in diesem Zyklus.«

»Mach ich«, sagte Vernon. »Elf Fässer, auf der Zielgeraden für achtundneunzig Prozent des Produktionssolls in diesem Monat. Der verdammte Meteor hat uns ein bisschen ins Hintertreffen gebracht.«

»Sagen Sie das noch mal.«

»Es sind eins-eins Fässer. Gibt's ein Problem?«

Dechert blickte Standard an und verließ den Leitstand. Er schlurfte zur Rückseite des Silos, wo die massigen Helium-3-Kanister in abgeschlossenen vertikalen Sicherheitsgestellen lagerten.

»Ja, gibt es.« Er sah zu den autogroßen Fässern hoch.

»Was ist denn los?«, fragte Standard.

»Die Mine hat in diesem Zyklus bisher elf Helium-3-Fässer gefüllt und in das Lagergestell befördert, bis sie zur Serenity geschafft werden sollen.«

»Und?«

»Zählen Sie mal durch, Mr. Standard.«

Er beobachtete den Mann von der Administration, wie er mit einem behandschuhten Finger nacheinander auf die Fässer deutete.

»Vier Fässer fehlen.«

»Stimmt auffällig.«

»Das ist aber nicht gut.«

»Nein, das ist gar nicht gut.« Dechert fragte sich, wie viel schlimmer die Woche noch werden konnte.

13

»Was zum Teufel ist da los, Caden?«

Lane sah aus, als hätte sie eine Woche lang nicht mehr geschlafen. Ihre Lider hatten einen grauen Rand, und Dechert fiel auf, dass sie ihn zum ersten Mal, seit sie einander kannten, mit dem Vornamen angesprochen hatte. Er schloss das Hangarschott, hörte das beruhigende Geräusch der expandierenden Elastomer-Dichtungen und winkte ihr, ihm zu folgen. Die Station fühlte sich anders an als noch vor einigen Wochen – beengter. Früher hatte er die Raumnot der Serenity als gemütlich empfunden, hatte sich darin fast so geborgen gefühlt wie im Mutterschoß, aber jetzt kam ihm der beschränkte Platz wie ein Gefängnis vor. Dechert musste an ein SMA-Seminar denken, an dem er vor Jahren teilgenommen hatte und in dem es um die Frühzeichen von Vorpostenstresssyndrom ging: *Wenn jemand aus Ihrer Crew Anzeichen von Klaustrophobie zeigt, wenn jemand beim wöchentlichen psychologischen Gespräch erwähnt, dass ihm oder ihr die Station kleiner oder Umgebungslärm lauter vorkommt als früher, verabreichen Sie zweimal pro Woche vierzig Milligramm Dopodran oral. Wenn die Symptome nicht abklingen, versetzen Sie betreffende Person in eine Hauptbasis, eine Station im niedrigen Erdorbit oder vorübergehend zum Dienst auf der Erde.*

Gesprochen hatte die Worte ein Psychologe mit leiernder Stimme und schlechter Haltung, der aussah, als wäre er dem

Weltraum niemals näher gekommen als auf dem Gipfel eines Berges in New Mexico, und alle Mission Commander im Raum hatten gelacht. Stress war etwas für die auf der Erde hockenden Bürokraten, aber nicht für Astroschürfer.

Jetzt gingen Dechert die Worte des Psychologen nicht mehr aus dem Sinn. Zumal nun auch noch weitere Leute von der Erde die Belegschaft erhöhten.

Mit Lane im Schlepptau ging er zu seinem Quartier. Waters und Thatch bereiteten den Hangar auf die Ankunft des Marinetrupps vor. Die Dinge wurden allmählich kompliziert. Elf Seelen in einer Stufe-1-Bergbaustation. Himmel. Alle aufs Äußerste angespannt, ein guter Prozentsatz von ihnen bis an die Zähne bewaffnet. Auf die nächste Krise wartend, den nächsten Hauptalarm. Zumindest Parrish würde mit dem nächsten Versorgungsshuttle die Station verlassen, das genauso viele Waffen wie Rationen bringen sollte. Dechert konnte keinen Reporter vor Ort gebrauchen, der die hochentzündliche Mischung anheizte – oder ihre Luft konsumierte –, aber die möglichen Vorteile hatte er durchaus erkannt. Wenn er in den nächsten Tagen ans Licht brachte, was wirklich an der *Molly Hatchet* geschehen war, konnte er an Parrish vielleicht etwas durchsickern lassen, womit sich die Situation auf der Erde entschärfen ließ. Ein umgedrehter Tonkin-Zwischenfall. Vielleicht kostete ihn das seine Karriere bei der SMA, aber Dechert machte sich zunehmend weniger Gedanken um sein Beschäftigungsverhältnis.

Er öffnete die Luke seiner Kabine und trat zur Seite. Mit ausgestrecktem Arm lud er Lane ein voranzugehen. Auf dem Metallschildchen neben der Tür stand COMMANDER. Dechert schnitt der Aufschrift eine Grimasse und betrat seine spartanische Unterkunft. Der Raum hatte weiße Wände wie alle persönlichen Habitate von Serenity 1 und war sparsam möbliert. Die schmale Koje wurde in die Wand hochgeklappt, der schwarze Drehsessel war unter den Kohlenstofffaserschreibtisch mit dem dünnen Gestell geschoben. Hohe, schmale, eingelassene Türen verbargen Kleiderschränke. Der Abort war nicht breiter als ein Torpedorohr und konnte nur betreten werden, wenn man die Arme an den Leib zog. Über den Schreibtisch hing nur ein Foto: sein Vater in einem G-Anzug auf der Piste der Nellis Air Force Base in Nevada, den Helm unter den Arm geklemmt, ein schmales zufriedenes Lächeln im Gesicht.

Dechert kannte das Lächeln, das Gefühl zufriedener Müdigkeit nach einem erfolgreichen Flug, und es brachte ihn jedes Mal seinem Vater näher. Oft starrte er das Foto an, erstaunt, wie verbunden er sich einem Mann fühlte, den er kaum gekannt hatte. Er erinnerte sich an einen Brief, den Colonel Philip Dechert vor langer Zeit seiner Frau geschrieben hatte, ein Jahr, bevor er bei einem Suborbitalflug über dem Indischen Ozean ums Leben kam. Dechert hatte ihn in einem alten hölzernen Zigarrenkistchen gefunden, in dem viktorianischen Farmhaus in Maryland, und er erinnerte sich klar an den muffigen Geruch des Zedernholzes und eine Passage in dem knittrigen, vergilbten Brief: *Glücklich machen mich im Leben nur zwei Dinge, Molly. Bei dir und den Kindern zu sein und zu fliegen. Ich hoffe, dass du mir Letzteres als tragische Charakterschwäche vergibst.*

Im Gegensatz zu seinem Vater hatte Dechert nie Kinder in die Welt gesetzt. Er hatte Männer und Frauen, die er im Bekaa-Tal befehligte, als seine Ersatzkinder betrachtet, aber die meisten von ihnen waren lange tot. Seine Crew in Serenity 1 war emotional an ihre Stelle getreten, und nun zweifelte er, ob er sie beschützen konnte. Damit blieb das Fliegen als einzige Verbindung zu seinem Vater, und zum ersten Mal im Leben erschien ihm das nicht mehr stark genug.

»Sie sehen fix und fertig aus«, sagte Lane.

»Sie auch.«

Sie zog den Sessel unter dem Schreibtisch hervor und sank hinein, die Beine gespreizt, der Körper zusammengesackt. Diese Haltung kannte Dechert von seinem weiblichen Sicherheitsoffizier nicht.

»Ich habe die vergangene Freischicht damit verbracht, das *Verhalten bei explosivem Druckabfall* über meiner Koje anzustarren«, sagte sie. »Sie wissen, ich vertrage diese verdammten REM-Pillen nicht.«

Dechert nickte. Auch er nahm niemals die Schlaftabletten, von denen man einen schlimmeren Kater bekam als von Bourbon, und oft genug starrte er selbst das *Verhalten bei explosivem Druckabfall* an. Irgendein sadistischer Mistkerl von der Habitat-Konstruktion hatte sie über allen Kojen der Station anbringen lassen, auf festgenieteten Blechschildern, die sich nicht so einfach entfernen ließen. Das Letzte, was man sah, ehe man einschlief, und das Erste, was man zu Gesicht bekam, wenn der Wecker einen zur nächsten Schicht aus dem Schlaf riss, war:

IM FALL EINES EXPLOSIVEN DRUCKABFALLS …

Die Schilder erinnerten Dechert an die Faltblätter, die früher in den Verkehrsflugzeugen rumlagen und in denen erklärt wurde, was man im Fall einer Notwasserung tun musste, mit Bildern gelassener Comicgestalten, die in ruhigem Wasser trieben. *Trügerische Beruhigung durch Prozedere*, dachte er, *für eine Krise, die vermutlich mit einem Tod in Zeitlupe endet.*

»Ich werde irgendwann eine Kommandoentscheidung treffen, was diese Plaketten angeht«, sagte er. »Vielleicht lasse ich Thatch mit einem Schweißbrenner auf sie los.«

»Das wäre nett.«

Er zog die Koje von der Wand herunter und setzte sich auf die gepolsterte Kante. »Haben Sie von den Helium-3-Kanistern gehört?«

»Ja. Die letzte Szene in einer Sendung, auf die ich keine Lust mehr habe.«

»Standard gehen Visionen von Ninjas durch den Kopf, die im Serenitatis-Becken rumschleichen und Bomben legen.«

»Waren die Ninjas nicht Japaner?«

»Egal. Chinesische Mönche in Raumanzügen. Schon was Neues zu den Stiefeln herausgefunden?«

»Große Neuigkeit für jeden, der Schnitzeljagden mag«, sagte Lane. »Seit 2062 hat Groombridge achtundvierzig Paare nach Luna verkauft, die zu den Raumanzügen passen. Das ist die früheste Anforderung, die ich finden konnte. Keine Verkäufe mehr seit 2070. Alle Profile sind identisch und mit ein bisschen Nachbesserung auch mit unseren neueren Anzügen kompatibel.« Sie fuhr sich durchs Haar. »Sie sind überall. Peary Crater, Tranquility 1, mehrere Paare sind vor fünf Jahren sogar hier in Serenity angefordert worden. Selbst die Chinesen und die Brasilianer haben einige Paare gekauft.«

»Eine Möglichkeit, sie nachzuverfolgen?«, fragte Dechert.

»Im Grunde nicht. Himmel, es könnten sogar hier in der Station noch ein Paar rumstehen, nach allem, was ich weiß, obwohl wir seit den 68ern nur noch Procyon-Stiefel benutzen. Ist Ihnen klar, dass in den Mittsechzigern hier oben echt Wilder Westen war? Herauszufinden, was aus alten Ausrüstungsgegenständen geworden ist, das ist so ähnlich, als würden Sie auf einem Schrottplatz nach einem bestimmten Autoreifen suchen. Ich meine, denken Sie doch mal an den Geräteschrank im Korral. Ich wette, sogar Thatch und Waters kennen nicht mal die Hälfte von dem Mist, der sich hinten in dem Ding stapelt.«

Noch eine Sackgasse, dachte Dechert. *Nichts als Sackgassen.* Auch bei seinen eigenen Ermittlungen. »Ich habe versucht, mich durch Soloflugprotokolle zu wühlen, um herauszufinden, wer von unserer Seite nach BS-7 geflogen sein könnte, ohne geortet zu werden«, sagte er. »Das lief nicht sehr viel besser. Von Peary Crater, SOT-1, SOS-1 und den anderen Subbasen sind in den letzten drei Wochen siebenunddreißig Soloflüge gestartet. Sie können sich die Logs ansehen, aber Flugtelemetrien lassen sich nicht abrufen. Wir speichern so etwas einfach nicht, und die temporären Daten werden beim nächsten Flug mit neuer Missionstelemetrie überschrieben.« Er verzog das Gesicht. »Teufel, ich habe selbst vergangene Woche erst einen Soloflug in die Nähe vom Bessel gemacht, und Waters war diesen Monat dreimal allein draußen. Thatch auch einmal, Checkflüge nach Spiral 5 und 6 gegen Ende November. Aber wir speichern die Profile der Routine-Hops nicht, wenn wir keinen besonderen Grund dafür haben. Deshalb könnte jeder von uns verdächtig sein.«

»Sie vielleicht«, erwiderte Lane, »aber weder Thatch noch Waters. Wenn die beiden aufs Mare rausgehen, haben sie keine Zeit, um Mist zu machen.«

»Nett«, sagte Dechert. »Hat Starks sich bei Ihnen gemeldet?«, fragte er rasch, weil er nicht wusste, wie er das Thema sonst anschneiden sollte.

Lane drehte sich mit dem Stuhl herum und musterte das Bild von Decherts Vater über dem Schreibtisch, ihm den Rücken zugewandt. »Ja. Er kam nicht gerade mit Rosen und Pralinen.«

Dechert wollte sich erneut dafür entschuldigen, dass er die privaten Abschnitte von Lanes Personalakte hatte lesen müssen, aber er wusste, dass es nichts nützte. Er hatte Starks nur erwähnen müssen, und sie machte dicht wie eine Auster. Dechert fragte sich erneut, ob Lane ihn für schlimmer hielt als die Bürokraten auf der Erde. Bei denen wusste sie wenigstens, womit sie zu rechnen hatte. Sein Bruch ihres Vertrauens war weniger erwartet gekommen, und ihr Unbehagen in seiner Gegenwart wirkte nun wie ein Lebewesen, durch das der Raum noch kleiner erscheinen wollte.

»Können Sie das näher ausführen?«, fragte er nach ein paar Sekunden, verärgert über die ganze Situation und zu erschöpft, um zu versuchen, sie zu bereinigen. Er fluchte in sich hinein. *Hält sie es für meine Schuld, dass die SMA sie bespitzelt hat?*

Lane öffnete den Reißverschluss an der Brusttasche ihres Schwereanzugs, nahm einen kleinen zusammengefalteten Zettel heraus und reichte ihn Dechert, ohne ihm einen Blick zu gönnen.

»Keine Sorge. Ich habe den Chat mit einem von Quarles' Putzprogrammen gelöscht. Wenn seine Technikspielerei funktioniert, wurde er von unserer Seite nicht aufgezeichnet. Ob unsere Freunde im Staatsauftrag Starks' Konto überwachen, lässt sich leider nicht sagen.«

Dechert nickte, faltete den Zettel auseinander und überflog ihn. Zuerst las er Lanes erste Nachricht am unteren Ende des Threads. Sie klang kalt und antiseptisch.

Sheldon, ich weiß, es ist lange her, und ich möchte mich entschuldigen, dass ich mich nie gemeldet habe. Hier oben geht alles drunter und drüber. Du hast Cole Benson in Las Cruces kennengelernt, oder?

Wir sind alle völlig durch den Wind. Glaubt die Administration wirklich, die Chinesen stecken dahinter? Denn ich habe meine Zweifel. Ich kann dir die Situation nicht schildern, aber wir haben alle Angst vor dem, was als Nächstes kommt. Wir sind dienstverpflichtet worden – kannst du das fassen, so eine Scheiße –, in den Western sind es ja auch immer die Deputys, die erschossen werden. Alles, was du mir über die Lage sagen *kannst, wüsste ich sehr zu schätzen. Wie geht's Milo?*

Herzliche Grüße, Lane.

Dechert las den Brief zweimal und kehrte zu den Zeilen zurück, die Intimität andeuteten. Sie erschienen ihm fremdartig. Auch Starks' Antwort fiel kurz aus. Sein Bemühen um Knappheit war offensichtlich genug, um gekünstelt zu wirken. Dechert fragte sich, weshalb der Mann sich gezwungen hatte, nicht mehr zu schreiben. Hätte er eine Woche mit einer Geliebten auf einer Sloop vor der Küste von Cozumel verbracht, und hätte sie darauf mit einer Rakete die Erde verlassen, um sich kaum je wieder zu melden, wäre er versucht gewesen, ein paar Fragen mehr zu stellen.

Lane, es ist schön, von dir zu hören. Ich habe mir entsetzliche Sorgen gemacht, aber ich bin zu stur, um als Erster zu schreiben. Ich kann operative Details oder Erkenntnisse nicht diskutieren, das weißt du, aber ich würde mich besser fühlen, wenn du nicht auf dem Mond wärst. Kannst du um vorübergehende Versetzung nach LEO-1 bitten? Hier ist es hektisch und angespannt. Milo geht es gut. Er ist noch immer dick und frisst zu viel und jagt kaum mal einem Stöckchen hinterher, das ich werfe. Nicht dass ich es geschafft hätte, in letzter Zeit noch mal mit ihm auf die Crossings zu gehen. Zu viel zu tun. Erinnerst du dich noch an den Tag, als wir am Santa Rosa Wall getaucht sind? Du hast Nietzsche zitiert, und ich habe dich gefragt, wie du das schaffst, nachdem du diese Korallensäulen durchschwommen hattest. Ich habe dir gesagt, dass ich nicht zynischer werde als Erasmus. Ich mag Erasmus noch immer, aber du weißt ja, dass ich Satire nie widerstehen konnte. Ich muss Schluss machen. Pass auf dich auf, und überleg dir, was du zur zeitweiligen Versetzung schreibst. Du hast einen Anspruch auf Erholung, und der Mond muss irgendwann doch langweilig werden.

Beste Grüße
Sheldon

Dechert runzelte die Stirn und las die Antwort noch einmal. »Ich nehme an, Milo ist sein Hund, und die Anspielungen auf die Philosophen sind eine Art Code?« *Primitiver Code*, dachte er. *Glaubt er wirklich, wenn das von der SMA abgefangen wird, oder schlimmer, der militärischen Abwehr, dass er ohne ein Zwölfstundenverhör in einem fensterlosen Zimmer davonkommt?*

»Klar.« Lane wand sich eine Haarlocke um einen Finger, die Augen zur Decke gerichtet. »Aber das war nicht an dem Tag, als wir getaucht sind. Über die Administration redeten wir, unmittelbar bevor ich New Mexico verließ. Er sagte, er macht sich sorgen, dass die Führungsetage der SMA von den Bundesbehörden bedrängt wird, in Bezug auf lunare Schürfrechte übermäßig aggressiv vorzugehen – im Grunde das Altschuler-Abkommen zu brechen und das vor der ISA zu verbergen. Die staatlichen Aufpasser haben die Förderzahlen ein paar Jahre in die Zukunft extrapoliert, und langfristig sieht es nicht gut aus für die Helium-3-Franchises.« Sie sah auf. »Er versuchte, mich zur Kündigung zu überreden.«

»Was hat das denn mit Nietzsche oder Erasmus zu tun?«

Lane hörte auf, mit ihrem Haar zu spielen, und umfasste ihre Knie. Ihre Hände waren weiß vom Sonnenmangel, aber perfekt geformt. *Wie die Hände einer griechischen Statue*, dachte Dechert. Er fragte sich, ob Starks schon über die Beziehung hinweg war, und vermutete, dass die Antwort nein lautete.

»Er bezieht sich auf etwas, das er an dem Tag, bevor ich aufbrach, gesagt hat. Er hat vorhergesagt, dass wir in den nächsten fünf Jahren wegen des Mondes in einen heißen Krieg mit China geraten werden. Die Regierung würde alles tun, um amerikanische Interessen im Weltraum zu schützen. Dann fing er an, etwas auf Latein zu murmeln. Er fährt voll auf die Klassiker ab und wusste, dass es mich nervt. Er sagte: *Dulce bellum inexpertis*, und ich fragte ihn, was das heißen soll.«

»Nur weiter. Meine Lateinkenntnisse gehen nicht über *Et tu, Brute?* hinaus.«

»Na ja, es ist ein Zitat ›Pindars in der Übersetzung von Erasmus‹, so sagte er es, ein antiker Grieche, den so ein alter holländischer Schriftsteller übersetzt hat, wenn Sie die genaue Angabe interessiert. Es bedeutet: *Süß scheint der Krieg den Unerfahrenen.*«

Dechert setzte sich auf und lehnte den Rücken an die Wand. Schweigend blickten sie einander an. Er empfand widerwilligen Respekt für Starks. *Dass ein Mann, der nie im Gefecht gewesen ist, so etwas sagt …*

»Für einen Bürohengst ist er ziemlich weise. Aber glauben Sie, dass er die USA meint oder die Chinesen?«

»Ich glaube, er meint uns, oder in gewissem Maß auch beide Seiten, aber vor allem uns.«

»Wirklich?«

»Ja, denn es war der Kontext unseres Gesprächs. Er wetterte gegen die Regierungsfunktionäre, die die SMA niedertrampeln, als er mit dem Latein anfing; er sagte nichts gegen die Chinesen.«

Dechert rieb seine Bartstoppeln und kratzte sich am Hinterkopf. Er war müde, er konnte nicht klar denken. Wären die USA wirklich so irrsinnig, einen bewaffneten Konflikt auf dem Mond vom Zaun zu brechen? So irrsinnig, an einem der eigenen Schürffahrzeuge eine Bombe anzubringen? Würden sie einen ihrer eigenen Leute töten, nur weil ihre langfristigen Förderprognosen nicht ausreichten, wenn die Chinesen beteiligt waren? Und wie zum Teufel sollte es durchgeführt worden sein? Auf keinen Fall konnte sich jemand aus Peary Crater der *Molly Hatchet* genähert haben, ohne dass Dechert davon erfuhr. Von den Chinesen allerdings auch niemand. In den letzten dreißig Tagen war weder ein Schiff noch ein Rover aus weniger als achthundert

Kilometer an Serenity 1 herangekommen. Und wie konnte eine Seite des Konflikts eine Ladung Helium-3-Kanister an einer abgelegenen Spiralmine stehlen und keinerlei Spuren auf dem Regolith hinterlassen, oder die Wassermine im Dionysius außer Gefecht setzen? Im Posidonius oder bei Spiral 6 war nicht einmal ein fremder Fußabdruck zu finden gewesen, und auf dem Mond gab es nichts, was Spuren auslöschte.

Wellenartig schossen Dechert die Verschwörungstheorien durch den Kopf und zerschellten an einer Mauer. Nicht zum ersten Mal wünschte er sich einen analytischeren Verstand. Ein Gedanke jedoch nahm Gestalt an, und während er sich zusammenfügte, wurde Dechert übel.

»Lane, wie gut sind unsere tragbaren Fremdmaterialsensoren?«

»Hier in Serenity, meinen Sie? Ziemlich gut für Gefahrstoffe und das volle Spektrum kosmischer Strahlung, aber Scheiße für alles andere.«

»Was ist mit exotischen Explosivstoffen?«

»Meinen Sie das ernst?«

»Sehr.«

Lane überlegte ein paar Sekunden, ohne den Blick von Decherts Augen zu nehmen. »Das müsste ich prüfen. Ich weiß, dass sie das übliche Bergbauzeugs erfassen, aber ich habe noch nie nach Spuren von exotischen Sprengstoffen gesucht. Ich wüsste nicht mal die chemischen Verbindungen, nach denen ich suchen müsste.«

»Machen Sie sich in der SMA-Bibliothek schlau über polymeren Stickstoff, und fangen Sie an – aber unauffällig. Für die Mikroförderstellen sollten die Molekulardaten aufgelistet sein. Scannen Sie den gesamten Hangar und alle

Schmutzräume und Subgaragen. Und vergessen Sie nicht, wenn es eine Spur gibt, könnte sie mehrere Monate alt sein, also berücksichtigen Sie die Halbwertszeiten.«

Lane schürzte die Lippen. »Im Vakuum dürften Spuren am besten überdauern. Ich taste den Korral ab, falls ich herausfinde, wonach ich überhaupt suche.«

Lanes Idee war gut. Der Korral, der drucklose Hangar, in dem die Mobilen Habitat-Raupenfahrzeuge und das Reserveshuttle parkten, wurde nicht so intensiv überwacht wie die unter Atemluft stehenden Abteilungen der Station. Als Versteck für einen Sprengstoff wie polymeren Stickstoff eignete er sich sehr gut.

Dechert nickte wieder. »Und benutzen Sie Quarles' Touchpad aus der *Aerosmith* für Ihre Suche. Er hat es verschlüsselt.«

Eine Weile schwiegen sie und überdachten die Konsequenzen, die sich aus ihren Überlegungen ergaben. Konnte die Bombe bei ihnen in Serenity 1 angebracht worden sein? Wann war die letzte Versorgungsmannschaft hier gewesen? Vor über einem Monat? Dechert bezweifelte stark, dass jemand in einen Druckanzug steigen und eine Stunde im Korral verbringen könnte, ohne dass es bemerkt würde. Trotzdem fiel ihm keine andere Erklärung ein, und sie hinterließ eine Frage, die in seinem Kopf klimperte wie ein Windspiel: Ist nun jeder in Serenity verdächtig?

Sogar meine Crew?

Dechert löste die Schultern von der Wand und stellte sich aufrecht. Er müsste zumindest Lane und Quarles trauen, sonst hätte er keine Chance herauszufinden, was los war. Er konnte auch den Gedanken nicht ertragen, dass einer von ihnen verdächtig sein sollte. Das galt für jedes Crewmitglied in Serenity 1. Denn es hätte bedeutet, dass einer von ihnen Cole *ermordet* hatte. *Himmel …*

Eins nach dem anderen, Caden.

»Okay, ich suche Quarles und kümmere mich um unsere Nachricht an Lin Tzu. Können Sie eine Liste unserer Besucher im vergangenen halben Jahr zusammenstellen? Und … natürlich bleibt das alles unter uns.«

Lane sah aus, als wollte sie noch etwas sagen, aber dann nickte sie nur und ging zur Tür. Dechert hatte eine flüchtige Sekunde lang gehofft, dass ihr gemeinsames Geheimnis die Wunde des Vertrauensverlustes ein wenig heilte, die er geschlagen hatte, aber Lane blieb distanziert und kühl. Er schüttelte den Kopf und ärgerte sich über sich selbst. Er dachte wie ein Kind. Wenn Lane emotional Abstand bewahrte, war es im Moment definitiv am besten.

»Lane?«

»Jawohl, Commander?« Während sie die betont förmliche Antwort gab, duckte sie sich schon durch die Luke und drehte sich halb zu ihm um.

»Was ist mit dem Verweis auf Nietzsche?«

Sie lächelte schmal. »Oh, damit bezog er sich auf eines meiner Lieblingszitate. Immer, wenn ich es aussprach, wurde er richtig sauer.«

»Wie lautet es?«

»Gott ist tot.«

14

Wann immer Quarles allein sein wollte, verschwand er ins Loch. Der Notbunker sollte im Fall eines Jahrhundertsonnensturms schützen – eine Plasmaeruption auf der Sonne, die das Mare Serenitatis mit der Vernichtungskraft eines Atomschlags traf. Selbst Solarexperten konnten nicht sagen, ob das Schutzdach aus Regolith und Abschirmungsmaterial Serenity 1 vor einem koronalen Massenauswurf bewahren würde, und daher hatten die Lunar-Architekten eine überdimensionale Badewanne aus Blei in den Unterleib der Station gezwängt, direkt unter das Astrolabor auf Deck 2. Für die Crew stellte es die letzte Zuflucht dar, komplett mit einem abnehmbaren Bleidach und einem Wasser- und Nahrungsmittelvorrat für eine Woche. Quarles hatte den versenkten Bunker in seine private Werkstatt umgewandelt, die mit Modellen seiner neuesten Experimente auf dem Gebiet der Antriebstechnik angefüllt war. Danach hatte er eine Direktverbindung zu den Flash-Servern des CORE gelegt, damit er die Versuche an seinen Schöpfungen umgehend auswerten konnte. Seitdem war der Raum mit einer Holistic-Wave-Stereoanlage ausgestattet, die ihre Bässe aus einem Paar dicker schwarzer selbst gebauter Subwoofer ergossen. Die Klangmonster reichten aus, um die Subdecks vom Korral bis hin zum Lagerschuppen zu erschüttern. Dechert spürte das heftige Wummern der Musik in den Füßen, ehe er die Zugangsluke des Labors erreichte. Sie kam ihm diesmal wie Reggae vor – nein, Blues. Er bog um die Ecke, und J.J. Cales Rootsy-Stimme schwebte durch die sublunare Kaverne. Sie wurde lauter, als Dechert das Labor betrat und sich dem Loch näherte. Dechert hätte sich die Ohren zugehalten, hätte er die Hände nicht gebraucht, um die Leiter hinunterzusteigen, und auf dem ganzen Weg nach unten wunderte er sich, wieso Quarles noch immer so gut hören konnte. Cale sang, während sein Fingerpicking auf einer alten Harmony-Gitarre einen rauchigen Hintergrund zum Song schuf und das Soundsystem das leise, schnelle Quietschen seiner linken Hand wiedergab, die am Griffbrett auf und ab glitt.

Im Text ging es auch noch unglaublicherweise über den Mond.

Dechert ließ ein gepresstes Lächeln entweichen, seine erste Erheiterung seit Tagen, wie ihm schien. *Quarles.* Ein genialer Astroingenieur mit der fragilen Psyche eines pubertierenden Schülers und genug verbotenem Marihuana, um jeden in der Station in ein zehnstündiges Koma zu versetzen. Die Vorstellung, dass er einen Mord begangen haben sollte, erschien Dechert als paranoides Trugbild. Er versuchte, den Gedanken abzuschütteln. Dechert hatte sich den Jungen aus allen Antriebsingenieuren, die vor drei Jahren in LEO-1 herumhingen, persönlich ausgesucht, nachdem er zufällig mitgehört hatte, wie Quarles mit einem MIT-Doktoranden über die Machbarkeit diskutierte, Brennstoff aus Methan zu gewinnen, das in den menschlichen Darmwinden vorkam. Damit sollten die Mikromaschinen angetrieben werden, die an der Mondoberfläche die umherstreifenden Schürfplattformen schmierten und reinigten. So grob und geprägt von angeberischen Ausdrücken seine Argumente auch gewesen waren, Quarles hatte den MIT-Burschen in Grund und

Boden geredet, als die Debatte ans technische Eingemachte ging. Nach dem Ende des Disputs blieb der MIT-Absolvent in einem derartigen Zustand der Selbstzweifel zurück, dass er bald darauf zur Erde zurückkehrte. Dechert war beeindruckt gewesen. Später hatte er in Quarles' Personalakte gelesen, dass sein IQ jenseits der 160 lag: im Territorium von Einstein, Kepler und Vorgmann.

Aber große Frontallappen enthalten nicht immer den Stoff, aus dem Ernsthaftigkeit gemacht ist, und so intelligent Quarles auch war, seine kindliche Auffassung der Wirklichkeit führte dazu, dass ihn in Serenity 1 niemand für voll nahm. Für Vernon war er der kleine Bruder, der immer mitspielen wollte. Für Lane war er der kleine Bruder, der immer nervte. Für Thatch war er der kleine Bruder, der immer beeindrucken wollte. Und für Dechert? Ein Adoptivsohn vielleicht, soweit er das überhaupt zulassen konnte.

Quarles saß mit dem Rücken zur Leiter an seinem Arbeitstisch, in der einen Hand eine Mikrolötpistole, in der anderen ein Bündel Kohlenstoff-Nanoröhren. Dechert schwang sich hinunter, wich dem Chaos aus Schachteln und Werkzeugen auf dem Boden aus und manövrierte sich zur Stereoanlage. Er drehte den glatten, kreisrunden Regler gegen den Uhrzeigersinn. Quarles fuhr herum und klappte die Kopfbandlupe vor seinen Augen hoch.

»Ooh, Sie können doch J.J. Cale nicht leise stellen. Das ist irgendwie nicht richtig.«

»Mit Ihnen ist was nicht richtig, Jonathan«, erwiderte Dechert und bahnte sich einen Weg zum Arbeitstisch. »Wie sieht es mit der *Aerosmith* aus?«

Quarles legte die Lötpistole weg, nahm die Kopfbandlupe ab und ließ die Fingerknöchel knacken. »Sie ist ein mies gelauntes Mädchen, Boss, aber wir kriegen sie hin. Ich musste ein Getriebe austauschen und die halbe Verkabelung ihrer Subsysteme rausreißen. Sah da drin aus wie ein Teller mit verdorbenen Nudeln. Sie hat fast sieben Monate im Kalten gestanden, wissen Sie.«

»Ja, weiß ich. Wird sie wieder fahrtüchtig?«

»So ziemlich. Thatch erstellt gerade die Route nach Menelaus, und um siebzehn Uhr gucken wir mal, ob sie schon willig ist.«

Dechert fand den Weg durch das Chaos aus Werkzeugen, Rohren und zerlegten Schaltkreisen auf dem Boden und setzte sich Quarles gegenüber auf die Bank. Der Junge hatte sich vor einigen Monaten den Kopf rasiert, und mit dem kahlen Schädel sah er noch jünger aus, wie ein frühreifer Kindermönch im schlaksigen Körper eines Teenagers. Nichts, was Quarles anzog, passte je; selbst sein Schwereanzug hing an dem spillerigen Leib wie ein Bettlaken an einem Kleiderständer, und dabei sollte er maßgefertigt sein.

»Ihr habt gute Arbeit an ihr geleistet, Quarles.«

Dechert verschränkte die Hände hinter dem Kopf, beugte sich vor und stützte die Ellbogen auf den Arbeitstisch. Ein paar Sekunden lang schloss er die Augen und genoss die Dunkelheit.

Cales wehmütige Klänge durchdrangen ihn. Ein weißer Mann aus Oklahoma, der schwarzen Delta-Blues sang. Der davon erzählte, sich zum Mond aufzumachen. *Wie zum Teufel hat er das geschafft?* Schuldgefühle überfielen Dechert, und er fragte sich, ob in der Station beim nächsten Sonnenaufgang noch jemand leben würde.

Vor vier Jahren hatte er nicht mehr gewollt, als vom Militär wegzukommen, vom Air Service und von den Schreibtischgeneralen, und das war ihm gelungen. Bis auf den Mond war er gelangt und hatte sich langsam eine Crew aufgebaut, die ihn an die Infanteristen erinnerte, die ihm früher unterstellt gewesen waren, die er ins Gefecht geführt hatte und in den Tod. Dechert hatte sich geschworen, seine Leute diesmal zu beschützen, und er hatte geglaubt, dazu tatsächlich in der Lage zu sein.

»Ich wette, Sie sind richtig froh, dass Sie meinen Rat befolgt haben und hergekommen sind.«

»Wie meinen Sie das?«, fragte Quarles.

Dechert öffnete die Augen und sah zu ihm hoch. »Ich meine, dass Sie jetzt in LEO-1 sein und mit den anderen Nerds Bier trinken und über die Dunkle Energie diskutieren könnten.«

»Mann, danke, dass Sie mich zu den Nerds rechnen. Sie wissen aber, dass ich im Augenblick nirgendwo sonst sein will als hier.«

»Ist das Ihr Ernst?«

Quarles klopfte mit dem Fuß gegen den Fuß des Sessels. Stillsitzen gehörte nicht zu seinen Fähigkeiten. »Ja, ich meine, ich würde beim Flug nach Europa dabei sein wollen, falls die *Magellan* jemals fertiggestellt wird, aber wieso denken Sie, ich könnte mich aus Serenity verziehen wollen? Was Besseres gibt es im ganzen Weltraum nicht.«

»Ich weiß nicht, Quarles. Vielleicht, weil Sie in den nächsten Tagen Ihr Leben verlieren könnten.«

»In Baltimore könnte mich ein Bus überfahren.« Er schwieg und tat etwas, das er gewöhnlich unterließ: Er blickte Dechert in die Augen. »Was glauben Sie denn, wieso wir hier oben sind? Ich meine, ich weiß natürlich, dass Sie nach dem Krieg von der Erde verschwinden wollten, und Lane ist auf irgendeinem seltsamen masochistischen, männerhassenden Selbstfindungstrip, aber Cole, Thatch, Vernon und ich, wir sind hier oben, weil es hier so gefährlich ist.«

»Wie bitte?«

Quarles hielt Decherts Blick und betonte jedes Wort. »Weil es hier so verdammt gefährlich ist. Ich meine, Menschen auf dem Mond? Himmel! Keine zwanzig Meter von hier haben wir minus zweihundertachtzig Grad im Schatten und ein reines Vakuum, in dem einen das Wasser aus dem Körper kocht, ehe es die Chance hat zu gefrieren. Wir haben hier oben nichts verloren, Boss, und das ist das Schöne daran.«

Dechert lächelte. Der Junge rauchte definitiv zu viel Gras. Aber hatte er sich nicht genauso gefühlt, als er zum ersten Mal auf einem Rover über das Serenitatis-Becken gefahren war? Er hatte gespürt, dass ihn nur eine Sekunde vom Tod trennte, und hatte er sich nicht seit Jahren nicht mehr so frei und beglückt gefühlt? Keine Feinde. Keine Waffen. Nur die fadenscheinige menschliche Existenz in einem Raumanzug unter Druck. Dechert schätzte Quarles neu ein. Der Junge war ein Schafskopf, aber er hatte etwas von einem Entdecker in sich, und ungeachtet seiner anderen Schwächen machte ihn das zu einem Menschen, mit dem man rechnen musste.

»Außerdem«, fuhr Quarles ernster fort, »verlasse ich Serenity nach der Sache mit Cole sowieso nicht. Nicht bevor wir wissen, was passiert ist. Wenn ich einfach so gehen würde, könnte ich ihm im nächsten Leben nicht in die Augen sehen.«

»Amen.«

Einige Sekunden lang saßen sie schweigend da, während der Song im Hintergrund ausklang. Nach ein bisschen Zischen und Knacken legte Cale wieder los mit einem neuen, schnelleren Riff. Mehr City Blues als Delta. Er sang über das Reisen. Das Reisen mit leichtem Gepäck.

Nach einer halben Minute schaltete Dechert die Anlage ab. »Mir gefällt die heutige Musikauswahl, Jonathan, aber sparen wir uns das auf, bis wir das nächste Mal was zusammen trinken. Ich habe einen Anruf zu machen.«

Quarles nickte und räumte so viel Zeug weg, dass ein Touchpad auf seiner Werkbank Platz hatte. Mit der Präzision eines Stenografen trafen seine Finger das Pad, leicht, aber schnell.

»Gut. Ich hoffe nur, Lin Tzus Techies sind so gut, wie es scheint.«

Dechert beugte sich vor und versuchte einen Blick auf den komplizierten Code zu erhaschen, den Quarles in den Stream eingab. Beunruhigt sah er auf, als er begriff, was Quarles gesagt hatte.

»Augenblick mal – Sie glauben nicht, dass die Verbindung sicher ist?«

Quarles gab noch mehr Code ein, und Lin Tzus Nachricht schwebte über dem Tisch, undurchsichtig, aber von allen Seiten lesbar. Sie enthielt eine Reihe von Anweisungen zur Anbahnung eines virtuellen Treffens, eine Verbindung, die weder von der Space Mining Administration noch der chinesischen Mondbehörde oder sonst jemand abgehört werden konnte, und sie sollte um 12.40 Uhr hergestellt werden, in weniger als fünf Minuten.

Quarles zuckte mit den Schultern. »Ich weiß es nicht; die Datenpakete sollen zerhackt und getrennt über mehrere kommerzielle Satelliten gesendet werden, bevor sie auf einem sicheren Server auf der Erde wieder zusammengesetzt werden; ein wenig wie der Trittbrettfahrer, mit dem wir Lanes Nachricht an ihren Ex übermittelt haben, aber diesmal ist es ein kompletter Hologrammanruf. Viel komplexer. Ziemlich schwer für ein Datenpaket, das von niemandem bemerkt werden soll.«

Dechert hasste die Ambivalenz der Techniker. Bei nichts waren sie sich jemals hundertprozentig sicher, und einen Moment lang verflüchtigte sich seine eben noch empfundene Sympathie für Quarles zu einem Dunst der Frustration. Er atmete tief durch, um sich zu beruhigen.

»Ich brauche ein Ja oder ein Nein als Antwort, Jonathan. Kann es abgehört werden oder nicht?«

»Äh, nein. Das glaube ich nicht.«

Schimpfwörter schossen Dechert mit der Wut eines Marines durch den Kopf, und er biss sich auf die Lippe, damit er seinen jungen Techniker nicht zusammenstauchte.

»Also gut, dann stellen Sie die verdammte Verbindung endlich her.«

Hochaufgelöst und dreidimensional schwebte Lin Tzus Oberkörper über der vollgestellten Werkbank. Nur gelegentlich ging ein gespenstisches Flackern durch sein Abbild; ein verirrtes Ion zerstörte dann die Illusion, dass er bei ihnen im Loch wäre, nur ein paar Fuß entfernt. Tzu saß in perfekter Haltung an einem nüchternen weißen Schreibtisch. Er trug eine kreidegraue Uniform mit lederbraunem Stehkragen, und ein schmales Lächeln grub sich um den geraden Strich seines Mundes, als er Dechert erblickte. Der chinesische Kommandant sah makellos aus wie immer. Das kurze schwarze Haar trug er gekämmt und an der Seite gescheitelt, das schmale Gesicht war glatt rasiert und gepflegt. Selbst seine Fingernägel an den gelassenen gefalteten Händen waren geschnitten und sauber. Dechert dachte an sein eigenes stoppeliges Gesicht und seinen verwaschenen, ausgefransten Schwereanzug und fluchte innerlich. *Wenn es ein Messen des Äußeren wäre, hätten wir den Krieg verloren, ehe er beginnt*, dachte er. Lin sah aus wie der Inhaber eines Fünf-Sterne-Casinos, Dechert wie der soeben gefeuerte Tellerwäscher.

»Lin, wenn ich Sie so ansehe, würde ich sagen, der Mond ist ein Ort des Glücks. Aber ich weiß es besser.«

»Dechert«, sagte Lin mit einer Weichheit in der Stimme, die an Zuneigung grenzte, und nickte anerkennend. »Sie wissen, was mein Ahnherr über die Notwendigkeit sagte, seine Feinde zu täuschen. Ich sehe besser aus, als ich mich fühle.«

Wenn Tzu in seinem Leben ein Element des Narzissmus zuließ, so die Tatsache, dass er seine Abstammung über die Generationen hinweg direkt zu Sunzi, oder Sun Tzu, zurückverfolgen konnte. Die Worte des chinesischen Generals wurden von militärischen Befehlshabern in aller Welt noch immer mit Ehrfurcht gelesen, mehr als fünfundzwanzig Jahrhunderte, nachdem er sie geschrieben hatte.

»Sie lassen kaum eine Gelegenheit aus, mich daran zu erinnern«, sagte Dechert. »Mir fällt ein, hat er nicht auch davon geschrieben, das Element der Überraschung zu behalten?«

Sie musterten einander einen Augenblick lang, ohne zu sprechen. Dechert hatte nie jemanden gekannt, der mehr so dachte wie er – oder so kommandierte. Sie kamen aus Welten, die unterschiedlicher nicht sein konnten, arbeiteten für

Regierungen, die einander nicht einmal im Ansatz verstanden, und dennoch beendete der eine des anderen Sätze mit unheimlicher Treffgenauigkeit. Tzu erwartete von ihm, dass er die erste Frage stellte, das wusste Dechert genau.

»Ich muss etwas wissen, Lin, und ich habe keine Zeit, es diplomatisch in Watte zu packen. Steckt Ihre Regierung hinter dem Anschlag auf unser Raupenfahrzeug im Posidonius?«

Tzu verrutschte auf seinem Sitz, eine kaum merkliche Bewegung, die Unbehagen über die Frage hätte verraten können, aber seine Augen blinzelten nicht, während er den Blick auf Dechert gerichtet hielt.

»Das glaube ich nicht, aber ich bin natürlich nicht imstande, es mit Sicherheit zu sagen. Meine Vorgesetzten – wie auch die Ihren, nehme ich an – sind nicht sehr offen zu mir gewesen, was ihre jüngsten Maßnahmen angeht, oder ihre Absichten für die Zukunft.« Er lehnte sich zurück, löste die Hände voneinander und legte sie mit den Handflächen nach unten auf den Tisch. »Trotzdem erscheint es mir nicht wie eine Maßnahme, die sie ergreifen würden. Das wäre – wie man auf Englisch sagen würde – zum gegenwärtigen Zeitpunkt ein allzu aggressiver Zug.«

»Ich habe gehört, dass auf der Erde einiges sehr Aggressives vor sich gegangen ist, Lin. Vielleicht betrachten Sie es aus dem falschen Blickwinkel?«

»Möglich.« Tzu saß einen Augenblick lang still, als denke er über die Frage nach. Er antwortete niemals rasch, und deshalb vertraute Dechert auf das, was er sagte. »Aber trotzdem glaube ich das nicht. Ich habe mein Volk studiert, Commander, denn ich bin ein unverbesserlicher Sinophiler. Unser Land existiert seit über viertausend Jahren, und wir haben gelernt, uns mit größerer Vorsicht zu bewegen als Sie.

Ihr Land – wie soll ich es ausdrücken, ohne beleidigend zu werden – ist noch immer von Vermessenheit geprägt und der Energie der Jugend.«

Dechert rieb sich das Stoppelkinn und wünschte, er hätte sich rasiert. Er hatte keine Zeit, Tzus Fünf-Sekunden-Psychoanalyse der amerikanischen Unreife weiterzuverfolgen oder mit seiner Meinung über die kulturellen und psychologischen Unzulänglichkeiten im chinesischen Mutterland zu kontern.

»Okay. Wer also hat die verdammte Bombe in mein Raupenfahrzeug gesetzt?«

»Das ist eine Frage, die wir beide beantworten müssen, bevor sie keine Rolle mehr spielt. Aber wenn ich so kühn sein darf zu sagen, ich glaube, wir sind uns einig, dass sie nicht von meiner Regierung stammt, oder wenigstens nicht von offizieller Ebene. Es besteht immer die Möglichkeit, dass es doch so war, aber wir bezweifeln beide, dass es so war.«

Im Hintergrund summte das Hologramm. Beide Männer schwiegen. Dechert hörte, wie Quarles mit dem Fuß trommelte. So verrückt die chinesische Regierung sein mochte, aber ihnen die Schuld für die Sabotage der *Molly Hatchet* zu geben, war ihm nie richtig vorgekommen, und Dechert besaß ein scharfes Gespür für solche Dinge. Der Guerillakrieg im Bekaa-Tal hatte seine Sinne für Verrat geschärft. Jedes Mal, wenn es in dem gottverlassenen Land zu einem Anschlag kam, konnten acht verschiedene Gruppen verantwortlich sein, und jede bezichtigte eine andere. Drusen. Schiiten. Sunniten. Christen. Aus ihnen die Wahrheit herauszubekommen war ähnlich verlässlich wie Teeblätterlesen.

»Ich stimme zu, dass es der Partei nicht ähnlich sähe,

wenigstens nicht auf Zentralkomitee-Ebene, aber was wäre mit einer Gruppe, die ohne Genehmigung handelt?«

»Dieses Szenario wäre weitaus wahrscheinlicher«, stimmte Tzu zu.

»Und gestern haben wir entdeckt, dass an einer unserer Spiralminen ein guter Batzen Helium-3 verschwunden ist. Glauben Sie, die Space Mining Administration würde ihr eigenes Gold stehlen?«

»Nein, *das* sähe meiner Regierung ähnlich. Ich glaube, so etwas würde man als proportionale Reaktion beschreiben.«

»Proportional zu was?«

Tzu hielt inne und seufzte. »Ich werde unserer Beziehung so weit vertrauen, Ihnen zu glauben, dass Sie mir keine Unwissenheit vorspielen, Commander. Im Gegenzug müssen Sie mir genauso sehr vertrauen, was den Anschlag auf Ihr Raupenfahrzeug und den Verlust Ihres Untergebenen betrifft. Unsere Rastermine im Sinus Lunicus wurde vor vier Tagen sabotiert. Wie es scheint, hat ein EMP-Mikroschlag den Schaden verursacht, und dieser Schlag erfolgte aus der Umlaufbahn. Eines unserer Besatzungsmitglieder verlor die Energieversorgung seines Anzugs, und es musste mehrerer Wunder bewirken, damit er weiterhin mit Sauerstoff versorgt wurde. Er wäre beinahe gestorben, ehe wir ihn erreichten.«

Verdammt, dachte Dechert. *Wie oft werde ich noch von meinen eigenen Leuten hinters Licht geführt?*

Tzu nickte, als hätte er Decherts Gedanken mitgehört. »Jawohl, Commander. Wer immer für diese Anschläge verantwortlich ist, mir erscheint es eindeutig, dass die Progression logisch zur unvermeidlichen Konfrontation führt.

Überlegen Sie nur einen Augenblick: Die Eskalation erfolgte im Laufe des vergangenen halben Jahres langsam, aber konstant. Ganz gewiss ist Ihre interne Propaganda genauso stimulierend wie unsere und schürt genauso den Konflikt. Ich weiß, dass es Ihnen schwerfällt, mit der Außenseite offen zu kommunizieren; bei uns ist es genauso.«

Er beugte sich vor. »Überlegen Sie einmal, Dechert. Wir werden isoliert wie zwei Skorpione, die man in eine Schüssel setzt, damit reiche Männer auf ihren Kampf wetten können. Ich weiß, dass Ihre Wassermine im Dionysius sabotiert wurde. Wenige Tage später trifft es unsere Rastermine. Und dann wird Ihnen Helium-3 gestohlen. Wieso? Ich glaube, es liegt daran, dass mächtige Menschen in unseren beiden Ländern allmählich Begrenzungen erkennen bei einem Rohstoff, der einmal als unerschöpflich galt. Und Begrenzungen machen ihnen Angst.«

»Sie glauben, nach allem, was auf der Erde geschehen ist, riskieren sie darüber einen Krieg?«

Tzu zuckte mit den Schultern. »Möglicherweise glauben sie nicht, dass der Konflikt auf die Erde übergreift. Beginnen so denn nicht die meisten Kriege? Mit einer unfasslichen Fehleinschätzung der möglichen Eskalation? Zuerst ein Dorf, dann eine Halbinsel, schließlich ein ganzer Kontinent? Hier oben ist es kalt, Commander. Kalt und fern. Aus der Perspektive der Entscheidungsträger auf der Erde sind wir nur ein Punkt im Weltraum – wertvoll, aber ästhetisch distanziert.«

Tzu atmete wieder aus und lehnte sich zurück. Mehr Gefühl hatte Dechert ihn noch nie ausdrücken sehen.

»Wenn Sie das nächste Mal einen Mondspaziergang machen, blicken Sie unter Ihre Füße, und sagen Sie mir, was

Sie sehen. Ich sehe das Ölfeld von Ghawar und das Gasfeld von Kowykta zusammengefasst und mit einer Milliarde multipliziert. Saubere Energie. Genug Energie, um den Planeten ein Jahrtausend lang zu beherrschen. Genug Energie, um Basen auf den Monden von Jupiter und Uranus zu errichten und die Reisen nach jenseits der Heliopause vorzubereiten. Überlegen Sie *das* einmal eine Sekunde lang. Die Herrschaft über die Erde ist seit Jahrtausenden der Traum von Kaisern und Tyrannen. Nun stellen Sie sich die Versuchung vor, das Sonnensystem zu beherrschen und die Systeme, die jenseits davon liegen. Überlegen Sie, wie viel größer der Schatzhort geworden ist.«

Dechert schüttelte den Kopf. Er sah die Stichhaltigkeit von Tzus Worten und wollte sie dennoch abstreiten. Wie viele Verträge, die allen Staaten freien Zugang zur Mondoberfläche garantierten, waren seit 1967 geschlossen worden? Sechs? Sieben? Er war nicht so naiv zu glauben, Verträge könnten nicht gekündigt werden, aber … Er hatte *gehofft.* Vielleicht hoffte er noch immer.

»Der Mond sollte anders sein, Lin. Er sollte demilitarisiert bleiben. Er sollte geteilt werden.«

»Nichts Wertvolles wird je geteilt.«

Quarles rutschte auf seinem Sitz hin und her und klopfte mit den Fäusten auf den Tisch. »Noch zwei Minuten«, flüsterte er. »Mehr nicht.«

Dechert nickte. »Wir haben nicht viel Zeit, Lin, deshalb hören wir auf mit dem utopischen Bullshit. Ich bin mit Ihnen einer Meinung, aber ich weiß auch, dass wir irgendwie einen taktischen Vorteil erlangen müssen. Ich könnte auf dem Mare sterben, aber auf jeden Fall nicht wie ein gottverdammtes Schaf, das von allein zur Schlachtbank läuft.«

Lin lächelte. »Deshalb mag ich Sie, Dechert. Solch ungezügelte Begeisterung bei einem Mann Ihres Alters.«

»Richtig. Was uns nur eine Möglichkeit lässt: herauszufinden, wer hinter dem Anschlag auf die *Molly Hatchet* steckt, und das publik zu machen, ehe die Entwicklung voranschreitet. Können wir unseren persönlichen Friedensvertrag jetzt sofort unterzeichnen? Nur wir beide? Nichts, was wir beide über die *Molly Hatchet* herausfinden, geht an unsere jeweiligen Regierungen, es sei denn, dieses Wissen kann einen Krieg verhindern?«

»Dem kann ich nur zustimmen.«

»Gut. Dann fange ich an. Der Sprengstoff, der für das Leck an der *Molly Hatchet* verantwortlich ist, war polymerer Stickstoff, ziemlich exotisches Zeug, und meine Regierung behauptet, es war zuletzt in den Händen des chinesischen Geheimdienstes, nachdem ein indonesischer Waffenhändler es ihm 2066 verkauft hat. Er hieß Serkasa. Können Sie da ein wenig graben?«

»Ich werde Erkundigungen einziehen.«

Dechert stand auf. »Okay, und ich werde versuchen, etwas über Ihre Mine in der Sinus Lunicus herauszufinden, und woher der Befehl kam.«

Wieder trommelte Quarles auf den Tisch. »Dreißig Sekunden.«

Wären es die letzten dreißig Sekunden, die sie jemals miteinander sprechen würden?

»Das wäre es dann, Lin. Wir versuchen es aufzuhalten, so gut wir können.« Sie blickten einander an und wussten, was unausgesprochen blieb. Sie waren Freunde, aber ihre Staaten wurden in rasantem Tempo zu Feinden, und keinem von ihnen war wohl bei diesem heimlichen Manövrieren. Dechert wartete, dass Tzu das Thema anschnitt, denn er wusste, dass er es täte.

»Ich bin kein Verräter, Dechert, genauso wenig wie Sie. Das ist unser Dilemma. Wie warnen wir den anderen, wenn ein Angriff bevorsteht, und sollten wir das überhaupt in Betracht ziehen? Staatsgeheimnisse unter dem Schatten des nahenden Krieges auszutauschen ist schlimm genug; vor einem bestehenden Angriff zu warnen ist jedoch weitaus ernster.«

»Über diese Frage habe ich in letzter Zeit sehr viel nachgedacht, Lin. Ich habe nicht zehn Jahre meinem Land gedient, um ihm jetzt den Rücken zu kehren. Ich schlage vor, dass wir einander nur dann warnen, wenn ein Angriff auf Serenity 1 oder New Beijing 2 bevorsteht. Peary Crater und Ihre Vorgesetzten am Südpol müssen allein sehen, wo sie bleiben. Fünf Minuten Vorwarnzeit, und wir gehen über das Warnsystem für Sonneneruptionen. Niemand sonst wird wissen, was eine Meldung von einem von uns wirklich bedeutet, aber unsere Crews bekommen dann vielleicht genug Zeit, um sich zu verkrümeln.«

Tzu dachte darüber nach, nickte und stand auf. »Also gut, ich bin einverstanden«, sagte er. »Wir riskieren Landesverrat.«

»Wir sind auf dem Mond, Lin. Soweit es mich betrifft, ist das oberste Gebot noch immer Sicherheit für alle.«

Tzus Hologramm flackerte, und sein Gesicht wurde in zwei Richtungen gezogen, um in der nächsten Sekunde wieder zusammenzufinden. Die Verbindung wurde schlechter.

»Ich hoffe, Sie bleiben wohlbehütet, Dechert«, sagte Tzu. »Wenn ich Sie wieder kontaktiere, dann auf andere Weise.«

»Viel Glück, Lin.«

Dechert betrachtete Tzus Abbild, das weiter verblasste, und gerade, ehe es im Äther verschwand, lächelte. Tzu glaubte nicht mehr an Glück als Dechert. Sie glaubten an Wahrscheinlichkeiten, und die kühle Rechnung, die sie angestellt hatten, bot keinem von ihnen auch nur den geringsten Trost.

15

Die Marines trafen in Sea of Serenity 1 ein, wie Marines stets eintrafen: mit grimmigen Gesichtern und jeder Menge Waffen. Sie schlurften die Gangway ihres Langstreckenshuttles herunter und traten mit sargförmigen olivgrünen Kisten in den Armen, die auf den Seiten eine weiße Schablonenschrift zeigten, ins Warmdock. *Waffen in Serenity 1.* Dechert bewahrte im Safe seiner Unterkunft eine 10-Millimeter-Pistole auf, teils, weil ein alter Mondhase es empfohlen hatte für den Fall, dass ein Besatzungsmitglied den Raumkoller bekam, teils weil er ein Gefühl der Nacktheit nicht abstreifen konnte, wenn er keine Waffe in der Nähe hatte.

Aber seine Pistole stammte aus dem 20. Jahrhundert, in seinen Hangar kamen jetzt echte Waffen. Elektromagnetische Railguns vermutlich, Schienengewehre mit einer Mündungsgeschwindigkeit von über dreitausend Metern pro Sekunde. Mit einem dieser entsetzlichen Geschosse konnte man zwanzig hintereinanderstehende Menschen töten. Intelligente Raketenabwehrsysteme und Flüssiglaser, die die Wirkung eines konzentrischen Schlags mit Marschflugkörpern gegen die Station mildern sollten, vielleicht sogar Mikro-EMPs, die von der Schulter auf anfliegende Shuttles abgefeuert werden konnten, um ihre Elektronik zu grillen.

Dechert malte sich die gleiche Szene in New Beijing 2 aus – ein Trupp ungerührt dreinblickender chinesischer

Kommandosoldaten, die in einem kalten, staubigen Hangar ihr Arsenal ausluden, während Lin Tzu dabeistand und sie beobachtete, wie Dechert es hier tat.

Standard und Hale waren bei ihm am Subhangarschott und betrachteten die Marines, die sich ausschifften, während Gas aus den konischen Düsen des Shuttles zischte und über den Hangartoren eine blaue Blitzleuchte immer wieder aufstrahlte und erlosch. Standard hatte ein Funkeln in den Augen, die Begeisterung der Uneingeweihten. Vielleicht war er auch nur froh, dass Leute in die Station kamen, die ihn nicht bei jeder Begegnung mit einem finsteren Blick streiften. Wie auch immer, am liebsten hätte Dechert ihm diesen Ausdruck mit der Faust aus dem Gesicht gewischt.

Hales Miene hingegen war undeutbar, ein Hai, der unter der Wasseroberfläche schwamm. Wer bei den Air and Space Marines so weit kam wie Hale, war entweder ein Realist oder ein wahrer Gläubiger. Dechert hielt Hale für Ersteres – einen Mann, mit dem man feilschen konnte, weil er wusste, dass der Feind nicht nur von außen, sondern auch von innen kommen mochte. Er würde seine Optionen abwägen, ehe er handelte. Dechert war selbst ein Realist, und aus diesem Grund entrüstete es ihn nicht völlig, dass die Marines ihr Arsenal in Serenity 1 ausluden. *Wenn wirklich alles aus dem Ruder läuft*, dachte er, *können wir die Station wenigstens verteidigen.* Gefallen musste es ihm dennoch nicht.

Als läse er Decherts Gedanken, sagte Hale: »Ich habe das nicht entschieden, Commander. Ein Feuerkampf wäre das Letzte, was ich will. Wir haben noch nicht einmal Manöver für den lunaren Schauplatz abgehalten, und meine Leute kommen frisch von der Bioquarantänepatrouille in LEO-1.«

Standard sah herüber, überrascht, dass Hale überhaupt Bedenken bezüglich des Einsatzes aussprach, vielleicht auch enttäuscht zu hören, dass Air and Space Marines als Zollkontrolleure einspringen mussten, die sicherstellten, dass keine exotischen Mineralien und Mikroorganismen von einer Tieforbitalstation zur Erde geschmuggelt wurden. Er setzte an, etwas zu sagen, und verbiss es sich.

»Aus meiner eigenen Dienstzeit erinnere ich mich gut, wie ich mich über Eskalation beschwert habe, Captain«, sagte Dechert. »Ich weiß nicht, ob ich mich deswegen nun besser gefühlt hatte, als die ersten Schüsse fielen.«

Hale knurrte, wandte sich ab und stieg die gummigepolsterten Stufen hinunter, um seine Leute zu begrüßen. Vernon und Lane standen nebeneinander auf dem Flugdeck und blickten, die Ellbogen auf dem Geländer, zum Spektakel herunter, während Thatch vor dem Shuttle auf und ab ging. Mit rudernden Armen zeigte er den Soldaten, wo sie ihre Last ablegen konnten, bis er schließlich selbst eine der großen grünen Kisten am Griff packte und sie in ein versenktes Lagerregal bugsierte. Thatch wusste genau, wo was in der Station war, Hamsterer, der er war. Von allen Besatzungsmitgliedern schien nur er über die Landung der Marines begeistert zu sein; Dechert kam es ein wenig merkwürdig vor – wo blieb da seine Abneigung gegen das Militär? Thatch stolzierte durch den Hangar wie ein alter Harpunier, der sich anschickte, in See zu stechen, um einen bitteren Verlust zu rächen. Aus seinen zusammengekniffenen Lippen ragte eine von Coles Zigarren, kalt und unangezündet wie eine zum Abschuss bereite Rakete. Er wollte, dass es zu diesem Kampf kam, und Dechert wusste immer noch nicht, wie er ihn darauf ansprechen sollte.

Dechert wandte sich Standard zu. »Ich habe für die Besprechung um fünfzehn Uhr dreißig gesicherte Datenfeeds in der Crewmesse einrichten lassen. Nur kabelgebunden, wie von Ihnen angeordnet, mit AI-Verschlüsselung. Der CORE ist zu klein, als dass alle hineinpassen würden.«

»Alle?«, fragte Standard. »Das ist eine Besprechung für einen begrenzten Kreis, Commander, weit oberhalb der Stufe Vertraulich. Wen haben Sie denn eingeladen?«

»Nur die Personen, die wissen, wie man auf dem Mond komplexe Operationen ausführt, Commissioner. Quarles für Antriebsfragen, Waters für Flugoperationen, Thatch für EVA und Briggs für Missionssicherheit.« Er hielt kurz inne. »Ich glaube, das sind alle Leute, die ich noch habe.«

Standard schüttelte den Kopf. »Ich werde Commodore Yates um Genehmigung bitten müssen. Er wollte, dass die Besprechung segmentiert wird. In Peary Crater wissen die meisten noch gar nicht, was vorgeht, nur dass wir in Alarmbereitschaft sind. Das ist der Grund, weshalb ich Parrish wegschicke.«

»Fragen Sie Yates nicht, informieren Sie ihn.« Dechert wies mit dem steifen Finger auf Standards Brust. »Wenn er Einwände hat, sagen Sie ihm, er soll Abschnitt Neun im planetaren Bergbaukodex lesen. Die Marines sind vielleicht gut in dem, was sie tun, aber sie wissen einen Scheiß über Operationen auf dem Mare. Wenn Sie meine Station als Einsatzbasis benutzen, habe ich die Oberaufsicht, und das auch während eines militärischen Krisenfalls.«

Dechert wartete nicht auf eine Antwort, schob sich an Standard vorbei und schlurfte die Stufen hinunter, um Thatch zu helfen, eine weitere Waffenkiste in ein Lagerregal zu wuchten. Ein Marine sang leise vor sich hin, während er eine Kiste, die unter Erdschwere eine halbe Tonne wiegen musste, beschwingt die Shuttlegangway hinunterzog. In der niedrigen Mondgravitation tupfte sie immer wieder auf. Er sah nicht älter aus als Quarles, aber auf seinen Armen spielten Muskeln wie die dicken Windungen einer Python, die sich um ihr Opfer zusammenzieht. Dechert hörte genauer hin und erkannte das Lied aus seiner Jugend, als die Sorgen des Lebens darin bestanden, Bier fürs Wochenende aufzutreiben und mit den Schnallen und Klipsen zu kämpfen, die seine Freundin angezogen hielten. Fast hörte er eine Mandoline in dem Hintergrundlärm aus zischendem Gas, während der Marine etwas vom Schmerz des Krieges trällerte, der das Leid der Nachkriegszeit nicht übersteigen konnte.

Die Crewmesse war warm und vollgestopft. Das Lüftungssystem von Serenity 1 versuchte sich auf die Überzahl der Menschen einzustellen, die nun in der Station lebten, aber wie ein panischer Gastgeber, zu dessen Party doppelt so viele Gäste erscheinen wie erwartet, hatten die Flashserver des CORE ihren Rhythmus noch nicht gefunden. Acht Personen saßen an dem schmalen weißen Tisch und warteten auf den Beginn der Besprechung, fächelten sich zu oder zuckten unruhig in der reglosen Luft.

Quarles: trommelte in der allgemeinen Bewegungslosigkeit und Stille des Raums mit dem Fuß und zerrte mit Daumen und Zeigefinger am schweißfleckigen Kragen seines Schwereanzugs.

Lane: beugte sich auf ihrem Stuhl vor, die glatten Hände gefaltet, die Lippen über die Zähne nach innen gesaugt, ignorierte den jungen Marine, der sie immer wieder ansah, während er ein Kabel in das Energiedock unter dem Tisch stöpselte.

Waters: tippte Zahlen in ein Touchpad, um den bevorstehenden Flug der *Aerosmith* in den Menelaus zu planen und jede Eventualität zu berücksichtigen, die Thatch ihm genannt hatte, prägte sich die Koordinaten der groben Kontur der Route ein, schätzte mögliche Gefahrenquellen ab.

Hale: saß wie ein Monolith am Hologrammport, sah niemanden an, starrte mit Augen, die selten blinzelten, auch nicht, wenn Schweißperlen in ihre Winkel liefen, auf die stumpfe Wand ihm gegenüber.

Standard: murmelte unhörbar eine vorgefertigte Einleitung vor sich hin, während er darauf wartete, dass sein Boss vor ihnen erschien.

Thatch: still und brütend.

Eine junge Frau im Dienstanzug der Marines, bei der es sich um Hales Lieutenant handeln musste: saß still da, reglos.

Und Dechert am anderen Ende des Tisches, Hale gegenüber: beobachtete alles. Immer ein verdammter Beobachter. Selbst wenn er in Aktion war – wenn er den Versorgungstrip von Peary Crater nach LEO-1 machte oder in einem Jetanzugprototyp ins offene Maul eines Kraters sprang oder in den orangefarbenen Straßen einer sandgestrahlten Wüstenstadt auf Guerillas schoss –, immer hatte er den Eindruck, er beobachtete die Vorgänge nur, ohne aktiv an ihnen teilzunehmen. So war es sogar gewesen, als er Menschen getötet hatte. Die Tat an sich war ihm wie etwas erschienen, das er in der Gegenwart ausführte. Seine Waffe hatte er abgefeuert, als stände er hinter einem Objektiv, blickte an sich selbst herunter, erstellte fotografisches Beweismaterial, das später offengelegt und analysiert würde.

Dechert war schon oft vorgeworfen worden, zu distanziert zu sein. Von seiner Mutter nach der Beerdigung seines Vaters, bei der er in altmodischem Kammgarnanzug und Eclipse-Sonnenbrille ein paar Meter von der Familie entfernt saß, nicht weinen wollte, den Trauergästen nicht die Hand schüttelte oder auch nur den Pfarrer beachtete, der den Absturz seines Vaters in den Indischen Ozean zu einem Teil von Gottes Plan erklärte. Von ehemaligen Geliebten, die erleben mussten, wie seine Leidenschaft sich bei Anbruch der Dämmerung in Fluchtgedanken verwandelte. Selbst seine Freunde bemerkten die Distanz, die er bewahrte; sein Zimmergenosse auf der Flugschule hatte Dechert einmal mit einem dunklen Lächeln, welches verriet, dass er nur halb scherzte, als »*kalten* Bastard« charakterisiert.

Vielleicht war Lane deshalb so überrascht gewesen, als er ihr ankündigte, dass er sich jedem Versuch der US-Regierung oder der Chinesen oder wem auch immer, einen Krieg auf dem Mond zu beginnen, widersetzen würde. Als Verfechter eines höheren Zieles hatte sie ihn nie erlebt, nicht so, und er fragte sich nach wie vor, ob es Selbstüberschätzung war, Hybris, wenn er glaubte, er könnte etwas bewirken.

Das Hologramm knackte und knisterte, und die Gestalt des Commodores erschien vor ihnen. Yates war ein hagerer Mann mit eingefallenen Wangen, die über seinem Kiefer graue Mulden bildeten. Seine Augen zeigten ein Blau, das kaum als Farbe gezählt werden konnte, und seine dichten weißen Augenbrauen wölbte er unablässig zu seiner Schädeldecke, sodass er ständig unzufrieden wirkte – was er, wenn man seinen Job bedachte, vermutlich auch war.

Die Krähenfüße in seinen Augenwinkeln entstammten nicht dem Lachen, sondern der Skepsis, und sogar seine schmale, gekrümmte Nase sah aus wie bei einem überheblichen Römer. Dechert hatte Yates' kühle Effizienz immer geschätzt, aber davon abgesehen gab es kaum Gründe, den Mann ein wenig zu mögen.

»Ein überfüllter Raum«, sagte Yates verärgert. Giftig sah er den jungen Air and Space Marine an, der gerade den Kopf über den Tisch streckte, und hielt den Blick auf ihn gerichtet, bis der erschrockene Soldat sich aus der Messe zurückgezogen hatte. Niemand sprach ein Wort – was sollten sie dazu sagen? –, und Yates streckte die Schultern vor, drückte die Hände zusammen und fuhr fort.

»Ich bin sicher, Commissioner Standard hat eine Einführung für uns vorbereitet, aber neue Ereignisse erfordern Kürze.« Er warf einen raschen, spöttischen Blick auf Standard und musterte den Raum erneut. »Der Präsident hat DEFCON-2 für alle terrestrischen und raumgebundenen Verbände erteilt und Low Earth Orbit 1, Low Lunar Orbit 1 und den Mond als Ganzes militarisiert. Dies gilt seit zwei Stunden, nachdem die Chinesen die Krisengespräche abgebrochen und einer unserer LLO-Satelliten Aktivität in den Montes Apenninus aufgefangen hat, also außerhalb des akzeptierten Radius chinesischer Operationen. General Trayborr verlegt seinen Gefechtsstand nach Peary Crater; er müsste morgen gegen elf Uhr Erdzeit eintreffen. Die SMA übergibt volle Autorität an das Militär und stellt ihm sämtliche Mittel zur Verfügung.«

Er verstummte und blickte sich wieder am Tisch um. Diesmal sah er allen einzeln in die Augen. »Diese Mittel, Ladys und Gentlemen, schließen auch jeden von Ihnen ein.

Mir ist klar, dass einige von Ihnen darauf nicht vorbereitet sind, und offen gesagt bin ich das auch nicht, aber es lässt sich nicht ändern. Für Urlaubsgesuche ist es jetzt zu spät.«

Yates rieb sich mit einer runzligen Hand die hohlen Wangen und machte ein Geräusch wie Sandpapier, mit dem man über einen Fichtenstamm schmirgelt. Er seufzte, und Dechert war nicht sicher, ob er versuchte, müde oder mitfühlend zu erscheinen.

»Nur die Toten haben das Ende des Krieges gesehen, sagte Santayana einmal. Zu unserem Pech scheinen die Chinesen es darauf anzulegen zu beweisen, wie recht er hatte.«

Das Knistern und Knacken des Hologramms betonte das menschliche Schweigen nach seinen Worten und verlieh dem Raum eine elektrisierte Spannung. Standard räusperte sich nach kurzer Zeit und rückte das Touchpad gerade, das vor ihm auf dem Tisch lag, während die anderen in unterschiedlichen Stadien des Unglaubens und der Resignation Blicke tauschten.

»Danke für die Lageskizze, Sir, und ich gebe Ihnen recht.«

Er blickte sich im Raum um, wandte sich wieder Yates' Abbild zu und hustete in die Faust. »Wie der Commodore erwähnt, hat unser Satellit Wärmeblüten im Mondapennin entdeckt. Die thermische Strahlung stammt höchstwahrscheinlich von mobilen Fusionsreaktoren, die einen vorübergehenden Vorposten mit Energie versorgen. Sie befinden sich in einer Schlucht nordwestlich des Conon-Kraters. Das ist etwas über vierhundert Kilometer von Serenity 1 entfernt.«

Standard gab einen Befehl in sein Touchpad, und eine topografische Karte sprang aus dem kleinen Computer und schwebte in Aschgrau neben Yates über dem Tisch. Das Bild zoomte hinein und hinaus, bis es großmaßstäblich die Welt zeigte, die chinesische und amerikanische Schürfer auf dem lavadunklen Bauch des Mondes bewohnten. Das Mare Imbrium, das Regenmeer, erschien als Bluterguss nördlich des Äquators auf der erdzugewandten Seite. Die narbenähnliche Gebirgskette der Montes Apenninus begrenzte den Südostrand des Mares mit gerundeten Gipfeln vom Rocky-Mountains-Kaliber und einem Gewirr von tiefen Rillen und Canyons. Die großen Krater des Mare Imbrium – Archimedes, Autolycus, Aristillus und Timocharis – standen als Relief hervor, über die Basaltebenen verteilt wie Wunden vom Treffer einer gigantischen Schrotladung. New Beijing 2, Heimat ihrer Zentralmondschürfer und jetzt vielleicht ihr Feind, leuchtete als roter Punkt im Archimedes. Die Hitzeentwicklungen in der Gebirgskette wurden als unheilverkündend blinkende orange Punkte dargestellt. Östlich des Gebirges lag die genauso tote Schwester des Mare Imbrium, Mare Serenitatis, das Meer der Heiterkeit. Der Krater Menelaus klaffte im südlichsten Ufer des Serenitatis, dreißig Kilometer weit, mit einem Rand und durchzogen von weißen Ejecta. In einer Spalte am nördlichen Ringwall des Kraters lag die Station, in der sie saßen.

»Wir haben den Satelliten nicht zu einem genaueren Blick zurückgeschickt, weil wir den Chinesen nicht verraten wollten, dass wir sie bemerkt haben, aber wir müssen mit dem Schlimmsten rechnen.« Standard wies auf die beiden Punkte in den Montes Apenninus. »Eine mobile Startrampe vielleicht, oder wenigstens ein vorgeschobener Beobachtungsposten, von dem aus sie leicht Aufklärung betreiben oder Feuer ins Mare Serenitatis lenken können. Was immer ihre Absichten sind, sie sollten nicht dort sein, schon gar nicht mit der gewaltigen Energiequelle, die sie mitgebracht haben.«

Lane beugte sich vor und blickte über das topografische Hologramm. »Sie könnten nach Ilmenit suchen und Testbohrungen vornehmen. Die Titanvorkommen sind dort sehr reich, und es ist nicht weit von der Stelle, wo sie letztes Jahr einen Stolleneinsturz hatten.« Sie sah Standard an, ehe er antworten konnte. »Ich will damit nicht sagen, dass sie das auch tun, Commissioner, ich sage nur, es wäre möglich, dass sie aus Gründen dort sind, die nicht feindseliger Natur sind.«

»Sie könnten recht haben, Officer Briggs.« Yates sah sie finster an, während er die Worte aussprach. »Sie könnten annehmen, aus legitimen Gründen im Archimedes zu sein, aber unsere Regierung sieht das anders. Und wir können uns nicht erlauben zu hoffen, dass ihre Absichten gutwillig sind. Unser Militär hat es eingehend erwogen und möchte ein Aufklärungsshuttle hinschicken. Der Befehl kommt von General Trayborr persönlich, und das ist der Punkt, an dem die Marines ins Spiel kommen.«

Dechert sah Hale an. Wenn die Chinesen einen militärischen Vorposten errichteten, bedeutete ein Shuttleeinsatz zu Aufklärungszwecken eine Reihe extremer Gefahren einschließlich der offensichtlichsten: von einer Rakete, einem Laser oder einem elektromagnetischen Impuls abgeschossen zu werden.

»Warum nicht einfach den Satelliten umleiten und Fotos aus der Umlaufbahn aufnehmen? Oder eine Drohne abstellen?«

Yates schüttelte den Kopf. »Wie Mr. Standard schon sagte, Dechert, wir wollen den Chinesen nicht verraten, dass wir sie entdeckt haben. Wir müssen unauffällig vorgehen. Eine Satellitenumleitung würde entdeckt, eine Drohne müsste in Sichtlinie zu ihrem Vorposten fliegen. Nur ein Shuttle könnte sich in geringer Höhe von der anderen Seite der Berge annähern, landen und einem EVA-Team eine unbemerkte Nahaufklärung ermöglichen.«

Alle am Tisch blickten Hale an. Er stand auf, ging zu dem Hologramm und zog einen altmodischen Teleskopzeigestock aus, wie ein Physiklehrer ihn vielleicht im 20. Jahrhundert benutzt hätte. »Wir planen, um zweiundzwanzig Uhr vorzugehen, daher brauchen wir einen Eindringpunkt unterhalb ihrer Radarkuppel, vorausgesetzt, sie haben eine aufgestellt, und eine Landezone, die unserem Team Zugang zu einem Beobachtungspunkt gewährleistet, vorzugsweise eine hohe, aber besteigbare Felsspitze.«

Mit dem Zeigestock fuhr er eine Linie am Südrand der topografischen Karte entlang. »Option Eins würde uns über das Mare Vaporum führen, die südliche Kette des Mondapennins hoch. Der Kurs berührt die Berge, hält uns unten, um Entdeckung zu verhindern, und landet uns irgendwo südwestlich des Conon-Kraters. Wenn Sie bitte heranzoomen würden, Mr. Standard.« Hale tippte auf einen Punkt in den Bergen unterhalb der chinesischen Hitzeentwicklungen. »Hier befinden sich einige Bergspitzen, die genügend Deckung bieten und zugleich ausreichend Gesichtsfeld, um sich für unsere Zwecke zu eignen.«

Standard fuhr mit dem Finger über das Touchpad, und die Bergkette mitsamt der umgebenden Schluchtenlandschaft vergrößerte sich. *Ein echter Höllentrip*, dachte Dechert. Zerbröckelnde Felsspitzen. Riesige Felsen aus Eruptionen und Meteoreinschlägen vor langer, langer Zeit. Felsspalten und Rinnen, die zu steilen Wänden werden, tiefe Schluchten und Sackgassen bilden. *Und da wollen sie mit einem Shuttle unter Blackout fliegen, möglichst tief und das auf der Nachtseite? Himmel!* Dechert hätte diese Mission nicht fliegen wollen, und außer Waters war er der beste Pilot auf dem Mond. Er sah zu Waters und Thatch hinüber, und beide schüttelten den Kopf.

»Sieht toll aus auf einer Topo-Karte, Captain, aber Sie wollen auf der Nachtseite unbekanntes Gelände durchfliegen.« Thatch beugte seine Massen über den Tisch, und die Säume unter den Achselhöhlen seines Schwereanzugs ächzten, als er mit der Hand durch das untere Ende des Hologramms fuhr. »Seit der letzten Laserkartierung des Terrains kann sich einiges geändert haben – Spitzen könnten zusammengestürzt sein, neue Krater entstanden. Wir sind seit über einem Jahr nicht mehr im Südapennin geflogen, und jetzt wollen Sie da einen Trupp Marines unter Blackout-Bedingungen reinbringen, in geringer Höhe nur mit Flug-Infrarotsicht? Da können Sie genauso gut durch ein Minenfeld rennen und einfach hoffen, Ihre Beine zu behalten.«

Hale legte sich schwungvoll den Zeigestock auf die Schulter und blickte Thatch an. Nach langem Schweigen nickte er der jungen Frau zu, die neben ihm saß.

»Lieutenant Cabrera wird den Einsatz führen, und ich sehe nicht viele andere Möglichkeiten. Wir kommen von Süden oder von Norden rein, aber wie auch immer, wir fliegen tief und unter Blackout. Nichts außer FLIR und Passivradar.«

»Scheibenkleister.« Neben Thatch rührte sich Waters und legte ihm eine Hand auf die Schulter. »Wenn das wirklich sein muss, dann kommen Sie wenigstens von Norden.« Er stand auf, umging den Tisch an Hale vorbei, bis er über der Karte zu schweben schien und einen Schatten warf, der das Hologramm leicht verzerrte. »Sie fliegen dadurch zwar dichter an den Archimedes und New Beijing 2 ran, aber wenigstens kennen wir dort das Terrain.«

»Fahren Sie fort.« Hale trat einen Schritt zurück, während Cabrera sich vorbeugte und genau zuhörte.

»Na gut, Sie fliegen Nordnordwest über das Herz des Serenitatis-Beckens und wenden genau östlich vom Mons Hadley, unweit der Landestelle von Apollo 15, um fast hundertachtzig Grad.« Mit seinem dicken Finger strich er durchs Hologramm. »Sie überfliegen den Aratus-Krater und sinken in diesen Boxcanyon südlich der Hadleys, hier. Vergrößern Sie das. Da, von dort haben Sie einen guten Blick auf die Wärmeblüten, die Sie geortet haben. Vergangenes Jahr haben wir dort ein paar Probebohrungen vorgenommen. Ich kann Ihnen die Telemetriedaten des Shuttleflugs raussuchen.« Er sah Cabrera skeptisch an. »Um es aber ganz klar zu sagen: Wir sind die Mission geflogen, als die Sonne hoch am Himmel stand, und ich musste mir keine Sorgen machen, dass mich irgendein Chinamann mit einer Schulterwaffe runterholt.«

Hale rieb sich das Kinn und blickte Vernon und Thatch an, dann Cabrera. Sie nickte.

»Okay«, sagte der Captain, »geben Sie uns Ihre Daten, und wir sehen sie uns an. Wie weit ist der Flug insgesamt?«

»Etwa zwölfhundert Klicks.«

Yates räusperte sich, und alles blickte ihn an. »Ich überlasse die Einsatzplanung Captain Hale und Lieutenant

Cabrera, aber ich möchte vor dem Missionsbeginn einen vollständigen Bericht. Wir schalten uns mit der Hochempfindlichkeitsantenne ein, damit wir einen Live-Feed bekommen. Vorausgesetzt natürlich, meine Kommunikationsexperten bestätigen, dass der Feed nicht entdeckt und abgefangen werden kann.«

Als Dechert aufblickte, bemerkte er, dass Yates ihn wieder anfunkelte, dann den Kopf zu Lane drehte und die Augenbrauen hochzog. »Officer Briggs: Missionssicherheit?«

»Ich bespreche mit Captain Hale und dem Lieutenant einen SAR-Plan.« Lane nickte Cabrera zu. Yates runzelte die Stirn, als Suche und Rettung angesprochen wurden, doch sie fuhr fort: »Die Operation liegt außerhalb unserer normalen Sicherheitsparameter. Ich benötige von Ihnen alle Positionsdaten chinesischer Radarkuppeln. Allerdings befürchte ich, dass wir keine Spezifikationen für einen Nachtseitenflug durch die Berge besitzen.«

»Dann arbeiten Sie mit dem Lieutenant neue Spezifikationen aus, Officer Briggs«, erwiderte Yates. »Und gewöhnen Sie sich ans Improvisieren. Wenn der Konflikt sich ausweitet, werden wir auf dem Mond vieles zum ersten Mal machen müssen.«

»Quarles … Antrieb?«, fragte Dechert.

Quarles hing mit einem irgendwie ehrfürchtigen Gesichtsausdruck auf seinem Sitz. Als er angesprochen wurde, setzte er sich aufrecht. »Äh, ich muss mir das Marineshuttle erst mal ansehen. Wahrscheinlich kann ich ein paar zusätzliche Schubdüsen anbringen und sie mit der Steuerhardware verbinden.« Er sah Cabrera an. »Auf diese Weise können wir Ihnen ein wenig Redundanz schenken. Vielleicht lässt sich sogar die Zelle verstärken. Ich brauche die

Anzahl Passagiere und das volle Einsatzgewicht inklusive Ausrüstung.«

»Kein Problem«, sagte sie. »Nach der Besprechung können wir nach unten in den Hangar gehen und uns das Schiff ansehen. Ich nehme alles, was ich von Ihnen kriegen kann.«

Hale nickte, aber niemand sagte etwas. Für einen langen Moment schien alles im Raum in eigene Gedanken versunken, und nur leises stakkatoartiges Knacken des Hologramms erreichte ihre Ohren.

Dechert schloss die Augen. War es immer so gewesen in der Geschichte? Eine Gruppe von Menschen an einem Tisch plante den ersten Vorstoß, der zum ersten Gefecht führen konnte und schließlich zum Krieg, redete über Taktik und Eventualitäten, um dann die Folgen dieser Diskussion in andächtiges Schweigen zu hüllen? Und hatte in diesem letzten Augenblick, ehe der Rat sich auflöste, ob nun Perikles oder Westmoreland die Besprechung leitete, dieses Schweigen irgendeine Bedeutung, oder war es nur eine momentane Abwesenheit von Geräuschen?

»Das war's, Ladys und Gentlemen«, sagte Yates. »Halten Sie mich auf dem Laufenden und vergessen Sie nicht, dass wir unter vollständiger Kommunikationssperre stehen.« Er hielt inne und legte die Hände auf seinen Schreibtisch. »Captain Hale, ich hätte die zweite Besprechung mit Ihnen gern morgen um neun Uhr. Commander Dechert, bleiben Sie noch einen Moment? Ich möchte Sie unter vier Augen sprechen.«

Alle Blicke richteten sich auf Dechert, der nickte. »Selbstverständlich, Sir.«

Standard setzte an zu sprechen, unterbrach sich aber,

erhob sich und verließ den Tisch. Trotz der niedrigen Schwerkraft waren seine Schultern verkrampft.

Dechert sah weiter nach vorn, einen Ausdruck des Desinteresses im Gesicht, der nicht ganz wiedergab, was er empfand, während die anderen den Raum verließen. Er hörte Lane und Cabrera, die sich angeregt unterhielten, und begriff, dass er seit über drei Jahren zum ersten Mal wieder hörte, wie zwei Frauen miteinander redeten. *Was ist das hier für ein gottverlassener Ort!*, ging es ihm durch den Kopf.

Als am Schott die Dichtungen schlossen, seufzte Yates und lehnte sich zurück. Zwischen den Fingern rollte er einen altmodischen goldenen Füllhalter wie einen kleinen Marschallstab. »Standard sagte mir, Sie hätten Bedenken, die Sie uns beiden darlegen wollen. Ich denke, es ist sinnvoller, wenn Sie es mir direkt sagen. Ich bin beschäftigt und bekomme immer mehr zu tun, Commander, also lassen Sie hören.«

»Jawohl, Commodore.« Dechert rieb sich am Hinterkopf über den Bürstenschnitt und beugte sich vor. »Wie Sie wahrscheinlich wissen, bin ich nicht einverstanden, dass meine Crew an einer militärischen Intervention beteiligt wird. Ich finde, meine Leute sollten abgezogen werden, sobald die Vorbereitungen für den Shuttleflug abgeschlossen sind. Ich kann im CORE bleiben und Hale helfen, den Einsatz zu leiten.« Er sah Yates in die Augen. Der Blick des Commodores, der ans Raubtierhafte grenzte, konnte ihn nicht einschüchtern. »Ich bin das einzige Serenity-Crewmitglied mit militärischer Ausbildung. Die anderen brauchen Sie hier nicht.«

Yates hielt dem Blickduell einen Moment lang stand, dann kniff er verärgert die Augen zusammen, schüttelte den

Kopf und legte den Füllhalter auf die Obsidianplatte seines Schreibtisches. »Ihre Leute kannten die Risiken, als sie sich für den außerirdischen Bergbau meldeten, und sie wussten, dass sie zwangsverpflichtet werden können. Das Programm ist mehr als nur halbstaatlich, Commander. Schon Ihre Stellenbezeichnung sollte Sie daran erinnern. Kommandanten gibt es nur beim Militär.«

»Für einen Notfall können wir herangezogen werden, das stimmt, aber hier sehen wir einem Krieg entgegen, verdammt noch mal.« Dechert stand auf und schritt hinter dem Tisch auf und ab, dann packte er die Rückenlehne seines Stuhls. »Meine Leute sind keine Soldaten, Commodore. Sie könnten mehr Schaden anrichten als nutzen.«

Yates biss die Zähne so fest zusammen, dass die Jochbeine hervortraten und die Wangen noch weiter einsanken. Er beugte sich zur Holokamera vor, und sein Gesicht füllte den Schirm aus. Dechert sah die roten Äderchen in seinen Augen und roch fast den Whiskey in seinem Atem – es ging das Gerücht, Yates sei ein Trinker.

»Wir haben weder die Zeit noch die Mittel, Ihr Team herauszuholen, Mr. Dechert. Ich würde meine Leute ebenfalls gern vom Mond schaffen, aber das ist nun unmöglich geworden. Bei uns am Nordpol wäre Ihre Crew auch nicht viel sicherer.«

Dechert überlegte sich, wie weit er bei Yates gehen wollte. Noch hatte er nicht genügend Beweismaterial, nicht genug auf der Hand, um die Karten auf den Tisch zu legen. Sollte er dem Commodore seine Befürchtungen mitteilen?

Aber es gab noch mehr, etwas Tiefgründigeres, das Dechert juckte wie alter Wundschorf. War er nicht noch immer ein Soldat? Wenn ein Kampf unausweichlich wurde, hatte er dann nicht die Pflicht, ihn durchzustehen und den Marines zu helfen, die in einem Shuttle durch einen Albtraum fliegen sollten, den sie sich überhaupt nicht vorstellen konnten? Ihre Überlebenschancen stiegen enorm, wenn sein ganzes Team die Operationsleitung unterstützte. Niemand kannte das Gelände besser als Thatch und Waters, niemand war auf dem Gebiet der Missionssicherheit versierter als Lane. Riskierte er durch seine Bitte, sie von ihren Aufgaben zu entbinden, nicht eine Katastrophe für die Marines?

Dechert schüttelte seine Zweifel ab. Für Marines war er nicht zuständig. Nicht mehr. Für Lane, Thatch, Quarles und Waters war er verantwortlich. Er hatte durchaus eine Pflicht. Ihnen gegenüber. Und deswegen musste er alles tun, was in seiner Macht stand, um sie vom Mond zu schaffen.

»Commodore, ich werde offen sprechen. Ich bin nicht überzeugt, dass das Vorgehen zu rechtfertigen ist. Ich habe nur schwache Indizien gesehen, dass die Chinesen den Anschlag auf die *Molly Hatchet* verübt haben, und ich kenne die Menschen da drüben.« Er sah Yates in die Augen. Der Commodore hatte sie so weit zusammengekniffen, dass nur noch schwarze Pupillen zu sehen waren. »Wir kennen sie beide. Sie sind genau wie wir Bauern in diesem Spiel. Ich bin mir nicht sicher, ob mein Team einen Befehl entgegennehmen kann, der bedeutet, sie zu töten.«

Yates öffnete die Augen wieder und lächelte über den milden Hinweis auf Meuterei; Dechert war erstaunt, wie weiß die Zähne des alten Mannes waren.

»Ich dachte mir schon, dass es darum geht. Ich hätte Sie längst zurechtstauchen sollen, weil Sie mit Tzu und seinem Team gesprochen haben, nachdem die Kommunikationsstille in Kraft trat.« Yates zog die Brauen hoch. »Ach, wussten Sie nicht, dass ich die monatlichen Comlogs durchgehe? Auch die von angeblich geheimen Verbindungen über Schwarzmarktserver auf der Erde? Sie denken, ich habe keine Ahnung, dass Ihr Sicherheitsoffizier mit ihrem chinesischen Gegenstück Gärtnertipps austauscht oder Ihr junger Ingenieur Schwarzgebrannten von NB-2 einschmuggelt? Mr. Dechert, es gibt sicherlich ein paar Dinge auf dem Mond, von denen ich nichts weiß, aber darauf zählen würde ich an Ihrer Stelle nicht.« Er zog sich von der Holokamera zurück, blickte über die Schulter etwas an, was Dechert nicht sehen konnte, hob einen Finger, als forderte er jemanden zu warten auf, und beugte sich wieder vor.

»Hören Sie zu. Ich bin Geschäftsmann. Ich mag das Säbelrasseln genauso wenig wie Sie. Es führt zu dem, was ich nicht ausstehen kann, und das ist Gewinneinbuße. Meinetwegen hätte es einfach so weitergehen können, wie es war.« Er stand vom Schreibtisch auf. »Leider ist jemand auf der Erde anderer Meinung, und, um ehrlich zu Ihnen zu sein, ich bin in keiner Position, ihn infrage zu stellen. Verstehen Sie, was ich sage? Für mich ist im Moment nur eines wichtig: Mir ist es erlaubt, auf diesem Felsen zu schürfen, solange die Regierung der Vereinigten Staaten meine Lizenz nicht widerruft. Und Leute, die das Urteilsvermögen des US-Präsidenten infrage stellen, bekommen keine Schürflizenzen.«

Er hielt Decherts Blick stand, straffte den Rücken und ließ die Schultern sacken, als herrschte in Peary Crater Erdschwerkraft. Ein alter Mann, der zu schlau war, um sich auch minimalen Kräften zu widersetzen.

»Ich habe nichts gegen die Bergleute von New Beijing 2, und ich hoffe, dass wir sie nicht in die nächste Wirklichkeit schicken müssen. Aber wenn es sein muss, tun wir das. Diese Sache zieht weitere Kreise, als wir beide ahnen können, und selbst wenn Sie recht hätten, gäbe es nichts, was ich dagegen unternehmen könnte – es sei denn, Sie liefern mir innerhalb der nächsten vierundzwanzig Stunden einen absolut unumstößlichen Beweis.«

»Erteilen Sie mir die Anweisung, tiefer zu graben?«, fragte Dechert.

»Ich sage Ihnen, dass ich ein Geschäftsmann bin, Dechert. Sie können nach Herzenslust herumschnüffeln, solange der morgige Start nicht gestört wird. Erwarten Sie aber nicht von mir, dass ich einschreite, wenn Sie weniger in der Hand haben als die reine unumstößliche Wahrheit. Ich hoffe, wir haben uns verstanden.«

Yates fasste den Saum seiner Jacke und zog sie straff. Dann schob er als Zeichen, dass die Besprechung vorüber sei, den Stuhl unter den schwarzen Schreibtisch.

»Ja«, sagte Dechert. »Wir haben uns verstanden.«

16

Es war wie früher, zur besten Zeit der Schürfer, als sie auf der blutleeren Oberfläche des Mondes umhergehüpft waren, erfüllt von der Begeisterung alter Prospektoren auf der Suche nach der nächsten Goldader, die sie alle reich machen würde. Als sich noch jeder um jeden kümmerte – Chinesen, Russen, Amerikaner, Inder – und man Prahlereien und Strahlungswarnungen austauschte und auf den Fund des ersten ergiebigen Ilmenit-Feldes oder die Entdeckung des nächsten Vorkommens von Wasser, das sich gefroren im Permanentschatten eines Kraters verbarg, wartete. Wie früher, als es angeblich genug Helium-3 in den Maria gab, um nicht nur die Erde mit Energie zu versorgen, sondern auch jede andere Pionierleistung im Asteroidengürtel. Wie Delfine, die an einem Schwarm kleiner Fische fraßen, hatte jeder einfach abgewartet, bis er an die Reihe kam.

Das war, bevor die hohen Tiere in Peking und Washington sich die Langzeit-Produktivitätskurven und Verbrauchszahlen ansahen und die Weisheit der Gleichverteilung anzuzweifeln begannen. Bevor das Leben auf der Erde sich normalisierte und die Politiker die Generalstäbe einbestellten.

Dechert lächelte, vergaß für eine Sekunde die Mistkerle auf der Erde und erinnerte sich an die Frühzeit auf dem Mond. Damals hatten die Vorgesetzten in Peary Crater und New Mexico mit Serenity 1 nur kommuniziert, wenn die Monatszahlen feststanden und in ein Balkendiagramm eingetragen waren. *Mensch, wie unglaublich wäre es gewesen, schon '58 hier gewesen zu sein, als Fletcher die Station baute*, dachte er. Das war noch die letzte Grenze auf ein Abenteuer gewesen, welches einen alle anderen Gedanken vergessen ließ.

Er betrachtete Lane und Quarles, die an den Umgebungs- und Antriebsstationen im kokonartigen Cockpit der *Aerosmith* saßen. Das Raupenfahrzeug grub die Ketten in den Regolith und rumpelte wie ein umherstreifender Koloss in die offene Grube des Menelaus-Kraters. Sie trugen alle drei Druckanzüge und Helme. Die neue Vorschrift war ein kühles Vermächtnis von Cole Bensons Tod in der Ödnis des Posidonius. Thatch und Waters fuhren vor ihnen auf dem Rover und markierten unebenes Gelände am Weg durch blaue Blitzlichter. Gleichzeitig brachten sie die alten topografischen Karten der Menelaus-Piste mit Laserentfernungsmesser auf den neuesten Stand. Die Positionslichter der *Aerosmith* beleuchteten die schwarze Nachtseite des Kraters, und der Mondstaub, den die Maschinen aufwühlten, tauchte die Abfahrt in einen Dunst aus durchscheinendem Licht. Alles bewegte sich in Zeitlupe, während die beiden Fahrzeuge die Serpentinenstraße mit weniger als einem Kilometer pro Stunde hinunterkrochen.

»Fühlt sich gut an, wieder draußen auf dem Regolith zu sein«, sagte Thatch durchs Com. »Selbst wenn Vernons Gesellschaft beschissen ist.«

»Ich bin beschäftigt, auf deinen Arsch aufzupassen, Baby«, erwiderte Waters. »Ich bin ein kraterkraxelnder Hundesohn von einem Motherfucker. Deine Mutter, falls du es nicht gewusst hast.«

»Leck mich am Arsch, Vernon«, sagte Thatch. »Boss, in

zwanzig Metern ändert sich das Gefälle, neun Grad abwärts, zwei Grad nach Steuerbord. Sieht aus nach einem Abschnitt von achtzig Metern.«

»Verstanden«, antwortete Dechert. »Kartieren Sie das. Gefälle neun abwärts, zwei Steuerbord in zwo-null Metern.«

Er gab die Zahlen in den Navigationscomputer der *Aerosmith* und warf wieder einen Blick auf Lane und Quarles, während die Kurskorrektur berechnet wurde. Sie hatten die Polarisation der Helmscheiben abgeschaltet. Beide lächelten über das Geplänkel zwischen Thatch und Waters. Dechert wünschte, sie könnten einfach unten im Krater bleiben, bis alles vorüber war. Seine Hoffnung, das Eisenrad anhalten zu können, das in Bewegung gesetzt worden war, hatte sich in den vergangenen beiden Tagen verflüchtigt. Wie sollten sie rechtzeitig herausfinden, was an der *Molly Hatchet* wirklich geschehen war, um zu verhindern, was nun unausweichlich erschien? Und wenn sie die Wahrheit ans Licht brachten – machte es einen Unterschied aus? Die Politiker würden der Wahrheit erst allmählich Glauben schenken, die Soldaten würden sie als zweitrangig ansehen. Seine Erinnerungen an die eigene Militärzeit schenkten Dechert keinen Trost. Ein Captain missachtete im Einsatz vielleicht hin und wieder einen Befehl, ein General im Befehlsbunker hingegen niemals. Die zivile Kommandoführung war von jeher ein Witz gewesen – und jedes Mal wurde sie von den Männern mit den Sternen am Kragen durch eine steife Ehrenbezeigung bestätigt. *Das ist die Ironie daran*, dachte Dechert. Die am meisten über den Albtraum wussten, der kommen würde, waren zugleich die, bei denen es am unwahrscheinlichsten erschien, dass sie ihn verhinderten. Die chinesischen Generale wären nicht anders.

Und seine Crew, die für ihn mehr Familie war als irgendjemand auf der Erde, saß auf dem Schlachtfeld in der Falle. Quarles, ein halber Junge mit großer Freude daran, vom Staub zerriebene und von der Kälte zerfressene Raumschiffe zusammenzuflicken, damit sie noch einen Tag länger funktionierten. Lane, die er auf zukünftige Führungsaufgaben vorbereitete, ohne dass sie es merkte. Sie neigte dazu, die düstereren Aspekte des Lebens in sich gären zu lassen, während Dechert seine Dämonen mit Fatalismus kaltstellte. Trotzdem hatte sich Lane in so gut wie jeder Situation, die sie gemeinsam durchgestanden hatten, auf die richtige Seite gestellt. Die gute Seite. Vernon, sein altes Schlachtross. Hatte nicht General Lee so Longstreet genannt? Der, der immer da war, bereit, ihn vor einer schlechten Entscheidung zu bewahren oder Ruhe in einen Augenblick des Chaos einzubringen. Thatch, der Holzfällertyp, der auf dem Mond stärker fehl am Platz wirkte als eine Eiche auf dem Mars, aber Schürfarbeiten auf dem Regolith besser durchführte als irgendjemand sonst, den Dechert kannte.

Und Cole. *Vergiss nur nicht Cole.* Er war jetzt tot, lag in einem desoxygenierten Gefrierfach in Peary Crater und wartete auf das nächste LEO-1-Shuttle, das ihn in die Erdumlaufbahn bringen sollte, dann nach Südkalifornien, wo Menschen, denen Dechert nie begegnet war, um ihn trauern würden, während sie ihn in den alkalischen Boden betteten. Cole, fürchtete er, war nur der erste Unschuldige, der sein Leben verlor; das erste Opfer einer tödlichen Seuche.

»Nähern uns Wegpunkt 42«, meldete Quarles. »Bremsen auf null Komma drei km/h ab.«

»Okay«, sagte Dechert. »Schalte in den ersten Gang, Stabilisatoren und Notbremsen klar.«

Die *Aerosmith* kippte leicht nach vorn, und Dechert hörte das schwache Knirschen ihrer Getriebe, die das schwere Kettenfahrzeug auf die Abfahrt einrichteten. Das Cockpit schüttelte sich zweimal, als das MOHAB bremste und noch mehr Regolith aufwühlte, bis der Rover mit Thatch und Vernon fünfzig Meter vor ihnen kaum noch zu sehen war. Selbst mit geschlossenem Helm roch Dechert Schießpulver. Draußen auf dem Regolith roch es immer nach Schießpulver. Neil Armstrong hatte es als Erster bemerkt, und jeder Moonwalker seitdem hatte mit dem Kordit-Geruch des Krieges in einem kahlen Land Bekanntschaft geschlossen.

»Ich würde mich wohler fühlen, wenn diese Mühle nicht von unserem Wunderknaben hier zusammengeflickt worden wäre«, sagte Lane, und Dechert wusste, dass sie ihr halbseitiges Grinsen im Gesicht trug, als sie Quarles ihren Helm zuwandte. »Sichtweite ist auf vier-null Meter gesunken, schalte um auf Infrarot, sekundär.«

»Ach, komm schon, Briggs«, entgegnete Quarles, »gib's zu, du wolltest mit mir schon immer mal einen Trip auf die Nachtseite machen.«

Dechert verkniff sich ein Grinsen. »Bringen wir diesen Abschnitt hinter uns, dann können Sie sich gegenseitig die Schutzanzüge runterreißen, wenn Sie das wollen.« Er schaltete das Com wieder auf den allgemeinen Kanal, um Lane das Wort abzuschneiden, ehe sie etwas erwidern konnte.

»Wie sieht es aus, Thatch?«

»Von hier aus prima, Boss. Halten Sie sich einfach links an der Wand. Bis zum Mittelhang sind es noch etwa sechzig Meter. Wir halten die Augen offen.«

»Verstanden. Vernon?«

»Sieht bisher gut aus. Ich werde absteigen und mir Wegpunkt 43 ansehen. Müsste eine Lösung für Sie in fünf Minuten haben, plus-minus.«

Durch die Staubwolke vor ihnen beobachtete Dechert, wie Thatch den Rover anhielt. Vernon schnallte sich ab, kletterte aus dem Fahrzeug, lief mit langen Sprüngen die schmale Kraterstraße hinunter und verschwand in dem Schleier aus Mondstaub und der angrenzenden Wand aus Dunkelheit. Dechert sah wieder auf die Straße und das Head-up-Display vor seinen Augen. Als die Telemetrie ihm befahl, um ein Grad nach Backbord zu lenken, zog er leicht an dem linken Knebelschalter des Steuerknüppels.

Anderthalb Kilometer tiefer lag der gewellte Kraterboden, und Dechert spürte die offene Leere nur wenige Meter von der Steuerbordkette, wo der Straßenrand ins Nichts abfiel. Zum Glück mussten sie nicht bis ganz nach unten, sondern hielten am Hawking's Rim, eine der vielen terrassenartigen Stufen im Kraterinnern, die dem Menelaus seine unverwechselbare Persönlichkeit verliehen.

Jeder Krater ist anders, pflegte Fletcher immer zu sagen. Einige sind neu und scharfkantig wie Menelaus, ein kosmischer Säugling von nur wenigen Hundert Millionen Jahren, den noch immer Rillen auf dem Bauch durchziehen und dessen steile, stolze Ringwälle eine Reihe von inneren Stufen auf den Rippen schützen. Andere sind uralte Gespenster wie der zerbröckelnde Posidonius oder das noch verfallenere Schiller-Zucchius-Becken, breiter als die Rocky Mountains und durch fast drei Milliarden Jahre Sonnenbestrahlung vollkommen ausgetrocknet.

Menelaus eignete sich ideal als Zuflucht. In dem Krater war man vor einem EMP oder einem Raketeneinschlag weit besser abgeschirmt als in älteren Impakt-Becken, und er war leichter zu durchqueren als die kleineren, steileren kosmischen Kugellöcher, die wie Pickel die Mondoberfläche überzogen. *Die Space Mining Administration hat in den vergangenen fünfzehn Jahren eine Menge dämlicher Entscheidungen getroffen, aber wenigstens hat sie für Sea of Serenity 1 die richtige Stelle ausgesucht*, dachte Dechert. Und Hawking's Rim lag nur einen Kilometer entfernt. Solange es keine einschneidenden Zwischenfälle gab, konnten sie ihn innerhalb von zwei Stunden erreichen, die *Aerosmith* auf eine ausgedehnte Kältephase vorbereiten und zu einem späten Abendessen wieder in der Station sein. Einem letzten Abendmahl womöglich, denn die Marines sollten ihren Aufklärungsvorstoß in die Montes Apennins in weniger als einem Tag beginnen. Jedes Mal, wenn Dechert daran dachte, schnürte es ihm die Brust ein.

»Äh, Boss, wir haben hier ein kleines Problem.« Vernons Stimme drang verzerrt in das Raupenfahrzeug. Die geladenen Partikel der Exosphäre im Krater störten die Übertragung. »Kleine Lawine auf der Straße vor Wegpunkt 43 ... sieht aus, als wäre ein Ringwall eingestürzt.«

Scheiße. »Verstanden, Vernon. Können wir die Steine umfahren?«

»Nicht ohne ein paar Felsen aus dem Weg zu schieben oder den Kraterwall runterzusegeln. Wir brauchen etwa zwanzig Minuten zum Aufräumen. Ich kehre zum Rover zurück. Thatch, wärm den Pflug auf.«

»Verstanden. Schalte Heizung ein.«

Zwanzig Minuten. Das war nicht so schlimm. Dechert hatte Verzögerungen einberechnet; sie kamen bei jeder lunaren Mission vor. Er bekam dadurch die Zeit, die er brauchte, um sich dem eigentlichen Zweck der Fahrt in den Menelaus zu widmen. Er musste wissen, wo er stand mit seiner improvisierten Ermittlung und ob ein Krieg verhindert werden konnte. Herausfinden musste er es hier, auf dem Regolith, weil er nicht mehr auf die Isolation von Serenity 1 vertrauen konnte. Mittlerweile überwachten die SMA und die Bundesermittler vermutlich jeden Kanal der Station mit obrigkeitlicher Präzision, eine Ironie, bei der es Dechert den Magen umdrehte. Die erste Stufe-1-Basis, die nach dem Thermischen Maximum auf dem Mond gebaut worden war, hatte den Namen Unity erhalten. Sowohl die USA als auch China hatten erklärt, ihre kooperativen Schürfunternehmungen dienten allein dem Zweck, das dunkle Zeitalter in der Mitte des 21. Jahrhunderts zu beenden – die Armut und den Hunger, die mit apokalyptischer Wucht die Erde überfallen hatten. Und hier waren sie nun, hier schlichen Dechert und Lin Tzu umher wie Rebellen in einer vom Krieg zerrissenen Bananenrepublik und versuchten, einander nicht umzubringen, während ihre Herren schon ihre Fingerabdrücke untersuchten.

»Rover, wir schalten runter und parken das Mädchen, sobald wir den Mittelhang erreichen und Ihren Walleinsturz mit den Lampen erfassen.« Dechert wandte sich Lane zu. »Wie sieht es mit Strahlung aus?«

»Ziemlich gut. Die Sonne schläft, und wir sind ohnehin auf der Nachtseite. Sie können noch wenigstens sieben Stunden EVA bleiben, wenn es sein muss, und haben noch Reserve für die Rückfahrt.«

»Gefälle steigt wieder an«, sagte Quarles. »Vier Grad abwärts, sinkt auf drei. Erhöhe Geschwindigkeit auf null Komma sechs km/h.«

Die *Aerosmith* setzte sich wieder auf die Hinterhand

und drang auf den ebenen Straßenabschnitt vor. Die drei sahen zu, wie Waters in den Rover zurückkletterte und sich anschnallte, dann fuhr Thatch um die Biegung. Die Menelaus-Piste verengte sich. Keine drei Meter vom rechten Rand des Raupenfahrzeugs ging es abwärts; dort fiel eine steile Felswand im Kraterwall zur nächsten terrassenartigen Platte ab. *Eine halbe Meile geht es da runter*, dachte Dechert, *man fällt dank der niedrigen Schwerkraft im Zeitlupentempo. Wir hätten mehr als ausreichend Zeit, um uns klar zu werden, dass wir sterben.*

Er schob die Vorstellung beiseite, aber er hielt sich weiter am Kraterwall und umfuhr eine flache Kerbe in der Piste. Er spürte, dass der Schweiß sich in seinen Handschuhen sammelte. Die Einsturzstelle lag vor ihnen, ein kleiner Felsrutsch aus Brekzien und Basalt, den Erosion durch Sonnenwind oder sogar ein Meteorit verursacht haben konnte. Thatch hob und senkte den Pflug am Bug des Rovers, um die gefrorenen hydraulischen Gelenke aufzuwärmen.

»Fahre vertikale Lampen aus«, sagte Lane. Dechert lenkte das Raupenfahrzeug auf wenige Meter an den Felsrutsch und hielt es an, als die Scheinwerfer über der *Aerosmith* das Gelände in künstliches Tageslicht tauchten. Staub hing in der Luft wie ein Morgennebel und regnete in einem kleinen Kreis ringsum herab.

»Also gut, Leute.« Dechert betrachtete sorgenvoll die aufsteigende Wolke. »Gehen wir an den Auslassventilen aller Systeme auf konstant zehn Prozent. Ich möchte nicht allzu viel Pulver einsaugen.«

»Zehn Prozent, verstanden«, sagte Quarles. »Fahre Reaktor herunter. Ich lasse ihn atmen für den Neustart.«

Dechert lehnte sich im Pilotensessel zurück und schob

die Knie vor, streckte seine verkrampften Glieder und spürte, wie ihm das Blut wieder in die Beine floss. Er hatte kalte Füße, und sein Kopf fühlte sich feucht an. »Vernon, wir gehen weg von der persönlichen Lebenserhaltung, während Sie sauber machen. Wir halten den Comkanal offen, also melden Sie sich, wenn Sie irgendetwas brauchen.«

»Yeah«, sagte Vernon, »ruht ihr euch mal schön aus.«

Lane holte die Atmosphärenkontrolle des Cockpits auf einen kleinen Touchscreen über ihrem Kopf und regelte den Sauerstoffstrom hoch, und die Lichter an der Plasmaanzeige wechselten vom Orange der Minimalerhaltung auf Grün und tauchten ihre Helmscheibe in ein smaragdenes Leuchten.

»Alles gut«, sagte sie.

Die drei öffneten die Druckverschlüsse an den Seiten ihrer Helme und nahmen sie ab. Entweichendes Gas seufzte. Es war eisig in der *Aerosmith*; Dechert sah von Quarles' kahler Schädelkuppe Dampf aufsteigen und spürte in seinem verschwitzten Nacken die Kälte.

»Jesus«, sagte Quarles, »können wir die Heizung ein bisschen höherstellen?«

»Noch eine Sekunde, dann wird es Baby wieder warm.« Doch schon während sie sprach, fuhr sie mit dem Finger über einen anderen Touchscreen, und warme, trockene Luft drang aus den Lüftungsschlitzen über ihnen.

Dechert rieb sich über den feuchten Kopf, runzelte die Stirn und zog den Handschuh aus. »Gewöhnen Sie sich nicht zu sehr daran, von der Primärversorgung abgekoppelt zu sein. Wir brauchen nur ein wenig Zeit ohne Com.«

»Yeah – Big Brother, Big Sister und so gut wie jeder andere Irre auf diesem Steinbrocken belauert gerade jeden Ausbruch von statischem Rauschen, den sie finden, mit Richtmikrofonen«, sagte Quarles. Er legte ebenfalls die Handschuhe ab und drehte sich mit dem Sessel dem Zentrum des Cockpits zu. »Und ich habe euch allen ein paar heftige Sachen zu erklären, deshalb wäre es schon besser, wenn keiner mithört.«

Dechert sah Lane an und wandte sich wieder an Quarles. »Okay, Jonathan, Sie reden als Erster, aber bitte zügeln Sie Ihren Hang zu poetischen Umschreibungen. Wir haben nur ein paar Minuten Zeit.«

»Ja, bitte«, pflichtete Lane ihm bei.

Quarles schnalzte mit der Zunge als Zeichen, dass man ihn zu gering schätzte, aber er nahm eine kleine Aktenmappe aus Blech unter seinem Sitz hervor und öffnete unter dramatischem Schnappen die Verschlüsse mit den Daumen. »Das habe ich alles aus dem Stream gespeichert und die Server geputzt – das Zeug ist einfach zu unglaublich, man kriegt es kaum in den Kopf.« Er blickte hoch. »Ich sag dazu nur, dass ich erst mal einen Joint rauchen musste, nachdem ich dieses Zeug gesehen hatte.«

Dechert nickte, schwieg aber und dachte an Yates' Warnung, nur nicht zu versuchen, irgendetwas vor dem allsehenden Auge zu verbergen.

»Okay«, fuhr Quarles fort, »wir haben heute Morgen eine Sendung von New Beijing 2 empfangen, auf dem allgemeinen Kanal. Sie hat mich zuerst völlig in Panik versetzt, bis ich merkte, dass es eine Routine-Astrowissenschaften-Meldung war über einen Meteoriteneinschlag bei T. Mayer A in den Montes Carpatus vor ein paar Tagen. Nur die Telemetrie kam mir ein bisschen komisch vor, also ließ ich sie durch den Quantenrechner der *Aerosmith* laufen – *offline* natürlich. Wie sich herausstellte, haben unsere chinesischen Freunde ein paar Zahlen in die Koordinaten und den Vektor des Impakts eingeschmuggelt.« Er sah auf. »Kommen Sie so weit mit?«

»Ein Code?«, fragte Lane.

»Ein Code. Nur zwölf Buchstaben und Ziffern in variabler Sequenz, aber sie bildeten eine Stream-Adresse.«

Dechert sah zu Vernon und Thatch hinüber, die zum ersten Mal mit gesenktem Pflug durch Geröll fuhren und sich bemühten, mit langsam drehenden Heckrädern auf dem rutschigen Untergrund Bodenhaftung zu behalten. Ihre weißen Raumanzüge waren schon grau vom Mondstaub. »Wie hoch ist die Gefahr, dass noch jemand es bemerkt hat?« Er schaute auf die beiden Männer, die draußen arbeiteten. »Peary Crater wird sich die Nachricht gut angesehen haben.«

»Bezweifle das. War schon raffiniert gemacht, aber raffiniert bin ich auch. Wer nimmt sich denn die Zeit, die Telemetrie einer routinemäßigen Meteor-Impaktmeldung durch einen Quantencomputer zu jagen?« Er grinste. »Und wer würde auf Anhieb ein paar Grad Abweichung bei der Deklination eines kosmischen Bolideneinschlags bemerken? Zum Glück lassen die da oben Impaktmeldungen und Sonnenaktivitätsberichte auf dem allgemeinen Kanal nach wie vor zu.«

Lane schüttelte den Kopf erneut. Sie verlor bereits die Geduld. »Na gut, prima, wir sind angemessen beeindruckt von deinem Intellekt. Was war denn nun an der Stream-Adresse, die du gefunden hast?«

Quarles legte beide Zeigefingerspitzen auf den Port in seinem Aktenkoffer und drehte ihn mit überschwänglicher Geste Lane und Dechert zu. »Ein Brief. Und ein Video, das

Sie sich ansehen müssen. Es lag versteckt auf einem diskreten Server irgendwo in China, in der Nähe von Schanghai, würde ich sagen. Vermutlich eine schwarze Glücksspielsite oder vielleicht ein Porno-Aggregator. Kaum hatte ich die Datei heruntergeladen, als sie sich am anderen Ende selbsttätig vernichtete.« Er blickte Dechert an. »Ihr Freund Commander Tzu ist schlau.«

Sie beugten sich wie Verschwörer in einem kleinen versteckten Kellerraum vor, als der Bildschirm hell wurde und einige Absätze Text erschienen.

Mehr kann ich Ihnen nicht geben, Dechert. Das Material stammt von einer Überwachungskamera, aufgenommen Oktober 2066 in einem Versteck des chinesischen Geheimdienstes bei Guangzhou – ein Versteck, in dem eine gewisse Menge polymeren Stickstoffs lagerte.

Unsere Regierung verbreitet intern, dass wir es mit einer amerikanischen Verschwörung zu tun haben, die vor Jahren geplant wurde und einen Krieg entfachen soll. Hinter vorgehaltener Hand sagen andere, dass es eine Operation des Sekretariats ist, eine Doppelrochade unserer Nachrichtendienste. Ich kenne die Wahrheit nicht. Ich weiß nur, dass ich niemandem traue, und das sollten Sie auch nicht. Beide Seiten scheinen das, was kommt, herbeizuwünschen.

Tun Sie mit dem Folgenden, was Sie können. Ich fürchte, wenn wir das nächste Mal kommunizieren, wird es um eine Sonneneruptionswarnung gehen. Luna ist eine freundliche Geliebte gewesen, aber wie alle Mätressen ist auch sie auf Rache aus.

Sonneneruptionswarnung. Ihr Code, dass ein Angriff unmittelbar bevorstand. Wenn Dechert der kryptischen Mitteilung überhaupt etwas Tröstliches entnehmen konnte, dann die Tatsache, dass er nicht als einziger Mensch auf dem Mond, der bei Verstand war, die Hoffnung verloren hatte. Tzu war vermutlich stärker als er und ganz gewiss klüger. Dass auch Tzu Verzweiflung empfand, beschwichtigte Decherts Ärger über seine eigene Hilflosigkeit ein wenig.

Der Text verschwand, und ein körniges Video erfüllte den Bildschirm, verzerrt und durch Überbelichtung verschwommen. Sie kauerten sich im Zentrum des Cockpits dichter zusammen. Lane schaute Dechert über die Schulter, auf die sie geistesabwesend die Hand gelegt hatte. Das Bildmaterial stammte von einer starr angebrachten Videokamera und zeigte einen leeren, unscheinbaren Korridor mit beige gestrichenen Wänden und schmutzigem Linoleumfußboden. Eine Zeitanzeige in der rechten unteren Ecke zählte die verstreichenden Sekunden, aber nichts verriet das Jahr, und es gab weder Geräusche noch Bewegung. Dechert entdeckte eine dünne blaue Rauchfahne am unteren Bildschirmrand – dann noch eine. Nicht viel Rauch, nicht genug für eine Sprengladung. Mündungsabgase vielleicht. Ein Lichtblitz. Leuchtspurgeschosse. Kein Irrtum möglich. Blitzschnell orange Striche aus Blei, erhellt von winzigen Brandsätzen in den Basen der Geschosse, die durch den Korridor zuckten.

Dechert kniff die Augen zusammen. Der Rauch in dem namenlosen Gang wurde dichter. Am anderen Ende, in der Richtung, in die geschossen wurde, erschien ein Mann geduckt an der Ecke und benutzte sie als Deckung, während er feuerte. Er machte es falsch, er exponierte sich zu lange. Wild schoss er in den Korridor, statt einen raschen Blick hineinzuwerfen und nur seine Waffe aus der Deckung zu heben, um den Korridor zu bestreichen und den Angriff niederzuhalten, wie man es in der Häuserkampfausbildung beigebracht bekommt. Das war kein geschulter Soldat. Das war ein Mann in Panik. Als sollte Decherts stille Ansicht über die taktischen Fähigkeiten des Mannes bestätigt werden, als er starb. Ein sauberer Kopfschuss, der Art nach zu urteilen, wie es seinen Schädel nach hinten riss und er in sich zusammensackte.

Fünf Sekunden vergingen. Niemand im Cockpit der *Aerosmith* bewegte sich. Alle starrten auf das Video. Über ihnen wurde das Zischen aus den Lüftungsschlitzen lauter. Am unteren Bildschirmrand erschien der zweite Mann. *Der Angreifer.* Dechert knurrte, als er ihn sah. Das war ein Kämpfer. Selbst durch den Rauchschleier und trotz der Verzerrungen des alten Videos brauchte Dechert nur zwei seiner Schritte zu beobachten, und er wusste, was dieser Mann war: ein Jäger. Er bewegte sich entschlossen und mit einer gewissen Nonchalance, aber er schwenkte die Waffe von einer potenziellen Gefahrenquelle zur nächsten. Ein großer Mann, breitschultrig, füllig in der Leibesmitte – ungewöhnlich für einen Einzelkämpfer. Die besten Killer waren klein. Etwas an der Art, wie sich dieser fassförmige Mann bewegte, beunruhigte Dechert, veranlasste ihn, auf dem Sitz zu rutschen und sich näher heranzubeugen. Anmutig. Effizient für seine Größe, sogar für einen ausgebildeten Soldaten.

Der Mann gelangte ans Ende des Ganges – der offenbar Teil eines L-förmigen Korridors war – und konzentrierte sich ganz auf die linke Flanke. An der Ecke kauerte er nieder, blickte über die Person hinweg, die er gerade getötet hatte, und benutzte die reglosen Beine als Behelfsbarrikade. Dann, fast genauso schnell, gab er noch ein paar Schüsse ab und war wieder verschwunden, um die Ecke, näher an sein Ziel. Ein großer Schatten, der sich entschlossen bewegte, das Gesicht hinter einer Sturmhaube verborgen. Der Schirm knackte statisch und wurde dunkel.

Alle drei atmeten sie durch und lehnten sich zurück. Durch das Cockpitfenster sah Dechert, dass Thatch und Waters die Hälfte des Gerölls von der Menelaus-Piste geräumt hatten. Rings um den Rover herum funkelte Mondstaub im Scheinwerferlicht wie Schnee aus Silber.

»Na«, sagte Lane zu niemand im Besonderen, »kann mir jemand sagen, was genau wir da gerade gesehen haben?«

»Ich kann es versuchen«, sagte Quarles. »Jemand in China möchte offenbar, dass wir glauben – oder wenigstens Tzu –, dass das Zeug, mit dem die *Molly Hatchet* gesprengt wurde, ihnen von dem Kerl in dieser schlecht gefilmten Actionsequenz geklaut wurde. Nur gibt es da kein eingeblendetes Datum, keinen schlüssigen Beweis, wo es passiert ist, und überhaupt keinen Beweis, dass es sich nicht bloß um die Aufnahme einer Übung handelt.«

Dechert rieb sich über die Bartstoppeln und schüttelte den Kopf. »Nein, egal was sonst dahintersteckt, eine Übung war das nicht. Der Mann, der zu Boden ging, wurde definitiv erschossen. Den Kopf zerbreche ich mir mehr über die Frage, wie Tzu das Video in die Hände bekam oder *wieso* er es in die Hände bekommen *konnte*.«

»Jemand innerhalb der chinesischen Mondbehörde versucht, Tzu zu überzeugen, dass der Anschlag den Chinesen in die Schuhe geschoben werden soll«, sagte Lane. »Seiner

Nachricht nach zu urteilen, hat es bei ihm nicht geklappt, und ganz sicher wird es auch auf unserer Seite des Mares niemand überzeugen.« Sie beugte sich vor, schloss die Augen und rieb sich die Knie, wie sie es immer tat, wenn sie etwas durchdenken wollte.

»Lin Tzu nach«, fuhr sie fort, »sagt man auf seiner Seite, dass die ganze Geschichte ein amerikanischer Winkelzug ist und auf einen Überfall auf ein Waffendepot vor sechs Jahren zurückgeht. Gleichzeitig hegen aber einige dort den Verdacht, die eigene Regierung könnte dahinterstecken. Und auf unserer Seite zeichnet Mr. Standard die USA als unschuldiges Opfer, während wenigstens ein Vertreter der SMA, dem ich zufälligerweise mehr vertraue als irgendjemandem sonst da unten, sich unserer Reinheit gar nicht mal so sicher ist. Uns bleiben bloß zwölf Stunden, um diesen Gordischen Knoten zu lösen, und das mit einem unscharfen Video und den paar Indizien, die ich im Korral gesammelt habe?«

Dechert schloss die Augen und hoffte, dass Lanes geistige Übung auch für ihn etwas bewirkte. Der Angreifer hatte etwas an sich. Er bewegte sich … wie ein Amerikaner. Es erschien absurd, und Dechert wollte es nicht laut aussprechen, aber er hatte Kommandosoldaten aus einem Dutzend Ländern im Gefecht beobachtet. Dieser machte den Eindruck, er wäre in Fort Bragg oder Little Creek ausgebildet worden, aber nicht in den Hügeln von Hereford oder den Steppen bei Balaschicha-2. Für einen Laien mochte ein SEAL in Tigerstreifen genauso aussehen wie ein SAS-Trooper oder ein Spetsnaz, aber für Dechert unterschieden sie sich so sehr voneinander wie das London Symphony Orchestra und die Boston Pops. Oder projizierte er in diesem Augenblick nur seine eigenen Verdächtigungen und Vorurteile? Glaubte er, einen amerikanischen Kommandosoldaten vor sich zu haben, weil das die Zweifel bestätigt hätte, die er in Bezug auf das Verhalten seiner Regierung hegte? Das Video zeigte nichts, was ihnen eine definitive Identifizierung gestattete oder bewies, dass Lin den Inhalt korrekt einschätzte. Etwas daran jedoch ließ Dechert keine Ruhe. Das Gesicht des Angreifers war nie zu sehen, aber er konnte ihn sich fast vorstellen. *Ein großer Mann, schnell.* Wen hatte er bei den Special Ops gekannt, der ihn an diesen Killer erinnerte?

»Lane, ich hoffe, dass Ihr Beweismaterial mehr Substanz hat.« Er brauchte sie nur anzublicken und wusste sofort, dass sie die Unsicherheit in seinen Augen bemerkte. Sie starrten sich ein paar Sekunden lang an, als hätten sie Quarles vergessen. Sie war überrascht von seinem Zögern, und er fragte sich, ob sie seine Selbstzweifel von jeher durchschaut hatte.

»Ich fürchte, sie sind eher interessant als offenbarend.« Sie biss sich mit ihren weißen Zähnen auf einen Finger und sah von Dechert weg. »Ich habe keine visuellen Hilfsmittel, deshalb geht es bei mir schneller als bei Jonathan. Unterm Strich habe ich in Serenity 1 keine Spuren von polymerem Stickstoff gefunden. Keine charakteristischen Zerfallsprodukte, nichts, was auf die Anwesenheit eines Hyperexplosivstoffs in der Nähe der Basis hindeutet.«

»Können Sie ohne Raum für Zweifel sagen, dass niemals polymerer Stickstoff in der Station gewesen ist?«

Sie verrutschte auf ihrem Sitz. »Nein, und das ist das Problem. Wenn die Substanz sachgerecht gelagert wurde, in einem Inert-Behälter eingeschlossen und mit einem Druckmantel umgeben, der mit Xenon oder Halogenkohlenwasserstoffen gefüllt war, ist es unwahrscheinlich, dass wir jemals eine Spur finden werden.«

»Aber?«

Sie sah sie beide an. »Aber ich habe etwas gefunden, das ich mir nicht erklären kann. Auf dem Boden des Korrals – Schraubspäne vom Rumpf der *Molly Hatchet.*«

Quarles, der seinen Aktenkoffer unter dem Sitz verstaute, reckte den Hals, um sie anzusehen. »Schraubspäne? Bist du dir sicher?«

»Die chemische Signatur war unverkennbar. Ich vermute, dass mit einem Ein-Millimeter-Bit eine Vorbohrung durchgeführt wurde. Die Titanstahlspäne passen genau zum Material der *Molly Hatchet.*«

Das ist interessant, dachte Dechert. Man schraubte niemals etwas an den Rumpf einer Mobilen Habitateinheit – die Gefahr eines Belastungsrisses war zu groß. Alles wurde angeschweißt. Aber wenn man eine Sprengladung am Rumpf anbringen wollte, warum keine Haltemagneten benutzen? Hatte man befürchtet, dass sie durch Sensoren entdeckt wurden? Oder dass die Magneten durch Sonnenstrahlung und das fluktuierende Magnetfeld des Mondes unwirksam wurden?

»Können Sie mir sagen, von welchem Teil des Schiffes die Späne stammten?«

»Nein. Nur, dass sie von der Außenhaut des Rumpfes kommen.«

»Haben Sie in die Wartungsprotokolle gesehen? Haben wir jemals etwas an die Außenhaut der *Molly Hatchet* geschraubt?«

»Natürlich nicht, und in die Protokolle habe ich auch gesehen. Niemand ist so verrückt, in die Außenhaut eines unter Druck stehenden EVA-Fahrzeugs zu bohren, nachdem es in Dienst gestellt wurde. Selbst unser Wunderknabe hier ist dazu nicht hirnverbrannt genug.«

Ausnahmsweise überging Quarles die Stichelei. »Sie hat recht. Auf keinen Fall hätte Thatch, Vernon oder Cole einen Bohrer außen an der *Hatchet* benutzt. Die Späne können vielleicht von irgendwo aus dem Inneren stammen, von einer Aufhängung, die an den Innenwänden befestigt wurde oder so was.«

Lane schüttelte den Kopf. »Ich habe schon gesagt, dass ich die chemische Signatur geprüft habe. Strahlenbelastung, Ionisierung, einfach alles. Die Späne stammen von der *Außenhaut* der *Molly Hatchet*.«

Niemand sagte ein Wort. Dechert blickte wieder auf die Menelaus-Piste; Thatch und Waters waren mit ihrer Arbeit beinahe fertig. Nur noch ein paar Gänge mit dem Pflug, und die Straße war bereit für die Abfahrt.

»Also gut. Wer also hat uns in Serenity besucht? Die letzte Versorgungslieferung zum Beispiel?«

»Das ist auch interessant«, sagte Lane. »Das letzte Shuttle von Peary Crater traf vor zweiundvierzig Tagen ein, mehr als einen Monat vor der Explosion. Es handelte sich um einen Ein-Mann-Versorgungsflug, nichts nie Dagewesenes, aber auch nichts Übliches. Ich habe die Protokolle ausgegraben. Die Mission flog ein Ensign Kale Foerrster; er hat hier ein bisschen geschlafen und ist zwölf Stunden später wieder nach Peary Crater zurückgekehrt.«

Dechert nickte. Besatzungen, die den Tausend-Kilometer-Flug von Peary nach Serenity 1 hinter sich hatten, mussten schlafen, ehe sie sich auf den Rückweg machten. Zwölf Stunden war ein recht langer Aufenthalt, fiel aber nicht aus dem Rahmen. Dechert erinnerte sich schwach an den Tag.

Der Versorgungsflug war bloße Routine gewesen ohne ungewöhnliche Vorfälle, und er war Foerrster in der Station nie über den Weg gelaufen.

»Noch eine Sache«, sagte Lane. »Ich bekam Zugriff auf die gegenwärtige Personalliste von Peary Crater. Ensign Foerrster ist nicht mehr auf dem Mond. Er war nur drei Monate hier, dann wurde er wieder nach LEO-1 versetzt. Und sein Trip nach Serenity vor zweiundvierzig Tagen war sein einziger Langstreckenflug, solange er hier oben war.«

»Das stimmt«, sagte Quarles. »Ich erinnere mich. Ich war stinksauer, dass nicht Cverko den Flug machte.«

Er brauchte nicht anzumerken, dass Cverko der größte Schieber auf dem Mond war und alles von Hummerschwänzen bis literweise selbst gebranntem Wodka verkaufte und auch seine eigene Mutter bei der erstbesten Gelegenheit übers Ohr gehauen hätte. Dechert erinnerte sich. Damals hatte er vermutet, seine Crew würde höchst aufgebracht sein, dass ihr Schwarzmarkthändler nicht seine monatliche Lieferung an Leckerbissen in die Station bringen konnte.

»Ich habe Foerrster gesprochen, als er aus der Quarantäne kam«, sagte Quarles. »Er wirkte durchaus normal. Er mochte die Stones, wenn ich mich richtig erinnere.«

Dechert war sein Musikgeschmack gleichgültig. *Zwölf Stunden in der Station*, dachte er. Genug Zeit, sich einen Raumanzug anzuziehen, in den Korral zu schleichen und eine Bombe an der *Molly Hatchet* anzubringen, die zu dem Zeitpunkt zufällig nicht auf dem Regolith herumfuhr. Mit sechs anderen Personen in der Station ein teuflisch riskantes Manöver, aber machbar.

»Besteht die Möglichkeit, dass Foerrster in den Korral EVA gegangen ist, ohne dass einer von uns es merkte?«

Lane biss sich wieder auf die Unterlippe und schüttelte den Kopf. »Ich bin es dutzendmal durchgegangen. Leicht gewesen wäre es nicht. Wer immer im CORE Dienst hatte, hätte gesehen, dass das Druckschott sich öffnet; es sei denn, Foerrster hätte die Sensoren außer Gefecht gesetzt. Die Tunnelkameras und den Quarantänealarm musste er ebenfalls ausschalten. Vernon hatte in der ersten Hälfte von Foerrsters Aufenthalt bei uns Dienst, ich in der zweiten. Keiner von uns hätte den Alarm überhört.«

Dechert musterte Lane und Quarles, aber keiner von ihnen sprach. Ein mögliches Szenario hatte in ihren Köpfen Form angenommen, ein Szenario der Ursache für den Tod ihres Freundes. Es kam ihnen unplausibel vor und dennoch real. Dechert zermarterte sich das Hirn nach denkbaren Alternativen, aber er fand keine. Ein Ding der Unmöglichkeit, dass ein Mann in einem EVA-Anzug sich an eine Mobile Habitateinheit anschlich, die auf der Mondoberfläche unterwegs war, und eine Bombe an ihrem Bauch anbrachte, während zwei Crewmitglieder darin saßen oder in der Nähe an einer Mine arbeiteten. Diese Theorie war immer absurd gewesen. Die neue hingegen leuchtete ein, so unwahrscheinlich sie auch klang. Und dennoch wollte es ihm nicht in den Kopf, dass Foerrster unbemerkt in einen drucklosen Teil der Station gelangt sein sollte. Natürlich gab es noch ein anderes Szenario: Was, wenn Lane oder Waters logen, wenn sie sagten, sie hätten während ihrer Schicht nichts bemerkt? Oder hatte jemand von ihnen unerlaubt den Posten verlassen? Dechert wollte an diese Möglichkeit nicht einmal denken, aber völlig ausschließen ließ sie sich nicht. *Ich übersehe etwas*, dachte er.

»Also, fällt jemandem etwas Wahrscheinlicheres ein?«,

fragte er schließlich. Er hatte sich entschieden, vorerst die Theorie zu verfolgen, dass Foerrster irgendwie das Unwahrscheinliche durchgeführt hatte. »Das ist immer noch ganz schön weit hergeholt.«

Sie blickten einander an und schüttelten die Köpfe.

»Okay. Ganz sicher ist es nichts Unumstößliches, aber mit den Spänen kann ich zu Standard gehen, oder besser erst zu Hale.« Er nahm seinen Helm und öffnete die Dichtungen. »Lane, geben Sie mir Ihre forensischen Daten, wenn wir wieder in der Station sind. Aber kein Wort zu jemandem über das Video aus dem Versteck des Geheimdienstes. Wir können unmöglich erklären, wie es uns in die Hände gefallen ist. Wir stützen uns auf das Beweismaterial, das wir selbst gesammelt haben. Ich werde versuchen, das komplette Einsatzprotokoll von Ensign Foerrster in die Hände zu bekommen.«

Quarles hantierte mit seinem eigenen Helm, und sie kehrten an ihre Stationen zurück und blickten auf die Menelaus-Straße. Jeder ging automatisch eine stille Checkliste für die letzte Teilstrecke zu Hawking's Rim durch und sah dabei zu, wie Thatch den Rover über den Felsrutsch rollen ließ, um den Boden für die *Aerosmith* zu glätten.

»Ob es reichen wird, um sie zu überzeugen, dass hier irgendwas Verrücktes läuft?«, fragte Quarles.

Lane und Dechert tauschten verstohlen einen Blick. Dechert setzte den Helm auf, und die Dichtungen schoben sich beruhigend an Ort und Stelle.

»Das bezweifle ich.«

17

»Alles bereit für die Überquerung des Rubikons?«

Dechert stellte die Frage, als Hale durch die Quarantäneschleuse aus dem Hangar hereinkam. Der Captain hatte seinen Air and Space Marines gerade die letzte Einweisung erteilt und beaufsichtigt, wie sie sich auf ihren Sitzen festschnallten. Ihr Langstreckenshuttle trug zusätzliche Raketenwerfer, EMP-Abwehrkuppeln und Zusatzantriebe und erinnerte an eine zornige Wespe. Definitiv war es nun genauso wehrhaft – aber es konnte auch leicht vom Himmel gewischt werden.

Hales Gesicht glänzte vor Anspannung. Er versuchte zu lächeln. Dechert empfand Mitgefühl für ihn und zugleich nagenden Neid; er kannte das ernüchternde Gefühl noch allzu gut, Menschen in gefährliche Situationen zu schicken, aber auch den Rausch, den es verursachte.

»Im Gegensatz zu Cäsar bevorzuge ich ein stilles Vorgehen«, sagte Hale. »Hoffentlich sind sie wie Schatten in der Nacht.«

Dechert nickte. Sie wandten sich um und machten sich auf den Rückweg zum CORE. »Vielleicht suchen unsere chinesischen Freunde in den Hügeln nur Ilmenit.«

Keiner von ihnen sprach, während sie sich ein paar Augenblicke lang bewusst machten, wie unwahrscheinlich diese Möglichkeit war. Seite an Seite folgten sie dem schmalen Korridor und lauschten auf die Heizflüssigkeit, die durch die Rohre ringsum strömte. In den Beinen spürten sie das harmonische Pochen, das aus dem Boden drang: der Fusionsreaktor, der seine Energie verteilte. Der Lebenspuls der Station fühlte sich gut an, und Dechert verabscheute, was er bald tun würde. Hale hatte einen Einsatz zu leiten, bei dem er seine Leute in Gefahr brachte, und er war in die Aufgabe eingetaucht wie ein Künstler im Schaffenskampf. Er konnte es nicht gebrauchen, dass ein Stufe-1-Bergbaustationsleiter ihn mit Verschwörungstheorien ablenkte. Dechert war selbst Soldat gewesen, und vielleicht würde Hale das respektieren, aber er wäre nicht begeistert, aus seiner Konzentration auf die aktuelle Aufgabe gerissen zu werden. Besonders jetzt, wo er nichts anderes im Kopf haben sollte als die Mission, die gerade startete.

Aber welche andere Wahl bleibt mir?

»Captain, hören Sie, ich weiß, der Zeitpunkt ist schlecht, aber wir müssen etwas besprechen«, sagte Dechert.

Hale sah ihn überrascht an, aber er nahm seine Gegenwart noch immer nur halb wahr. »Was haben Sie auf dem Herzen?«

»Ich glaube, ich habe Beweise, dass die Chinesen nicht für die Sabotage an der *Molly Hatchet* verantwortlich sind.«

Nur ganz kurz stockte Hales Schritt. Er zog die Lippen in den Mund, und sein Kiefer verkrampfte und entspannte sich, aber dann ging er weiter, als könnte er so der Notwendigkeit entgehen, über das nachzudenken, was er gehört hatte.

»Beweise?«

»Eher Indizien. Wir haben Metallspäne am Boden gefunden, die darauf hindeuten, dass jemand etwas an die Außenhaut der *Molly Hatchet* geschraubt hat, als sie im Korral stand – unserem offenen Hangar. Das ist über einen Monat her.« Er schwieg kurz. »Ich meine, das könnte die Bombe gewesen sein.«

In Hales Schläfe pochte eine Ader, und seine Stimme wurde sehr leise. »Was bringt Sie auf diesen Gedanken?«

»Weil man in die Außenhaut eines Raumfahrzeugs unter Druck nicht bohrt. Niemals. Das wäre ungefähr so schlau, als würde man in einem U-Boot ein Bullauge öffnen. Niemand aus meiner Crew würde so etwas tun, egal aus welchem Grund.«

»Aber?«

»Aber ein Ensign aus Peary Crater hatte offenbar Gelegenheit dazu. Beim letzten Versorgungsflug, der Serenity erreichte. Ein Ensign, der den Mond drei Tage nach diesem Flug wieder verließ.«

Hale ging weiter in Richtung CORE und gönnte Dechert keinen Blick. Er sprach beinahe flüsternd, seine Lippen bewegten sich kaum, seine Lider waren fast geschlossen. »Wollen Sie mir etwa sagen, dass ein Amerikaner das Raupenfahrzeug gesprengt hat, Dechert? Das wollen Sie mir einreden?«

Sie waren dicht vor dem Schott der inneren Station, nur dreißig Sekunden von der Kommandozentrale entfernt. Sobald sie einmal im CORE waren, würde Hale an nichts anderes mehr denken als an seine Leute, die unter Blackout-Bedingungen in einem Shuttle durch lunare Canyons flitzten, während chinesische Spezialkräfte in der Nähe lauerten. Dechert entschied sich für das Risiko, packte Hale beim Arm, damit der Captain stehen blieb, und zog ihn herum, bis sie einander gegenüberstanden.

»Ja«, sagte er. »Hören Sie, ganz inoffiziell: Ich habe herausgefunden, dass dieser Ensign für das Office of Environmental Analysis gearbeitet hat. Sie kennen das OEA doch noch? Halb Spione, halb Killer. Beim Höhepunkt des Ther-Max hat das OEA so viel irre Scheiße veranstaltet, dass der Präsident die Truppe auflösen musste. Dieser Ensign flog auf dem Mond genau eine Mission. Überlegen Sie doch mal – ein SMA-Pilot, der früher zu den Spezialkräften gehörte, taucht mit einem Nachschubshuttle bei uns auf und verkrümelt sich postwendend wieder auf die Erde? Außerdem ist mir angedeutet worden, dass der polymere Stickstoff, der für den Anschlag benutzt wurde, 2066 aus einem Gebäude des chinesischen Geheimdienstes geraubt wurde. Ich weiß nicht, wer diesen Raub ausgeführt hat, aber demnach könnte Standards Behauptung, die Chinesen wären die Letzten, die im Besitz des Sprengstoffs gewesen sind, falsch sein.«

Die beiden starrten einander mehrere Sekunden lang an, und Hale blickte kurz auf Decherts Hand an seinem Arm, als wäre es eine Staubflocke, die von selbst wegwehte, wenn er sich nicht weiter damit befasste. Seine grauen Augen blinzelten nicht, aber die Lider zogen sich zu noch engeren Schlitzen zusammen.

»Wissen Sie, wie oft Sie in den letzten dreißig Sekunden in der Möglichkeitsform gesprochen haben, Commander? Sie kommen mit diesem … dieser *Geschichte* und erwarten jetzt was genau von mir?«

»Sagen Sie Standard, er soll um eine Verschiebung des Einsatzes ersuchen. Er ist SMA-Commissioner; er kann sich an Trayborr wenden.«

Dechert glaubte schon, dass Hale ihm die Faust in die Zähne treiben würde; er glaubte, er könnte laut auflachen.

Doch der Captain blieb stocksteif. »Warum tun Sie es nicht?«

»Mir würde er nicht glauben. Er ist unfähig, irgendetwas zu glauben, das von der Heilslehre der Administration abweicht. Ich könnte mich an die Befehlskette halten und zu Yates gehen, aber der Commodore unternimmt nichts, ohne dass ich ein unterzeichnetes Geständnis vorlege. Im Augenblick sind Sie der Einzige, der den Einsatz verzögern oder wenigstens Standard überzeugen kann, dass die Beweise gegen die Chinesen Löcher haben. Lassen Sie mich einfach zeigen, was ich …«

Doch Hale sah nur kopfschüttelnd auf die Uhr. »Dechert, Sie wissen, dass das nichts nützt, und ich kann es kaum fassen, dass Sie mich überhaupt darum bitten. Ich habe Befehl von einem Vier-Sterne-General, in genau sechzig Minuten einen Aufklärungseinsatz in den Montes Apenninus zu beginnen, und sein Befehl kam direkt von Cheyenne Mountain. Wenn Sie belastbare Erkenntnisse haben …« Er unterbrach sich und stieß Dechert mit zwei Fingern so fest gegen die Brust, dass es schmerzte. »*Belastbare* Erkenntnisse – dann schicke ich sie die Befehlskette hoch. Bohrspuren und Metallspäne auf dem Boden und Hörensagen von einem Ihrer chinesischen Freunde im Mare Imbrium fallen nicht in diese Kategorie. Der OEA-Typ ist interessant, aber das reicht einfach nicht aus, um eine Mission abzublasen, die uns vielleicht vor einem Raketenschlag bewahrt.«

Hale hatte recht, das wussten sie beide, und Dechert war überrascht, dass der Marine ihn nicht bewusstlos geschlagen oder stehen gelassen hatte, ohne zuzuhören. Was Dechert beschäftigte, war nicht Hales Problem. Der Captain hatte im Moment viertausend Probleme, aber das gehörte nicht dazu. Trotzdem …

»Das weiß ich, hören Sie, das ist mir klar. Sie wissen aber, wie es weitergeht. Wenn heute da draußen etwas passiert, gerät die Situation komplett außer Kontrolle. Unwiderruflich.« Er sah Hale in die Augen; in dem engen Gang trennten sie nur wenige Zentimeter. »Wir kennen die Wahrheit nicht, Captain. Wir wissen nicht, wieso geschieht, was hier geschieht.«

»Nein? Ich weiß, wieso es geschieht, Commander. Es geschieht aus den ältesten Gründen, die es gibt. Aber wer hat uns damit beauftragt, die Gründe zu bewerten?«

Darauf wusste Dechert keine Antwort. »Vielleicht ist jetzt der richtige Zeitpunkt, um damit anzufangen, die Gründe zu bewerten. Wann hätten die Leute, die das Sagen haben, zum letzten Mal etwas richtig gemacht?«

Aber die Überzeugung war aus seiner Stimme verschwunden. *Es gibt einen Moment*, dachte er, *von dem an alle Soldaten die tieferen Gründe für den Krieg vergessen und nur noch ihre Pflicht tun. Und Hale hat diesen Moment hinter sich.*

Der Captain grinste schief und fasste Dechert mit festem Griff an der Schulter. »Sie haben vollkommen recht, Dechert, aber ich habe meine Befehle.« Er wandte sich ab, ging weiter und sagte, ohne zurückzusehen: »Erinnern Sie sich an diese Worte?«

»Welche Worte?«

»Ich habe meine Befehle? Das haben Sie gesagt, Commander. Das sind Ihre Worte vor nicht allzu vielen Jahren, als Captain im Bekaa-Tal. Ihnen wurde ein Einsatz befohlen, von dem Sie wussten, dass er nur in die Katastrophe führen konnte, aber angenommen haben Sie ihn trotzdem.«

»Ich habe nicht jeden Einsatz angenommen«, sagte Dechert zu Hales Rücken. »Und wenn ich es getan habe, war es manchmal ein Fehler.«

Hale öffnete das Schott und wartete darauf, dass das Zischen entweichenden Gases hinter ihnen im Tunnel verhallte. »Gestehen Sie mir die gleichen Fehler der Jugend zu«, sagte er und verschwand im Durchgang.

Das Shuttle schoss im Tiefflug ohne Lichter mit der Geschwindigkeit einer Gewehrkugel durch das Meer der Heiterkeit, so tief, dass seine Triebwerksabgase eine Kielwelle aus bleiträgem Staub aufwirbelten. Die Bilder ihrer Bugkameras füllten das große Quantenpunktdisplay im CORE mit einer gespenstischen, vorüberhetzenden Landschaft in Infrarot-Grün. Von ihren Sesseln in der Kommandozentrale aus sahen sie zu, wie das Shuttle den östlichen Kraterrand des Sulpicius Gallus überflog, sie alle bis auf Waters, der im Flugdeck des Hangars auf den Fall wartete, dass ein Rettungseinsatz starten musste.

»Specter, hier Home-1. Beginnen Sie Ballgame in eins-null Sekunden«, sagte Hale in den Comlink.

»Roger, Home-1, Kurs drei-drei-sieben Grad auf mein Signal. Sinken auf einhundert Meter.«

Lieutenant Cabreras Stimme verbreitete trotz der Magnetverzerrung des Signals Ruhe. Ein paar Sekunden später gab sie ihr Signal, und das Shuttle drehte über dem Serenitatis-Becken nach Nordnordwest ab und sank noch dichter an die Mondoberfläche. Cabrera fand eine tiefe lunare Rille, und als sie ihr Schiff hineinsteuerte, verzog Lane gequält das Gesicht. Der Canyon hatte steile Wände und einen unebenen Boden, und im CORE wirkte er nicht breiter als ein Lüftungsschacht. Cabrera flog das Shuttle mit einem fiberoptischen Knüppel, wand es anmutig mit leichten Schüben durch die zerfallenden Formationen aus uralter Lava und Fels, testete seine Manövrierbarkeit. Dechert und Thatch blickten einander an.

»Die Kleine kann fliegen«, sagte Thatch.

»Das kann sie.« Hale saß mitten im Raum. Er sah sie nicht an. Sein Blick haftete auf den Daten, die auf die Batterie Touchscreens und Holodisplays an der Operationskonsole vor ihm gestreamt wurden.

Dechert erinnerte sich an sein erstes Mal, als er auf dem Mond komplizierte Manöver geflogen hatte. Er war dem Rima Hyginus südlich des Meers der Dünste gefolgt, ein Flug, den er im Simulator schon hundertmal bewältigt hatte. Auf der Serenitatis-Ebene hatte er schnelle Kurswechsel und Rollen geübt, und trotzdem war er nicht auf den ersten Sturz in die Rutschbahn vorbereitet gewesen, wie Mondpiloten es nannten, wenn sie in auf beiden Seiten vertikales Terrain flogen. Auf der Erde hatte Dechert bei seiner Pilotenausbildung gelernt, mit dem Steuerknüppel seines Flugzeugs zu ringen. Ihn nach vorn zu rammen, zurückzureißen, nach links und rechts zu pressen, um die Maschine in enge Kurven mit hohen G-Werten zu zwingen oder mit Vollschub zu steigen, während die Erdanziehungskraft gegen sein Entkommen kämpfte. Aber auf dem Mond musste die Steuerung mit spitzen Fingern bedient werden, fast wie eine altmodische Dynamitstange, die einem in der Hand explodieren konnte, wenn man den nötigen Respekt vermissen ließ. Ein bisschen zu weit nach links oder rechts, und die Dutzenden Mikroschubdüsen an allen Ecken des Rumpfes klatschten einen gegen eine Canyonwand, ehe man auch nur Zeit hatte, Mayday zu funken.

In niedriger Schwerkraft zu fliegen geht gegen jeden menschlichen Instinkt, angesichts einer drohenden Kollision mit Nachdruck zu reagieren; man schleicht nicht auf Zehenspitzen einem Lastwagen aus dem Weg, der auf einen zuhält. Aber genau das ist bei einem Sechstel *g* der Trick – kleine Auslenkungen des Steuerknüppels und der Pedale mit dem Feingefühl eines Pianisten. Dechert wusste noch, wie es war, damals, '67, als er nach dem Hundertkilometerflug durch die Rima Hyginus hochgezogen hatte. Er hatte sich die feuchten Handflächen an den Oberschenkeln abgewischt und das Shuttle auf Autopilot gestellt … und dann hatte er sich in eine Null-G-Tüte erbrochen.

Wenn Cabrera das gleiche Unbehagen empfand, so zeigte sie es nicht. Die zusätzlichen Plasma- und HEDM-Düsen, die Quarles an die Titanstahlhaut des Shuttles geschweißt und in das Raumfahrzeugsteuerungsnetz eingebunden hatte, vergrößerten offensichtlich dessen Gewandtheit. Lieutenant Cabrera ließ es auf eine Weise durch die einfallende Furche flitzen, wie es selbst Waters nicht riskiert hätte.

Wie um Decherts Gedanken zu bestätigen, kam sie ans Com. »Home-1, sagen Sie Ihrem Antriebsheini, dass er gute Arbeit geleistet hat.« Vergnügen lag in ihrer Stimme, eine pure Freude am Fliegen, die durch die Anspannung in der Zentrale schnitt. Quarles lächelte, aber er nahm den Blick nicht von seinen Bildschirmen.

»Verstanden, Specter«, sagte Hale. »Testen Sie sie noch ein paar Sekunden aus. Kehren Sie dann aufs Becken zurück. Sie sind knapp vierhundertfünfzig Klicks von Wegpunkt 2 entfernt, zehn Minuten und steigend.«

»Roger, eins-null Minuten zu Wegpunkt 2.«

Dechert blickte sich im CORE um, während das Com knackte und zischte und zum Hintergrundgeräusch abflaute, ein Flüstern von Grundrauschen. In zehn Minuten stieß das Shuttle in die Montes Apenninus vor. Zum ersten Mal in der Geschichte des Mondes wären zwei Gruppen von Menschen in unmarkiertem Grenzgebiet unterwegs und beobachteten einander gegenseitig durch die Visiere ihrer Waffen. Vielleicht waren die chinesischen Crewmitglieder nicht einmal bewaffnet; vielleicht hatten sie keine Radarkuppeln, die den nördlichen Wall des Conon-Kraters überwachten, keine Raketenwerfer, die nach elektromagnetischer Unruhe Ausschau hielten. Vielleicht aber doch. Dechert verfluchte seine Entscheidung, bis nach der Mission zu warten, bevor er Yates mit den Beweisen konfrontierte, die sie gefunden hatten. Er kannte Yates und wusste, dass es nichts nützen würde, aber wenigstens konnte er es versuchen.

Er lehnte sich zurück und beobachtete im Zwielicht die blinkenden Konsolen an den stahlgrauen Wänden des CORE mit ihren diffusen Flecken in Rot und Grün, Gelb und Blau. Der Raum hatte eine Atmosphäre von grimmiger, professioneller Morbidität. Ihre Pflichten hielten alle davon ab, über die Konsequenzen dessen nachzudenken, was sich dort draußen auf der Mondoberfläche ereignen mochte. Im CORE hatten nur Dechert und Standard keine missionsentscheidende Aufgabe. Es war Hales Operation, und er benutzte Quarles, Lane und Thatch als seine Instrumente. Alle hielten sie die Köpfe starr vor einem Monitor, blickten nur gelegentlich auf das Wärmebild des Shuttles, das über die linke Flanke des Serenitatis-Beckens raste.

Standard konzentrierte sich auf den Hauptbildschirm,

gebannt von dem Video aus der Bugkamera im Nasenkonus, das in Echtzeit an Serenity 1 übertragen wurde, und die Geschwindigkeitswerte, die wie ein Börsenticker am unteren Rand des Monitors entlangliefen. Seine dunklen Augen strahlten vor Energie, und sein Körper wirkte, als wollte er mit jedem Muskel zucken. Er saß aufrecht, hielt die Sessellehnen gepackt, und Dechert fand, dass er den Commissioner noch nie so lebendig gesehen hatte.

Was hat die Aussicht auf Krieg an sich, grübelte Dechert, *dass er Menschen, die ihn nie erlebt haben, so sehr fesselt?* Er lotete in den Tiefen seiner Erinnerung, um zu schauen, ob er diese aufflackernde Erregung empfunden hatte, als er zum ersten Mal Krieg witterte, ehe er ein Marine wurde. Das Bild, das ihm unerwartet vor Augen trat, zeigte ihm Schneeballschlachten mit seinen Freunden in Maryland, als sie noch Kinder waren und die ersten Winterstürme von den Allegheny Mountains heranwehten. Ironhorse Lane gegen Five Logs Way, zwei Teams aus gleich vielen Kindern. Erobere die Flagge hieß das Spiel, fest zusammengepresste Schneematschbälle waren die Waffen. Den ganzen Vormittag und Nachmittag und bis in den Abend hinein waren sie umhergerannt, bis ihre Mütter sie zum Essen riefen. Er dachte an die Wogen der Erregung, dieses Gefühl, dass etwas Wichtiges geschehen würde, wenn er seine Winterstiefel anzog und sich ein paar Handschuhe nahm, die nicht zu dick waren, damit sie ihn beim Werfen nicht behinderten. Der Tod war in diesen Tagen keine Gefahr, man dachte nicht einmal entfernt daran, aber trotzdem begriff jeder, dass ein Konflikt bevorstand und das Ergebnis dieses Konflikts alles bedeutete.

War es Jahre später, als er in den echten Kampf zog, anders gewesen? Er hatte gelernt, diesen Adrenalinschub in pure

Aufmerksamkeit umzuwandeln, beim Polarstern der Konzentration zu sein, wenn die Kugeln mit Überschallknall an ihm vorbeiflogen und Raketen die Ziegelsteine ringsum zerschmetterten. War das nicht der gleiche Rausch, das gleiche Gefühl zu leben und zu handeln, das ihn auch dann nicht verließ, als der erste Mann sein Leben verloren hatte? Wenn er sich die nervöse Energie ansah, die Standard ausstrahlte, wusste Dechert genau, was der Commissioner empfand. *Wir lieben den Krieg*, dachte er. *Das ist in dem Code festgeschrieben, der unsere Systeme beherrscht. Niemand erinnert sich an Gäa, die Göttin der Erde. Aber wer vergisst Mars, den Gott des Krieges?*

»Sind Sie sicher, dass unsere Kommunikation nicht mitgehört werden kann?«, brach Standard das Schweigen. Seine Stimme klang in dem wie ein Stadion bestuhlten Raum zu hoch, und Dechert zuckte zusammen.

Hale sah vom Lagetisch auf. »Unwahrscheinlich.«

Standard war zu klug, als dass er Hale um eine Klarstellung bat. Er sah Dechert an, der versuchte, ihn zu ignorieren, während er sich aus seinen Erinnerungen löste und seine Aufmerksamkeit wieder auf den Bildschirm im Zentrum des CORE richtete. Standard jedoch starrte ihn unentwegt an, und Dechert beugte sich schließlich zu ihm vor. »Sie verwenden multidirektionale Maskierer und Stimm-und-Daten-Dämpfer. Selbst wenn die Chinesen etwas auffangen, klingt es wie statisches Rauschen auf der übrigen Kommunikation, die jederzeit um den ganzen Mond geht. Es hätte keine Struktur, die sie entschlüsseln könnten.«

»Natürlich«, sagte Standard. »Danke, Commander.«

Das Shuttle bewegte sich über gestaltloses, gleichförmiges Terrain; Dechert erkannte nichts wieder. Das Meer der Heiterkeit war ein fast siebenhundert Kilometer durchmessender Einschlagkrater, und innerhalb seiner annähernd kreisförmigen Grenzen fanden sich weite Flächen aus erstarrter Lava, die durch kleine Krater oder die strahlend weißen Filamente ihrer Ejecta verunziert wurden. Trotzdem spürte Dechert, dass die Marines sich ihrem ersten Wegpunkt näherten, an dem sie nach links in Richtung Mons Hadley und dem Mondapennin abdrehen würden. Danach folgten sie dem Profil, das Thatch für sie erstellt hatte, zum Nordrand des Conon-Kraters. Dechert sah zu seinem EVA-Spezialisten hinüber. Thatch schwitzte. Er hatte sich hartnäckig bemüht, an der Aufklärungsmission teilnehmen zu dürfen. Seit Coles Tod forderte er, dass gehandelt wurde, und vielleicht hätte es für ihn eine Art Katharsis bedeutet, mit den Marines dort hinauszufliegen, aber Hale hatte nichtmilitärisches Personal für die Mission abgelehnt. Thatchs breiter Körper passte kaum in den Mikrovelours-Sessel, in dem er saß, und seine ungekämmten braunen Locken hingen ihm in die Augen, als er zusammenzuckte – ein Bär, der in einem winzigen Käfig gefangen saß und nur darauf wartete, dass man ihn losließ.

»Hundert Klicks, und sie sind im Rohr«, murmelte er. Sein Blick zuckte zu Dechert.

Dechert nickte und sah weg. Er schwenkte den Sessel nach links zu Lane und beobachtete, wie sie Variablen durch den Quantenrechner laufen ließ. Sie saß mit geradem Rücken da, nur den Kopf leicht zum Computer vorgestreckt. So klein, und doch war sie die größte Person im Raum. Standard war zusammengeschrumpft, als Lane ihn vor einigen Tagen in der Messe zusammenstauchte, als hätte ein General ihm eine Zigarre gegeben. Thatch befolgte klaglos ihre Anweisungen, sogar dann, wenn er mit ihnen nicht einverstanden war. Selbst Hale machte einen weiten Bogen um sie. Offenbar war er klug genug, Konflikten aus dem Weg zu gehen, die er nicht gewinnen konnte. Als Frau war sie auf der Männerdomäne Mond fünfzig zu eins in der Unterzahl, nur war das für Lane nie ein Faktor gewesen. Menschen waren in ihren Augen entweder schwach oder stark – was wohl recht gut mit der Sichtweise des Mondes übereinstimmte –, und tief in ihr, unter aller Unsicherheit, die sie aufwies, *wusste* Lane, dass sie ein starker Mensch war. Sie strahlte es auf unerklärliche Art aus.

Ihr Verhältnis zur Arbeit war simpel und ähnelte dem seinen: Du tust deinen Job, ich tue meinen Job, und alles andere ist hier oben nur Lärm. Selbst Waters, ein Mann, dem Dechert stärker vertraute als sonst wem, schien das nicht immer zu beherzigen. Lane wusste von allen am besten, dass auf dem Mond allein Respekt und Kompetenz zählten. Vielleicht hatte sie deshalb ihr ganzes Berufsleben lang darum gekämpft, andere an ihren Wert zu erinnern. Wie auch immer, sie konnte sicher sein: Wenn Dechert sie anschaute, würde sie in seinen Augen nichts anderes als Respekt erblicken.

Er konnte sich nicht vorstellen, dass Lane für einen Chef arbeitete, der ihr *den nicht zollte*.

»Also gut, Herrschaften, eine Minute bis Ballgame«, sagte Hale. »Gehen wir die Checks durch.«

»Antrieb sieht gut aus«, sagte Quarles.

»Passivradar ist aktiv und scannt voraus«, sagte Lane. »Gegenmaßnahmen klar.«

»Sie nähern sich Wegpunkt 2«, sagte Thatch. »Kursänderung um zwo-null-vier Grad in einundfünfzig Sekunden auf Signal der Pilotin.«

Hale nickte. »Specter? Bestätigen Sie?«

»Äh, Roger, Home-1«, sagte Cabrera ein paar Sekunden später übers Com. »Alle Systeme nominal, beginne Ballgame auf mein Signal.«

Dechert schaltete sein Headset auf einen diskreten Kanal und sprach mit leiser Stimme zu Waters unten im Flugdeck. »Vernon, hier Dechert – alles klar für SAR-Start?«

»Roger, Commander. Shuttle 2 wärmt auf, drei Jetanzüge an Bord, Flugplan Beta-1 ins System geladen.«

Er nickte. »Verstanden.« Dechert sah sich im CORE um, ob die anderen ihn gehört hatten. Falls ja, schauten sie nicht auf. Hale, Dechert und Thatch würden den Rettungseinsatz fliegen, sollte mit der Mission etwas schiefgehen, und Waters würde das Kommando über die Station übernehmen. Waters gefiel es nicht, aber Dechert wusste, dass er Thatch nicht noch einmal zurücklassen konnte, und er brauchte Vernon und Lane in Serenity 1, falls irgendetwas völlig aus dem Ruder lief. Quarles hatte auf seine Anweisung die Jetanzüge bereit gemacht, sie ins Loch geschmuggelt, damit niemand merkte, dass er ein paar missionsspezifische Abwandlungen vornahm. Rings um die Station hatten die Marines Abwehrraketenwerfer aufgestellt, Laser und EMP-Abschirmung; Serenity 1 starrte vor Waffen wie eine Wikingerfestung auf der toten Oberfläche des Mondes. Alles war bereit, und Dechert betete zu Gott, dass nichts davon benutzt werden musste. Wenn ihn etwas tröstete, so war es die vollkommene Ruhe, die Cabreras Stimme verbreitete, als sie die Station erneut anfunkte.

»Ballgame in drei, zwo, eins, jetzt.«

Das Shuttle senkte die Nase und stürzte zur staubbedeckten Oberfläche, schwenkte nach links und setzte die

Wendung fort, bis es seinen Kurs fast vollständig umgekehrt hatte.

»Verlangsamen auf dreizehnhundert Knoten, unterfliegen Radar auf Route Alpha-1«, sagte Cabrera. »Hundertvierzig Klicks bis Aratus-Krater.«

Sie konnten die steinigen Flanken der Montes Apenninus sehen. Das Wärmebild enthüllte die großen, gerundeten Berge im Hintergrund als diffuse Buckel aus grünem Licht. Vor ihnen lag die narbige Masse von Mons Hadley. Dechert fragte sich, wo in seinen Schatten das zurückgelassene Mondauto und der Lander von Apollo 15 standen. Apollo. Was hatte Armstrong gesagt, als er den ersten Schritt auf den Mond machte? Ein gewaltiger Sprung für die Menschheit?

Jetzt machen wir unsere Schritte rückwärts, dachte er.

»Sieht gut aus, Specter.« Hale sprach abgehackt und kurz angebunden. Dechert sah sich im Raum um. Alle hofften, dass der Captain recht hatte.

18

Der Alarm schrillte, als der Vorstoß ins Gebirge zwei Minuten alt war, und er klang wie in Decherts Albträumen. Er hörte nicht das sonore Klingeln des Hauptalarms von Serenity, sondern ein Tirilieren, als wüsste das Signal selbst nicht, auf welche Gefahr es aufmerksam machen wollte. Wieder tirilierte es, und für eine lange, unerträgliche Sekunde war es das einzige Geräusch, das jemand vernahm. Dann brach das Stimmengewirr aus dem Com-Lautsprecher.

»Bedrohungsalarm, Home-1. Wir werden bestrichen«, meldete Cabrera.

»Steuerbordseite«, sagte eine andere Stimme im Shuttle.

»Bestätigung«, sagte Lane. »Waffenleitradar. Hohe Impulsfolgefrequenz. Aktives Infrarot, hohe Entdeckungswahrscheinlichkeit.«

Das Adrenalin strömte durch Decherts Adern und schnürte ihm die Brust ein. Er sah Hale an, der Kaubewegungen ausführte, während er sich über die Konsole beugte. Er packte die Tischkanten so fest, dass seine Knöchel weiß wurden.

»Gehen Sie auf Aktivradar«, befahl Hale. »Weite Erfassung, breites Spektrum, Kurzimpuls.«

»Roger«, sagte Cabrera. Sie hörten durch das Hintergrundrauschen des Coms, wie ihr Copilot Zahlen herunterrasselte.

Die Ortung des Shuttles ging kurz in aktiven Modus,

feuerte elektromagnetische Tentakel in die Montes Apenninus, um die Quelle des feindlichen Radarsignals zu finden. Lange dauerte es nicht.

»Raketenstellungen identifiziert, Nummer 1 auf zwei Uhr, Peilung zwo-drei-null; Nummer 2 auf zwei Uhr dreißig, Peilung zwo-vier-eins. Hohe Impulsfolgefrequenz bestätigt.«

Hale nickte. Nur ein Land benutzte noch Impulsradarsysteme in ihren Boden-Luft-Raketen-Zielsuchsystemen. Das Land, das sie gewarnt hatte, sich weder auf der Erde noch auf dem Mond seinem Territorium allzu weit zu nähern. Die Volksrepublik China.

»Signal erfassen, Waffen entsichern«, sagte Hale. »Kursänderung nach eins-drei-fünf Grad, EMP-Abschirmung auf Maximum, bestätigen.«

»Bestätige, Waffen entsichert. Ändern Kurs auf eins-drei-fünf, beschleunigen auf zweitausend Knoten. EMP auf Maximum.«

Dechert und Thatch tauschten einen Blick und sahen wieder auf den Hauptmonitor. Hale brachte sie heraus, befahl Cabrera, nach Backbord zu drehen, fort von den Zielsuchradargeräten, die auf den Rumpf des Shuttles hämmerten. Cabrera gehorchte und schoss in eine breite, schartige Allee aus lunaren Gebirgsausläufern. Die Reaktion war passiv und sollte den Chinesen zeigen, dass sie keinen Kampf beabsichtigte. Das Shuttle war jedoch nur hundertachtzig Kilometer von New Beijing 2 entfernt, ein gutes Stück innerhalb des Abstands, von dem Standard gesagt hatte, eine Unterschreitung könnte einen chinesischen Angriff provozieren.

»Sie ziehen sie ab?«, fragte Standard. »Captain, ich bin mir nicht sicher, ob …«

Hale bedachte Standard mit einem kurzen drohenden Funkeln, aber er nahm sich nicht die Zeit für eine Antwort. Der tirilierende Warnton des Shuttles wurde plötzlich schrill wie ein Herzmonitor, der nur noch Nulllinie auffasste. Das Bild der Bugkamera verpixelte, und das Raumfahrzeug gierte ruckartig nach rechts und rollte, als wäre es geschlagen worden. Der Mondhorizont auf dem Display kippte auf die Seite.

»Scheiße. EMP-Burst«, rief jemand im Shuttle durch dichtes statisches Rauchen. »Fokussierter EMP.«

»Scheiße.«

»Spannungsspitze«, meldete Cabrera. Sie klang noch immer gelassen und arbeitete daran, die Seitwärtsbewegung des Shuttles zu korrigieren. Sie rollte nach links, zu weit, dann zurück, und stabilisierte die Fluglage. »Hauptsysteme ausgefallen, starten neu.«

»Starten Sie neu.«

»Hab sie wieder.«

Quarles sah Hale an. »Sie haben einen vollen Burst abbekommen, Captain, wenigstens fünfzig Kilovoltmeter«, sagte er. »Düsen laufen, haben aber Aussetzer. Ich kann nicht garantieren, dass sie alle funktionieren, und ich glaube nicht, dass die EMP-Kuppeln noch einem Treffer standhalten.«

»Steigen Sie suborbital, Lieutenant.« Hale sprach ins Com, ohne weitere Informationen abzuwarten. »Steigen Sie auf dreißigtausend Meter und treten Sie bei eins-eins-null Grad aus. Beeilung.« Er wandte sich Dechert und Thatch zu, und sein Gesichtsausdruck bat um Zustimmung, während er ihnen verriet, was er plante. »Erlangen Sie Höhe für den Fall, dass der Antrieb versagt. Ein SAR-Team kann Sie aus der Umlaufbahn holen, wenn es sein muss.«

»Gut«, sagte Dechert, und Thatch nickte. Wenn in niedriger Höhe die Düsen des Shuttles wegen der Spannungsspitze ausfielen, stürzten die Marines vermutlich in die Berge ab. Aber wenn Cabrera sie in eine niedrige Umlaufbahn und weg vom Mondapennin bekam, spielte es keine Rolle mehr, ob der Antrieb arbeitete. Ein Team von Low Lunar Orbit 1 oder sogar Peary Crater konnte sie bergen. Dechert sah zu, wie die Höhenanzeige des Shuttles am unteren Bildschirmrand nach oben kletterte, und wortlos feuerte er Cabrera an, noch weiter zu steigen.

Doch als Cabrera das Shuttle hochzog, ertönte ein neuer Alarm. Er piepte in klarer, universeller Sprache laut genug, dass jeder den Kopf hochriss. Mehrere hohe Piepser, ein so schrilles Geräusch, dass das menschliche Ohr nicht anders konnte, als ihm Beachtung zu schenken.

Raketen.

»SAM-Start!«, brüllte Lane, und Cabrera bestätigte eine Sekunde später mit einer Stimme, die irgendwie noch immer die Fassung bewahrte.

»Specter wehrt ab. Orten zwei Raketen, sechs Uhr niedrig, Abstand fünfzehn Kilometer.« Lieutenant Cabrera wartete diesmal nicht auf Hales Befehle. »Gehen runter, gehen runter.«

Sie neigte das Shuttle nach vorn und schoss wieder auf die Mondoberfläche zu, erhöhte den Schub und bog in ein weites Tal ein. Das Raumfahrzeug strebte nach unten wie ein Vogel, der die Flügel einzieht. Während Dechert den Sturzflug verfolgte, stieg ihm die Übelkeit aus der Magengrube in die Kehle. Kein Pilot ging gern mit einer Spannungsspitze im System in Bodennähe, aber Cabrera blieb keine andere Wahl. Oben zu bleiben, während Luft-Boden-Raketen auf einen zuflogen, wäre Selbstmord gewesen. Dechert erinnerte sich, was sein Geschwader-Kommandeur ihm einmal darüber gesagt hatte, wie man Raketen auswich, die einen erfasst hatten: »Halten Sie sich an die Erde, als wäre sie Ihre Mutter, denn die Luft ist Ihr Daddy, und er wird Ihnen nicht helfen.«

»Raketen jetzt fünf Uhr tief, Entfernung sechs Kilometer, Geschwindigkeit zweitausendvierhundert Meter pro Sekunde«, sagte Lane.

»Sie sind EM-gelenkt«, meldete Cabrera durch. »Vielleicht HQ-40.«

»Feuer frei für alle Waffen.« Aus Hales Stimme klang eine gezügelte Wut. Er nahm eine altmodische Stoppuhr aus der Tasche und drückte auf eine Taste. »Starten Sie Gegenmaßnahmen und erwidern Sie das Feuer auf die Bedrohungsquellen.«

»Bodenziel 1 und 2 erfasst, Waffen frei«, sagte Lane.

»Roger, Home-1«, antwortete Cabrera. »Waffen frei, Raketen haben Ziele erfasst. Fox-3. Fox-3.« Der Code gab an, dass zwei radargelenkte Raketen gestartet worden waren.

»Beginnen Raketenabwehr«, sagte eine andere Stimme im Shuttle. Dechert nahm an, dass sie dem Copiloten gehörte. Er klang nervöser als Cabrera.

Im Bild der Bugkamera sahen sie helle Lichtblitze, als das Shuttle zwei Raketen auf die chinesischen Startrampen abschoss und einen Raketenabwehrcluster ausstieß, der die näher kommenden Lenkwaffen ortete, damit er seine Salve aus winzigen, nur gewehrkugelgroßen intelligenten Geschossen starten konnte. Die Miniraketen sollten die Lenkwaffen einschließen wie ein Regenschirm und sie vor ihrem Ziel zur Explosion bringen. Nur waren auch die chinesischen Raketen intelligent und in der Lage, solche Täuschungen zu durchschauen, den kleinen Abwehrbomben auszuweichen und sich weiter auf ihr Opfer zu konzentrieren. Im Grunde war das Gefecht zum Wettstreit der Programmierer geworden.

Dechert schossen ungeordnet die Zahlen durch den Kopf – Raketen mit 4700 Knoten, das Shuttle mit höchstens 2600 Knoten, etwas über fünf Kilometer Abstand, der rasch schrumpfte. Wie viel Zeit blieb ihnen? Fünf Sekunden? Weniger?

Das Shuttle schoss der Mondoberfläche entgegen, die Nase im steilen Winkel gesenkt, und einen Übelkeit erregenden Augenblick lang sah es so aus, als würde das rasend dahinschnellende Fahrzeug aufschlagen. Cabrera zog erst hoch, als das Bild der Bugkamera nur noch Mond zeigte.

»Himmel«, sagte Thatch, »ich habe keine Anzeige mehr, wie tief sie überhaupt fliegt.«

Hale sah zu ihm hinüber. Auf seinem Gesicht flammten die Warnlichter, die im Raum blinkten. »Sie versucht die Raketen mit Mondstaub abzulenken«, sagte er, und jeder im CORE verstand.

Dechert schloss die Augen und malte sich die Szene aus. Das Shuttle, keine zwanzig Meter über dem Boden, schneller als eine Kugel aus einem Scharfschützengewehr, wirbelte mit seinem Triebwerkausstoß den knöcheltiefen, mikrofeinen Regolith auf, der sich im Laufe von Jahrmillionen im Vorgebirge der Montes Apenninus gebildet hatte. Genauso gut konnte man ein Frachtflugzeug Typ Galaxy mit vollem Schub über einen Sandstrand in Florida fliegen. Vielleicht brachten die Tonnen von Stein und Staub, den das Shuttle aufwirbelte, die Raketen vom Kurs ab oder verwirrte sie wenigstens so sehr, dass sie auf die Antiraketen ansprachen und sich von ihnen vernichten ließen.

Und es funktionierte. Cabrera zog das Shuttle hart nach rechts. Der Warnton, der noch immer durchs Com drang, schien ein wenig von seiner Schrille einzubüßen, als wären die Lenkwaffen, die sich dem Raumfahrzeug näherten, ein wenig durcheinandergebracht worden.

»Lösen sekundäre Gegenmaßnahmen aus«, sagte Cabrera. Das Kamerabild überzog sich mit Weiß, als die Düppel aus dem Bauch des Shuttles regneten und hinter ihm zerbarsten.

»Ich orte Treffer bei Bodenziel 1 und 2«, meldete jemand im hinteren Teil des Shuttles ins Com. »Bestätige, Home-1. Keine visuelle Erfassung.«

»Verstanden, Specter«, sagte Lane. »Bestätigte Treffer an Zielen 1 und 2. Radarerfassung blieb stark bis unmittelbar vor Detonation.«

Standard schlug mit der flachen Hand auf die Konsole vor sich und flüsterte mit zusammengebissenen Zähnen etwas. Hale und Dechert tauschten wieder einen raschen Blick; egal, was in den nächsten Sekunden den Marines geschah, auf dem Mond war nun Blut geflossen. Mit Sicherheit waren mehrere chinesische Spezialkräfte zu Tode gekommen, als die radargelenkten Zweihundertfünfzigkilo-Geschosse einschlugen.

In der Kommandozentrale wurde es still. Alle blickten auf und fragten sich, was fehlte. Eine ganze Sekunde verging, bis sie begriffen, dass der Gefahrenalarm des Shuttles nicht mehr piepste.

»Home-1, hier Specter«, sagte Cabrera. »Anfliegende Raketen haben Erfassung verloren. Behalten Kurs und Geschwindigkeit bei auf zwo-sieben-fünf.«

War es vorbei? Das Blut, das in Decherts Schläfen pochte und Wärme in seine Ohren ausgoss, hinterließ ein klingelndes Echo in seinem Kopf. Als er aufsah, war jeder im Raum wie erstarrt, atmete nicht einmal aus. Nach einigen Sekunden fuhr sich Thatch mit der Hand durch die feuchten Locken. Lanes Rückgrat verlor etwas von seiner kerzengeraden Präzision. Quarles murmelte »Jesus Christus« vor sich hin. Im Gegensatz zu Dechert und Hale hatte keiner von ihnen je ein Gefecht erlebt oder auch nur einen echten Feuerkampf live aus der Ferne beobachtet. Sie sahen alle blass aus und krank vor Erleichterung.

Der Alarm gellte erneut, ein hektisches, penetrantes Piepsen, das sich diesmal viel schneller wiederholte. Dechert riss den Kopf hoch. *Was zum Teufel ist das?*

»Specter wehrt ab!« Zum ersten Mal in dieser Mission klang Cabreras Stimme zu laut.

»Überraschender Raketenstart!«, rief ihr Copilot. »Dreitausend Meter, kommt näher.«

Dreitausend Meter? Wie zur Hölle kann das sein? Dechert sah Hale an und entdeckte Schwärze in seinen Augen. Der Captain hatte die Lider aufgerissen, als es ihnen zugleich klar wurde: Das Shuttle war in einen Hinterhalt gelockt worden. In eine Kill-Box, aufgestellt von den Chinesen.

»Drehe nach rechts«, sagte jemand im Shuttle. »Starten …«

Die Rakete detonierte eine Sekunde später. Die Sprengladung drückte das Shuttle im Raum nach vorn, als wäre es von einem Baseballschläger getroffen worden. Das Heck gierte nach links, und die Alarmtöne und Sirenen, die in den CORE gelangten, überlagerten sich zu einer kontinuierlich diskordanten Symphonie. Cabrera versuchte den Drift zur Seite abzufangen. Zu weit. Das Schiff drehte gegen den Uhrzeigersinn, zuerst langsam, dann schneller. Sie verlor die Kontrolle über das Shuttle. Auf dem Bildschirm verschwamm der Horizont.

»Steuerdüsen an Steuerbord und Heck ausgefallen«, meldete Cabrera im panischen elektronischen Lärm. »Starte Systeme neu.«

»Neustart. Kein Feuer.«

»Noch mal versuchen.«

»Neustart. Neustart negativ.«

»Alle Steuerdüsen ausgefallen.«

Quarles sah Hale an und sprach in ruhigem, gemessenem Ton. »Haupt- und Sekundärsysteme ausgefallen, Captain. Alles ist aus. Ich glaube, wir sollten ...«

Dechert hörte den Rest nicht mehr, denn er spielte keine Rolle.

Er sah sich im CORE um, der genauso in Zeitlupe verfallen war wie das Shuttle draußen auf dem Serenitatis-Becken. Standard versuchte dem Bild, das auf ihren Monitor gespielt wurde, einen Sinn zu entnehmen. Er hatte noch nie ein Raumfahrzeug in einem flachen Trudeln erlebt. Er versuchte zu begreifen, wie es zum Versagen der Kamera gekommen war. Dechert hätte ihn fast angebrüllt, dass man nur genügend Raketen oder EMPs auf etwas feuern musste, dann fiel es mit Sicherheit aus, aber er hielt den Mund.

Trotz der zahllosen Warntöne wirkte der CORE beinahe still. Die Lichter blinkten weniger oft. Die Geräusche erreichten Dechert verzerrt und wurden dann so klar, dass sie künstlich wirkten. Thatch schlug die Zähne aufeinander. Quarles sog zischend Luft ein. Hale, eine Statue, stand vor seiner Konsole, die Hände auf dem stahlgrauen Tisch, und zog die Daumen mit einem dumpfen, verzweifelten Scharren über die blanke Oberfläche.

»Flammabriss, Home-1, ich habe nichts«, sagte Cabrera.

Ihre Stimme hatte die Ruhe wiedergefunden, und sie wartete einen langen Augenblick, ehe sie ihre nächsten Worte in der professionellen Monotonie der Piloten aussprach. »Mayday, Mayday, Mayday.«

Hale regte sich nicht, nur seine Daumen versuchten Löcher in die Tischplatte zu drücken. »Höre Ihr Mayday, Specter.«

Das Shuttle trudelte horizontal, Bug über Heck, für ein paar Hundert Meter über die Mondoberfläche und sank dabei langsam. Nicht hoch genug. In dem verschwommenen Bild des Infrarotdisplays sah Dechert ein niedriges Massiv näher kommen. Mit jeder Umdrehung rückte es ein Stück näher, bis es den Monitor ganz einnahm. Auf keinen Fall kamen sie darüber hinweg. Die Alarmtöne schrillten noch immer.

»Mayday, Mayday, Mayday«, sagte Cabrera wieder. »Höhe unter eins. Terrain voraus. Kollision steht bevor. Siebzehn Komma zwei Grad Nord, vier Komma sechs Ost.«

»Wir orten Sie, Specter«, sagte Hale, und es war die Ruhe, die Beständigkeit seiner Stimme, die die Transmission durchdrang und sein Team auf dem Mond erreichte. »Senden SAR-Team an Ihre Position.«

»Verstanden, Home-1«, antwortete Cabrera. »Peilsender an.« Es waren nur Worte. Das Bild auf dem Schirm drehte sich weiter, schneller nun. Die Alarmtöne an der CORE-Hauptkonsole rissen nicht ab. Der Schirm wurde schwarz, und sämtliche Geräusche verstummten.

19

Dechert atmete tief ein, und die heiße Luft blähte seine Lunge. Luft von der Sorte, die man einatmete, wenn man die Backofentür öffnete, um zu schauen, was dahinter schmorte. Trocken und sengend. Im Westen flammte der Himmel orange: Staub stieg über der Wüste auf. Hitzestrahlen trafen Dechert ins Gesicht und zogen weiter, und als er aufschaute, saß er unter den dicken Wedeln einer Dattelpalme, die sich in der schimmernden Hitze bewegten und parallele Linien von Tageslicht und Dunkelheit auf den Boden warfen. In der toten Luft wummerten die Rotorblätter eines Hubschraubers.

»Westentaschencowboy. Du kannst mich echt mal am linken Ei küssen, Matchstick, du bist der Hurensohn mit dem meisten Glück im ganzen Bake.«

Sie saßen um ein durchgesägtes Ölfass im Sand und spielten Poker, während der Tag endete und der muslimische Ruf zum Gebet durch die Kalksteindörfer des Bekaa-Tals hallte. Matchstick – der magere Junge aus Scranton, dem beim Rennen immer der Helm auf dem Kopf tanzte wie eine Farbdose, passend nach einem Streichholz benannt. B-Dog – der MG-Schütze aus Memphis, der »Rückfällige Seele« auf dem Rücken tätowiert trug. Dawes – der nachdenkliche Corporal, der allein mit den Augen ein Stirnrunzeln ausdrückte und niemandem je verriet, woher er kam. Snook – der Redneck aus Florida, in einem Wohnwagen geboren, der das Fischen in den salzigen Untiefen der Cockroach Bay gemeistert hatte, lange bevor er ein Experte im Töten von Menschen wurde.

»Mit Glück hat das nix zu tun, Snooky.« Matchstick zog einen Haufen abgeschossener Patronenhülsen zu sich. »Man nennt das tight-aggressive Spielweise.«

»Scheiße, der Junge hält sich für Johnny Chan Junior!«

Der Abend zog sich nur widerwillig zurück, wie es in der Wüste immer war. Hitzeschwaden durchzogen den Himmel wie ferne Flussläufe, während der Sand abkühlte. Helikopter, die großen Insekten des Krieges, surrten in die Basis herein und wieder hinaus. Längs des Flussbeckens donnerte Geschützfeuer. Hin und wieder drang der dumpfe Einschlag von Mörsergranaten zu ihnen, die innerhalb des Zauns einschlugen. Indirekter Beschuss nannte man das, aber es hatte nichts Indirektes an sich, wenn eine Granate so nah krepierte, dass einem davon die Zähne klapperten.

Der Tag war gut gewesen, die Woche mies. Vorgestern Morgen hatten sie Jimenez verloren, den Funker aus Texas, den jeder Habanero nannte, weil er ständig scharfe Peperoni in sich hineinstopfte. Ihm machte es nichts aus, wenn er den Saft der verdammten Dinger in die Augen bekam, und gelegentlich, wenn irgendein armer ungläubiger Hund aus der D-Kompanie ihm genug dafür bot, spritzte er ihn sich absichtlich hinein. Niemand hätte geglaubt, dass Habs je sterben könnte. Nicht ein Kerl, der sich den Saft der schärfsten natürlich vorkommenden Pflanze auf dem Planeten in seine unschuldigen braunen Gucker spritzen konnte, als wären es Augentropfen. Nicht ein Kerl, der niemals Angst gezeigt hatte, nicht einmal unter heftigstem Beschuss. Sein Tod hatte die Gruppe schwer getroffen – er hatte Dechert schwer getroffen –, und niemand hatte auch nur ein Wort darüber verloren, seit sie seine Kampfstiefel auf den Feldfriedhof hinter der Kantine gestellt hatten.

Aber das waren die Momente, in denen sie an den Tod dachten. Im Augenblick, in dem für die kommende Nacht kein Hinterhalt angesetzt war und auf dem Kartentisch in einem Zelt mit Luft zum Schneiden kein Stoßtruppunternehmen geplant werden musste, konnten sie im Hemd dasitzen. Sie konnten pokern, und das Adrenalin konnte sich setzen wie Blut, das sich in den unteren Körperzonen einer Leiche sammelt.

»Zählst du mit, Snook?«, fragte B-Dog gedehnt. »Du hast doch schon mindestens zwei Riesen eingesackt diese Woche, du Wichser.«

»Leck mich am Arsch. Ich zahl meine Schulden noch, wenn ich schon abgekratzt bin, und dann bin ich damit immer noch schneller als du.«

Damit brachte er alle zum Lachen, selbst Dechert. B-Dog war jedes Mittel recht, sich davor zu drücken, seine Pokerschulden bar zu bezahlen. Eher trennte er sich von seinem letzten Priem Kautabak, seinen kostbaren Virtuellporno-Minuten oder sogar dem doppelt raffinierten LSD, das er in einem Waffendepot am anderen Ende des Artilleriestützpunkts herstellte. Wenn die Schulden allzu hoch waren, übernahm er sogar für einen anderen Soldaten die Fußstreife, und mittlerweile hatte sich in der gesamten Brigade herumgesprochen, dass B-Dog viel schneller Schulden machte, als dass er sie beglich.

»Na ja, abkratzen kannst du ja vielleicht, wenn wir morgen nach Aanjar gehen«, sagte B-Dog, und das Lachen verstummte. Niemand sprach von Aanjar. Schon der Name hatte etwas Finsteres an sich. In der glühenden Luft war der Ruf des Muezzins verhallt, und ein seltener Ostwind zog den Litani herauf. Er brachte den Gestank nach brennendem Öl und verfaulendem Obst mit.

»Jo, Boss«, sagte Matchstick. Das Vergnügen war aus seiner Stimme verschwunden. »Wann bringen sie mal was Richtiges hierhin, vielleicht auch einen Hoverpanzer oder zwei? Immer ohne Blechdosen durch Hadschiville zu latschen wird langweilig.«

»Vielleicht, wenn ich noch zehnmal frage«, entgegnete Dechert. Mit der Stiefelspitze trat er eine Walzenspinne beiseite und nahm einen Schluck warmes Wasser aus seiner Feldflasche. Im vergangenen Monat hatten sie in Aanjar vierzehn Mann verloren, die meisten an Rattler-Minen. In dieser Lehmziegelstadt sahen selbst die Kinder gefährlich aus. Erst ein Jahr zuvor hatte die US-Regierung davon gesprochen, die Menschen im Bekaa-Tal mit Herz und Hirn zu gewinnen. Vor einer Woche hatte ein Reporter einen Corporal auf seinem dritten Auslandseinsatz gefragt, ob die Herz-und-Hirn-Kampagne noch in Gang sei, und zur Antwort erhalten: »Schon, aber jetzt geben wir ihnen zwei ins Herz und eine ins Hirn.«

Über den Corporal brach ein Donnerwetter vom Referat für Politische Restrukturierung herein, aber nachdem der Stream ihn zitiert hatte, bekam er eine Woche lang von jedem Marine der Kompanie Zigaretten geschenkt.

»Wenn es mich in Aanjar erwischt«, sagte B-Dog, »mach ich es wie Habs. Ein Ding in die Pumpe. Gründlich, schnell und sauber.«

»Ja, der gottverdammte Mex war schon tot, als er noch umfiel.«

Matchstick mischte die Karten, ohne sie aus den Augen zu lassen. »Nicht mit mir, Mann. Ich nehm meine zwischen die Augen. Hochgeschwindigkeitsgeschoss ohne Aufschlagzünder. Dann hörst du nicht mal den Schuss, bevor das ganze Scheißspiel vorbei ist.«

Snook spuckte ein kleines Tabakstückchen durch die Lücke zwischen seinen Vorderzähnen und wischte sich das Gesicht mit dem Hemdsärmel ab. »Willst du mich verscheißern? Du willst nicht mal 'ne Sekunde, um zu kapieren, dass du am Arsch bist?«

»Was soll ich denn mit der Sekunde?«

»Weiß ich nicht. Deine Sünden bereuen oder so 'ne Scheiße.«

Matchstick schnaubte. »Mann, Snooky, für dich reicht eine Sekunde aber lange nicht.«

Dechert grinste wieder, während die Übrigen laut auflachten. *Die Wüstenvariante der Katharsis*, dachte er. Sich beim Pokern hinter der Latrine zu überlegen, wie man in irgendeinem gottvergessenen, sandzerfressenen Guerilla-Dörfchen sterben wollte. Aber selbst angesichts ihres Todeskultes fühlte er sich fern von seinen Männern und wünschte sich fast, er wäre der Nächste, der fiel oder wenigstens einen Heimatschuss bekam, ehe sein Einsatz vorüber war. Dann würde er sie nicht im Stich lassen.

Der Zug wusste es noch nicht, aber Dechert wurde in weniger als drei Monaten abgelöst. Sein zweiter Einsatz war erledigt, und er hatte um Versetzung zum Air Corps ersucht. Piloten wurden gebraucht, und er hatte vor dem Krieg die Alaska-Tour geflogen; die Logistikheinis glaubten, dass das genügte. In vierzigtausend Fuß Höhe ist die Luft arktisch kalt, was Dechert sehr gut passte. Von der Wüste hatte er genug. Von der Hitze, den Spinnen und dem Unsinn von der Politischen Restrukturierung. Er glaubte nicht mehr, dass seine taktischen Fähigkeiten seine Leute am Leben halten konnten, wo jeder jeden hasste und niemand lange am Leben blieb. Dechert blickte über das durchgesägte Ölfass zu seinen Leuten, auf ihre schmutzigen Gesichter in der Dämmerung, und er hatte das furchtbare Gefühl, sie alle wären tot, ehe der Krieg vorüber war. Sie wären alle tot oder zu verkorkst, um den Unterschied zu erkennen, aber er würde leben. Das war das abartige Glück, das er hatte.

»Was ist mit dir, Dawes?«, fragte B-Dog. »Wann bist du dran? Trittst du genauso leise ab, wie du auf Erden gewandelt bist?«

Dawes sah von seinem Blatt auf, als hätte man ihn aus einem tiefen Traum gerissen. »Hä?« Er zeigte seine beste Imitation eines Lächelns, während die anderen lachten, und kaute weiter auf der Frage herum, ein Auge geöffnet, das andere halb zusammengekniffen auf den Karten.

»Schätze, das hängt ganz davon ab, wie ich abtrete.«

Ein Marine konnte zu dieser Art Logik nur nicken. Alle Infanteristen im Bake wollten einen sauberen tödlichen Schuss, wenn sie schon sterben mussten. Eine saubere Wunde, damit sie bei ihrer Trauerfeier im offenen Sarg lagen und ihre Eltern wussten, dass ihr kleiner Junge oder ihr kleines Mädchen unversehrt unter die Erde kam und körperlich wiederauferstehen könnte, wenn die himmlischen Trompeten schmetterten. Niemand wollte von einer Bombe getroffen werden oder einer Sucherkugel oder, noch schlimmer, einer Schallladung, die einen innerlich zerriss und zusammenbrechen ließ wie einen leeren Sack aus Haut. Ein sauberer Tod verschaffte einem wenigstens eine brauchbare Eintrittskarte in den Vergnügungspark im Himmel, von dem der Pfarrer immer redete.

»Commander, sind Sie so weit? Commander?«

Dechert schaute auf. Lane beugte sich über ihn, eine schlanke, verschwommene Gestalt in einem dunkelblauen Schwereanzug. Er kehrte in den Raum zurück und sah, dass er vor einem Ausrüstungsspind in der Nähe des Haupthangars saß und einen Stiefel angezogen und mit dem gepolsterten Bein seines Druckanzugs luftdicht verbunden hatte. Der andere Stiefel stand noch mit gespreizten Klammern auf dem Umkleidetisch. »Ja. Ja. Wie lange noch?«

»Zwei Minuten bis Start. Alles okay mit Ihnen?«

Er nickte, nahm den zweiten Hartschalenstiefel und zwängte den Fuß hinein. »Ja, alles bestens. Wie sieht es aus?«

Sie ließ sich auf ein Knie sinken, griff unter die Stiefelsohle und half ihm, seine Ferse durch die enge Öffnung zu schieben. »Thatch und Hale sind bei der Startvorbereitung. Vernon arbeitet einen Flugplan aus. Ich glaube, wir landen im Yangel', und von da aus geht es mit den Jetanzügen weiter. Hoffentlich kann ihr Radar keinen springenden Astronauten orten. Die letzten Koordinaten des Shuttles waren etwa vierzehn Kilometer nördlich von dem Krater im Lacus Felicitatis.«

Die letzten Koordinaten des Shuttles. Lane wollte »Absturzstelle« nicht aussprechen. Sie hielt den Blick gesenkt, während sie die Dichtungen an seinem Stiefel schloss. Dechert dachte an seinen Tagtraum von eben – wie lebendig die Erinnerung gewesen war. Er hatte das Bekaa-Tal gerochen, diesen geschmeidigen Mix aus Jauche, bratendem Fleisch und verfaulendem Obst. *Wie sehr unsere Erinnerungen an Gerüchen hängen*, dachte er und fragte sich, wie es später sein würde, wenn er sich auf seine Zeit auf dem Mond zurückbesann. Was man hier am häufigsten in der Nase hatte, waren das Schießpulveraroma des Regoliths und das Hydraulikfett, das innerhalb der Station alles schmierte, was sich bewegte.

Und dazu kam natürlich Lane. Sie benutzte kein Parfüm, aber sie roch wie der Lavendel, den seine Mutter in der Küche auf dem Fensterbrett gezogen hatte. Besser als Quarles' grasgeschwängerte Klamotten und Thatchs … Na ja, Thatch miefte ziemlich. Trotzdem, wenn er sich an diese menschlichen Essenzen in seiner Zeit auf dem Mond erinnern könnte, wäre es besser als der Gestank nach Kordit und Maschinenöl.

»Hat Jonathan die Jetanzüge auf direkte Videoeinspeisung umgestellt?«

»Ja, wir können uns gegenseitig dabei beobachten, wie wir Zeuge des Endes aller Dinge auf dem Mond werden.«

Dechert stand auf, stampfte mit den Füßen und drückte die Zehen in die Stiefelspitzen. Er suchte Lanes Blick und hielt ihn. »Hören Sie gut zu. Beim ersten Anzeichen von Ärger machen Sie sich vom Acker. Haben Sie mich verstanden? Spielen Sie nicht die Heldin, wenn ein Alarm losgeht, sondern lösen Sie die Raketenabwehr aus und sehen Sie zu, dass Sie rauskommen. Und alle sollen Druckanzüge anlegen, sobald wir gestartet sind.«

»Was ist mit Ihnen? Ich tue mein Bestes, um nicht durchzudrehen, aber wenn Sie und Thatch nicht zurückkommen, kann ich nichts versprechen.«

»Uns passiert schon nichts.«

Lane nahm seinen Helm, und gemeinsam gingen sie zum Hangarschott. Sie schwiegen, dabei hätten sie über Notfallpläne, Nachrichtenverschlüsselung, SAR-Operationen, Jetanzugkonfigurationen reden können … über irgendetwas.

Dechert blieb stehen und legte Lane die Hand auf die Schulter. Er trug noch keine Handschuhe, und sie fühlte sich fest, aber klein an für seine Finger, als er leicht drückte. »Es ist mein Ernst, Lane. Ich sage Ihnen, dass Sie am Leben bleiben sollen.« Er schwieg kurz. »Und bitte halten Sie Quarles und Vernon in einem ähnlichen Zustand.«

Sie sah ihn an und schenkte ihm ein mageres Lächeln: Ein Winkel ihres Mundes bog sich leicht nach oben, der andere nach unten. »Endlich ein Befehl, dem ich ohne Einwände zustimme.« Ihre Wut auf Dechert schien fortgespült zu sein, als sie den Blick von seinem Gesicht nahm. »Ich gehe hoch in den CORE. Ich überwache Sie alle von dort.«

»Okay.«

Dechert öffnete das Schott und stellte einen Fuß in die runde Öffnung. »Lane?«

Sie drehte sich um. »Ja?«

»Ich finde, Sie sollten wissen, dass Nietzsche sich geirrt hat. Gott ist nicht tot.«

»Ist er nicht?«

»Nein. Er hat auf der Erde nur wirklich beschissene Vertreter.«

Sie lächelte diesmal so breit, dass einige ihrer Zähne weiß aufblitzten. »Daran also liegt es. Nur für den Fall, dass Sie recht haben, bete ich für Sie.«

20

Sie tauschten sich im Pilotenjargon aus, denn es gab sonst wenig zu sagen. Mit geschlossenem Helm in ihre Druckanzüge eingekapselt zu sein verstärkte das Gefühl der Isolation im engen Shuttlecockpit. Drei Männer allein in einem beengten Raum, die sich hin und wieder die Zeit nahmen, knapp technische Einzelheiten zu verkünden.

»Drehen auf zwo-neun-fünf.«

»Zwo-neun-fünf.«

»Achtzehnhundert Knoten, Höhe fünfhundert Meter.«

»Okay, lassen wir es so.«

»Negatives Feedback bei Passivradar.«

»Behalten Sie sie im Auge. Ich achte auf EM-Spitzen.«

»Okay.«

Der Mond glitt unter dem Shuttle hinweg, jeder Kilometer ein verschwommenes Bedauern. *Es ging so schnell*, dachte Dechert und begriff, wie viel besser es war, mitten in einen Krieg hineinzugeraten, als von Anfang an dabei zu sein. Am liebsten hätte er in seinen Helm gebrüllt, dass alle damit aufhören sollten. Er wollte Peary Crater anfunken und der Basis mitteilen, dass alles ein abgekartetes Spiel war und nicht die Chinesen, sondern ein Amerikaner die Bombe am Rumpf der *Molly Hatchet* festgeschraubt hatte. Dass durch eine verdeckte Operation Coles einsamer Tod im Vakuum verschuldet worden war. Dass mehr hinter dem Diebstahl der Helium-3-Fässer und der Sabotage an der Wassermine von

BS-7 steckte als ein politischer Streich. Ein Anlass, mit dem man einen amerikanischen Vergeltungsschlag gegen chinesische Spiralminen im Mare Imbrium rechtfertigen konnte. Dass alles ein Haufen Mist war, auf der Erde zusammengebraut von Männern, denen der Kaffee serviert wurde, während sie in eichenvertäfelten Büros Pläne für Institutionen im beschissenen Geflecht der Ostküsten-Eliteuniversitäten ausbrüteten, oder irgendeine exklusive chinesische Denkfabrik. *Dulce bellum inexpertis*, hatte Sheldon Starks gesagt. Süß scheint der Krieg den Unerfahrenen.

Verdammt richtig.

Aber dafür war es zu spät. Irgendwo im kahlen Gelände des plötzlich unpassend benannten Sees des Glücks lagen vier tote Marines, und nichts anderes war noch wichtig. Den Fluss rückwärtsfließen zu lassen ging nicht. Peary Crater war in blutrotem Kriegsmodus. Dechert konnte sich gut vorstellen, wie General Trayborr seine Truppen auf den bevorstehenden Kampf einstimmte und ihnen sagte, er bedaure, was bevorstehe, während er schon das berauschende Aroma des Krieges einatmete, das jeder Frontkommandeur insgeheim genießt. Wie sollte man den Zweck seines Berufes auch verabscheuen?

Und Commodore Yates lehnte sich in seinen Präfektensessel zurück und beobachtete den Appell mit glänzenden Augen unter einem Paar weißer hochgezogener Brauen. Vielleicht hatte er nicht gewollt, dass die Lage sich verschlimmert, bis Peary Crater in Gefahr geriet, aber ganz gewiss unternahm er nichts, um es jetzt noch aufzuhalten. Er war der Mann der SMA und hatte genügend Spielerblut in den Adern, um zu begreifen, dass es zu diesem Zeitpunkt am sinnvollsten war zu versuchen, den gesamten Pot einzuheimsen. Vielleicht müsste er einige Rückschläge einstecken, die die kurzfristige Produktivität verringerten, aber sollte das Kriegsglück den Amerikanern lachen, konnte ihm am Ende der halbe Mond gehören.

Alle US-Mondstationen waren auf DEFCON-1: Kriegsalarm, unmittelbar bevorstehender Angriff. Irgendjemand am Nordpol wartete auf den Befehl, die großen Raketen mit KI-Suchköpfen zu starten – die wie vernunftbegabte Wesen flogen und ihre dümmeren Abwehrraketencousins übertölpelten, während sie mit algorithmischer Präzision auf New Beijing 1 am anderen Pol des Mondes zuhielten. Und irgendwo in der chinesischen Hauptbasis saß ebenfalls jemand mit dem Finger an einem ähnlichen roten Knopf. Keiner der beiden Seiten sollte einen Vorrat der großen Marschflugkörper auf dem Mond unterhalten, aber Dechert bezweifelte nicht, dass beide ihn dennoch besaßen. Laserwaffen reichten nicht aus, um eine gesamte Station zu vernichten. Atomraketen schon.

Er malte sich die bevorstehenden Ereignisse mit der Klarheit eines Soldaten aus, als wären sie bereits geschehen und er würde alles im Traum noch einmal durchleben. Eine Seite würde entscheiden, dass Abwarten nicht mehr infrage kam, und die Stufe-1- und Stufe-2-Schürfstationen der anderen angreifen. Bei einem ausgewachsenen Krieg, wenn auf der Erde jede Vernunft versagt hatte, wurden die niedrig hängenden Früchte als Erste gepflückt. Sea of Tranquility 1. Eastern Sea 2. Sea of Serenity 1. New Beijing 2. Ein Haufen Schürfer und Astrowissenschaftler wurden zu kleinen grünen Echos im Mittelpunkt eines Radarschirms, und schnelle Punkte blinkten durch immer engere konzentrische Kreise auf sie zu.

Dechert wollte die Augen schließen und nicht mehr öffnen. In der Eile vor dem Start hatte er Yates erneut gebeten, die Crew von der Station abzuziehen und im Kraterrand des Menelaus Zuflucht suchen zu lassen. Yates konnte jedoch nicht gestatten, dass die Schürfstationen aufgegeben wurden. Über den Äquatorwulst des Mondes verteilt lagen neunzig Milliarden Dollar an SMA-Material, und man musste versuchen, es zu beschützen. Dechert atmete zweimal tief durch, zur Beruhigung. Was sollte er sagen? Konnte er überhaupt Worte an Hale richten, nachdem dessen Leute gerade von einer chinesischen Rakete getötet worden waren? Doch genauso wie Hale seine Pflichten hatte, musste auch Dechert bestimmte Dinge tun.

»Hale, vielleicht sollten wir …«

Hale drehte ihm den Helm zu, als Dechert sprach, und der Ausdruck in den Augen des Captains war leer und vollständig amoralisch. Im Schwarz dieser Pupillen gab es weder Richtig noch Falsch, keinen Zorn und keine Sorge. Dort stand nur der Wille, das Nächste zu tun, weil die Natur es so beabsichtigte.

»Schon gut«, sagte Dechert.

Die Entropie war komplett. Dechert kam sich vor, als kreiste er um den Rand eines Schwarzen Lochs und wurde zur Singularität gesaugt. Keine Kraft im Universum, vielleicht nicht einmal Gott selbst, konnte dem Zug solcher Schwerkraft widerstehen.

»Einhundertachtzig Klicks bis Krater Yangel'«, meldete Thatch. »ETA fünf Minuten.«

Hale nickte und antwortete, ein Mensch auf Autopilot. »Wieso gehen Sie nicht nach hinten und kümmern sich um Ihren Jetanzug, Thatcher? Sie können uns helfen, uns fertigzumachen, wenn wir gelandet sind.«

»Mach ich.« Thatch blickte Dechert an, ehe er sich abschnallte und ins Heck der Kabine kroch.

Schweigend flogen sie das Shuttle mehrere Minuten, in denen das Wärmebild auf der Bugscheibe ein dunkelgrünes Leuchten ins Cockpit warf. Die gespenstische Flachheit des Serenitatis-Beckens wich einer Reihe gerundeter Buckel und Felsgrate, als sie die ersten Ausläufer der Montes Apenninus erreichten. Hale brachte sie tiefer an die Mondoberfläche und wich den Felsformationen mit leichten Bewegungen des Steuerknüppels aus.

»Wir gehen schnell rein und schnell raus, Commander«, sagte er schließlich. »Nur den Absturz bestätigen. Wenn es keine Überlebenden gibt, werden Leichen nicht geborgen. Wie lange dauert ein Trip mit den Jetanzügen vom Yangel' bis zum Peilsender des Shuttles?«

»Ich rechne mit vier Sprüngen in jede Richtung, vielleicht insgesamt fünfzig Minuten EVA.« Dechert sah ihn an. »Ihnen ist klar, dass nur sehr wenig …«

»Ja, das ist mir klar.«

»Okay.«

»Zwei Minuten bis Yangel'.«

»Was wird Ihrer Meinung nach geschehen?«

Hale atmete durch, und das Geräusch tröstete Dechert. Es war das erste Anzeichen, dass der Captain doch noch etwas Menschliches an sich hatte.

»Ich vermute, wir schlagen gegen ihre Substationen los, kurz nachdem wir den Verlust des Shuttles bestätigt haben. Trayborr macht Dampf, damit es losgeht.«

»Und sie schießen dann auf uns. Wahrscheinlich auf Serenity.«

»Die Wahrscheinlichkeit ist hoch. Ich glaube nicht, dass

eine Seite schon eine Hauptbasis beschießen wird. Zu großes Risiko, alles zu verlieren. Aber wer weiß. Wenn auch auf der Erde ein heißer Krieg ausbricht, legt jeder die Samthandschuhe ab.«

Damit ständen Vernon, Lane und Quarles im Fadenkreuz, und Standard begleitete sie auf ihrem Todesritt. Drei Schürfer und ein Bürokrat an Raketenabwehrwaffen und EMP-Kuppeln, jede Hilfe Hunderte von Kilometern entfernt. *Gott steh ihnen bei.*

»Meine Leute sind keine Soldaten, Hale.«

»Dann müssen sie es werden.«

Dechert schüttelte den Kopf, die Zähne zusammengebissen. »Nein, beim ersten Anzeichen für Raketenstarts werden sie sich verkrümeln. Sie können die Abwehrwaffen auf Automatik stellen, aber ich will verdammt sein, wenn sie dableiben, um zu sterben.«

»Das ist Ihre Entscheidung, Commander. Es ist nicht meine Station, es sind nicht meine Leute. Aber Sie werden sich dafür verantworten müssen.«

»Das werde ich ganz bestimmt.«

Der Kraterrand des Yangel' kam in Sicht, eine Neun-Kilometer-Lippe, die von der monolithischen Weite der lunaren Wüste aufragte. Hale bremste das Shuttle ab und zog es von der Mondoberfläche hoch. Decherts Magen machte einen Satz, als das Raumfahrzeug über die hohen Klippen stieg und sich dahinter in die Kratermündung stürzte.

»Dreißig Sekunden«, sagte Dechert.

»Verstanden.«

»Tut mir leid um Ihre Leute, Captain.«

»Danke. Mir auch.«

Die drei Männer setzten fünfzig Meter voneinander entfernt über die Oberfläche des Mondes. Dechert spürte den Schub der Hochenergiedüsen in seinem Rücken, während sie innerhalb der Kraterwände aufstiegen, die Helmscheiben auf Infrarotsicht gestellt, damit sie einander in der Dunkelheit erkennen konnten. Den Sprung fand Dechert desorientierender als seinen ersten Testeinsatz des Jetanzugs im Dionysius. Das lag an den Blackout-Bedingungen. Sie konnten weder Lampen noch Peilsender nutzen, dazu waren sie zu dicht an den Chinesen, und ohne beides war es unmöglich, sich räumlich zu orientieren.

Ihre Helmscheiben zeigten eine künstliche Sicht wie in einem VR-Spiel. Aber das Bild war nicht so realistisch, als dass Dechert empfunden hätte, er nehme an der Szene teil, die sich vor seinen Augen abspielte. Er musste den Telemetriewerten vertrauen und dem künstlichen Horizont in seinem Head-up-Display, die extreme Übelkeit unterdrücken, die drohte, ihm aus der Kehle zu steigen und sein Gehirn zu überfluten. Die positiven G-Werte gaben ihm das Gefühl, seine Organe würden hinunter auf die Lenden gedrückt. Dem fast unwiderstehlichen Drang, sich zusammenzukrümmen, gab er nicht nach. Von seinem Flug in den Dionysius her erinnerte er sich, dass es am besten war, so starr zu bleiben wie möglich, damit die Schubdüsen an seinen Schultern, im Tornister und den Stiefeln synchronisiert blieben. Wenn Dechert sich in der künstlich gerasterten Welt umsah, in der er sich befand, kam es ihm vor, als wäre er mitten in einem riesigen Teersee versunken. Er suchte nach anderen Analogien, um seine Gedanken von der Übelkeit abzulenken. Eine Mücke, in schwarzem Bernstein gefangen. Ein Taucher in der tintigen Tiefsee, in allen Richtungen umgeben von biolumineszenten Geschöpfen …

Thatch brach das Schweigen. »Kommt einem das irgendwann normal vor?« Seine Stimme klang etwas höher als sonst, und er atmete schwer. Dechert zuckte zusammen, als er ihn unvermittelt in seinem Helm hörte.

»Nein.«

»Toll. Was passiert, wenn man in den Helm kotzt?«

»Lassen Sie das bleiben.« Dechert sah nach rechts und entdeckte Hale, eine leuchtende Silhouette im tiefen Graugrün des Infrarots und des verstärkten Sternenlichts. »Wie geht es Ihnen, Captain?«

»Prima.«

Eine andere Antwort hatte Dechert nicht erwartet. »Okay. Zwo-null Sekunden bis Gipfelpunkt; zwei Minuten zehn Sekunden bis zum ersten Sprung.«

»Erinnern Sie mich mal, was wir dann tun«, bat Thatch zwischen zwei Atemzügen.

»Machen Sie zwei Schritte, als wollten Sie einen Basketball in den Korb dunken, und drücken Sie auf Neuzündung. Von da an steuern Sie mit dem Joystick.«

Keiner von beiden antwortete. Vielleicht wollten sie so nahe bei den Chinesen nicht mehr sprechen, vielleicht kämpften sie auch nur gegen die Übelkeit. Für Dechert war es ein bisschen von beidem. Er wartete ein paar Sekunden und schaltete das Com auf einen privaten Kanal, indem er den Retinasensoren zublinzelte, die Quarles in seinen Helm eingebaut hatte. Die Modifikation erlaubte ihm, ohne Handbewegung den Anzugcomputer in seiner Brustplatte zu steuern, der alles von seinen Antriebssystemen bis hin zu seiner Kommunikation regelte. Er hoffte, dass Quarles' andere Anpassungen genauso gut funktionieren würden.

»Lane, sind Sie da?«

»Ja.«

»Sichere Verbindung.«

Einige Sekunden lang knisterte die Statik. »Verbindung sicher.«

»Statusmeldung?«

»Wir sind alle in Druckanzügen, klar zum Abhauen. Warten auf weitere Befehle. Radarschirme sind bislang leer.«

»Verstanden. Gehen Sie in den CORE und klinken Sie sich in die Videoübertragung ein, dann tun Sie im Haupthangar das Gleiche. Wenn wir wieder die Verbindung absichern müssen, lassen Sie sich einen Grund einfallen, weshalb Sie den Raum verlassen müssen. Ich möchte nicht, dass Standard irgendetwas hört, das er nicht hören soll.«

»Okay. Wie ist es da draußen?«

»Dunkel.«

Sie stiegen aus dem Krater zur Oberfläche des Mondes, und Dechert erblickte den grauen Umriss des Sees des Glücks vor sich. Seine seit Urzeiten erstarrten Lavaströme zogen sich durch die Montes Apenninus wie ein Flusstal, das düstere Hügel zerschneidet. Im vollen Sonnenlicht bildete es einen geschwärzten Schmierstreifen, im Infrarot war es ein Fleck aus vollkommenem Nichts. Thatch hatte sie auf den Peilsender eingestellt, der die Absturzstelle des Shuttles markierte. Hale rief alle zwanzig Sekunden vergeblich sein totes Marineteam.

»Specter, hier Suche und Rettung, melden Sie sich. Specter, hier SAR.«

Nichts außer Rauschen antwortete, und nach dem fünften Ruf wussten sie alle, dass sie nur dem Namen nach eine Rettungsmission unternahmen.

»Sind Sie sicher, dass die Chinesen nicht beim letzten

Mal das Shuttle abgehört haben?«, fragte Thatch. »Vielleicht sollten wir still sein.«

»Sie haben auf das Shuttle gewartet, Thatch.« Dechert erinnerte sich aus der Ausbildung, wie man eine Kill-Box aufbaut, und begriff, dass jemand mit fundierten militärischen Kenntnissen auf der chinesischen Seite des Mares operierte. »Und Sie haben doch Quarles vor dem Flug gehört. Im Moment gibt es auf dem Mond viel zu viel Kommunikation, als dass wir entdeckt werden könnten.«

»Ja, das hat Quarles gesagt. Aber was, wenn sie uns *trotzdem* hören?«

Diesmal antwortete Hale. »Nun, sie würden an uns keine Rakete verschwenden. Wenn wir in Sichtlinie wären, würden sie uns einfach mit einem HELS oder einer Railgun töten wie der, die Sie sich an den Anzug geschnallt haben.«

»Was zum Teufel heißt denn HELS?«

»Hochenergie-Lasersystem. Aber es ist besser, wenn Sie gar nicht wissen, was sie einem Menschen antun können.«

»Ermutigend ist das nicht gerade.«

»Das soll es auch nicht sein.«

Die drei Astronauten sanken herab; die Düsen ihrer Jetanzüge schwenkten herum, schossen mehrmals Plasma ins All, richteten sich wieder auf den Boden und feuerten schwächer, um den Sturz abzufangen. Positive g wurden zu negativen, als sie vom Scheitelpunkt ihrer Sprungbahn absanken, und Decherts Organe schwebten in seinen Brustkasten hoch. Er tastete nach dem Geschirr um seine Körpermitte, nach dem mattierten Griff der Waffe, an die Hale ihn gerade erinnert hatte. Durch den Handschuh fühlte sie sich seltsam an. An Waffen war er gewöhnt, aber er hatte nie gedacht, er könnte einmal auf dem Mond ein Gewehr an seinem Raumanzug tragen.

Hale hatte darauf bestanden, dass sie alle drei ein Gewehr aus dem Arsenal mitnahmen, das die Marines mit nach Serenity gebracht hatten. Seltsame Gebilde waren es – Schienengewehre für den Handbetrieb mit zwei leitfähigen Metallstangen zu beiden Seiten eines dunkelblauen Wolframstahllaufs. Mit ihren wulstigen Magnetbeschleunigern, den langen, schlanken Läufen und den Gasablassventilen erinnerten sie eher an einen Versuchsaufbau in einem physikalischen Labor als an Waffen. Er hatte aber auch genug darüber gelesen, um sie nicht zu unterschätzen; das Geschoss dieser Gewehre besaß genügend Energie, um den Kopf eines Menschen zu durchschlagen und dennoch die Umlaufbahn zu erreichen – fast ohne jeden Rückstoß.

Dechert hatte sich nie als intelligenten Mann betrachtet, aber seine Selbstwahrnehmung genügte, um schon von Kindesbeinen an zu wissen, dass er einen scharfen Sinn für Ironie besaß. Was sollte er anderes tun, als über seine Situation den Kopf zu schütteln? Drei Männer flogen vom Meer der Heiterkeit zum See des Glücks, Waffen an die Bäuche geschnallt, vor sich eine fast mit Sicherheit tote Crew? Er entschied, von diesem Punkt an alle lunaren Geländemerkmale mit ihren lateinischen Namen zu bezeichnen. Mare Serenitatis. Lacus Felicitatis. Die antike Sprache ließ sie weniger optimistisch klingen.

»Vierzig Sekunden bis zum ersten Sprung«, gab Dechert durch. »Achten Sie auf Geländeerhebungen in Ihrer LZ.«

»Sieht klar aus.«

»Bei mir alles prima.«

»Verstanden.«

Ihre Geschwindigkeit schien zu steigen, als die Oberfläche näher kam, aber Dechert wusste, dass sie in Wirklichkeit abbremsten. Er atmete erleichtert aus, dass sie nicht die Landezonen zu ändern brauchten, während im Head-up-Display die vier nach innen gerichteten roten Pfeile, die ihm anzeigten, wo er landen würde, zu blinken begannen. Er konnte den Regolith nun genauer erkennen, sogar im Infrarot. Was von oben wie glatter Mondboden ausgesehen hatte, wurde nun zu einem Geröllfeld auf einer flachen Erhebung. Würde er abrutschen und auf falschen Kurs gelenkt werden? Sein Computer piepte warnend. Die maschinenhaften Geräusche ihrer Atmung hallten in ihren Helmen.

»Fünf Sekunden, vier, drei, zwo, eins … Jetzt! Schritt, Schritt und Zündung!«

Alle drei aktivierten sie die Düsen gleichzeitig, hüpften zweimal über die Mondoberfläche und wurden in die Höhe getragen. Dechert warf einen Blick nach links und rechts, um zu sehen, ob sie noch in Formation waren. Schweiß brannte ihm in den Augen, und er wünschte sich, er könnte sie trocken wischen.

»Steigwinkel zweiundachtzig Grad, nominal«, sagte der Anzugcomputer mit beruhigender Stimme. »Steigen auf viertausend Meter in eins-fünf-null Sekunden.«

»Gütiger Himmel«, sagte Thatch auf der allgemeinen Frequenz und zog mit raschen Zügen die Luft ein.

»Gewöhnen Sie sich dran«, sagte Dechert. »Sie haben noch drei Hopser vor sich, ehe wir ankommen.«

21

Als sie den halben Weg zur Absturzstelle hinter sich hatten, hörte Hale auf, seine tote Crew zu rufen. Er blieb auf dem Kanal, aber über das dunkle Mondtal drang nur Hintergrundrauschen heran. Die Kommunikation zwischen Hale, Dechert und Thatch beschränkte sich auf knappe Befehle und Bestätigungen. Jeder Kilometer, den sie flogen, brachte sie näher an die Stelle, von der ein chinesisches Team eine Boden-Luft-Rakete auf das Marineshuttle abgefeuert hatte. Konnten die Angreifer dortgeblieben sein, um etwaige Retter ebenfalls anzugreifen, oder waren sie zur Absturzstelle vorgedrungen und legten dort einen zweiten Hinterhalt? Erzeugten drei Männer in Raumanzügen ein ausreichend großes Radarecho, dass automatikgesteuerte Railguns oder Laser auf sie schießen konnten? War ihre Infrarotsignatur stark genug, um überhaupt entdeckt zu werden?

Dechert schob die Fragen beiseite. Er hatte vor langer Zeit gelernt, nicht über die unbekannten Einfallschneisen für den Tod nachzudenken. Im Libanon, wo in der Hälfte aller Fenster ein Heckenschütze lauerte, führte dieser Weg, einmal eingeschlagen, rasch zum mentalen Zusammenbruch. Er verschloss seinen Verstand vor den Gefahren, die vor ihnen lagen, und grübelte über den Bombenanschlag auf die *Molly Hatchet* nach, als könnte er mit einer Eingebung, die das Rätsel löste, das Geschehen aufhalten, das sich vor ihnen abspielte. Aber jeder Gedankengang endete mit derselben

Frage: *Wie konnte Kale Foerrster eine Bombe am Raupenfahrzeug angebracht haben?*

Dechert hatte die Akte des Ensigns in der letzten, schlaflos verbrachten Nacht vor dem Einsatz der Marines durchgearbeitet. Er hatte einige schwer verdiente Gefallen in Peary Crater einlösen müssen, um auf die geheimen Abschnitte der Beschäftigtenakte des Mondpiloten zugreifen zu dürfen. Foerrsters Hintergrund machte ihn nur verdächtiger. Er war der SMA nach drei Jahren im Office of Environmental Analysis beigetreten, dem Referat mit dem so wohlwollend klingenden Namen, das nach dem Thermischen Maximum gegründet worden war und angeblich die Aufgabe hatte, zukünftigen Umweltkatastrophen vorzubeugen. In Wirklichkeit handelte es sich um eine im Geheimen operierende Abteilung des militärischen Nachrichtendienstes mit dem Zweck, in den nord- und südamerikanischen Ödlanden, die durch das TherMax entstanden waren, Aufständische und Milizen zu bekämpfen.

Über Decherts militärische Kontakte war im Laufe der Jahre einiges über das OEA zu ihm durchgesickert. Sie erinnerten ihn an die Studies and Observation Groups aus dem vergangenen Jahrhundert, die Spezialeinsatztruppen für unkonventionelle Kriegführung. Während des Vietnamkriegs waren die SOGs so weit von der üblichen Befehlskette entfernt, dass sie sich ihre Befehle in der Regel selbst erteilten. Zwei Monate auf sich gestellt unter dem Dreischichten-Blätterdach des Dschungels den Gegner beschleichen wie Jaguare auf der Jagd nach Beute. *Was macht das mit einem Mann?* Wenn Foerrster für diesen Verein mehr erledigt hatte als Papierkram, war ihm alles zuzutrauen.

So logisch es besonders im Lichte seines Hintergrunds

auch erschien, Foerrster für den Bombenanschlag verantwortlich zu machen, ein Faden wollte nicht ins Muster passen. Auf keinen Fall konnte er in den Korral gelangt sein, ohne dass Lane oder Vernon es bemerkten. Wenn eine Drucktür auf dem Mond geöffnet wurde, gab es eine Menge Meldungen. Wie eine Fräse nagte eine Ahnung an Decherts Bewusstsein, ein Instinkt, der ihm ganz von Anfang an etwas mitteilen wollte. Bei Lin Tzu hatte er das gleiche Zögern bemerkt. Er wisse nur, dass er niemandem traue, hatte Tzu gesagt, und Dechert empfohlen, es genauso zu halten; beide Seiten schienen zu wollen, was komme. Wenn das die Wahrheit war, lag eine grausige Frage nahe: Wie wendete man einen Krieg ab, den beide Seiten für unausweichlich und am Ende sogar für sinnvoll hielten?

Dechert konzentrierte sich wieder auf die schwarz-grüne virtuelle Landschaft, die ihn umgab, und sagte sich, dass Grübeln sinnlos sei. Nur eines stand fest: Die Chinesen hatten ein amerikanisches Shuttle abgeschossen. Sie hatten vier Marines ermordet, die auf neutralem Gebiet patrouillierten. Dechert fasste erneut an sein Gewehr. Wenn Spezialkräfte sie auf dem Lacus Felicitatis erwarteten, war Dechert mehr als bereit zurückzuschießen. Wenigstens waren die, die er tötete, nicht seine Freunde von New Beijing 2.

»Starkes Peilsignal zwei Kilometer voraus«, meldete Thatch. »Wir setzen dreihundert Meter davon entfernt auf.«

Eine Minute später landeten sie und stolperten ein paar Meter vor, während ihre Beine sich wieder daran gewöhnten, auf dem Boden zu bleiben. Sie blickten einander an. Zu jedem anderen Zeitpunkt wäre das, was sie gerade geleistet hatten, etwas Unglaubliches gewesen und hätte mit den farbigen Ausdrücken der Testpiloten angemessen gefeiert werden müssen: der erste Formationsflug mit Jetanzügen auf dem Mond unter vollständigem Blackout. Nur gab es diesmal nichts zu feiern. Sie wandten sich dem Peilsignal zu und schlurften in die Richtung.

Sie befanden sich in einem niedrigen Tal; eine steile Felswand ragte in der Entfernung auf. Springend bewegten sie sich voran. Alle zwei oder drei Meter trafen ihre Stiefel auf den Regolith, und als sie nur noch Hundert Meter von der zerfallenden Wand entfernt waren, sahen sie, wonach sie gesucht hatten; wie konnte man es übersehen? Mehrere Stockwerke hoch über ihnen gähnte ein Krater von der Größe eines kleinen Bürohauses wie ein geöffnetes Maul, ein Krater in der senkrechten statt waagerechten Achse, da, wo ein Krater nichts zu suchen hatte. Schweigend drangen sie weiter vor. Sie bewegten sich langsamer voran und sahen immer wieder zu dem tiefen, gerundeten Loch in der Felswand hoch. Als sie so nahe waren, dass sie dazu den Kopf in den Nacken legen mussten, entdeckten sie die ersten Trümmer auf dem Boden, kleine Stückchen aus Metall, Draht und Kohlenstofffaser, verstreut über die aschgraue erstarrte Lava des Talbodens. Die meisten Trümmer hatte die Explosion im Vakuum nicht einmal angesengt. Vom Shuttle war nichts übrig, das größer gewesen wäre als ein Aktenschrank, und die meisten Trümmer hätten in Decherts Handschuh gepasst.

Mitten im Trümmerfeld blieben sie stehen, einen Steinwurf von der Felswand entfernt. Thatch senkte den Helm, um an dem LPS-Pad, das er sich ans Handgelenk geschnallt hatte, ihre Position abzulesen. Dann schlurfte er ein paar Schritte nach rechts und musterte den Regolith unter seinen

Stiefeln. Er beugte sich vor und hob einen kleinen weißen Stab auf. Mit dem Handschuh wischte er den aschgrauen Mondstaub ab, drehte sich um und zeigte Hale und Dechert seinen Fund. Am abgerundeten Ende des Stabes blinkte ein rotes Licht.

Der Notsender.

Dechert starrte den Sender an, als könnte ihm das Gerät vom Schicksal der jungen Marines berichten, von den letzten Sekunden ihres kurzen Lebens. Er verfluchte die SMA, dass sie keine Rettungskapseln oder Schleudersitze in ihre Langstrecken-Mondshuttles einbaute. Nach John Ross Fletchers katastrophalem Absturz beim Tycho hatten die Schürfer um Überlebensmodule gekämpft, aber die Administration hatte bereits ihr Kontingent an Shuttles aufgrund eines subventionierten Liefervertrags erhalten. Die Bürokraten hatten die Schiffe nicht zurückschicken wollen; sie hatten befürchtet, man könnte ihnen vorwerfen, einmal zu oft an Washingtons Zitze gesaugt zu haben. Eine gottverdammte Taktik war es, um in der Gewinnzone zu bleiben und ihre Vorgesetzten auf Bundesebene glücklich zu machen, mehr nicht. Wenn Cabrera und ihre Leute eine Möglichkeit besessen hätten, aus dem Shuttle auszusteigen, ehe es gegen die Felswand knallte, könnten sie alle hier stehen und auf ihre Rettung warten.

Hale betrachtete für einen langen Augenblick den Sender in Thatchs Hand, dann wandte er sich ab. Mit der Stiefelspitze stieß er gegen ein Stück makellos glänzenden Metalls, das auf dem Talboden lag. Er öffnete eine Tasche an seinem EVA-Anzug, nahm ein Schulterabzeichen der Air and Space Marines heraus und legte es auf das Wrackteil, wo es eine Million Jahre lang unberührt liegen bleiben würde, solange keine andere menschliche Hand es bewegte. Er richtete sich auf und betrachtete das Stoffstück einige Sekunden lang.

»Gut.« Er schaltete den Comkanal um. »Peary Crater, hier Cherokee.«

»Cherokee, sprechen Sie.«

»Shuttleabsturz bestätigt. Keine Überlebenden.«

»Verstanden, Cherokee. Shuttle abgestürzt. Keine Überlebenden. Kehren Sie nach Serenity zurück, bleiben Sie auf Alarmstufe 1 und erwarten Sie weitere Anweisungen. Verstanden?«

»Verstanden.«

Dechert sah über die schattige Ebene und entdeckte an einem kleinen Impaktkrater etwas, das im Infrarot glühte und ein Helm gewesen sein musste. Die Wärmesignatur erlosch allmählich im superkalten Vakuum und ließ die gerundete Form von dunkelgrün nach schwarz umschlagen. Er machte einen Schritt auf den Helm zu und blieb stehen. Welche weiteren Albträume lagen dort, die er nicht zu sehen brauchte? *Das ist keine Bergungsmission*, fuhr es ihm durch den Kopf. *Es ist eine Strichliste.* Er wandte sich ab, um die Rückkehr zum Yangel' vorzubereiten. Sollten die Drecksäcke von Peary Crater doch herauskommen und die Überreste einsammeln, wenn die Waffen wieder schwiegen.

22

John Ross Flechter hob einen Stein auf und warf ihn an die gewölbte Höhlendecke. Lautlos prallte er vom Fels ab und ließ ein paar Splitter versteinerter Lava fliegen, die in Zeitlupe zu Boden sanken. Er wärmte einen Handradar auf und bestrich Wände und Decke mit Mikrowellen, um die strukturelle Unversehrtheit der gewaltigen Grotte zu prüfen.

»Immer gut, sich zu vergewissern, dass die Decke nicht auf Sie runterfällt«, sagte Fletcher. »Diese Lavaröhren sind nicht mehr die Jüngsten.«

»Sie wollen mich veräppeln, oder?«

Fletcher sah Dechert an und grinste. »Yeah, ich nehme Sie auf den Arm. Größtenteils.«

Er ging zur Wand und legte einen Schalter um. Auf beiden Seiten der Kaverne flackerten Lichter auf. Hell strahlend tauchten sie den Gang in den mattblauen Xenonschein eines U-Bahntunnels. Eine drei Stockwerke hohe Pyramide aus Felsen und Bruchstein ragte vor ihnen auf und blockierte den Weg in die Abbaugrube.

»Die Gitterbrücke ist da drüben.« Flechter wandte sich nach rechts. »Passen Sie auf, wo Sie hintreten.«

Sie schlurften durch die am meisten gepriesene Lavaröhre auf dem ganzen Mond, einen sublunaren Schlauch, der sich drei Kilometer weit unter dem Südrücken der Dorsa Lista entlangzog. Dechert hatte von diesen Röhren gelesen und wusste, wie viel größer sie waren als ihre geologischen

Vettern auf der Erde, aber nie hätte er sich ihr wahres Ausmaß vorstellen können. Der Tunnel war weiter als das Kirchenschiff der Westminster Abbey. Dechert musste an einen Roman von John Christopher über solch eine Höhle denken, die von einem intelligenten Wesen bewohnt wurde, das seine pflanzenartigen Tentakel durch den Bauch des Mondes ausbreitete. Fast rechnete er damit zu entdecken, dass dieses Geschöpf hier lebte.

»Warum hat man Serenity 1 nicht einfach hier gebaut?«, fragte er und drehte den Kopf, um die volle Größe des Raumes zu erfassen. »Sieht doch bequem aus.«

»Nicht genug Titan im Regolith in dieser Gegend. Zu weit entfernt von den Helium-3-Feldern nördlich des Menelaus, und ganz egal, wie sehr sie es auch verstärken wollten, sie konnten einige Lunar-Geologen nicht überzeugen, dass ein Mondbeben das Dach nicht zum Einsturz bringen würde.«

»Also … ohne triftigen Grund?«

»Willkommen auf dem Mond, mein Sohn.«

Sie erreichten die Gitterbrücke, die sich über den Felshaufen wölbte, ein Bogen, der der gerundeten Decke der Lavaröhre nahe kam.

Dechert schloss sich seinem Mentor zum steilen Aufstieg an. Angestrengt versuchte er sich auf die fremdartige Welt vor ihm zu konzentrieren; es war sein erster ausgedehnter Mondspaziergang mit Fletcher, und er wollte einen guten Eindruck hinterlassen. Ein Zwanzigzentimeterrohr lief unter der Gitterbrücke entlang und verließ die Lavaröhre. Wie eine Arterie sah es aus, die das Lebensblut der amerikanischen Mondkolonie direkt aus dem Herzen des Mondes nach oben beförderte. An seinem Ende, dreihundert Meter den Tunnel entlang, lag das gefrorene Manna von Peary Crater und Serenity 1 – die größte Wassereislagerstätte, die bislang auf dem Mond gefunden worden war.

Fletcher nahm zwei Stufen auf einmal, erreichte den höchsten Punkt der Brücke, lehnte sich an das Geländer und wartete mit verschränkten Armen auf seinen Schüler. Den Helm nach hinten geneigt, blickte er auf Dechert hinunter.

»Ihnen geht die Energie wohl nie aus?« Dechert atmete schwer. Ihm war schwindlig, und er fragte sich, ob der Anzugcomputer irgendwelchen Unsinn mit seinem Luftgemisch anstellte.

»Das hier ist der Mond, junger Mann, kein Ferienresort im Tieforbit für Möchtegernastronauten. Wir haben hier keine Zeit für Halbarschigkeit.«

»Das ist auf jeden Fall seit zehn Jahren das erste Mal, dass mich jemand junger Mann nennt«, entgegnete Dechert, »deshalb verzeihe ich Ihnen das mit der Halbarschigkeit.«

Als er ebenfalls an den höchsten Punkt der Gitterbrücke kam, nahm er einige lange, tiefe Luftzüge. Sie blickten auf die andere Seite hinunter und sahen einen noch größeren Abraumhaufen als den, den sie gerade überquert hatten. Geröllfelder aus Anorthosit und Troktolith lagen an den beiden Rändern eines tiefen, gewinkelten Einschnitts verstreut. Fast sah es aus, als hätte vor Hunderttausenden von Jahren das Kind eines Riesen die Faust durch die Höhlenwand getrieben, das Dach zum Einsturz gebracht und eine lange Delle in den Boden geschlagen, die sich zum Westende hin vertiefte. Das Rohr, das der Gitterbrücke folgte, schlängelte sich zwischen den Felsklötzen hindurch und verschwand in dem zigarrenförmigen Loch, und als sie die Stufen auf der anderen Seite hinunterstiegen, erblickte Dechert das, weswegen sie gekommen waren: Eis. Kleine Vorkommen davon waren im lunaren Grundgestein festgefroren, Dunkelgrau, das mit weißen Bändern besetzt war, die im Leuchtstofflicht glänzten. Eis, das niemals geschmolzen wäre, weil es vor der Sonne versteckt blieb, die jetzt ein paar Hundert Meter über ihnen die Serenitatis-Ebene grillte.

»Die kosmische Goldader«, sagte Fletcher. »Der Tag, an dem wir das Eis fanden, war der Tag, an dem wir wussten, dass wir auf dem Mond leben können, ohne das Wasser aus meilentiefem Polarfels herausquetschen zu müssen. Der Tag, an dem wir wussten, dass wir mit dem auskommen, was das Land uns bietet.«

»Abgesehen von dem einen oder anderen importierten Rumpsteak«, sagte Dechert.

»Hmm. Im Moment. Aber eines Tages haben wir auch diesen Nachteil überwunden.«

Dechert sah seinen Boss an. Fletcher sprach mit dem Eifer eines Mannes, der gerade zu Gott gefunden hat und seine Offenbarung mit dem Rest der Welt teilen will. Nur war Fletchers Religion nicht theistisch; er verehrte das Weltall. Der Chefmond-Erkunder der SMA war seit sechs Jahren nicht mehr auf der Erde gewesen, die längste Abwesenheit vom Planeten, die je ein Mensch absolviert hatte. Und er würde so bald auch nicht zurückkehren – in einem halben Jahr würde der größte Pionier, den der Mond je gesehen hatte, auf dem Weg zum Mars sein, um an dessen eisigem Südpol eine Durchgangsstation aufzubauen.

»Wie Sie sehen, traf das Kometenfragment in genau dem richtigen Winkel auf, um die Röhre nicht komplett zum Einsturz zu bringen.« Fletcher bewegte den Arm in einem Bogen, der den Tunnel auf ganzer Breite umfasste. »Es war groß genug, um eine beträchtliche Ablagerung an flüchtigen Stoffen zu hinterlassen, und gerade klein genug, um sie beim Aufprall nicht restlos zu verdampfen.«

»Ein echter Goldilocks-Komet.«

»Richtig. Viermal größer als jedes andere bekannte Wasservorkommen auf dem Mond und viel einfacher zu fördern als Perma-Eis.«

Sie stiegen vom unteren Ende der Treppe hinunter und drangen auf dem schmalen Weg vor, der das Geröllfeld durchschnitt. Dechert erreichte den Rand des Impaktkraters und sah in die Grube, wo ein Siebroboter an Eis und Fels kratzte, das gewonnene Material aufheizte und das Wasser absaugte. Durch das Rohr, das unter dem Laufsteg verlief, gelangte es zur Weiterverarbeitung in die Silos.

»Wie viel ist noch übrig?«

»Wenigstens neunhunderttausend Kubikmeter. Genug, um einen guten Teil unserer Mondoperationen zehn Jahre lang zu versorgen, wenn man Recycling einberechnet. Und wenn diese Lagerstätte einmal zur Neige geht, haben wir längst neues Eis gefunden.«

Dechert blickte noch einmal in die Grube. Er vergewisserte sich, dass er an dem Stahlpfosten, der in den überhängenden Rand getrieben worden war, einen guten Halt hatte.

»Muss eine Höllenanstrengung gewesen sein, die Sieber da runterzubekommen.«

»Stimmt.«

Dechert sah ihn an. »Und nach der ganzen Arbeit fliegen Sie zum Mars, um mit allem von vorn anzufangen?«

»Richtig.«

»Sie haben mir noch nicht gesagt, wieso.«

Fletcher richtete sich vom Loch auf und sah den Mann

an, dem er das Kommando über Sea of Serenity 1 übergeben würde.

»Weil der Mars weiter draußen ist und seinen eigenen Kreis um die Sonne zieht, frei von der Erde. Eine völlig neue Welt.«

Dechert schüttelte den Kopf. Er kannte die Faszination, neue Welten zu erforschen, aber er würde es niemals so empfinden wie Fletcher. Zum Mond war Dechert mehr aus Fluchtgründen gekommen als aus Faszination, und er fragte sich, ob sein Boss das bereits begriffen hatte. Der SMA beizutreten war nicht gerade der typische Karriereweg für einen wüstenmüden Marine und Expiloten, der einfach zu oft beschossen worden war.

»Ja, aber der Mars?«

»Wieso nicht? Der Jupiter ist wenigstens sechs Jahre weit weg. Man kann nicht mal mit Sicherheit sagen, dass die Helium-3-Sammler seine Atmosphäre überstehen, und die letzten Pläne für eine durch Eis abgeschirmte Basis auf Europa waren eine einzige Katastrophe.« Er tätschelte das weite Rohr, das aus dem Kometenkrater hochkam. »Der Mars ist das Beste, was wir im Moment in Angriff nehmen. An den Jupiter denke ich, sobald der Gott des Krieges mich langweilt.«

Gütiger Himmel, dachte Dechert, *der Christoph Columbus des Alls. Wie ersetzt man so jemanden?*

»Glauben Sie, ich packe das hier oben, John?«, fragte er.

Sie standen schweigend ein paar Sekunden lang zusammen, und beide sahen sie in die tiefe Grube, wo der Siebroboter kriechend nach Wasser schnüffelte, nach Leben.

»Sie werden Ihre Sache prima machen«, sagte Fletcher. »Denken Sie nur immer an zwei Dinge.«

»Okay?«

»Erstens: Halten Sie Ihre Crew am Leben. Hier oben braucht niemand den Helden zu spielen.« Er klopfte Dechert auf die Schulter, wandte sich ab und begann den Rückweg.

»Und zweitens?«

Fletcher hob einen zweiten Finger, als er die Gitterbrücke erreichte und den langen Aufstieg zur Mondoberfläche antreten wollte. Noch immer kehrte er Dechert den Rücken zu. »Sorgen Sie dafür, dass meiner Station nichts zustößt.«

»Commander, hier Lane. Sichere Verbindung bitte.«
Ihre Stimme drang in Decherts Tagtraum, als der zweite Rücksprung zum Shuttle halb vorüber war und die drei Astronauten aus viertausend Metern über dem Außenrand des Lacus Felicitatis zum Boden sanken. Obwohl sie nicht schrie, bannte die Anspannung in ihrer Stimme die Gespenster, die jahrelang in Decherts Kopf gespukt hatten, und riss ihn in die Gegenwart zurück.

»Ja … okay, Moment. Verbindung sicher.«

»Wir haben gerade eine Sonneneruptionswarnung von NB-2 erhalten. Ich wiederhole: Wir haben gerade eine Sonneneruptionswarnung von NB-2 erhalten.«

Dechert kam es vor, als hätte man ihm gegen die Kehle geschlagen. Seine Augen tränten, und er schluckte die Feuchtigkeit, die er noch im Mund hatte, damit seine Stimme gleichmütig und auf keinen Fall schrill klang, wenn er antwortete.

»Bestätigen Sie, Lane, dass Sie eine Sonneneruptionswarnung von Lin Tzu erhalten haben.«

»Bestätigt.«

Er wartete noch kurz, aber sie fügte nichts hinzu, und er begriff, dass sie auch nichts hinzuzufügen brauchte.

»Alles klar. Sie alle verlassen auf der Stelle den CORE und gehen hinunter in den Haupthangar. Bereiten Sie die sofortige Räumung der Station vor. Ich wiederhole, sofortige Räumung der Station.«

»Verstanden. In einer Minute sind wir unten.« Sie zögerte eine Sekunde lang. »Standard wird nach dem Grund fragen.«

»Sagen Sie ihm, was immer Sie sagen müssen. Erklären Sie ihm, dass Sie die automatische Stationsabwehr vom Flugdeck aus steuern können, aber ich hätte Ihnen befohlen, dass Sie beim ersten Anzeichen eines Angriffs innerhalb von dreißig Sekunden die Station räumen müssen. Verraten Sie nur nichts über unsere kleine Extratour.«

»Okay. Ich bin unterwegs.«

Also war es so weit. Nach Wochen schwelender Glut brach das Feuer aus. Seine Station wurde von China angegriffen. Die Station, die Flechter in den Pioniertagen aus dem Mondboden gestampft hatte, indem er Sechzehnstundenschichten auf dem Regolith leisten ließ, bevor er mit seinen Leuten für ein paar Stunden Ruhe in einem aufblasbaren Blasenzelt aufbrach. Die Station, die Dechert in über drei langen Jahren sorgfältiger Leitung zu seiner eigenen gemacht hatte. Und seine Leute – Lane, Quarles und Vernon – steckten darin fest. Verwundbar.

Ich muss sie da rausholen.

Muss sie zum Menelaus bringen.

Die Beatmungsanlage in Decherts Anzug lärmte. In seinen Ohren rauschte und pochte das Blut. Wie weit ging seine Verpflichtung gegenüber Peary Crater und den Militärs, die jetzt die Basis leiteten? Er war kein Soldat mehr. Musste er sie warnen, dass ein Angriff auf Serenity 1 unmittelbar bevorstand? Er war mit Lin Tzu übereingekommen, dass sie jede gegenseitige Warnung für sich behielten, bis sich etwas auf dem Radarschirm zeigte. Sollten die Mistkerle in Peary Crater und New Beijing 1 doch sehen, wo sie blieben.

Aber konnte er das tun – seinen Landsleuten am Nordpol Informationen vorenthalten? Einer amerikanischen Schürfstation drohte ein Raketenschlag; der nächste konnte sich gegen Peary Crater richten. Trayborr jetzt davon zu unterrichten, konnte ihm einen taktischen Vorteil verschaffen, eine Chance, in die Offensive zu gehen, bevor er selbst getroffen wurde. Dechert dachte an seine Freundschaft zu Lin Tzu, an ihre Gemeinsamkeiten: zwei Männer, die im Leben zu viel gesehen hatten und auf eine stille, gefrorene Welt entkommen waren, auf der es die Hitze des Krieges nicht gab. Die Hitze des Krieges hatte sie eingeholt, und sie konnten keine Freunde mehr sein. Seit zwei Minuten konnten sie nicht einmal behaupten, sie seien noch dieselben Menschen, die das Warnungsabkommen getroffen hatten. Lin Tzu hatte als letzte Geste das Signal an Serenity 1 gesendet, aber jetzt bereitete er sich auf den Kampf vor. Und da er Lin kannte, wusste Dechert, dass sein chinesisches Gegenstück ihn gewarnt hatte, obwohl er genau wusste, dass Dechert wortbrüchig werden müsste.

»Peary Crater, hier Cherokee«, sagte Dechert mit zusammengebissenen Zähnen in den offenen Comkanal, und als er ansetzte, das Versprechen an seinen Freund zu brechen, entdeckte er am Rand seines Gesichtsfelds einen Streifen aus gleißendem Weiß. Er drehte den Kopf und erblickte etwas, das auf dem Mond zu sehen er nie erwartet hätte: Drei Raketen zogen über ihn hinweg und überholten die Astronauten, die in östlicher Richtung dem Mare Serenitatis zustrebten.

23

»Hale, Zwo-Dreißig hoch. Raketen.«

Hale und Thatch drehten die Köpfe nach rechts, und zu dritt sahen sie schweigend zu, wie die Raketen mit direktem Kurs auf Sea of Serenity 1 über die Mondoberfläche zogen.

»Heilige Mutter Gottes«, flüsterte Thatch.

Hales Com klickte. »Peary Crater, hier Cherokee.«

»Cherokee, hier Peary Crater, sprechen Sie.«

»Peary Crater, wir haben Vampire. Ich wiederhole: Vampire. Sichtkontakt auf feindliches Paket mit Kurs auf Serenity. Drei Raketen aus Südost, Ursprung Mare Imbrium, Flugrichtung einhundertzehn Grad.«

»Bitte bestätigen, Cherokee: Sie haben Sichtkontakt zu feindlichen Raketen, Ursprung Mare Imbrium, Kurs Serenity 1.«

»Bestätigt, Kurs auf Serenity. Wir sind ein paar Klicks entfernt. Sehen aus wie große Überschnelle.«

»Verstanden, Cherokee. Nennen Sie mir bitte eine Entfernung und bestätigen Sie, dass es sich um Marschflugkörper handelt.«

»Bestätige Marschflugkörper. Keine SAMs. Wiederhole: keine SAMs. Vielleicht sechshundert Kilometer von Serenity 1. Ich wiederhole, grob sechs-null-null Klicks von der Station.«

»Verstanden. Warten Sie.« Die Verbindung brach ab.

Dechert hatte Hales Gespräch mit Peary Crater nur verschwommen wahrgenommen und mit einem Blinzeln seiner Augen den Kanal gewechselt. Er brüllte ins Com, ohne den Blick von den davonziehenden Raketen zu nehmen, während er um seine Fassung kämpfte.

»Serenity, hier Dechert. Raketen fliegen auf Sie zu, Entfernung sechshundert Klicks. Wiederhole, drei Raketen fliegen auf Sie zu. Bestätigen Sie.«

Quarles antwortete. »Hier Serenity. Scheiße, ist das Ihr Ernst?«

»Mir ist es todernst, Jonathan. Ihnen bleiben vielleicht fünf Minuten. Stellen Sie die Abwehr auf Automatik und machen Sie, dass Sie wegkommen. Ich wiederhole: Verschwinden Sie, sobald die Raketenabwehr eingeschaltet ist. Ich schalte Hale und Thatch in unsere Comverbindung.«

»Verstanden. Wir sind zehn Sekunden vom Flugdeck und bereiten alles vor, um Raketenabwehr und EMP-Abschirmung dem Computer zu übertragen. Schätze, in drei Minuten hauen wir ab.«

»Lieber in zwei. Und schalten Sie die Videoübertragung im Hangar ein. Ich möchte die Vorbereitungen beobachten. Sind Lane und Vernon am Com?«

»Setzen gerade die Helme auf.«

»Vernon?«

»Ich bin hier.«

»Wärmen Sie den Rover auf, während Lane und Quarles sich um die Abwehr kümmern. Verplempern Sie keine Zeit mit Systemchecks. Sie müssen in nicht mehr als zwei Minuten da weg sein. Sie müssen wenigstens einen Klick Abstand haben, wenn die Raketen in den Abwehrradius eintreten. Bitte bestätigen Sie.«

»Bestätigt. In zwei Minuten sind wir draußen.«

Standards Stimme schnitt in die abgehackte Unterhaltung. »Commander, hören Sie zu. Glauben Sie mir, ich möchte wie jeder andere auch gern die Station verlassen, aber ich benötige die Ermächtigung von Peary Crater, wenn wir in einer Situation …«

»Ihre Ermächtigung haben Sie, Commissioner. Von mir. Jetzt geben Sie den Kanal frei.«

Dechert, Thatch und Hale waren eintausend Meter über dem Lacus Felicitatis und sanken. Nur noch ein weiterer Sprung zum Shuttle, dann zehn Minuten zum Menelaus, um die Crew abzuholen. Dechert wand sich innerlich vor Frustration, gefangen in der Automatiksequenz ihrer Sprünge längs des Nordrands des Mare Vaporum. Ein Jetanzugsprung konnte nicht beschleunigt werden. Einen Marschflugkörper konnte er nicht überholen. Rechtzeitig, um irgendetwas zu tun, kam er nicht zur Station. Er konnte nur zusehen und zuhören.

Die Computer in den Brustplatten piepten vor der letzten Abstiegssequenz, und Dechert sah auf dem Head-up-Display, dass die Landewarnung eine Videonachricht von Serenity überlagert hatte. Kein Datenstrom durfte eine Prioritätsoperation unterbrechen. »Fünf, vier, drei, zwo, eins, null, Schritt, Schritt und Zündung.«

Dechert, Hale und Thatch schossen vom Mondbecken hoch. Vier Kilometer bis zum Shuttle. Der Abstand schrumpfte. Funkverkehr zuckte als Wirrwarr einander unterbrechender Stimmen über den Mond. Jemand in Peary Crater rief Decherts Namen. Er achtete nicht darauf.

In der linken unteren Ecke von Decherts Head-up-Display erwachte die Videodirektübertragung, die Quarles eingerichtet hatte, und er zog das Fenster mit Augenbewegungen groß, bis es die untere Hälfte seines Gesichtsfelds einnahm. Die Kamera bot ihm eine 180-Grad-Sicht auf den Haupthangar. Lane war im Raumanzug auf dem Flugdeck und gab Befehle für den CORE ein, die Verteidigung der Station zu übernehmen. Quarles hantierte am Tornister von Standards Druckanzug und sorgte dafür, dass der Gasstrom stimmte. Waters war nirgendwo zu sehen. *Muss schon im Korral sein und lässt den Rover warmlaufen.*

»Wir haben alle Grünwerte für persönliche Lebenserhaltung«, meldete Lane übers Com. »Evakuieren Haupthangar und öffnen Korraltor. Vernon, kannst du das Außenschott in zehn Sekunden ab meinem Zeichen öffnen – ab jetzt.«

»Öffne Außenschott in zehn Sekunden. Rover warmgelaufen und klar.«

Hale mischte sich ein. »Briggs, stellen Sie die Raketenabwehr auf mehrfache einfliegende Ziele; algorithmische willkürliche Manöver. Die Marschflugkörper, die auf Sie zufliegen, sind Sporenraketen. Sie werden sich intelligent verhalten.«

»Verstanden«, sagte Lane. »Raketenabwehr und Laser auf intelligente Verteidigung gestellt. EMP-Abschirmung auf hundert Prozent, Fusionsreaktor durch zweiten Schild geschützt.«

Dechert ging im Geist die Checkliste ihrer Fluchtprozedur durch. Station gesichert. Schildtore unten. Energieerzeugung auf Erhaltungslast. Reaktor in flüssiges Metall gehüllt. Abwehrwaffen aktiv.

»Lane, bestätigen Sie, dass Evakuierungssequenz komplett ist, und verschwinden Sie.«

»Bestätige Komplettierung.«

»Quarles, Bestätigung.«

»Ich bin derselben Ansicht, Commander. Wir können los.«

Dechert sah auf das Chronometer in seinem Head-up-Display. Sie hatten drei Minuten, vielleicht vier. Er hörte durch das Hintergrundzischen im Com, wie das Außenschott sich öffnete. Die Tür machte mit gedämpftem Warnton darauf aufmerksam, dass das Vakuum des Alls in die Station vordringen würde. Sie würden es schaffen, mit genügend Spielraum für Fehler.

»Okay, dann …«

In seinem Helm gellten die Warnsignale, ehe er zu Ende gesprochen hatte. Rasche Pieptöne: Abschaltungsalarm vom Fusionsreaktor der Station. Langsamere, tiefere Druckschott-Alarme. Ein Klingeln – Computer-Hauptalarm. Eine Symphonie der Warntöne. Mehr Alarmsignale, als er auseinanderhalten konnte.

Dechert starrte auf das Video im Head-up-Display, verwirrt vom plötzlichen Aufbranden des Lärms. Das Video verschwamm und lief langsamer. Der Haupthangar wurde rot: Seine Notbeleuchtung hatte sich eingeschaltet. Ein weißgelbes Blinklicht strahlte über dem Druckschott zum Korral. Die Zwei-Tonnen-Tür setzte sich in Bewegung. *Der Ausstieg der Station schließt sich!*

»Quarles, was ist da los?«

Das Sirenengeheul ging weiter.

»Scheiße, ich weiß es nicht. Wir schalten automatisiert ab. Scheiße, alles schaltet sich ab!«

»Überrang.«

»Versuche es.« Quarles sprang auf das Flugdeck. Er drückte auf die Touchscreens an den Plasmabänken mit

Fingern, die in den Druckhandschuhen dick und ungelenk waren. Die Sirenen heulten weiter. Das Druckschott zum Korral hatte sich zu einem Drittel geschlossen.

»Quarles, Überrang!«, brüllte Dechert. »Vernon!«

»Yeah. Außenschotten haben sich gerade geschlossen und verriegelt«, sagte Vernon. »Ich bekomme sie nicht wieder auf.«

»Zur Korraltür«, rief Dechert. »Vernon, das Korralschott schließt sich!«

Quarles und Lane sahen von der Steuerbank des Flugdecks hoch zum Schott, das sie in der Station einschloss. Einen Sekundenbruchteil lang erstarrten sie, dann richteten sie ihre Aufmerksamkeit wieder auf die Steuerbank. Standard stand im Hintergrund, reglos bis auf seinen Helm, der unsicher hin und her schwenkte.

»Verfluchte Scheiße!«, brüllte Vernon außerhalb der Kamerasicht.

Lane und Quarles hasteten durch Wiederherstellungssequenzen, riefen einander in knappem Jargon stakkatoartig Anweisungen und Meldungen zu.

»Hauptbusse A, B, C und D offline. E bis H nominal.«

»Bin vom System ausgesperrt. CORE reagiert nicht.«

»Reaktor-Unterspannung. Flüssigmetallsphäre stabil, aber Fusionseinschlussfeld reagiert nicht. Bei Ausfall fährt der Reaktor runter.«

»Himmel.«

Nachdem Dechert fünf Sekunden lang zugehört hatte, begriff er, dass seine Station in den Schlaf versetzt wurde – eine Notabschaltung, ein schnelles Einfrieren, das man nur bei einem drohenden Sonnensturm höchster Stärke vornahm. Und einen Sonnensturm gab es nicht – nur einen

Schwarm Raketen, der mit mehr als siebentausend Stundenkilometern auf seine eingeschlossene Crew zuflog.

»Dechert«, rief Thatch ins Com. »Was geht da vor?«

»Station macht Notabschaltung«, brachte Dechert heraus. »Crew ist noch drinnen.«

»Was sagen Sie da?«

Dechert ignorierte ihn. *Denk nach. Mach langsam.* Über dem Videodisplay in seinem Helm wurde die Infrarotsicht auf den Mond unscharf. Die ineinandergreifenden Raster verschwommen zu einem leuchtend grünen Nebel. Konnten die Chinesen den Befehl, sich abzuschalten und die Abwehrwaffen zu deaktivieren, direkt in den CORE schicken? Unmöglich. Die Anweisungen dazu mussten aus dem CORE stammen, und der CORE war vollständig gegen drahtlose Signale abgeschirmt. Konnten die Chinesen heimlich eine Leitung in die Station gelegt haben? Nein. Der Abschaltbefehl musste von innen gekommen sein.

»Quarles, führen Sie Überrangkommando Dechert zwei-eins-eins-zwei aus. Wiederhole, Dechert zwei-eins-eins-zwei.«

»Verstanden. Dechert einundzwanzig-zwölf.« Quarles gab den Befehl ein.

Die Sirenen heulten weiter. Das Korralschott schloss sich noch immer – es war nun halb zu. Noch dreißig Sekunden, und sie wären in der Station eingeschlossen.

»Überrangkommando negativ.«

»Können Sie einen Bypass in den CORE laufen lassen?«

Vernon erschien im Hintergrund des Videos vor dem Korralschott. Er versuchte, einen der dicken hydraulischen Wagenheber zwischen Schott und Rahmen zu klemmen, um es offen zu halten. Nur noch wenige Meter musste es sich bewegen, und sie waren komplett eingeschlossen.

»Bypass negativ. Dauert zu lange. Mir sind die Ideen ausgegangen.« *Wie lange noch, bis die Raketen einschlagen? Drei Minuten?* Decherts Verstand ging die Alternativen durch. Quarles und Lane mussten weiterhin versuchen, die Kontrolle über die Server der Station zurückzuerhalten, damit sie das Außenschott offen halten und die Raketenabwehr in Gang halten konnten. Waters musste das Korralschott am Schließen hindern, sonst kamen sie nicht in den Rover und konnten nicht aus der Station fliehen – aber dazu mussten sie das Außenschott wieder öffnen.

»Standard, helfen Sie Waters!«, brüllte Dechert. Der Commissioner drehte ruckartig den Kopf, als er seinen Namen hörte. Er machte kehrt und schlurfte zu Waters. Er war weder die Masse seines Druckanzugs gewöhnt noch die Notwendigkeit, unverzüglich zu handeln.

»Ich kann die Hauptleitung online halten, Commander, und ich sollte die Autoabwehr sequenzieren können, weil sie nicht direkt vom CORE gesteuert werden«, sagte Lane, »aber von den Schottsteuerungen sind wir ausgesperrt. Wir können das Außenschott nicht öffnen.«

»Ich zähle drei Minuten bis Einschlag«, sagte Hale.

»Lane, können Sie das Außenschott sprengen?«

»Negativ. Sprengstoff lagert im Schuppen.«

»Acetylenschneidbrenner?«

»Negativ. Dauert wenigstens zehn Minuten.«

Ein paar Minuten lang sprach niemand. Im Geist gingen sie alle die Alternativen noch einmal durch. Der Wagenheber, den Vernon in das Korralschott geklemmt hatte, bog sich unter dem Druck von Tausenden Kilogramm immer mehr. Sollten sie in den Korral gehen und sehen, wie weit sie kamen, oder sich tiefer in die Station zurückziehen?

»Lane, was ist, wenn Sie sich im Loch einschließen?«, fragte Dechert. »Kommen Sie dort rechtzeitig hin?«

»Vielleicht, aber ich weiß nicht, ob wir den Deckel öffnen und schließen können.«

»Was ist mit dem Observatorium?«, fragte Thatch. »Sprengt die Glaskuppel.«

»Die Schildtore schließen sich ums Observatorium.«

Dechert, Hale und Thatch begannen ihren Abstieg über dem offenen Maul des Yangel'. Sie konnten das Shuttle schon sehen. Etwa einen Kilometer unter ihnen stand es auf einem kleinen Sims innerhalb des Kraterwalls. Nur noch ein paar Sekunden, und sie konnten den Rückflug nach Serenity beginnen. Vielleicht blieb die Autoabwehr aktiv und schoss die nahenden Raketen ab. Vielleicht konnte doch noch alles gerettet werden.

Vielleicht …

Ein Knall wie von einem Gewehrschuss peitschte durch die Station und klingelte Dechert in den Ohren. Lane und Quarles zuckten zusammen und blickten auf. Standard taumelte vom Korralschott zurück. Waters riss den Kopf herum und drehte sich um die eigene Achse. Seine Helmscheibe überzog sich mit einem Spinnennetz.

Der Wagenheber aus Titanstahl war entzweigebrochen und hatte Waters am Kopf getroffen, seinen Helm mit maschineller Gewalt zerschmettert.

»Vernon!«, rief Lane.

Sie eilten zu ihm. Standard drehte ihn um. Das Korralschott war keine anderthalb Meter weit geöffnet und schloss sich weiter. Waters rührte sich nicht.

»Er verliert Luft«, sagte Quarles. »Jesus Christus, Mann, er verliert Druck.«

»Den Helm abdichten!«, rief Dechert. »Ihr habt kaum noch Atmosphäre. Und bringt ihn in den Korral. Quarles! Hören Sie mich? Quarles? Alle in den Korral!«

Statisches Rauschen und Knacken unterbrach das Signal. Das Video verzerrte sich wellenartig, erst horizontal, dann vertikal. Das Bild wich Schnee und kam gerade so lange zurück, dass Dechert eine entsetzliche Szene erfassen konnte: Lane rannte los, um eine Flasche mit Notdichtungsmittel von der Wand zu holen. Quarles beugte sich über Vernon und rief seinen Namen. Standard versuchte, das Korralschott mit seinen dünnen Armen und Beinen offen zu halten, ein schwächlicher Sisyphus, der einen aussichtslosen Kampf gegen einen Stein führte, der Anstalten machte, ihn zu überrollen.

»Lane!«, rief Dechert ins Com. Er bekam keine Antwort. Das Video verschneite wieder. Dechert versuchte es mit einer Erhöhung der Signalverstärkung. Das Bild kehrte zurück und verschwand. Der Schirm war jetzt schwarz, und das Summen einer toten Verbindung füllte Decherts Ohren.

»Lane, Quarles, melden Sie sich. Lane! Quarles!«

Das Signal war verschwunden. Dechert ließ die Comanlage neu starten. Er empfing nichts als schwarzes All in einem kleinen rechteckigen Rahmen.

»Dechert, ich habe auch jede Verbindung mit Peary Crater verloren.« Hales Stimme klang, als käme sie aus großer Entfernung. »Unsere Kommunikation wird gestört.«

Ein leiser Alarmton hallte durch Decherts Helm. Er sah zu Boden und entdeckte, dass sie nur wenige hundert Meter über der Oberfläche waren. Die Landungsbake erwachte zu Leben und beleuchtete eine Fläche etwa zwanzig Meter östlich vom Shuttle, knapp vor der steilen Abbruchkante. Dechert schenkte der trügerischen Landesequenz wenig Beachtung.

»Quarles, Lane, melden Sie sich.«

»Was ist los, Teufel noch mal?«, fragte Thatch.

Dechert ging nicht auf ihn ein, sondern versuchte weiter, mit Augenblinzeln den Frequenzwähler zu einem Reset zu bringen. Sie landeten auf dem schmalen Sims, dicht genug an der Kante, um in die nächtige Schwärze des Kraters blicken zu können. Dechert stolperte zweimal und kam knapp vor dem Abgrund zum Stehen, atmete stoßweise, Hände auf den Knien. Seine Schläfen pochten.

Die letzten Striche auf der Abrechnungsliste. Sein Team in Serenity wäre in zwei Minuten höchstwahrscheinlich tot. Die Bilder aus der Videoübertragung gingen ihm nicht aus dem Sinn, während er abzuschätzen versuchte, was als Nächstes geschehen würde. Wie hoch waren die Chancen, einen Raketenschlag zu überleben? Könnten sie wenigstens die Autoverteidigung in Gang halten? Konnte das System die intelligenten Lenkwaffen abwehren, ehe sie einschlugen?

Dechert richtete sich auf und drehte sich um. Er wollte zum Shuttle gehen, aber er hatte nur noch wenig Energie übrig. Auch Hale wandte sich dem Shuttle zu, ohne ein Wort zu sagen, und hielt angenehmen Abstand zu Dechert. Thatch stand zehn Meter entfernt und leuchtete infrarot neben dem Rand des Kraterwalls. Rings um die Stelle, an der er gerade gelandet war, sank ein Halo aus Mondstaub zu Boden. Der graue Staub auf seinen Beinen und Stiefeln zeichnete sich als kühle Flecken in der IR-Signatur ab.

Flüchtige Bilder fügten sich in Decherts Geist zusammen

und rasteten ineinander ein wie ein Türriegel, hielten die Zeit an. Ein weißer Raumanzug starrte ihn aus den geborstenen Innereien der *Molly Hatchet* an, die Beine staubbedeckt. Ein dicker Rand aus Schmutz an der Kontrolltafel von Spiral 6. Groombridge-Abdrücke an der Wassermine – alte Stiefel von ganz hinten aus dem Lagerspind. Der Killer im Video aus dem sicheren Haus: *ein großer Mann, aber flink …*

Dechert legte eine Hand auf den Shuttlerumpf in der Nähe der Schottbedienung, als müsste er sich ausruhen. Er arretierte die Kniegelenke des Anzugs, damit er nicht zusammenbrach. Sein Gesicht brannte, als auf seinem Nasenrücken ein Schweißtropfen von der Wurzel bis zur Spitze hinunterlief und im Halsausschnitt verschwand. *Es musste von innen geschehen sein.* Mit dem verdeckten rechten Arm griff er nach der Railgun vor seinem Bauch und versuchte, nach links zu spähen, ohne den Helm zu drehen.

Thatch hielt die Waffe bereits in der Hand.

»Hale!«, brüllte Dechert.

Irgendwie sah Hale es kommen. Irgendein Instinkt ließ ihn handeln, kaum dass Dechert ihn warnte. Die Reaktion eines Kriegers, oder vielleicht hatte er Thatch schon länger in Verdacht. Er bewegte sich mit unglaublicher Anmut in dem sperrigen Raumanzug, ging auf ein Knie, fuhr herum und zog die eigene Railgun aus dem Holster vor seinem Bauch.

Er zielte auf Thatch. Thatch schoss zuerst. Das winzige Projektil kam lautlos aus dem Lauf. Nur ein kurzes Plasmaleuchten und ein blauer Lichtbogen. Aber es traf Hales Brust mit zehntausend Stundenkilometern, und diese Geschwindigkeit machte die Größe des Geschosses unerheblich. Hale klappte zusammen, als hätte ihn eine Kanonenkugel getroffen. Unter der Kraft des Einschlags brachen seine Schulterblätter. Er wurde von den Füßen gehoben und kippte nach hinten über die Kante. Atemluft strömte aus seiner offenen Brustplatte, und er stürzte in die Tiefe des Kraters Yangel'.

Dechert hatte die eigene Waffe gezogen und feuerte auf Thatch. Nichts geschah. Er drückte noch einmal ab. Nichts. Ihm fiel ein, dass niemand anderer als Thatch die Railguns ins Shuttle gebracht hatte. Thatch stand reglos in der Dunkelheit des Kraterwalls, während seine Waffe sich wieder auflud.

Dechert ließ die nutzlose Railgun fallen, drehte sich um und ging zur Abbruchkante. Dabei rechnete er damit, dass Thatch ihm in den Rücken schoss. Er blickte über den Rand und sah Hale fallen, ein Schmierfleck aus Wärme in einem eiskalten Abgrund. Seine Leiche schlug auf einen Sims fünfhundert Meter von ihnen und wirbelte in die Schwärze, bis er nur noch ein grüner Punkt im Infrarot war, der nach weiteren zehn Sekunden ganz erlosch.

Thatch kam an den Rand und blickte ebenfalls in die Tiefe. Seine Waffe zielte auf Decherts Unterleib. Eine Weile, gewiss eine Minute, standen sie schweigend da und blickten hinunter, dann wandten sie sich einander zu.

Thatch. Der Killer im Video. Coles Mörder. Der Mann, der die Station sabotiert hatte. Der alles in Gang gesetzt hatte – der Mann, der den Krieg auf den Mond brachte.

»Wie sind Sie draufgekommen?«

»Sie sagten, Sie wären im Posidonius nie ausgestiegen, Thatch. Aber ich habe in die *Hatchet* geschaut, bevor sie sie fortschafften, und Ihren Raumanzug gesehen. Sie haben die erste EVA übernommen und dabei einen Zeitzünder an der Bombe angebracht, richtig? Das mit der Satellitenauslösung war von vornherein Quatsch.«

Thatch schnaubte. »Mondstaub auf dem Anzug.«

»Und Sie haben vor zwei Wochen einen Flug nach Spiral 6 eingetragen, aber die Kontrolltafel war zu schmutzig, als dass Sie dort gewesen sein könnten. Da waren Sie wohl damit beschäftigt, die Wassermine unbrauchbar zu machen.«

»Wieder Staub. Ich schwöre, wenn ich von diesem Felsen runterkomme, ziehe ich in den Regenwald.«

»Eins begreife ich immer noch nicht«, sagte Dechert. »Wie konnten Sie bei BS-7 landen, ohne eine Spur zu hinterlassen?«

Thatch neigte den Kopf. »Ich habe die Ablassdüsen so eingestellt, dass sie die LZ verwirbeln.« Er sah Dechert an. »Sie sind schlauer, als ich dachte.«

»Nein, ich bin ziemlich dämlich. Es gab noch mehr, Thatch. Ich verstehe nicht, wieso ich es nicht vorher begriffen habe.«

»Sie können sich zugutehalten, dass es sonst auch niemand kapiert hat.«

»Sie haben Cole ermordet.«

Thatch trat von der Kante zurück, ohne die Waffe von Dechert zu nehmen. »Das gefiel mir nicht. Er war ein guter Junge.«

Dechert entfernte sich ebenfalls von der Kante. »Sie haben uns alle umgebracht, Thatch. Wofür? Für Geld?«

Thatch erstarrte, und Dechert entdeckte Wut in der Bewegung.

»Sieht Ihnen ähnlich, das zu glauben, Dechert. Immer spielen Sie den Unschuldigen. Sie können sich nicht vorstellen, dass ich nur Befehle ausführe. Dass ich meine Arbeit mache, genau wie Sie.«

Thatch schwenkte seine Helmlampen und blendete Dechert. Der Lichtausbruch schaltete automatisch den Infrarotsichtschirm in Decherts Helm aus und die Autofilter auf sichtbares Licht. Er blinzelte sich die Flecken aus den Augen, öffnete sie und blendete die eigenen Lampen auf. In der blassen Beleuchtung konnte er nun Thatchs Gesicht erkennen. Der große Mann zog eine finstere Miene, als verüble er sich, noch nicht abgedrückt zu haben.

»Sie sind bei der OEA, richtig?«

»War ich mal.«

Dechert blickte auf das Head-up-Display in seinem Helm. Ein einzelner Punkt, der rot blinkte.

»Das also ist es, Thatch? Sie nehmen Befehle von irgendwelchen Irren entgegen, die am Ende des TherMax bei den Special Forces rausgeworfen wurden, und damit ist alles okay? Sie haben Ihre eigenen Kameraden getötet. Mein Gott, Sie haben einen *Krieg* begonnen.«

Thatch starrte auf das Shuttle, dann auf Dechert. »Sie machen sich keine Vorstellung, wer mir die Befehle erteilt hat. Sie begreifen es immer noch nicht, was, Dechert? Sie glauben, Sie können von der Erde fliehen und sich hier oben verstecken, und dann wird alles gut, weil der Mond einfach *kumbaya* ist?«

Dechert wappnete sich darauf, niedergeschossen zu werden. »Warum erleuchten Sie mich nicht?«

»Ich gebe Ihnen eine Minute, aber vor allem, weil ich Ihren Bullshit wirklich leid bin. Sie rennen auf dem Mond herum und verteidigen Ihre Kumpels in NB-2. Sie sind so ein Dämlack, Dechert. Die Chinesen lügen seit Jahren über ihre

Helium-3-Fördermengen. Sie gewinnen fünfzig Tonnen im Monat, und die Drecksäcke in Den Haag und die ISA unternehmen nichts dagegen.«

»Sie sind es, der Bullshit redet.«

»Nein, Dechert. Der Scheiß ist wahr. Die Chinesen haben den Mond gewonnen. Und sie sind dabei, das Sonnensystem zu gewinnen. Und wir bleiben weiterhin, was wir seit dem Tag sind, an dem das Thermische Maximum eintrat: ein Land dritter Klasse. Es sei denn, wir handeln.«

Dechert hielt die Hände weg von der Brustplatte, die Handflächen nach außen gedreht, eine Geste der Unterwerfung. Ein Mann wie Thatch, der drei Jahre mit ihnen gelebt hatte, während er darauf wartete, sie töten zu können.

»Angenommen, Sie haben recht, Thatch. Wie zum Teufel sollte ein Krieg auf dem Mond daran etwas ändern? Oder wollen Sie den Krieg auf die Erde ausweiten?«

Thatch scharrte ungeduldig mit den Füßen. Seine Augen wurden schmaler.

»Die Strategie entwerfe ich nicht, Dechert. Ich befolge meine Befehle. Aber ich kann Ihnen eines sagen: Ich werde nicht herumsitzen und zusehen, wie Amerika wieder in den Zustand abgleitet, in dem es vor fünf Jahren war. Ich bin draußen im Ödland gewesen, während Sie auf fünfzigtausend Fuß herumflitzten. Ich habe gesehen, wie Kinder vergewaltigt wurden. Ich habe gesehen, wie sie sie auffraßen, nachdem sie sie vergewaltigt hatten. Das will ich nie wieder sehen müssen. Ich opfere Sie und Waters und Briggs und alle anderen, damit so etwas nie wieder geschieht. Ich opfere mich selbst dafür, wenn es sein muss.«

»Haben Sie deshalb die Station abgeschaltet? Sie hätten sie fliehen lassen können.«

»Wie gesagt. Befehle. Es muss genügend Opfer geben.«

Das blinkende Licht am unteren Ende von Decherts Helmscheibe wurde grün. Er wandte den Kopf zum Yangel', als wollte er ein letztes Mal in der Schwärze des Kraters nach Hale Ausschau halten. Er sah hoch und nach rechts und blinzelte zweimal in den optischen Sensor. Das Head-up-Display schaltete auf Sequenz.

»Wir sind alle entbehrlich, sind wahr, Thatch?«

Er drehte sich wieder um, und sie schauten einander an, wie sie an der Innenseite des Kraterwalls standen. *Niemand, der nicht im All war, weiß, was Alleinsein bedeutet*, dachte Dechert.

»Ich bedaure es, Dechert.« Thatch hob den Lauf der Waffe. »Sie sind ein selbstgerechter Hundesohn, aber ein guter Mann.«

»Sie nicht«, erwiderte Dechert.

Er schloss sein rechtes Auge und öffnete es wieder. Der grüne Punkt blitzte auf, und er hörte ein schrilles Heulen in seinem Helm, als der Computer den Befehl akzeptierte.

Die Minijets an Thatchs Anzug flammten auf. Ihre Blicke trafen sich, und er glaubte, dass Thatch ihn angrinste, voller Anerkennung. Eine Millisekunde später schoss er von der Mondoberfläche ins All.

Dechert sah zu, wie Thatch in den Weltraum aufstieg. Er konnte sehen, wie der große Mann zuerst kämpfte und versuchte, die Minijets abzustellen. Dann wurde er ruhig und zielte mit der Railgun. Dechert sprang nach links, als Thatch feuerte – ein unmöglicher Schuss aus ungünstigem Winkel, ohne dass er Kimme und Korn nutzen konnte. Trotzdem spürte Dechert einen Zug an der Rückseite seiner Schulter, und zwei Geräusche drangen ihm in die Ohren: das Zischen entweichender Luft und das tiefe Klingeln eines Dekompressionsalarms. Ungläubig ging er zu Boden, rollte sich in Zeitlupe auf den Rücken und tastete verzweifelt nach dem Riss in seinem Anzug. Er entdeckte Thatch in einem Dunst aus fallendem Mondstaub, wie er weiter ins All stieg, und wieder spie seine Railgun einen blauen Lichtbogen aus. Die zweite Kugel bohrte einen Zoll neben Decherts Helmvisier ein Loch in den Regolith. Die Erschütterung warf ihn auf die Seite. Er rollte sich wieder herum, von Panik erfüllt und geblendet von dem Staubring, den die Kugeln aufgeworfen hatten. Er drückte die Luft aus der Lunge und versuchte sich darauf zu konzentrieren, nicht zu atmen, während er spürte, wie die Wärme aus dem Anzug entwich und die Kälte des Raumes ihn einschloss. Er nahm eine Flasche mit Schnelldichter aus einer Beintasche, dann fiel ihm ein, dass er den Riss an seinem Rücken gar nicht erreichen konnte.

Decherts Welt wurde zu einer Abfolge von Schnappschüssen und verzerrten Geräuschen:

Das Head-up-Display, das einen Druck von 0,6 Atmosphären anzeigte.

Sauerstoff bei 20 Prozent.

Das Zischen von Luft.

Der noch lautere Alarmton.

Er rappelte sich auf und stolperte zum Shuttle. In letzter Sekunde erinnerte er sich, nach oben zu blicken. Thatch war ein weißer Punkt im All, und trotzdem feuerte er wieder, und das Geschoss schlug ein paar Meter rechts von Dechert in den Boden. Schwärze engte sein Gesichtsfeld ein. Er erreichte das Shuttle und drückte auf den Knopf am Schott. Seine Sicht war auf zwei enge Kreise direkt vor ihm reduziert. Die Tür öffnete sich. Dechert schleppte sich hinein. Er hob die Hand zum Druckausgleichsknopf. Er war jetzt blind und scharrte an seinem Helm, als er hörte, wie die Druckerhöhungssequenz begann. Das Geräusch klang wie aus meilenweiter Ferne. Erneut versuchte er, die Helmdichtung zu öffnen, aber es war zu spät. Er brach auf dem Boden des Shuttles zusammen und verlor das Bewusstsein.

24

Er hörte einen Wecker und versuchte die Schlummertaste zu drücken, aber der Knopf funktionierte nicht. Er versuchte es weiter, aber das Piepsen hörte einfach nicht auf. Der Ton bohrte sich in seine Träume, bis er begriff, dass sie gar nicht real waren. Ihm war kalt, und er schlug die Augen auf. Dechert lag auf einem Gummiboden, die Wange an die Matte gepresst, und von fern kam eine Temperaturwarnung. Er brauchte ein paar Sekunden, um sich klar zu werden, dass er noch lebte – dass er irgendwie den Druckausgleichsknopf gedrückt und es geschafft hatte, den Helm abzunehmen, ehe er bewusstlos wurde. An beides erinnerte er sich nicht mehr.

Er hätte sich nicht bewegt ohne die unmögliche Kälte – und die Erinnerung an Thatch, der aus dem All auf ihn schoss. *Wie im Namen Gottes hat er es geschafft, mich zu treffen, obwohl er in den Raum abgefeuert wurde wie ein Marschflugkörper?* Das war sein erster Gedanke. Als Nächstes fragte er sich, wo Thatch jetzt sein musste. Dechert richtete sich auf die Knie auf und kroch zum Cockpit des Shuttles. Sein Atem bildete Dampffahnen, in seinen Nasenlöchern saß Reif. Er schaltete die Heizung ein, rutschte auf den Pilotensitz und fuhr den Computer hoch, um nach Thatchs Sender zu suchen. Dabei reckte er den Hals und spähte durch das Fenster ins All. Er bekam sein Ergebnis. Thatch war sechshundert Kilometer über dem Mond und bewegte sich schneller als eine Gewehrkugel. Seine Jets waren ausgebrannt, aber das spielte keine Rolle mehr. Er trieb auf Arkab im Sternbild Schütze zu. Arkab. Fast vierhundert Lichtjahre von der Erde entfernt. Dechert stellte sich vor, wie Thatch in ein paar Hundert Millionen Jahren dort ankam – ein gefrorener Leichnam, der ganz allein die Leere durchquert hatte. Fast lächelte er darüber, aber dann fiel ihm ein, was Thatch getan hatte, und er wusste, dass daran nichts Heiteres war.

Dechert rotierte die Satellitenschüssel des Shuttles nach Peary Crater. Der kalte Motor hatte Mühe, in der Kälte der Nachtseite warmzulaufen, und einige Augenblicke später war er nicht mehr allein. Im Com knisterte und zischelte es, dann drangen Funknachrichten herein. Menschliche Stimmen riefen Befehle und ratterten Daten zur Waffenleittelemetrie herunter. Es waren die Stimmen des Krieges, knapp und drängend.

»Peary Crater, hier Cherokee«, sprach Dechert in das Stimmengewirr. »Geben Sie mir Yates.«

Nach ein paar Sekunden antwortete ihm jemand. »Cherokee? Bestätigen Sie Ihren Status und wiederholen Sie.«

»Geben Sie mir Yates, gottverdammt noch mal.«

Er setzte sich in den Pilotensitz und wartete auf eine Antwort. Die Heizung blies warme Luft auf ihn. Er hatte das Oberteil des EVA-Anzugs ausgezogen und sprühte Schnelldichtung auf den fünf Zentimeter langen Riss, den Thatchs Kugel verursacht hatte. Sein Rücken schmerzte, aber er blutete nicht. Etwas zu reparieren wirkte tröstlich auf ihn, ein paar Sekunden Monotonie, bevor er zur Station zurückfliegen und nach den Leichen seiner letzten drei Freunde auf dem Mond suchen musste.

Der Alte kam ans Com. Er klang geladen. »Cherokee, wo zum Teufel sind Sie gewesen?«

»Yates, Thatch war es. Halten Sie es auf.«

»Was reden Sie da für einen Scheiß?«

»Thatch war es.« Dechert sprach mit tonloser Stimme. »Er hat Hale ermordet. Ich habe es aufgezeichnet. Ich sende Ihnen die Datei. Halten Sie die ganze verdammte Scheiße auf, oder ich übertrage es offen an die Erde.«

»Was soll das heißen, Thatch war es? Dechert, sind Sie noch bei Trost?«

»Er hat den Anschlag auf die *Molly Hatchet* verübt. Er hat die Station sabotiert. Er hat Hale einfach abgeknallt. Haben Sie mich gehört, Yates? *Einer von uns steckt hinter allem.* Thatch hat alles in Gang gesetzt. Jetzt halten Sie es auf, oder jeder erfährt, wie es zum Krieg gekommen ist.«

Auf dem Kanal wurde es still.

»Warten Sie, ich erhalte Ihre Sendung«, sagte Yates nach einigen Sekunden. »Ich melde mich auf einem abgesicherten Kanal bei Ihnen.«

»Sagen Sie Ihren Vorgesetzten, dass sie zwei Minuten haben, und machen Sie ihnen klar, dass es zu spät ist, um irgendwas Cleveres zu versuchen, wie ein falsches SAR-Team zu schicken, das sich um mein Wohlergehen sorgt«, sagte Dechert. »Ich habe das Video bereits auf einen Server geladen, und man wird es nicht finden. Wenn ich zu einem bestimmten Zeitpunkt kein Stoppsignal sende, kommt die ganze Geschichte ans Licht der Öffentlichkeit.«

»Dechert, unsere Raketen sind unterwegs, und die chinesischen Raketen ebenfalls. Wir können nicht einfach aufhören.«

»Doch, Yates. Sicher können Sie das. Tun Sie es.« Er

zögerte, atmete tief durch. Er wollte die Frage nicht stellen. »Wissen Sie etwas über Serenity?«

Im Com war nur das statische Rauschen zu hören. Schließlich antwortete Yates. »Sie halten Funkstille. Wir wissen nichts.«

»Verstanden. Ich fliege hin.«

»Dechert?«

»Sie haben neunzig Sekunden, Yates. Tun Sie es, oder der Ticker auf dem Times Square wird verkünden, dass wir einen Krieg auf dem Mond angefangen haben, indem wir unsere eigenen Leute töteten.«

Dechert zog sich das Oberteil des Raumanzugs und den Helm wieder über, startete den Antrieb des Shuttles und stieg aus dem Krater auf. In der Ferne hing über dem Mondapennin die Erde als prachtvoller Aquamarin, darunter zog sich eine graue Geröllböschung.

Die ersten verstreuten Trümmerstücke entdeckte er ein paar Kilometer weit westlich von der Station. Die Ortung erfasste sie und zeichnete sie auf einen Plasmabildschirm. Die Daten ließen Decherts gefrorenes Blut auftauen. Die Trümmer gehörten zu einer Rakete, kurz vor Serenity 1 abgeschossen; ihr Gießharz-Kompositrumpf lag in einer unregelmäßigen Linie über das dunkle Mare verteilt. Die Autoverteidigung war lange genug aktiv geblieben, um eine von ihnen zu vernichten. Einen Augenblick lang glaubte Dechert, das System wäre intelligent gewesen, um seine gelähmte Station zu retten.

Dreißig Sekunden später meldete sich die Wirklichkeit mit einem Paukenschlag, zog ihm das Adrenalin aus dem

Körper und hinterließ ihn hohl. Die Infrarotkameras berichteten die Geschichte, als er noch mehrere tausend Meter vom Krater Menelaus entfernt war. Die Station strahlte zu viel latente Wärme ab. Sie war getroffen worden.

Dechert steuerte das Shuttle über die verwüsteten Reste von Sea of Serenity 1. Nur der Instinkt lenkte seine Arme und Füße an der Steuerung. Ein gezacktes Loch zeichnete sich vom Mondboden unter ihm ab, beleuchtet von den Infrarotkameras – ein Loch an der Stelle, wo seine Station gewesen war. Das Observatorium war verschwunden, weggesprengt, und Mondstaub hing über dem Einschlagkrater wie ein Leichentuch. Die Südwestecke der Station, wo der Korral gewesen war, fehlte, lag verschüttet unter Tonnen von Regolith und Felsgestein. Dechert sah auf seine Messgeräte; die Station strahlte keinerlei Energie ab. Er überflog in einem engen Kreis die Ruine und landete das Shuttle wenige Meter außerhalb der Staubwolke. Er versuchte, Lane mit dem Com zu erreichen, und erhielt Hintergrundrauschen und die brutzelnden Funkstörungen des Weltalls zur Antwort.

Er schnallte sich vom Pilotensitz ab, mit langsamen Bewegungen und gebrochenen, unzusammenhängenden Gedanken. Er musste an ein Interview denken, das er vor Jahren auf der Erde gelesen hatte. Wie ein unerwünschtes Gespenst drang es in sein Bewusstsein. Das Interview war mit einem Lieutenant der US Navy geführt worden, der die Versenkung der *USS Florida* im Jahr 2046 überlebt hatte. Das Kampfschiff war von einer Flugdrohne mit Supersprengstoff getroffen worden, und der Lieutenant war mit den wenigen Dutzend Seeleuten, die noch lebten, von Bord gegangen. Als die Fregatte mit dem Heck zuerst unterging, stand der Captain noch auf der sich immer stärker neigenden Brücke.

Der Lieutenant hatte den Kommandanten angefleht, sich mit dem Rest seiner Besatzung zu retten. »Sir, wir müssen hier weg.«

»Ich bleibe auf dem Schiff«, sagte der Captain.

Der junge Lieutenant beschwor ihn, wie sinnlos es sei, nach einer überkommenen Seefahrertradition in den Tod zu gehen. »Sir, es ist nur ein Schiff.«

Der Kommandant hatte sich in seinem Sitz auf der Brücke zurückgelehnt und geknurrt: »Ja, aber es ist mein Schiff, und es sind meine Männer, die da unter dem Vorderdeck sterben. Und ich will verdammt sein, wenn ich sie zurücklasse.«

Dechert schleuste sich aus und begann den langen Marsch zu seiner Station. Er trat in den Staubschleier ein, der sich mehr als einen Kilometer über das Mare Serenitatis ausgebreitet hatte. *Wieso kann ich nicht dieser Mann sein?*, fragte er sich. *Wieso sehe ich immer zu, wie rings um mich meine Leute sterben, und gehe weg?*

Die Trümmer von vier Jahren seines Lebens wurden durch den Mondstaubschleier sichtbar. Überall lagen sie unter seinen Füßen. Ein Stieltopf aus der Küche, der aus irgendeinem Grund unbeschädigt war. Stücke Isolierung, von der er wusste, dass sie rot war, aus den Luftkondensatoren. Scherben von auf dem Mond gebranntem Lehm aus dem 3-D-Drucker. Und Kabel, meilenlange Kabel, die sich über den Regolith schlängelten, die rausgerissenen Eingeweide der ermordeten Station.

Er kam zu einem hohen Haufen aus Schutt, der aus dem Zentrum von Serenity 1 hochgerissen worden war. Auf

Händen und Knien bestieg er ihn, um mehr Halt an der instabilen Halde zu haben, und achtete nicht auf die spitzen Metall- und Fasersplitter, die ihm die Beine des Raumanzugs aufzuschlitzen drohten. Nach kurzer Anstrengung kam er auf die Kuppe und sah mit voll aufgeblendeten Lampen nach unten in den Krater, in dem sich das Herz der Station befunden hatte. Im Vakuum brannte nichts, nur einige unter Spannung stehende Kabel sprühten Funken in der Dunkelheit. Die Rakete war in die Subetagen von Serenity eingeschlagen, hatte sich tief in ihre Gedärme gebohrt. *Muss ein Bodenpenetrator gewesen sein*, dachte er und begriff, dass durch die Druckwelle selbst das Loch sehr wahrscheinlich zerstört worden war. Er sah nach rechts und entdeckte eine Barriere aus zertrümmertem Fels, wo der Korral gewesen war.

Er setzte sich auf den Haufen, klein inmitten der Verwüstung. Wo sollte er zu suchen beginnen, wo mit den Anzughandschuhen scharren in einem Trümmerfeld, das sich Hunderte Meter weit in alle Richtungen ausbreitete. Er fühlte sich wie ein Mann, der auf einer hohen Klippe festsaß. An die Kante getrieben. Exponiert.

»Peary Crater, hier Serenity«, sagte er ins Com.

Yates antwortete sofort. »Sprechen Sie, Serenity.«

»Station zerstört. Ich brauche ein SAR-Team mit schwerem Gerät hier, mit Vorrang.«

»Okay, aber wir sind noch immer in Vollabwehr, Dechert. Die Chinesen sind um einen Waffenstillstand gebeten worden, und Ihre Aufzeichnung wurde ans Weiße Haus übermittelt, aber es sind noch immer Raketen unterwegs. Ich muss um Genehmigung ersuchen, irgendwen von Peary Crater starten zu lassen. Ich wiederhole, wir sind in Vollabwehr und versuchen auf DEFCON-2 zurückzugehen, aber es gibt keine Starterlaubnis.«

»Dann holen Sie sich eine, Yates«, fuhr Dechert auf. »Meine Crew liegt hier verschüttet.«

»Okay, ich spreche mit Trayborr.«

Dechert zog die Beine so eng an die Brust, wie er konnte, barg den Kopf in den Händen und ließ sich von der Stille des Mares umfangen. Er starrte auf eine Platine, die neben seinem Stiefel lag, und verfolgte den Zickzack der Leiterbahnen von Diode zu Widerstand. Wie zufällig ihre Anordnung erschien. Sich überkreuzende Linien, geschnitten von einem Maschinenlaser.

Er stand auf und war plötzlich wütend auf sich selbst. So schnell er konnte, kletterte er den Trümmerhaufen hinunter. Selbst wenn sie tot waren, musste er sie finden. Hintergrundrauschen fauchte im Com. Eine schwer verzerrte Stimme drang in sein fiebriges Bewusstsein.

»Peary Crater, hier Low Lunar Orbit 1. Wir haben Ihr letztes Gespräch mit Serenity aufgefangen. Äh, wir haben hier ein Signal, aus dem ich schlau zu werden versuche, Sir. Hören Sie mich?«

Niemand antwortete.

»Peary Crater, hier LLO-1. Hören Sie mich?«

»LLO, hier Serenity«, sagte Dechert schließlich. »Was ist das für ein Signal?«

Die Stimme meldete sich wieder. »Ein Notrufsender an einem Helium-3-Fass, Sir, aber es befindet sich weit unterhalb der orbitalen Austrittsflugparameter. Bewegt sich auf südöstlichem Kurs, aber zu niedrig und zu langsam. Können Sie bestätigen?«

Eine Notrufbake an einem Helium-3-Fass. *Was soll das*

denn? Decherts Verstand erwachte zu neuem Leben, und er grübelte über das absurde Timing. Dann spannten sich sämtliche Muskeln, und er hielt beim Abstieg von der Schutthalde inne.

»LLO, können Sie bestätigen, dass es ein Fass-Signal ist?«

»Jawohl, Serenity. Das verstehe ich ja eben nicht. Es sollte zu Lagrange-Punkt Drei unterwegs sein, aber es ist nicht einmal auf einer stabilen Umlaufbahn. Und für heute sind ganz bestimmt keine Austrittsmanöver angesetzt.«

Heilige Scheiße. Das Schienenkatapult. Decherts Herz flatterte in der Brust. Konnten sie das geschafft haben? Konnten sie verrückt genug gewesen sein, um das zu wagen?

»LLO, leiten Sie mit Ihrem Lastschiff einen Rettungseinsatz zu diesem Helium-3-Fass ein.« Dechert drehte sich herum und erklomm die Steigung wieder, um zu seinem Shuttle zu gelangen. »Ich wiederhole, beginnen Sie sofort SAR an der Signalposition. Es könnten Menschen an Bord sein.«

»Was, an Bord eines Helium-3-Fasses?«

»Ja.«

»Himmel. Wir überschlagen uns, Serenity.«

»Ich bin in dreißig Sekunden wieder im Shuttle«, sagte Dechert. »Senden Sie die Koordinaten. Peary Crater, hören Sie mich? Meine Crew könnte in einem Helium-3-Fass aus der Station entkommen sein. Ich wiederhole: Meine Crew könnte sich in einem Helium-3-Fass aus dem Korral gerettet haben. Ich bringe das Shuttle in den niedrigen Orbit. Unterrichten Sie jeden, der es wissen muss, dass ich mit meinem Start keinerlei feindliche Absichten verfolge.«

Dechert sprang mit pochendem Herzen aus der Staubwolke und überwand die Entfernung zum Shuttle mit

Fünf-Meter-Sprüngen. Er wartete nur darauf, dass Yates ihm mit Protesten kam, ihm sagte, dass er unmöglich mit einem Shuttlestart die Waffenruhe brechen könne. Er wappnete sich, Yates zu sagen, er könnte ihn mal kreuzweise, denn nichts würde ihn auf der Oberfläche des Mondes halten.

Yates meldete sich. »Serenity, wir haben einen direkten Anruf beim Südpol gemacht und die Chinesen informiert, dass Ihr Flug nicht feindseliger Natur ist. Sie können starten. Hals- und Beinbruch.«

25

Während er von der Mondoberfläche abhob und seine Hände die Innenseiten seiner Handschuhe nass schwitzten, ging Dechert das Technogefasel eines Antriebs-Geeks von Peary Crater als Endlosschleife durch den Kopf.

Der Ingenieur hatte Anfang 2069 die Installation des Schienenkatapults von Serenity 1 beaufsichtigt, ein paar Monate, nachdem John Ross Fletcher beim Shuttleabsturz in der Nähe des Tycho ums Leben gekommen war. Die elektromagnetische Kanone hatte sich aus dem Korral gereckt wie eine fünf Stockwerke hohe Feldhaubitze. Sie sollte zwei Tonnen schwere Fässer mit Helium-3 in den Orbit schießen, wo sie zu einem Lagrange-Punkt gelangten und dort auf den Weitertransport zur Erde warteten. Der Ingenieur hatte die riesige Doppelschiene des Katapults mit Blicken betrachtet, als wären sie seine neugeborenen Zwillinge.

»Faszinierend, nicht wahr?«, hatte er Dechert gefragt. »Dieses Baby spuckt sehnig Megajoule pro Ejektion aus und beschleunigt ein Zwei-Tonnen-Projektil von null auf drei Kilometer pro Sekunde in einer Zeit, die Ihrem Herzen gerade ausreicht, um einmal auszusetzen.«

»Solange es funktioniert«, sagte Dechert. Er wollte den Mann auf keinen Fall zu einem weiteren Wasserfallvortrag über Physik ermutigen.

»Oh, funktionieren wird es«, sagte der Ingenieur. »Passen Sie nur auf, dass niemand in den Babys hockt, wenn sie hochgeschossen werden. Bei der Beschleunigung fliegen Ihnen die Augäpfel zum Arschloch raus.«

»Werde es nicht vergessen.«

»Ja.« Die Augen des Ingenieurs waren glasig geworden. »Was das für ein Ritt wäre.«

Was das für ein Ritt wäre.

Dechert war kein Mathematiker. Er konnte nicht genau berechnen, welche G-Kräfte man zu erdulden hätte, wenn man mit einem elektromagnetischen Schienenkatapult in die Umlaufbahn geschossen wurde, aber er schätzte, dass ein Standardschuss bei wenigstens 40 g liegen musste. 40 g. Genug Beharrungskraft, dass ein Hundertkilomensch plötzlich vier Tonnen wog. Ausreichend, um die Lungenarterie aus dem Herzmuskel zu reißen oder jedes Organ platzen zu lassen. Aber der Com-Jockey in LLO-1 hatte gesagt, dass das Fass viel zu tief und zu langsam flog, sich mit weniger als Fluchtgeschwindigkeit bewegte, also mussten Quarles oder Waters das Katapult auf einen flachen, langsamen Schuss umgestellt haben. Um wie viele g hatte das die Startbeschleunigung reduziert? Zehn oder fünfzehn?

Und wie lange hatte die Hochbeschleunigung gedauert? Das war die entscheidende Frage. Nur fünf Sekunden solcher Belastung hätten sie getötet, aber was war bei zwei oder drei Sekunden? Konnten sie das überlebt haben? Ein Luftwaffenarzt hatte im 20. Jahrhundert mehr als 40 g auf einem Raketenschlitten überstanden, und irgendein irrer Testpilot hatte sich Jahrzehnte später bei einem ähnlichen Experiment ganzen 80 g ausgesetzt, aber das waren kontrollierte Experimente mit horizontaler Kraft über einen sehr kurzen Zeitraum gewesen. Vertikale Krafteinwirkung war schlimmer.

Und Helium-3-Fässer haben auch keine Sitze oder Fünfpunktgurte.

Dechert belastete das Shuttle an die Grenzen, den Antrieb auf Maximalschub, während er in den niedrigen Orbit über dem Mare Tranquillitatis aufstieg. Auf seiner Brust spürte er den Druck der Beharrungskräfte. LLO-1 hatte ihm bereits die Koordinaten geschickt. Das Notrufsignal entsprang über dem Krater Copernicus im Sektor D-3, also musste das Fass eine beinahe komplette Umkreisung des Mondes hinter sich haben. Über dem Äquator lenkte er den Shuttle in die südöstliche Richtung und gab Zahlen in das Navigationssystem ein. Dechert schloss so schnell zu dem Notrufsender auf, dass ihn keine vier Minuten vom Rendezvous über dem nördlichen Mare Nectaris trennten. Vier Minuten bis zur Antwort auf die wichtigste Frage in seinem Leben: Würde er jemals Leute befehligen, die unter seinem Kommando nicht den Tod fanden?

Wie war B-Dog im Bake gestorben? War es eine Sprengfalle am Straßenrand gewesen? Nein, in Aanjar hatte ihn ein Heckenschütze erwischt. Und Snook? Niedergeschossen, als er ein Lehmziegelhaus stürmte, einen grünen Private als Rückendeckung. Dawes hatte sich das Leben genommen. Und Matchstick? Hatte er es nicht geschafft? Ja, als Dechert zuletzt von ihm hörte, war er am Leben gewesen. Aber er konnte vermutlich nie wieder ohne Hilfe etwas essen.

Und Cole. *Du darfst Cole nicht vergessen.* Cole hatte in den letzten Sekunden seines Lebens gespürt, wie das Wasser in seinem Körper unter der Haut kochte, und nicht geahnt, dass er von einem Mann ermordet wurde, den er mehr als drei Jahre lang für seinen Freund gehalten hatte.

»LLO, hier Serenity Shuttle.« Dechert wischte das Bild seines jungen Schürfspezialisten beiseite. »Ich überquere gerade den Sinus Honoris, knapp drei Minuten bis Rendezvous. Bitte melden.«

Die Übertragung sprang und trällerte ein paarmal, und Dechert hörte auf dem allgemeinen Kanal nervöse Hintergrundgespräche.

»Serenity, LLO-1. Ich übermittle Sie an Sammellastschiff *Xerxes.* Sie ist in fast genau östlicher Richtung über dem Krater Albategnius unterwegs. Beachten Sie, dass sich das Fass nur vier Kilometer über der Oberfläche befindet und sinkt, daher werden Sicherheitsbestimmungen außer Acht gelassen, um es noch zu erfassen. Das Terrain voraus ist Grund zur Besorgnis.«

Dechert packte den Steuerknüppel fester. *Terrain voraus.* In seiner Erinnerung suchte er nach der Topografie des Mondes vor dem Helium-3-Fass. Vertikal war nichts weiter vorhanden. Die Montes Pyrenaeus, mehr nicht, aber deren Gipfel waren nicht hoch genug, um eine Gefahr darzustellen – oder doch?

»*Xerxes*, hier Commander Dechert im Serenity Shuttle. Berichten Sie bitte.«

»Wir hören Sie, Commander. Hier spricht Pilot *Xerxes.* Wir haben Ihr Helium-3-Fass im Blick; Geschwindigkeit etwa zweitausend Kilometer pro Sekunde, Höhe etwa drei Komma sieben Klicks. Das Fass kreiselt mit elf Grad Neigung. Grund ist vermutlich ungleichmäßige Gewichtsverteilung. Nach unserer Hochrechnung wird es in vier Minuten oder weniger mit Terrain zusammenprallen. Noch eine Minute bis Abfangpunkt. Das wird knapp.«

»Welches Terrain, *Xerxes*?«

»Mons Penck. Sie halten genau darauf zu.«

Dechert wurde übel. Der breite Mons Penck ragte vier Kilometer über dem lunaren Flachland auf. »Verstanden, *Xerxes.* Ihr Plan?«

»Beschleunigtes Einfangen und dann rascher Schub, um über den Buckel zu kommen – wenn wir nicht abbrechen müssen. Ich habe ein EVA-Team am Frachtbett. Ich bin mir nicht sicher, ob ich ein Beschleunigungsmanöver fliegen kann, wenn meine Leute da draußen sind, und ich habe keine Zeit, sie wieder reinzuholen.«

»Wir sind in unseren Anzugports gesichert und halten uns fest, Lieutenant«, sagte eine andere Stimme im Com. Sie gehörte offenbar einem der drei Astronauten, die auf die Sammelschiene geschnallt waren. »Wir überleben, solange Sie mit uns nicht den Berg rammen.«

Dechert wollte den Lastschiffpiloten anflehen, nicht abzubrechen, aber er hatte selbst gerechnet und wusste, wie knapp es sein würde. In seinem Kopf überschlugen sich die Argumente, aber der Pilot ergriff als Erster das Wort.

»Sind Sie sicher, dass lebende Menschen an Bord sind, Commander?«

»Bin ich«, sagte Dechert.

Ein kurzes Schweigen folgte. »Okay. Wir fangen es ein. Zwanzig Sekunden. Tran, du hast nur einen Versuch.«

»Verstanden. Ich ziele auf die Bremsfallschirme in der Mitte des Fasses.«

Dechert konnte die *Xerxes* sehen. Sie blitzte im Licht der Suchscheinwerfer in der Dunkelheit vor dem Lastschiff auf. Das Lastschiff näherte sich dem Terminator des zunehmenden Halbmonds, nur wenige Minuten vom Sonnenlicht entfernt. Im tiefgekühlten Helium-3-Fass würde es innerhalb weniger Minuten siedend heiß werden. Und es sank immer tiefer.

»Terrain voraus«, meldete das Navigationssystem des Lastschiffs in beruhigendem Ton. Die *Xerxes* fuhr ihren Greifarm aus. Dechert entdeckte das Fass, das um seine Achse taumelte, während es dem Mare Nectaris entgegenstürzte. Der mechanische Arm bewegte sich langsam, als greife eine Robotermutter nach ihrem Kind. Eine Reihe von Suchscheinwerfern beschien den Kanister, und Dechert konnte die Astronauten sehen, die an der Fangschiene festgeschnallt waren. Ihre Körperhaltung verriet, dass sie auf den Moment warteten, in dem die Beschleunigung sie in ihre Anzüge presste.

Zeitlupenbewegungen. Ein paar Meter pro Sekunde, während seine Crew in einer todgeweihten Umlaufbahn auf einen der höchsten Berge des Mondes zustürzte. Dechert verfluchte die Behäbigkeit des Weltalls.

»Aufschließgeschwindigkeit auf einen Meter pro Sekunde gesunken. Wie sieht es aus, Tran?«

»Nur noch fünfzig Meter. Gebt mir ein bisschen Spielraum an der niedrigen Seite; das Ding flattert heftig.«

»Okay. Zwei Minuten bis Abbruch.«

»Verstanden, eine Minute bis Einfangen.«

Der Schiffscomputer ergänzte seine Warnung. »Terrain voraus. Ziehen Sie hoch. Terrain voraus.«

Dechert hörte die gleiche Anweisung von seinem Shuttle, aber er beachtete sie nicht. Er blieb ein paar Hundert Meter hinter dem Lastschiff und dem taumelnden Fass und trieb den mechanischen Arm mit seinen Gedanken an.

»Zehn Meter.«

»Das ist gut. Weiter so.«

»Eine Minute bis Abbruch.«

Dechert blinzelte sich den Schweiß aus den Augen. Der Greifarm umschloss den Kanister mittig. Dornen auf beiden Seiten des Armes suchten nach den kleinen Kopplungstrichtern in der Außenhaut des Fasses.

Sie verfehlten sie.

Dechert riss die Augen auf, als sie über das Metall kratzten und Lack abschabten.

»Letzter Versuch, Tran. Wir müssen weg.«

»Gib mir zehn Sekunden.«

»Warnung. Terrain voraus. Ziehen Sie hoch. Ziehen Sie hoch.«

Die Sonden zogen sich langsam in die Sockel zurück. Dechert schaute nach vorn; Mons Penck ragte drohend vor ihnen auf. Sie würden sie verlieren.

»Einfangen erfolgreich«, sagte Tran. »Wir haben sie gefasst.«

»Einziehen.«

»Ziehen ein. Wie viel Zeit?«

»Keine Zeit. Holt das Ding rein.«

Langsam – viel zu langsam für Dechert – zog sich der mechanische Arm zurück, brachte das Fass in den Metallschoß des Schiffes und verankerte es mit einer gesicherten Nabelschnur.

Decherts Cockpit füllte sich mit Mond.

»Ähh, Jungs«, sagte ein Astronaut.

»Harter Fang. Klar für Zündung.«

»OMS-Zündung«, sagte der Lieutenant. »Achtung.«

Das Lastschiff hob die Nase und gewann mühsam Höhe. Dechert gab mit dem Orbitalmanöversystem seines Shuttles ebenfalls Schub, während ihm die Warnsignale beider

Schiffe in den Ohren gellten. Die *Xerxes* schüttelte sich. Sie war nicht für harte Orbitalmanöver gebaut. Mons Penck erfüllte Decherts Sichtschirm. Die *Xerxes* blieb unterhalb der schrägen Spitze des Berges und versuchte zu steigen. Die OMS-Düsen an ihrem Bauch drückten sie raumwärts. Nur nicht schnell genug. Dechert musste zusehen, wie Mond und Schiff einander immer näher kamen, und wappnete sich auf den Anblick der Vernichtung, der ihm die ganze Zeit durch den Kopf gegangen war. Mond und Schiff rasten …

Und sein Bildschirm füllte sich mit der Leere des Alls.

Dechert holte Luft. Das Lastschiff war vor ihm.

Nichts Festes lag in seinem Weg. Die Warnungen verstummten.

»OMS aus«, sagte der Pilot der *Xerxes*, und man hörte ihm seine Erleichterung an. »Anstellwinkel vierzehn Grad, steigend. Alles gut mit euch da draußen?«

»Wir leben, Lieutenant. Das war vielleicht ein Ritt.«

»Wie dicht sind wir drangekommen?«

»Ich hab die Hand ausgestreckt und eine Bodenprobe genommen.«

»Verstanden. Schauen wir mal, ob es die Sache wert war.«

»Setzen Rettung fort, Lieutenant.«

Die Astronauten machten sich daran, die Wartungsluke am Fass zu öffnen. Dechert manövrierte das Shuttle nahe an das Lastschiff; er sah die Lichtblitze, als sie die Luke aufschweißten, die von innen verklemmt sein musste. Er kniff die Augen zusammen und beugte sich vor. Blut schoss ihm in die Stirn. Eine Warnung piepte an der Konsole, und er blickte aufs Head-up-Display.

Das Shuttle näherte sich zu rasch. Dechert gab Bremsschub und zog die Nase hoch.

»*Xerxes*, hier Shuttle«, sagte Dechert. »Ihr seid mir ein paar eiskalte Hunde.«

»Wir tun das nur für den Ruhm, Shuttle.«

»Na, dass ihr's nicht für Geld tut, weiß ich selber. Erbitte Erlaubnis zum Ankoppeln.«

»Sie haben Freigabe zum Ankoppeln auf Backbordseite.«

Vor seinem geistigen Auge sah er Lanes Gesicht, als er die letzte Annäherung vornahm, ihre kurzen, glatten, dunkelkupferroten Haare, ihre aufwärts gebogene Nase und das spitze Kinn. Er sah Vernons wilde Mähne und die Augen mit den schweren Lidern, Quarles' glatt rasierten Kopf und seinen sackartigen Schwereanzug.

»Was ist der Status da draußen, EVA?«, fragte der Pilot der *Xerxes*.

»Eine Sekunde.«

Die Cockpittafeln leuchteten grün, und Dechert koppelte das Shuttle an. Er nahm die geballten Fäuste von der Steuerung, und seine Finger zuckten krampfartig. Noch immer blieb das Rettungsteam still. *Vernon ist tot,* dachte er. *Er muss tot sein. Sie müssen alle tot sein.*

»Verdammt, wir haben vier Leute hier drin«, sagte jemand schließlich, und Dechert konnte sehen, wie einer der Astronauten den Kopf in die offene Wartungsluke steckte und mit einer Laterne in das dunkle Innere des Fasses leuchtete. Seine Füße hingen in den Raum wie bei einem Clown, der beim Rodeo in ein Fass guckt. Der Astronaut warf Stücke, die nach Verpackungsschaum aussahen, aus dem Fass.

»Wie ist ihr Zustand, EVA?«, fragte er, unfähig, sich zu beherrschen.

»Warten Sie.«

Weitere dreißig Sekunden verstrichen.

»Wie ist ihr Zustand, John?«, fragte der Pilot der *Xerxes.*

»Holt den Rotkreuzkasten«, sagte der Raumspaziergänger. »Ich glaube, ein paar von denen leben noch.«

26

In der Ecke des medizinischen Moduls lungerte Dechert im Halbschlaf auf einem Sessel, den Kopf an die Brust gesenkt, die Füße auf einem Betttisch. Als er hörte, wie Lane sich regte, blickte er auf, rechtzeitig, um zu sehen, wie sie die Augen öffnete und sich im kleinen Raum umschaute. Verwirrung trat in ihr Gesicht, während sie langsam begriff, dass sie nicht in Sea of Serenity 1 war. Ihr Blick wanderte umher, bis er Dechert fand. Er hatte Bartstoppeln im Gesicht und seit einer Woche nicht mehr geduscht, aber eindeutig erkannte sie ihn. Sie wand sich und hustete, und er stand auf.

»Hallo.«

»Hmmm«, machte sie, versuchte die Beine zu bewegen und verzog vor Schmerzen das Gesicht. Sie senkte den Blick, entdeckte den Bioscanner an ihrem rechten Arm und den Infusionsschlauch am linken. Im Hintergrund piepste eine Maschine, aber das Geräusch war lange nicht so aufdringlich wie die Warntöne, die ihre Träume erfüllt hatten.

»Also bin ich wohl doch noch am Leben?«

»Stimmt.«

Er ging zu ihr, setzte sich auf einem Hocker ans Bett und sah ihr in die Augen, die noch von roten Spinnennetzen überzogen waren, ein Gruß von der G-Belastung, unter der die meisten ihrer Kapillaren geplatzt waren. Ihr Gesicht war vom Trauma geschwollen, ihre Lippen trocken und rissig.

»Wie seh' ich aus?«

»Beschissen.«

Sie schnaubte und versuchte zu lächeln, aber auch das tat ihr sichtlich weh. Er merkte, wie sie am Rande der Bewusstlosigkeit wankte. Ein paar Minuten lang öffnete und schloss Lane die Hände, ohne ein Wort zu sagen; sie ballte die Fäuste, um festzustellen, wie viel Kraft sie noch in den Armen hatte. Schließlich drehte sie den Kopf, schlug die Augen auf und blickte ihn wieder an. Sie war nun stärker in der Gegenwart.

»Die anderen. Sind sie okay? Ist Vernon okay?«

Er legte ihr die Hand auf die Schulter. »Sie kommen alle durch. Sogar Standard. Vernon hat es übel erwischt, aber Sie kennen ihn ja. Den kriegt man nicht mal mit einem Panzer klein.«

»Oder einer Rakete.« Wieder versuchte sie zu lächeln. »Er hat uns den Arsch gerettet. Ich dachte, er wäre tot, und plötzlich schnappt er sich Epoxy-Schaum und schmeißt ihn ins Fass. Damit hat er wohl verhindert, dass wir alle zerquetscht wurden. Und er konnte nicht mal was sehen – er war geblendet von der Dekom-Krankheit und der Dichtmasse auf seinem Helm.«

»Klingt ganz nach Vernon.«

»Yeah. Und Quarles hat an dem Katapult gebastelt. Er hat einen Autostart eingerichtet und eine Möglichkeit gefunden, die Sicherheitseinstellungen für Bahnhöhe und Bahngeschwindigkeit zu umgehen. Ausnahmsweise hat der kleine Schleimscheißer mal was richtig gemacht.«

Dechert lachte. »Vernon Waters, der beste Mann auf dem Mond. Und Jonathan Quarles, ein bisschen besser, als Sie jemals zugeben werden. Aber Sie sind es, die alle gerettet haben, Lane. Sie sind auf die irrsinnige Idee gekommen, sich von einem Schienenkatapult ins All schießen zu lassen.«

Sie verzog das Gesicht. »Ich dachte, ich bringe uns um, aber mir fiel nichts Besseres ein. Ich meine, ich habe versucht zu erraten, was Sie tun würden, aber Sie rannten ja auf dem Mare herum.«

»Ich will Ihnen sagen, was ich getan hätte. Ich wäre vermutlich gestorben. Zusammen mit allen anderen. Auf gar keinen Fall wäre ich auf die Idee mit dem Katapult gekommen.«

»Na, lassen Sie die Orden mal in der Schublade. Eigentlich war es nur Selbstsucht. Ich wollte lieber in Bewegung sterben als dabei, irgendwo zu kauern.«

Lane schloss die Augen. Bis sie wieder stehen könnte, verging noch wenigstens eine Woche, sagten die Ärzte. Und weitere zwei Wochen dauerte es, bis sie sich nicht mehr so fühlte, als hätte sie mit dem ganzen Leib in einem Schraubstock gesteckt. *Vielleicht kann sie niemals Kinder bekommen, aber wir glauben nicht, dass ihr Hirn geschädigt wurde. Hat sie früher schon zu Krampfanfällen geneigt?* Fragen und mögliche Nebenwirkungen zuhauf. Ein Neurochirurg hatte Dechert gefragt, ob man sie drei Monate lang in einer Beobachtungskuppel behalten könnte. Sie habe den bekannten G-Kraft-Rekord für Frauen gebrochen, und die Tests würden medizinische Erkenntnisse liefern, die für Langzeitflüge im sonnenfernen All entscheidend sein könnten. Dechert war zu erschöpft gewesen, um dem Kerl die Nase zu brechen, darum hatte er ihn nur beschimpft und war weggegangen.

Sie zupfte an Decherts Ärmel. »Ist es vorbei?«

»Es ist vorbei. Die Station ist ein Totalverlust, und wir

haben viele Opfer, aber es ist vorbei. Die Arschlöcher auf der Erde versuchen sich herauszuwinden, und ich glaube, sie möchten uns verschwinden lassen, aber ich habe da ein kleines Druckmittel.«

»Was für ein Druckmittel?« Sie versuchte, eine Augenbraue zu wölben. Auf Intrigen reagierte sie immer mit großer Wachsamkeit. Wieder sah sie auf und blickte sich im Raum um. »Wo ist Thatch?«

Dechert legte ihr abermals die Hand auf die Schulter. Wie sollte er ihr eröffnen, dass ihr Crewkamerad und Freund Thatcher ein Mörder gewesen war – ein Attentäter, der sich jedes Mal, wenn er sie angeblickt hatte, mit dem Gedanken beschäftigte, wie er sie töten würde? Wie sollte er ihr sagen, dass Thatch sie verraten hatte, genau wie einmal er selbst?

»Thatch ist auch nicht mehr auf dem Mond. Machen Sie sich nicht so viele Gedanken«, sagte er. »Wir haben alle Zeit der Welt, die Einzelheiten durchzugehen.«

Falls sie spürte, dass etwas im Argen lag, ließ sie es ihn nicht merken. Sie schloss die Augen und ergab sich wieder der Wirkung ihrer Medikamente. »Also gut«, flüsterte sie und war irgendwo zwischen dem Raum und einem anderen Ort.

»Wie fühlen Sie sich?«, fragte er.

»Sind Sie schon mal aus einer Kanone geschossen worden?«

»Nein.«

»Glückspilz.«

Dechert grinste. »Die Ärzte sagen, dass Sie vielleicht wieder ganz in Ordnung kommen, obwohl Sie es übertrieben haben mit mehr als 25 g. Ich schätze mal, in Null

Komma nichts zeigen Sie den Bürokraten wieder den Stinkefinger.«

Sie hustete. Dechert lehnte sich zurück und wischte sich mit dem Zeigefinger ein trockenes Auge ab. Er hatte geweint, als er erfuhr, dass sie noch lebten, zum ersten Mal seit dreißig Jahren. Das Gefühl war unglaublich gewesen, gleichzeitig befreiend und widerlich. Er war froh gewesen, dass alle das Bewusstsein verloren hatten, doch nun wallten die Gefühle wieder auf, und er kämpfte gegen sie an. Er wollte seine Leute am liebsten aus den Krankenhausbetten reißen, sie in eine Bar schleppen und sich mit ihnen betrinken. *Richtig betrinken.* Sie lebten alle – alle außer Thatch, der ohnehin den Tod verdient hatte. Ein unfassliches Wunder – das erste Wunder in seinem Leben.

»Also, was steht als Nächstes für uns an?«, fragte sie, als er gerade dachte, sie wäre wieder eingeschlafen. »Ein paar Jahre im Bau? Ein Burritostand in Las Cruces?«

»Wahrscheinlich eine sehr lange Nachbesprechung in einem kalten Zimmer und dann ein bisschen Genesungsurlaub. Danach … Ich weiß nicht. Haben Sie die Nase voll vom Weltraum?«

Sie versuchte sich auf die Ellbogen aufzurichten. »Von wegen. Wie gesagt, ich möchte in Bewegung sterben.«

»Wie klingt denn Jupiter für Sie?«

Sie zog beide Augenbrauen gleichzeitig hoch. »Die Station auf Europa?«

»Warum nicht? Die *Magellan* startet nächstes Jahr, und die Regierung wäre uns gern für eine Weile los. Möchten Sie sich die einzige permanente Kolonie jenseits des Asteroidengürtels ansehen oder nicht?«

»Vielleicht.« Lane strich sich über die Hüften, als wollte

sie prüfen, ob noch alle Knochen an Ort und Stelle waren. Sie leckte sich die Lippen, und Dechert befeuchtete einen Lappen und legte ihn an ihren Mund.

»Mir kommt es vor, als wäre meine Zunge aus Sandpapier.«

»Ich weiß. Sie wollen nicht, dass Sie schon etwas trinken; Ihr Inneres ist ziemlich mitgenommen. Geben Sie mir einfach Bescheid, wenn Sie Feuchtigkeit brauchen. Krankenpflege ist meine neue Spezialität. Meine Güte, vor ein paar Stunden habe ich Quarles einen Elektrolyt-Lolly besorgt.«

Sie schlug die Augen wieder auf, und diesmal blickten sie scharf. »Wissen Sie, ich habe die Spezifikation für die Europa-Basis gelesen. Sieht ganz schön brenzlig aus.«

»Oh ja. Fletcher war derselben Ansicht. Strahlung. Gravitationstrichter. Geysire. Mondbeben. Wind mit bis zu vierhundert Knoten auf dem Jupiter. Wahrscheinlichkeit eines katastrophalen Fehlschlags wenigstens zehn Prozent, habe ich zuletzt gehört.«

Sie lachte. »Sie sind echt ein mieser Verkäufer. Wenn Sie wollen, dass ich am Tor der Hölle die Sicherheitsoffizierin spiele, dann könnten Sie wenigstens ein paar Glanzpunkte nennen.«

Dechert schwieg einen langen Augenblick lang. Schließlich ergriff er wieder das Wort. »Allzu viele Glanzpunkte gibt es nicht, aber ich will Sie auch nicht als Sicherheitsoffizierin.« Er tupfte ihr wieder mit dem feuchten Tuch über den Mund. »Ich dachte mehr an Stationsleiterin.«

Sie blickte ihn an. »Die Stationsleitung ist aber doch Ihr Job.«

»Hier vielleicht. Aber dort … Nein, ich finde, das sollten

Sie machen. Ich leite die Rohstoffgewinnung auf dem Jupiter, aber die Mission der *Magellan* hat zwei Schwerpunkte. Zur Hälfte wird die Station für die Wissenschaftler da sein, die mit U-Booten in Europas Ozean tauchen, und jemand muss die ganze Show koordinieren.«

Lane blickte ihn scharf an, und er glaubte, Wut in ihren Augen aufblitzen zu sehen. »Ich halte nichts von Almosen, Dechert. Schieben Sie mir gefälligst keine Beförderung zu, damit Sie Ihr Schuldgefühl loswerden, uns auf dem Mond fast umgebracht zu haben. Ich weiß, Sie sind ein Masochist, was Selbstvorwürfe angeht.«

Nun war es an Dechert, wütend zu werden – oder es wenigstens vorzugeben. »Ich werfe nicht mit Beförderungen um mich, Officer Briggs. Wenn ich glauben würde, dass Sie es nicht mehr auf die Reihe bekommen, würde ich Sie morgen schon auf die Erde zurückschicken. Aber auch wenn es Ihnen vielleicht nicht klar geworden ist, Sie haben zwei Jahre lang hart an Ihrem Weg zum Kommando gearbeitet.«

»Das war mir nicht klar.«

»Dann arbeiten Sie an Ihrer Selbstwahrnehmung. Das ist eine wichtige Eigenschaft für alle Befehlshabenden.«

Sie musste seine Worte ein Weilchen lang verdauen. »Sie wären mir unterstellt? Wissen Sie, wie verrückt das klingt?«

»Übertreiben Sie es mal nicht. Ich beabsichtige, bei der Helium-3-Förderung eine Menge Autonomie zu genießen. Aber: Ja, wenn eine Entscheidung gefällt werden muss, die die ganze Station betrifft, dann haben Sie das letzte Wort.«

»Ich habe gedacht, man hätte bereits eine Crew bereitstehen für die Mission«, sagte Lane.

»Hatten sie auch. Die Jungs in Sea of Tranquility 1, aber

der Kommandant und sein Erster Offizier wurden beim selben Raketenschlag getötet, der auch Serenity vernichtete. Glauben Sie aber nicht, wir wären zweite Garnitur. Sie haben es sich verdient, Lane, und ich kann es Ihnen verschaffen. Wollen Sie, oder wollen Sie nicht?«

Das Lächeln, das diesmal in ihr Gesicht zog, war ungetrübt. »Ja, ich will es machen. Hoffentlich kommt Quarles mit. Den kleinen Scheißer mache ich zur Schnecke.«

Dechert lachte. »Jetzt werden Sie mir mal nicht zum Ahab.«

»Nur was Quarles betrifft.«

Und sie lachten beide.

27

Mit ruhiger Hand füllte Yates zwei Tumbler aus geschliffenem Glas mit Scotch, als gäbe es im ganzen Universum nichts Wichtigeres als die Drinks. Dechert fragte sich, ob das Zeug vom selben Schmuggler stammte, bei dem Lane und Quarles Stammkunden waren, oder ob sein Rang ihm erlaubte, offen gegen das Alkoholverbot der Administration für den Mond zu verstoßen. *Zum Teufel*, dachte er, *was macht schon ein bisschen Fusel; ihr durftet hier oben keine* Waffen *haben.*

»Wir gehen davon aus, dass Foerrster die Bombe an Thatch übergeben hat, als er Serenity im November besuchte.« Yates stand neben dem Getränkewagen. »Der militärische Nachrichtendienst hält es für unwahrscheinlich, dass Thatch während der vergangenen drei Jahre auf einem Vorrat an polymerem Stickstoff gesessen hat. Viel plausibler wäre, dass Foerrster die Substanz erst mit auf den Mond gebracht hat, nachdem die Operation grünes Licht bekam. Thatch hat sie vermutlich an das Raupenfahrzeug geschraubt, ehe sie zum Posidonius losfuhren.«

Er wandte sich Dechert zu und sah ihn an. »Er ist übrigens verschwunden. Foerrster, meine ich. Verduftet wie eine Staubwolke am Terminator. Ist wahrscheinlich irgendwo in Afrika oder im Südpazifik untergetaucht.«

»Ich werde ihn finden, wenn Sie es nicht schaffen.«

Der Alte seufzte. Er trug volle Uniform, weiß und gebügelt mit den goldenen Abzeichen der Space Mining Administration auf der Brust, und er hatte keine schwerkraftsimulierenden Gewichte am Leib. Yates, so hieß es, weigere sich, seinen 1-g-Schwereanzug zu tragen, weil er ohnehin vorhabe, auf dem Mond zu sterben, und die zusätzliche Knochenmasse nicht brauche, die nötig war, um auf die Erde zurückzukehren. Er sah müde aus und versuchte eindeutig, das zu verbergen.

»Haben Sie je Clausewitz gelesen, Dechert?«, fragte Yates, als er den Whisky mit einigen sorgfältig abgemessenen Tropfen Wasser verfeinert hatte. »Der Krieg ist eine bloße Fortsetzung der Politik mit anderen Mitteln.«

»Schon mal davon gehört.«

»Nun, Sie haben diese anderen Mittel recht gründlich durcheinandergebracht. Und auf der Erde sind nicht wenige Leute recht sauer darüber.«

»Ich bin eben einer, der im Dreck wühlt, Yates. Was genau versuchen Sie mir zu sagen?«

Yates rührte die Drinks rasch mit einem silbernen Barlöffel um. Er wandte sich um und reichte Dechert eines der Gläser.

»Was ich zu sagen versuche: Ich bin ein wenig erstaunt, dass noch niemand auf den Mond gekommen ist, um dafür zu sorgen, dass man Sie in einen schwarzen Sack packt.«

»Versucht hat man es ja schon, erinnern Sie sich? Und hier bin ich. Sagen Sie dem Nächsten, er soll nur kommen.«

Yates schüttelte den Kopf. Er glitt um seinen großen kreisförmigen Schreibtisch, der aus Naturholz und Obsidian zu bestehen schien; ihn von der Erde heraufzubringen musste ein Vermögen gekostet haben. Der Commodore setzte sich in seinen hochlehnigen schwarzen Ledersessel.

»Solch ein Feuer«, sagte er. »Ich begreife es nicht. Früher war Geschäft auf dem Mond strikt Geschäft. Jetzt will jeder persönlich werden. Das ist so … unprofessionell.«

»Ich bin nicht in Stimmung, mit Ihnen über Wirtschaft oder Politik zu reden, Yates. Ich bin auch nicht hier, um mir Ausflüchte anzuhören, sondern um meine Bedingungen zu stellen und zu erfahren, ob abgerechnet wird.«

Yates lehnte sich zurück und trank einen kleinen Schluck von seinem Scotch. Während er Decherts Gesicht musterte, hingen seine weißen Augenbrauen wie Kondorschwingen über dem Glas. »Abgerechnet«, flüsterte er. »Na gut, Commander. Wie lauten Ihre Bedingungen?«

Dechert stand auf und ging zum Panoramafenster, das vom einen Ende der Außenwand von Yates' zylindrischem Eckbüro zum anderen verlief und einen spektakulären Blick auf die sonnenbeschienenen Ebenen des lunaren Nordpols schenkte. Unten tauchte ein Astronaut auf, strebte mit langen Sprüngen über die Oberfläche zu einem Lagersilo am gegenüberliegenden Ende der Station und ließ dabei kleine Fahnen aus Mondstaub hinter sich zurück.

»Nichts Kompliziertes. Ein bilaterales Waffenverbot im Weltraum. Und für mein Team die Jupiter-Mission.« Er trank einen Schluck Scotch. »Ich möchte Briggs als Stationschefin und volle Weisungsbefugnis für den Abbaubetrieb.«

Yates hustete in die Faust. »Na, billig sind Sie nicht gerade. Glauben Sie wirklich, Sie können diese Leute erpressen, Dechert? Irgendwann übernimmt in Washington eine neue Riege die Führung, und der ist es egal, ob Sie die schmutzigen kleinen Geheimnisse ihrer Vorgänger ans Licht bringen.«

Dechert wandte sich zu ihm um. »Das ist sicher richtig, Yates. Aber im Augenblick ist es ihnen *nicht* egal, und mehr zählt nicht. Machen Sie es ihnen klar: Wenn in den nächsten Jahren auch nur ein Mitglied meiner Crew aus mysteriösen Gründen das Zeitliche segnet, ist meine kleine Videomontage von Thatch, der diese schlimmen Dinge tat, im ganzen Stream, begleitet von einem Haufen ergänzender Informationen.«

»Aber ein Waffenverbot im Weltraum?« Yates lachte stillvergnügt in sich hinein, stellte das Whiskyglas auf einen Untersetzer aus Stein und rieb sich mit dem Zeigefinger über die runzlige Stirn. »Könnte man da nicht gleich Weltfrieden verlangen?«

Dechert zuckte mit den Schultern und setzte sich wieder. »Das Ganze ist wie ein One-Night-Stand in Las Vegas. Einen Monat später spielt er vielleicht keine Rolle mehr, aber in dem Moment, in dem er geschieht, tut er verdammt gut. Ich möchte einfach ein bisschen Zeit erkaufen, damit meine Crew nicht so bald wieder vor Raketen davonlaufen muss. Sobald wir tot und vergessen sind, könnt ihr Arschlöcher so viele Kriege im inneren Sonnensystem anzetteln, wie ihr wollt.«

Yates musterte ihn von oben bis unten. Durch inoffizielle Kanäle hatte Dechert genug über die Zwangslage erfahren, in der sich die Regierung befand. Parrish und der Rest der Erdmedien hatten in Washington und Beijing die Türen eingetreten, um zu erfahren, was in den letzten Tagen auf dem Mond geschehen war. Trotz des Nachrichtenembargos sickerte auf den Heimatplaneten durch, welche Zerstörungen die amerikanischen und chinesischen Bergbaustationen erlitten hatten. Die Hauptbasen waren nach wie vor intakt, aber Sea of Serenity 1 und New Beijing 2 gab es nicht mehr; das Gleiche galt für mehrere kleinere chinesische und amerikanische Schürfposten. Sein Freund Lin Tzu war tot, dazu zwölf weitere chinesische Digger und Soldaten. Tzu hatte seinen Posten nicht verlassen, bis eine amerikanische Rakete einschlug und sein Leben beendete. Dechert wusste zwar, dass die chinesische Regierung ihm nie erlaubt hätte, die Station zu räumen, trotzdem empfand er einen kleinen Stich des Neids über die Tapferkeit seiner letzten Tat. Wer war der bessere Mann? Wieder einmal hatte Tzu bewiesen, dass er es war, und zwar mit deutlichem Vorsprung.

Neun US-Crewmitglieder hatten ihr Leben verloren, darunter Hale, Thatch und die Marines unter Cabrera. Der Feuerwechsel hatte Bergbauinfrastruktur im Wert von mehreren Milliarden vernichtet, die Tourismus-, Systemerkundungs- und Terra-Energie-Franchises gefährdet und die chinesische und amerikanische Helium-3-Gewinnung auf Monate zum Stillstand gebracht.

Und dann hörte plötzlich alles auf, als wäre der Verschluss einer Kamera geschlossen worden.

Hinter zahlreichen wichtigen Türen auf der Erde setzten die Konsequenzen ein. Der ehemalige Leiter des Office of Environmental Analysis – der augenblickliche Admiralstabschef der US Navy und Präsidentschaftskandidat – war still und leise seiner Pflichten enthoben worden; wie es hieß, würde er seine angeschlagene Gesundheit vorschieben und sich aus dem Wahlkampf zurückziehen. Andere Köpfe waren vollkommen abgetrennt worden; dabei handelte es sich hauptsächlich um Zwei-Sterne-Generale und ein paar Papierseelen auf Kabinettsebene.

Wieso aber waren die Chinesen zu einer Waffenruhe

bereit gewesen? Wieso hatten sie Gelassenheit bewahrt, obwohl von der anderen Seite ein Ein-Tages-Krieg vom Zaun gebrochen worden war? Auf diese Frage fand Dechert keine Antwort, aber er sah Yates an und wusste, dass der US-Präfekt des Mondes es ihm gleich mitteilen würde.

»Wussten Sie, dass Thatch recht hatte mit den Chinesen?«, fragte Yates schließlich. »Sie haben der ISA viel zu niedrige Helium-3-Förderzahlen gemeldet und insgeheim in Holland und Peru an Abmachungen gearbeitet, die uns von einigen sehr großen Verträgen ausgeschlossen hätten. Sie haben außerdem unsere Pläne vom Magnetantrieb der *Magellan* gestohlen, vielleicht *das* nachrichtendienstliche Bravourstück des 21. Jahrhunderts. Es heißt, sie starteten noch vor nächsten Sommer mit der *Yang Liwei* zum Uranus und kämen dort an, ehe wir den Jupiter erreichen. Auf die Rolle des Schulhoftyrannen verstehen sie sich meisterhaft. Sie haben uns die Unterwäsche geklaut, ohne uns die Hose auszuziehen, und es war ihnen egal, ob wir es merkten.«

Dechert schüttelte den Kopf. »Also fangen wir einen gottverdammten Krieg an?«

»Glauben Sie etwa, ich bin mit diesem Irrsinn einverstanden? Ich breite nur deswegen das ganze Bild vor Ihnen aus, weil Sie nicht besonders gut darin sind, sich die Dinge aus einer höheren Perspektive als zwei Meter über dem Boden anzusehen.«

»Dann schwingen Sie mal den Pinsel. Dieser irre Drecksack, der früher die OEA geleitet hat, Admiral Parks, führte eine geheime Truppe, die Thatch vor drei Jahren auf dem Mond untergebracht hat für den Eventualfall, dass sie einen Krieg gegen China vom Zaun brechen müssten, indem sie unsere eigenen Leute töteten? Wissen Sie eigentlich, wie verrückt sich das anhört?«

Yates nickte. »Natürlich ist es geisteskrank, aber ich bezweifle, dass alles so haarklein vorhergeplant war, wie Sie andeuten. Und haben Sie vergessen, welch ein Irrsinn seit zehn Jahren auf der Erde geschieht? Glauben Sie etwa, die Angst und Unsicherheit nach dem TherMax verfliegen einfach wieder? Dass unsere Führung es einfach hinnimmt, auf den zweiten Platz verwiesen zu werden?«

Dechert schüttelte den Kopf. »Was hatten sie nun davon? Was hat es ihnen eingebracht, ihr eigenes Gold auf dem Mond zerschießen zu lassen?«

»Das weiß ich nicht. Vielleicht eine Atempause. Ein Zeitfenster, um eine Basis auf Europa zu errichten. Eine Galgenfrist, damit der Bergbau im Asteroidengürtel endlich Gewinn abwirft. Vor allem aber wollten sie China wohl zeigen, dass sie nicht bei allem einfach stillhalten.«

»Und wenn das Ganze einen Krieg auf der Erde entfesselt hätte?«

»Oh, die Wahrscheinlichkeiten dafür waren vermutlich auf einen Prozentpunkt genau berechnet. Ich nehme an, man fand das Risiko annehmbar.«

Dechert merkte, wie sein Gesicht heiß wurde. Er trank und versuchte, leise zu bleiben. »Nun, ich finde es nicht annehmbar. Und ich werde auch nicht stillhalten und zusehen, wie Parks und Foerrster und wer immer noch daran beteiligt war, sich auf ihre Landsitze an der Chesapeake Bay oder ihre Verstecke auf den Salomonen zurückziehen. Ich habe Ihnen gesagt, ich will eine Abrechnung. Diese Schweine haben Cole auf dem Gewissen. Sie hätten fast mein gesamtes Team getötet.«

Yates lachte wieder leise und hob eine Hand, als er sah, dass Dechert kurz vor dem Explodieren stand.

»Ruhig. Ich amüsiere mich nicht über Cole oder irgendetwas, das hier oben passiert ist. Ich habe ebenfalls Leute verloren, und ich werde so bald nicht darüber hinwegkommen. Was ich belächele, ist Ihre Naivität. Wenn Thatch in irgendeiner Hinsicht recht hatte, dann in dieser.«

»Was meinen Sie damit?«

»Ich meine Folgendes: Glauben Sie wirklich, ein Vier-Sterne-Admiral war die letzte Person, die einen Plan unterzeichnet hat, einen lunaren Konflikt mit China zu provozieren?«

»Helfen Sie mir auf die Sprünge, Yates. Ich verstehe immer noch nicht, worauf Sie hinauswollen.«

»Gut.« Yates musterte Dechert, während er mit dem Finger über den Rand seines Whiskyglases fuhr. »Wussten Sie, dass Admiral Parks und der Präsident beide Ringklopfer sind?«

»Wie bitte?«

»Sie kennen doch diese schweren Ringe der Abgänger unserer Militärakademien. Parks und der Präsident sind beide in Annapolis gewesen. Derselbe Jahrgang auf der Marineakademie. Waren sogar Stubenkameraden.«

Dechert lehnte sich zurück und verdaute, was er gerade gehört hatte. »Sie wollen sagen, dass der Präsident der USA dahintersteckt?«

»Ich bezweifle, dass er alle Einzelheiten kannte, und ich bin mir sicher, dass Sie nirgendwo einen schriftlichen Befehl finden werden, den er unterzeichnet hätte. Glaubhafte Bestreitbarkeit steht einfach immer an oberster Stelle. Trotzdem: ja. Es ist ziemlich sicher, dass nicht ohne seine Anweisung auf einen Mondkrieg hingearbeitet wurde.« Yates beugte sich vor. »Mit anderen Worten, das ist keine Verschwörung des mittleren Managements, Dechert. Und deshalb versuche ich Sie davon abzuhalten, mit der Lanze gegen Windmühlen anzurennen.«

»Sie wollen mich wohl auf den Arm nehmen.«

»Sie sind überrascht?« Yates ließ Dechert nicht aus den Augen, während er wieder einen Schluck Whisky trank. »Wir reden nicht von einem mickrigen Ölfeld unter dem Nordatlantik, Dechert. Hier geht es um die langfristigen Rechte an einer Energiequelle, mit der die Erde ein Jahrtausend lang versorgt werden kann, wenn nicht sogar länger. Wir reden vom Tor zum Jupiter, zum Uranus und zum Kuiper-Gürtel. Wer weiß? Wer immer diesen Schatz gewinnt, könnte der Erste sein, der in fünfzig Jahren Epsilon Eridani erreicht und in hundert Jahren fremde Sonnensysteme kolonisiert.«

Er stand auf und reckte sich, legte die Hände auf den Rücken und schlenderte um den Schreibtisch. »Wie viele Königreiche alter Zeit scheiterten bei dem Versuch, die Seidenstraße an sich zu bringen oder die Wege, auf denen die Gewürze aus Asien kamen. Seide und Salz? Verglichen mit Helium-3 ist das Tand, Dechert, Kinderspielzeug für nichtsnutzige Prinzlein.«

»Das ist Tausende von Jahren her.« Dechert kannte das Argument von Lin Tzu; er hatte es auf beunruhigend ähnliche Art vorgebracht, und es ärgerte ihn noch immer. »Ich hatte gehofft, wir könnten irgendeine Form menschlicher Weiterentwicklung mit in Betracht ziehen.«

»Ach? Dann sind Sie ein verdammter Narr. Ich möchte das doch einmal klarstellen. Das Tier im Menschen gibt es noch, und es wird nicht verschwinden. Dieses ganze Zeug, um das wir kämpfen – Macht, Geld, Territorium, Helium-3 –, ist nur wenig mehr als ein Kadaver in der Savanne. Eine etwas raffiniertere Version von Leben und Tod im Königreich der Tiere.«

Dechert trank aus und stellte das Glas auf Yates' Schreibtisch; den Untersetzer beachtete er nicht. Er wollte sagen, dass die Besiedlung des Alls daran etwas geändert haben könnte, dass die Menschen sich eine neue Ordnung hätten geben können, als sie die Erde verließen. Dass sie nicht ihren ganzen alten Scheiß mit in den Himmel nehmen müssten. Aber er zuckte nur mit den Schultern.

»Meinetwegen können Sie sich mit den anderen Hyänen um die Knochen streiten. Ich habe für diese Arschlöcher genug getan, und ich will raus.«

»Mmm.« Yates kehrte zu seinem Schreibtisch zurück und setzte sich wieder. »Was uns zu unserem gegenwärtigen Anliegen bringt. Sie wissen, dass der Geheimdienst Ihre geheime Datei im Stream findet, diesen versteckten Account, auf den Sie so stolz sind. Man wird ihn finden und zerstören. Im Moment muss man Ihren Wünschen nachgeben, aber damit ist es rasch vorbei.«

Dechert lachte. »Reden Sie von denselben Typen, die zugelassen haben, dass China unsere Pläne für den Fernflugantrieb stiehlt?« Er suchte Yates' Blick und hielt ihm stand. »Mein Spezialist ist schlauer als ihre Spezialisten, Yates. Wenn er sich ein bisschen mehr für Macht und das andere Zeug interessieren würde, von dem Sie sprachen, könnte Quarles jetzt schon den Ton angeben. Die Geheimdienste finden sein Programm niemals.«

»Sie irren sich, Dechert. Staatliche Behörden sind dumm

und ungeschickt, aber sie haben einen Vorteil auf ihrer Seite: Beharrlichkeit.« Yates zog sich die Jacke straff. »Hören Sie zu, ich bin hier für Sie auf die Matte gestiegen. Ich habe sogar gedroht, selbst Verrat zu begehen, sollte Ihnen oder Ihrem Team etwas zustoßen. Mir gefällt die Idee, dass Sie da draußen jenseits des Asteroidengürtels leben – der letzte Idealist des Sonnensystems. Aber Sie müssen sich meinen Anweisungen fügen, sonst schneide ich Sie los wie ein zerrissenes Segel.«

Die beiden starrten einander ein paar Sekunden lang an und sprachen kein Wort. Dechert gab nach. »Gut, wie lautet der Vorschlag?«

Yates seufzte. »Er ist ganz einfach. Sie übergeben Ihr kleines Video von Thatch. Ihre Crew und Sie unterzeichnen die Mutter aller Verschwiegenheitserklärungen. Dafür bekommen Sie Europa. Burling und Jenner sind tot, und ich kann mit Fug und Recht behaupten, dass Sie als Nächster an der Reihe sind. Der Regierung wird der Gedanke gefallen, dass Sie schön weit weg sind, und ihr zu verkaufen, wie gut es wäre, wenn Sie die Rohstoffgewinnung auf dem Jupiter leiteten, wird nicht schwierig sein. Sie waren immer ein großartiger Digger.«

Er legte die Hände flach auf den Tisch. »Was den Weltfrieden angeht, kann ich nicht viel versprechen, aber wenn es Ihnen ein Trost ist, es kursiert das Gerücht, dass wir bereits Gespräche mit China über ein fünfjähriges Waffenverbot auf dem Mond begonnen haben.«

»Und Cole? Und Lin Tzu? Wer zahlt für die Toten?«

Yates zuckte mit den Schultern. »Das weiß ich nicht, Dechert. Wenn ich schätzen müsste, würde ich sagen, niemand. Sie haben ihnen wehgetan, aber es handelt sich hier um kein Monster, dass Sie oder ich jemals zur Strecke bringen könnten. Selbst wenn Sie Ihr Video über die Vorfälle im Yangel' vollständig veröffentlichten, fände die politische Spitze einen Weg, sich aus der Sache herauszuwinden. Alles in allem beschäftigt die meisten Menschen auf der Erde noch immer die Frage, wie sie satt werden sollen, als dass sie sich groß Gedanken über den Mond machen würden.«

Sie verschränkten erneut die Blicke, und Yates sog ein Stückchen Eis in den Mund und ließ es auf der Zunge kreisen. Dechert nickte und stand auf.

»Ich tu es, aber ganz unter uns, Yates: Vorbei ist die Sache noch nicht. Eines Tages kommt alles raus.«

»Gut. Nehmen Sie ihre Skalps aber erst, wenn ich tot bin.«

Dechert schüttelte den Kopf und ging zur Tür.

»Dechert?«, sagte Yates zu seinem Rücken.

»Was?«

»Verdienen Sie mir ein bisschen Geld, wenn Sie auf Europa sind, oder alle Vereinbarungen sind hinfällig. Geschäft bleibt Geschäft, wissen Sie.«

28

»Und ich dachte, Sie mögen den Mond«, sagte Quarles.
Sie saßen im Passagiermodul eines Frachters, der nach Low Earth Orbit 1 unterwegs war. Die Station hing wie eine funkelnde Schneeflocke ein paar tausend Kilometer vor ihnen im All. Lane und Quarles kauerten Dechert gegenüber in faltbaren Notsitzen. Sie sahen steif und geprellt aus, aber sie lebten. Alle starrten sie auf die Raumstation und den Heimatplaneten darunter. Die Erde nahm die Hälfte des Fensters ein. Ihre strahlenden Farben ließen sie ein wenig unecht erscheinen.

»Ich habe den Mond gemocht.« Decherts Blick ließ den Pazifischen Ozean nicht los. »Er ist nur so verdammt nahe an der Erde.«

Lane begann zu lachen, aber sie hielt mittendrin inne, als sie Dechert ansah und merkte, dass er nicht lächelte.

»Ich frage mich, wie lange es dauert, bis Sie das Gleiche auch über den Jupiter behaupten«, sagte sie.

Vernon war nicht bei ihnen. Er lag noch immer in einem Medizinmodul im Mondorbit. Seine geschädigte Lunge musste behandelt werden. Dechert hatte ihn in der zurückliegenden Woche jeden Tag besucht. Der Anblick eines Mannes, der so stark gewesen war und jetzt voller Schläuche in einem Nukleopeptid-Bad schwebte, hatte ihn krank gemacht. Die Ärzte sagten, er würde sich wieder erholen, und wenn die Regeneration der Lunge schnell genug erfolgte, könne er sogar an dem Flug zum Jupiter teilnehmen. Dechert jedoch hatte sich bei Verwundeten nie wohlgefühlt und war trotz Schuldgefühl erleichtert, dass er seinen Flugeinsatzleiter für eine Weile nicht sehen würde. Er hoffte, dass Vernon beim nächsten Mal, wenn er zu ihm ins Krankenzimmer trat, in einem richtigen Bett lag und wie ein Mensch aussah.

Das Shuttle begann den Endanflug auf LEO-1. Die Spieren der Station funkelten weiß und grau vor dem Hintergrund der irdischen Ozeane. *Sechs Monate Ausbildung, wenn die Abmachung bestehen bleibt*, sann Dechert, *und dann ein einjähriger Flug zum Jupiter im größten Raumschiff, das je gebaut wurde.* Er fragte sich, ob die medizinischen Tests zur Raumtauglichkeit heutzutage intrusiver waren als die, denen er sich für den Dienst auf dem Mond hatte unterziehen müssen. Hoffentlich waren die Sonden mittlerweile kleiner.

Lane brach das Schweigen. »Ich kann es nicht fassen, dass wir diese Dreckschweine davonkommen lassen. Mir kommt es vor wie ein Verrat an Cole.«

Decherts Blick schweifte vom Fenster zu Lanes Gesicht. »Seien Sie sich da nicht so sicher.«

»Was meinen Sie damit?«

»Ich meine, dass Sie sich irgendwann nächstes Jahr einen Bericht über Krieg und Verrat auf dem Mond anhören sollten, nachdem wir weit weg sind. Einen Reuters-Bericht von einem jungen Kerl namens Josh Parrish.«

Quarles riss die Augen auf. »Sie haben die Verschwiegenheitsvereinbarung gebrochen?«

»Nein! So etwas würde ich niemals tun.«

»Wer dann?«

»Standard – von dem Moment an, als er Serenity 1 betrat. Am Tag nach unserer ersten Besprechung verlangte er von mir, dass ich Parrish Zugriff auf unseren Server gewähre, damit er seiner Redaktion auf der Erde einen Bericht schicken kann. Wie sollte ich ahnen, dass der kleine Schnüffler meine persönlichen Passwörter ausspioniert hat?«

Lane sah ihn an. »Sie meinen …«

»Ich meine, ich bin mir ziemlich sicher, dass er eine Stream-Adresse gefunden hat, die nicht vor Ende 2073 geöffnet werden kann. Eine Adresse, die meine aktualisierten persönlichen Aufzeichnungen enthält. Videos sind nicht enthalten, aber Sie wissen ja selbst, wie penibel ich jedes einzelne Detail festhalte.«

»Sie sind mein Held«, sagte Quarles.

»Ich habe nichts weiter getan, als einen Reporter falsch einzuschätzen. Ich dachte, er legte einen größeren Wert auf Ethik.«

Sie lachten, und Dechert wandte sich wieder dem Anblick der Erde zu, die nun die ganze Scheibe einnahm, ohne dass die Schwärze des Alls noch zu sehen war. Quarles drückte eine Taste auf dem Miniplayer an seinem Gürtel, und die ferne Stimme eines Sängers tönte aus dem kleinen Gerät. Der Mann war lange tot, aber er sang davon, wie etwas sich rührte und versuchte, zum Licht hochzuklettern.

»Das ist ziemlich deprimierend«, sagte Lane.

»Tiefsinnig ist es, meine Prinzessin des Jupiter«, erwiderte Quarles. »Eines Tages erkläre ich dir alles.«

»Nenn mich Commander und versuch es bloß nicht.«

Quarles hielt die Hand an die Kehle und würgte, als bekomme er keine Luft.

»Gütiger Himmel«, brummte Dechert.

Das Shuttle näherte sich einer offenen Landebucht an einem rotierenden Träger der Station und bremste ab. Die Erde strahlte wie ein Leuchtfeuer in der umgebenden Leere, lebendig und verführerisch. Dechert starrte auf die Ozeane, Kontinente und Wolken und dachte an die Catoctin Mountains, ihre grünen Bäche, in denen es von Forellen wimmelte.

Er schloss die Augen und träumte von den Monden des Jupiters. Der Bann der Erde war gebrochen.

Danksagungen

Als Ersten und am meisten danken möchte ich meinem Agenten David Fugate von der LaunchBooks Literary Agency und meinem Lektor, David Pomerico bei Harper Voyager. Sie haben dieses Buch gewaltig verbessert, und das auf wahrhaft professionelle Art. Ich möchte auch allen bei Harper Voyager und HarperCollins danken, die diesem Buch auf den Weg geholfen haben. Eine besondere Erwähnung verdienen Dr. Mark Pedreira, Professor für englische Literatur und Rhetorik, der sich Zeit abseits des Genies von Milton, Johnson und Locke genommen hat, um dieses Buch zu lesen und mir wertvolle Hinweise zu geben, und Madison Pereira, aufstrebende junge Wissenschaftlerin, die mir bei der Mathematik und anderen schwierigen Fragen geholfen hat, die meine intellektuellen Fähigkeiten überstiegen. Außerdem stehe ich in der Schuld aller Reporter und Redakteure, mit denen ich im Laufe der Jahre bei *Capital News Service*, *The Annapolis Capital,* der *Tampa Tribune* und der *St. Petersburg Times* zusammengearbeitet habe. Sie alle haben mich zu einem besseren Schriftsteller gemacht, ob sich das hier zeigt oder nicht. Meine tiefste Anerkennung gilt nicht zuletzt meiner gesamten Familie für ihre Geduld und Liebe über Jahrzehnte.